LA POSADA DEL VIAJERO

Los hechos y/o personajes de este libro son ficticios.
Cualquier parecido con la realidad es mera coincidencia.

Edición original publicada en España, 2015
Título original: *La posada del viajero*

Publicado por:
Amazon Publishing, Amazon Media EU Sàrl
5 rue Plaetis, L – 2338, Luxembourg
Diciembre, 2015

Ilustración de cubierta por lookatcia.com

Impreso por: Ver última página
Primera edición digital 2015

ISBN: 9781503953376

www.apub.com

Armando Rodera Blasco

LA POSADA DEL VIAJERO

amazon publishing

EL AUTOR

Armando Rodera nació en Madrid en 1972. Se convirtió en ávido lector desde la infancia. Cursó estudios de Telecomunicaciones y trabajó diez años en el sector tecnológico hasta que decidió dedicarse a la literatura.

Pionero de la publicación digital en España, desembarcó en Amazon en 2011. Autor de *El color de la maldad, bestseller* policial desde hace cuatro años; *La rebeldía del alma,* un thriller intimista que ha sido número uno global de Amazon.es; *Juego de identidades,* novela de acción y aventuras, y *Caos absoluto,* una distopía policial. Cuenta también con una obra de no ficción: *La llave del éxito.*

Su obra *El enigma de los vencidos,* una novela de misterio con trasfondo histórico, fue publicada en 2012 por Ediciones B. En 2014 Thomas & Mercer publicó la versión inglesa de *El color de la maldad,* éxito de ventas en Estados Unidos, Reino Unido y Canadá.

Es además lector editorial, gestor de contenidos y consultor *freelance* en proyectos de *marketing online* y nuevas tecnologías aplicadas al sector editorial.

Puedes seguir su obra en: www.armandorodera.com y en www.facebook.com/ArmandoRoderaAutor/

NOTA DEL AUTOR

Aunque algunos de los personajes y acontecimientos que se relatan en este libro son reales, ciertos nombres, fechas y lugares han sido modificados por el autor para evitar que la novela se convierta en un documento histórico.

SANTANDER, NOVIEMBRE DE 1873

PRÓLOGO

La tragedia llegó sin avisar y golpeó con fuerza en el corazón del pueblo cántabro. Un cúmulo de adversas circunstancias, que tal vez pudieron ser evitadas, desembocó en una tragedia de dimensiones desconocidas hasta entonces en nuestro país. La ciudad de Santander, sus habitantes y muchos vecinos de la comarca sufrieron un daño irreparable que tardarían décadas en superar.

Todo comenzó a primera hora de un brumoso día de noviembre. La tripulación del *Cabo Machichaco*, un barco de 79 metros de eslora, recibió en esa fría mañana una noticia que en un principio les pareció esperanzadora. Había amanecido una jornada gris, repleta de nubes negras en el horizonte, pero nada hacía presagiar lo que el destino les tenía preparado.

—¡Por fin, capitán! —exclamó Alfonso Rentería, el primer oficial del vapor perteneciente a la compañía Ybarra.

—Es cierto, Alfonso, estaba ya harto de esta maldita cuarentena —replicó don Facundo Léniz, a la sazón capitán del barco.

El buque había sido construido diez años atrás en Newcastle para el armador francés J. Mesnier. La naviera Ybarra lo adquirió junto a otros tres barcos similares, en una operación cuyo montante final rondó las 50.000 libras esterlinas. Con 2.500 toneladas de carga, el *Cabo Machichaco* cubría una línea de cabotaje entre Bilbao y los principales puertos españoles, con Santander como segunda escala de su periplo.

Debido a unos casos de cólera que se estaban dando en Bilbao, las autoridades de Santander habían obligado al *Cabo Machichaco* a permanecer en cuarentena, fondeado frente a la Isla de la Astilla. Llevaban ahí desde finales de octubre y la espera se estaba haciendo agónica para todos los miembros de la tripulación.

A las siete de la mañana el *Cabo Machichaco* atracó en el muelle de Liaño, en el mismo centro de la ciudad. Tras despachar con las autoridades sin mayores problemas, se procedió a la descarga de mercancía durante toda la mañana. Hasta que un grito desesperado lanzado desde cubierta alertó a toda la tripulación. Acababan de dar las dos de la tarde.

—¡Fuego, fuego! —gritó a pleno pulmón uno de los marineros—. La bodega de proa está ardiendo, necesitamos hombres aquí abajo.

La rotura de una de las bombonas de ácido sulfúrico almacenadas en proa pudo ser el origen del incendio. La madera de estiba, la pintura del barco y otros materiales allí almacenados se inflamaron en contacto con el ácido, y las llamas se propagaron a toda velocidad.

Con los escasos medios a su alcance, la marinería intentó sofocar el incendio, hasta que se personaron en el muelle los bomberos de la ciudad. Estos comenzaron a arrojar agua hacia las bodegas del buque, con lo que el barco se escoró ligeramente a estribor debido a la gran cantidad de líquido recibido. El muelle se pobló de transeúntes que observaban las tareas de extinción del incendio, mientras decenas de hombres se afanaban por apagar unas llamas cada vez más poderosas y difíciles de controlar.

Poco a poco comenzaron a llegar las autoridades civiles y militares de Santander, que subieron a bordo para seguir de cerca las maniobras.

También otros barcos fondeados en la bahía se acercaron para ayudar, como los de la Compañía Transatlántica. Minutos después, el capitán del *Cabo Machichaco* habló con el comandante de Marina:

—Comandante, lo mejor sería alejar el barco del pantalán. El muelle es de madera y podría prender fácilmente por las llamas —dijo Léniz—. Además, no le he informado de que tenemos en bodega varias toneladas de dinamita, aunque evidentemente sin ningún tipo de fulminante a su alrededor.

—No se preocupe, está todo controlado —aseguró el comandante tras sobreponerse a la sorpresa ante el nuevo dato—. Será más fácil luchar contra el fuego con los medios de los que disponemos aquí en tierra. Si llevamos el barco al medio de la bahía, la eficacia de las labores de extinción será menor.

La explanada situada enfrente del muelle se había llenado con centenares de curiosos, que observaban extasiados las llamas que salían del buque y los infructuosos esfuerzos de los hombres asignados a la tarea de extinguir el incendio. Medio Santander se acercó a ver el espectáculo durante las dos horas siguientes.

En aquella explanada se encontraba también Manuel Abascal, un humilde hostelero de Suances que había ido a la capital para una comida de negocios. Tras los postres escuchó el jaleo de las calles adyacentes y, junto a su amigo Eugenio, decidió acercarse para ver con sus propios ojos lo que sucedía.

—La gente no debería arrimarse tanto. El fuego podría propagarse en cualquier momento —aseguró Abascal antes de dirigirse a un señor que pasaba por su lado—. ¿Qué ha sucedido, buen hombre?

—No sabemos; el barco ha empezado a arder hace dos horas y no consiguen apagar el fuego —respondió el paisano y, mientras se alejaba del lugar con grandes zancadas, le contó a gritos el rumor que andaba en boca de todos: en la bodega del barco había cajas de dinamita.

Serían las cuatro y media de la tarde cuando los dos comerciantes decidieron alejarse de la explanada, donde la muchedumbre se acercaba ya a las dos mil personas. Numerosos barcos rodeaban al *Cabo Machichaco*, con las autoridades siguiendo la evolución del incendio desde el mismo buque.

A esa misma hora el comandante de Marina decidió hundir allí mismo el buque para sofocar el incendio de una vez por todas. Las autoridades se trasladaron entonces a los barcos abarloados a ambos lados del *Cabo Machichaco*, mientras desde el auxiliar de la Compañía Transatlántica se procedió a golpear con una mandarria para hacer saltar los remaches del casco y permitir de ese modo que el agua entrara entre las uniones de las diferentes planchas del buque.

Lo que nadie tuvo en cuenta en ese momento fue un detalle fundamental para el desarrollo de los acontecimientos posteriores: la dinamita había comenzado a disolverse debido a la cantidad de agua arrojada sobre la carga, derramando gotas de nitroglicerina cuya peligrosidad aumentaba ante los choques o las vibraciones.

Los continuos golpes con mandarrias y cortafríos precipitaron el momento de la desgracia. Hacia las cinco menos cuarto de la tarde se produjo una brutal deflagración y la proa del *Cabo Machichaco* salió volatilizada por los aires. Una enorme columna de agua y fango arrambló con los muelles y aledaños, arrastrando a cientos de personas. Y la carga del vapor, compuesta en su mayor parte por material siderúrgico, salió disparada en todas direcciones y actuó de mortal metralla que segó la vida de multitud de lugareños, algunos situados incluso a mucha distancia de la explosión.

Ese fue el caso de Manuel Abascal, que falleció debido al golpe terrible recibido de una viga muy pesada que acabó con su vida en un instante. Se había alejado de los muelles y se encontraba en esos momentos cerca de la catedral, sin saber que un proyectil lanzado desde el barco se dirigiría en aquella dirección. Solo le dio tiempo a escuchar la explosión, y al darse la vuelta recibió enseguida el impacto mortal que el destino le tenía preparado esa tarde.

El conjunto de tantas inesperadas adversidades desembocó en una terrible catástrofe, una de las más grandes de nuestra historia. Casi seiscientas personas fallecieron y cerca de dos mil resultaron heridas en mayor o menor consideración. La dotación del *Cabo Machichaco* pereció al completo, así como los miembros de la Transatlántica enviados para sofocar el incendio.

Muchas de las casas cercanas fueron destruidas también por los impactos de la metralla siderúrgica que asoló la zona, y las calles aledañas al muelle quedaron arrasadas debido a un voraz incendio. También numerosos bomberos, policías y las principales autoridades de la ciudad fallecieron en el suceso, por lo que Santander, una ciudad de 50.000 habitantes, recibió un impacto brutal del que le costó mucho tiempo recuperarse.

La vida de numerosos cántabros sufrió un revés inesperado en aquella tarde para el olvido, como fue el caso de una humilde familia de Suances. La muerte de Manuel Abascal dejaba en una precaria situación a su viuda, con cuatro hijos, algunos de corta edad, y un modesto negocio de hostelería que tendría que sacar adelante con la única ayuda de su suegro.

Unos trágicos acontecimientos que quizás pudieron evitarse y que, sin embargo, influyeron de un modo radical en la vida de miles de personas.

SUANCES, ABRIL DE 1881

EL EXTRANJERO

Tras visitar a mi hermana Úrsula en el Convento de las Trinitarias, encaminé mis pasos hacia una de mis zonas predilectas de Suances: el camino que bordeaba el barrio de la Cuba, en la parte alta de la villa, con una vista maravillosa que alegraba el alma de cualquier persona, por muy atormentada que estuviera.

Me apoyé en un mojón y respiré profundamente para guardar en mi retina la imagen que se presentaba ante mis ojos. El crepúsculo se cernía sobre la ría de San Martín de la Arena, con los rojizos tonos del cielo norteño que contrastaba con la paleta de verdes y azules del entorno fluvial, en una fría y lluviosa primavera que comenzaba a despertar de su letargo. El Saja y el Besaya se unían para desembocar mansamente en el Cantábrico, ese mar bravo tan importante en la vida de todos los habitantes de la zona, mientras las pescadoras se afanaban por recoger sus aparejos en las márgenes de la playa de la Riberuca.

De pronto varios sonidos a mi espalda me obligaron a salir de mi ensimismamiento. El tronar de los cascos de un caballo y una voz potente que me resultó muy conocida terminaron por espabilarme instantes después en aquella mañana de sábado primaveral.

—¡Recoles! Ve con más cuidado, *paisanu*, por aquí también paseamos las personas. ¡Amaya, échate a un lado! Aquí el amigo lleva prisa... —exclamó don Anselmo, el antiguo médico del pueblo.

Al darme la vuelta casi me topé de bruces con un carro desvencijado, tirado por un caballo percherón que había conocido mejores épocas. El cochero azuzó al animal para que este acelerara el ritmo y pasó muy cerca de don Anselmo y de una servidora, mientras las pequeñas piedrecillas del camino, arrancadas por las ruedas metálicas del carro y los cascos del equino, saltaban en todas direcciones.

—Gracias por avisarme, don Anselmo, una ya no puede ni caminar tranquila por el pueblo.

—Tienes toda la razón, Amayuca. Me pareció verte en Babia y no quería que el carro te diera un susto de muerte —aseguró el galeno.

Don Anselmo había sido el médico del pueblo, un hombre muy querido en Suances, hasta que dejó de ejercer su profesión por los achaques de la edad. Él había ayudado a mi madre, la *señá* Inés, a dar a luz en casa a los cuatro vástagos de la familia Abascal.

Al pensar en mi familia recordé lo ocurrido ocho años atrás. La absurda muerte de mi padre, en una tragedia que sacudió Santander y España entera, estaba todavía muy presente en mi memoria. Una fugaz lagrimilla pugnó entonces por escapar de su madriguera para correr rauda por mi mejilla, pero la enjugué antes de que pasara a mayores. Yo solo tenía doce años cuando ocurrió todo, y ya me había tocado llorar bastante en una época tan dura para la familia, donde todos tuvimos que poner de nuestra parte para salir adelante sin nuestro progenitor.

Úrsula era la hermana mayor, acababa de cumplir veinticinco años y llevaba tres como novicia en el convento. Luego iba yo, con mis veinte primaveras, y después la pequeña María, que estaba a punto de cumplir los trece años. Y por fin Nelu, el benjamín, que tenía once. Además de mi madre, vivía también con nosotros mi abuelo paterno, Ángel, un anciano de sesenta años que no quería ser una carga, pero sus piernas ya no le sujetaban como antes y cada día se deterioraba más después de una larga vida de duro trabajo.

En ese momento escuchamos un golpe seco y un grito lastimero de procedencia desconocida. Miré hacia el final del camino, junto a la intersección con la calle principal de Suances, situada en el centro de la parte más antigua de nuestra villa, y encontré rápidamente el origen de aquellos sonidos. De la parte de atrás del carromato que casi nos atropelló instantes antes, había caído —o alguien había dejado caer, en ese momento no podíamos saberlo— el cuerpo de una persona. El duro golpe contra el suelo le había hecho emitir un quejido al dueño de ese cuerpo, un hombre para más señas, según pude distinguir en la distancia.

—Me voy a acercar corriendo, don Anselmo. Puede que ese hombre necesite ayuda y el desalmado del cochero le ha tirado como a un perro en medio de los charcos del camino.

—Ve, ahora te alcanzo. Yo no puedo correr como tú, es ley de vida.

Corrí los escasos cien metros que me separaban del desconocido mientras le veía retorcerse en el suelo de dolor; al parecer un dolor agudo por los lamentos que emitía el sujeto. Unos segundos después llegué a su altura y me encontré a un hombre hecho un ovillo, con la ropa destrozada y rastros de tizne, barro y sangre por doquier.

Me agaché a su lado e intenté darle la vuelta para verle de frente y averiguar si era grave lo que tenía. El hombre se quejó de nuevo, abrazó sus rodillas con los brazos y metió la cabeza en medio, como si quisiera protegerse. Supuse que era un borracho o un vagabundo, pero no podía precipitarme en mis conclusiones, no sabía nada de ese individuo.

Me quedé de pie, estática, sin saber muy bien qué hacer. Don Anselmo llegó entonces a mi lado y también quiso poner bocarriba el cuerpo de aquel desgraciado para saber a qué atenernos. Al tocarle en el costado izquierdo, el hombre gritó de dolor y volvió a refugiarse en su mundo interior, mientras hablaba en una extraña lengua que no comprendimos en ese instante.

Su respuesta, pronunciada con una voz grave y modulada por el miedo, me sonó a una sucesión de palabras sin orden ni sentido alguno, una lengua «bárbara» incomprensible para mí. Por sus gestos defensivos tal vez tenía miedo de que le golpearan, pero no estaba muy segura.

—No te entiendo, *muchachu*, pero déjanos ayudarte. Puede que estés herido y necesites atención médica —dijo don Anselmo.

El médico intentó averiguar lo que le sucedía al extraño personaje. No conocíamos su procedencia, pero vestía ropas que no eran habituales por la zona. Sus pantalones eran oscuros y estaban fabricados en un tejido basto similar a la pana, aunque la suciedad no permitía conocer el color original de la tela. Llevaba también una camisa gris, rasgada por varias partes, y una chaquetilla marrón que le quedaba pequeña. La gorra quedó a escasos metros de él tras haber caído de mala manera del carro, por lo que decidí recogerla y acercársela a don Anselmo.

Después de examinar durante unos minutos al hombre, todavía tendido en el suelo, don Anselmo llegó a su conclusión:

—No para de moverse y quejarse, y así no puedo hacer bien mi trabajo, querida. Pero juraría que este hombre ha recibido una paliza. No sé si antes o después de que se subiera a ese carro por su cuenta y riesgo u obligado por algún maleante, pero está lleno de contusiones por todas partes.

—¿Qué le ha podido suceder? Parece un hombre joven y fuerte. Quizás se haya metido en algún lío.

—No lo sé, jovencita, le han dado lo suyo. Tiene una ceja partida, el labio amoratado, chichones en la cabeza y moratones por todo el cuerpo. Se queja mucho del costado y temo que se haya dañado las costillas. Esperemos que no tenga ninguna fisura o algo más grave que le pueda afectar al pulmón o a otros órganos vitales.

—¡Madre mía! ¡Qué borricos! —exclamé algo asustada—. Pobre hombre, a saber quién le habrá hecho esto.

—Bueno, no sabemos si es un maleante que se ha metido en líos, o un simple viajero que ha sido atacado. De momento nuestro deber es atenderle, luego llamaremos a las autoridades. Voy a ver si puede tenerse en pie, nosotros no podríamos cargar con su cuerpo *a cuchos.*

—Claro, don Anselmo. Deberíamos llevarle a mi casa, es la que está más cerca —contesté al momento.

Me aproximé más al médico por si tenía que ayudarle a mover al extranjero. Le dije lo de llevarle a Casa Abascal casi sin pensarlo; me salió sin más. Si en ese momento hubiera reflexionado un poco, quizás mi vida podría haber sido muy distinta...

—¡Arriba, joven! ¿Puedes apoyarte en mí para caminar? —dijo el galeno mientras le daba ligeros cachetes al desconocido en la mejilla para intentar sacarle de su atolondramiento—. Nada, no vuelve en sí. A ver si tú tienes más suerte, Amayuca.

Don Anselmo se hizo a un lado y yo me agaché junto al hombre herido. Le di la vuelta de nuevo para ponerle de frente y entonces pude distinguir mejor las heridas de su rostro: una ceja abierta, con el párpado ligeramente hinchado; el grueso labio superior inflamado debido probablemente a otro golpe; cortes diversos por cara, cuello y cuero cabelludo. Un rostro de tez clara pero con buen color, quizás adquirido al sol mientras trabajaba al aire libre, manchado además con barro y costras de sangre que no dejaban atisbar bien los rasgos del recién llegado.

—Por favor, señor, tiene que dejarnos ayudarle. No tema, nadie va a hacerle daño —dije ante los inequívocos gestos defensivos de aquel desdichado.

Las últimas palabras las pronuncié en un tono más dulce, intentando que el hombre reaccionara de una vez. Al parecer surtió efecto mi táctica y el desconocido dejó de temblar segundos antes de abrir unos ojos todavía asustados.

El extranjero se topó de frente con mi cara a escasos centímetros de la suya, y momentos después consiguió enfocar del todo la vista. Unos profundos ojos verdes, del color de mi Cantábrico cuando está encrespado, me miraron entonces como si yo fuera una aparición. Abrió la boca para intentar hablar y pude entrever una hilera de dientes perfectos, blancos como la nieve de las montañas cántabras. El joven carraspeó —entonces pude distinguir que no tendría más de veinticinco años— y pareció que quería sonreír. Primero con la boca dolorida y luego con el fulgor de unos ojos que se clavaron en mí de un modo que me turbó. Al momento escuché de nuevo su voz grave y aterciopelada que hablaba en ese idioma del demonio que no entendía nadie. Esta vez, sin embargo, su frase sonó más calmada, casi agradecida.

—No le entiendo nada, buen hombre —dije algo azorada mientras le ayudaba a levantarse—. ¿Usted sabe qué dice?

—Ni idea, hija, creo que habla en inglés. Quizás trabaje en las minas, o venga de Vizcaya. Creo que allí hay muchos ingleses debido al negocio del acero, por lo visto se están construyendo unas enormes fábricas en la zona con capital vasco e inglés —contestó el médico mientras le cogía del otro brazo para que el extranjero terminara de incorporarse—. ¿Puedes caminar, muchacho?

El desconocido hizo un gesto de asentimiento y se apoyó en don Anselmo, mientras yo andaba al quite. De ese modo comenzamos a caminar hacia mi casa, primero con pasitos cortos y luego algo más animados. El inglés se quejaba del dolor del costado, pero parecía más recuperado. Tardamos un buen rato en recorrer un camino que en circunstancias normales se podía hacer en pocos minutos, pero por fin llegamos a la entrada de Casa Abascal, la posada para huéspedes que mi familia regentaba desde hacía quince años.

Mi madre, la *seña* Inés para casi todo el mundo, nos había divisado de lejos y salió al porche para ayudarnos. Vestida completamente de negro —aquel era su último año de luto por la muerte de mi padre— apareció muy lozana con los brazos en jarras, dispuesta, después de saludar a don Anselmo, a averiguar lo que estaba sucediendo.

—Pero ¿qué le pasó a este pobre hombre? —preguntó con su genio característico—. Jesús, está hecho un eccehomo.

—Nos lo acabamos de encontrar tirado en el camino. He pensado que nuestra casa era la más cercana y aquí podría atenderle mejor don Anselmo —repliqué algo temerosa por el pronto de mi madre.

—Claro, faltaría más. ¿Quién es este joven?

—Lo desconocemos, señora Inés —contestó el médico mientras atravesábamos el amplio portalón de madera que daba acceso a nuestra pequeña finca—. El muchacho solo habla en su idioma, creo que es inglés, y no sabemos mucho más. Parece que le han dado una paliza, o por lo menos está lleno de golpes y contusiones.

—Cuidado no resbale el muchacho con la piedra del suelo, que está muy húmeda del rocío. Oye, Amaya, la habitación del *Trasgu* está recién arreglada. Le podéis llevar allí para que don Anselmo le atienda mejor. ¿Necesita usted algo más, doctor?

—Sí, prepáreme un caldero con agua caliente. Y, si tiene vendas, tráigamelas, o algún lienzo o una sábana vieja que pueda utilizar para comprimirle el pecho. Creo que tiene alguna costilla fracturada y habrá que inmovilizarle la zona. Aunque, claro, no tengo aquí mi instrumental.

Todos sabíamos que don Anselmo llevaba años sin ejercer la medicina, pero mi madre no quiso hacerle un feo. De todos modos el galeno conservaba en su casa un maletín vetusto de piel negra donde guardaba todas sus «herramientas», y era la única solución en esos momentos. El médico oficial del pueblo era por aquel entonces don Severino, pero había tenido que ir a las montañas durante unos días por un asunto familiar. Así que no quedaba otra que confiar en las buenas manos del anciano doctor.

Mi madre se ofreció a enviar a Nelu a casa del doctor para recoger su instrumental y a don Anselmo le pareció buena idea. Mientras tanto, depositamos al herido en la cama de la habitación señalada, situada en la planta baja de nuestra casona. El extranjero parecía haber vuelto al estado inicial en el que le encontramos, cercano a la inconsciencia, y el color de sus mejillas desaparecía a ojos vista.

La *señá* Inés se hizo cargo enseguida de la situación, comenzó a dar órdenes y corrió a buscar a mi hermano pequeño mientras don Anselmo se ponía a trabajar. Me dirigí entonces a la cocina para calentar agua en el llar, mientras de fondo escuchaba a mi madre pegándole voces a Nelu.

—¡Maldita sea, Nelu! —exclamó mi madre ya cabreada—. Te he dicho mil veces que no te subas a las quimas del tejo, un día vamos a tener una desgracia. ¡Bájate ahora mismo de ahí, carajo!

Mi hermano no se inmutó ante los gritos de mi madre. El pequeño de la casa hacía lo que le daba la gana, y más sin la presencia de un cabeza de familia que le metiera en vereda. Mis hermanas y yo le teníamos más respeto a madre y, además, siempre tapábamos a Nelu en sus travesuras. El niño no tenía maldad, pero entre todos andábamos malcriándole, sobre todo el *güelu*.

Imaginé que mi madre le daba precisas instrucciones a Nelu para acercarse a casa de don Anselmo y traer todo lo solicitado, aunque no escuché la conversación entre ellos. Al momento sí distinguí la voz infantil de mi hermanito, que gritaba mientras corría fuera de la finca. Esperaba yo que cumpliera bien con el encargo para no llevarse una reprimenda de mi madre. Y, sobre todo, para ayudar a ese joven desconocido que yacía ahora en una de nuestras habitaciones.

Con el agua ya caliente, me acerqué de nuevo a la habitación del *Trasgu* —todas las habitaciones para huéspedes de las que disponíamos en Casa Abascal poseían un nombre distinto, propio de nuestra mitología regional. Una idea que se le había ocurrido a mi padre antes de morir, y que llevamos a cabo tiempo después como un pequeño homenaje a su memoria—, pero no pude traspasar el umbral, ya que mi madre me interceptó.

—Dame el caldero, ya se lo llevo yo al doctor junto al resto de cosas que me ha pedido. Sigue tú con las habitaciones de arriba, que me faltan dos por terminar de arreglar.

—Claro, madre, ahora mismo —contesté algo apesadumbrada.

Un malestar desconocido aleteó entonces en mi estómago mientras subía las escaleras. No sabía si era enfado porque mi madre me alejara de la planta baja, preocupación por la salud de un hombre malherido o alguna otra cosa. Estaba intranquila, esa era la única realidad, y me costó concentrarme en la tarea.

Escuché voces y me asomé a la ventana de la última alcoba que me quedaba por recoger: la habitación de la *Anjana*. Era mi preferida de toda la casa y una de las más solicitadas por los clientes. Entonces vi llegar a Nelu, por lo visto con el encargo realizado a la perfección si me atenía a los gestos de mi madre, que le revolvió el pelo con dulzura antes de pasar ambos al interior del edificio.

Yo seguía inquieta y quería saber lo que estaba ocurriendo justo debajo de mí. Pero no deseaba ganarme una bronca de mi madre por desobedecerla, así que me apliqué a la tarea y terminé la faena en la planta superior de la casa. Si mi madre pasaba revista completa, quizás no estuviera demasiado conforme; no había puesto mi mejor empeño al arreglar las habitaciones, pero de momento tendría que valer. Tampoco me paré a reflexionar sobre lo que me estaba sucediendo, pero quería saber cómo se encontraba nuestro huésped.

Bajé silenciosamente las escaleras y me dirigí hacia la habitación del *Trasgu*. Allí me topé con Nelu, que acababa de entregarle al doctor su maletín y otra bolsa con material médico. Le guiñé un ojo y el muchacho, divertido y contento, se marchó de allí tras cumplir fielmente con el encargo.

—¿Todo bien, don Anselmo? —pregunté asomándome a la entrada de la habitación, deseosa de encontrarme de nuevo con aquellos ojos verdes maltratados por la vida—. Si quiere, puedo ayudarle en lo que necesite.

El doctor me pidió unos paños húmedos para bajar la fiebre del paciente, que comenzaba a delirar. Le administró también unos calmantes antes de aplicarle las compresas tibias y me conminó a cumplir lo estipulado:

—Espabila, Amaya, por favor. Mientras tanto, voy a auscultarle el pecho y a comprobar que no tenga daños graves en las costillas y en la zona lumbar, eso también puede ser preocupante. Quizás tengamos que trasladarle al hospital de Santander, aunque ahora mismo no está para muchos trotes.

—Perdone, don Anselmo. Ahora mismo vuelvo con los paños.

Salí corriendo de allí, algo azorada porque el médico me había tenido que llamar la atención. Y es que de nuevo me había quedado absorta, contemplando a ese desconocido que tanta curiosidad despertaba en mí. No sabía si era por la preocupación ante la posibilidad de que enfermara gravemente en nuestra propia casa, o por si finalmente le trasladaban a la capital, pero esperaba que don Anselmo pudiera contener la fiebre.

Salí del edificio principal de Casa Abascal, donde teníamos el saloncito con la chimenea y siete habitaciones para huéspedes, tres abajo y cuatro arriba, con dos baños para compartir. Crucé el pequeño antepatio y me encaminé hacia nuestra vivienda, situada justo enfrente. Allí vivíamos todos nosotros, la familia Abascal al completo, y en nuestra cocina se preparaba comida tanto para los huéspedes de la posada como para nuestra propia manutención.

Me di de bruces con mi madre, que estaba cocinando en el llar. Se acercaba el mediodía y, aunque no había mucho trabajo en la fonda por estar en temporada baja —faltaban todavía unos días para la Semana Santa de ese año—, mi madre siempre se las apañaba para no estar mano sobre mano, como solía decir.

Ella era puro nervio y no podía parar quieta, por lo que los períodos largos de invierno en los que a veces teníamos solo uno o dos inquilinos, como era el caso en ese momento, o ninguno dependiendo de la época, la sumían en la desesperación. Además, necesitábamos ese dinero de los huéspedes para salir adelante, ya que, aunque padre dejó algún dinero ahorrado, no nos podíamos permitir ningún lujo al tener cinco bocas que alimentar. Y eso que mi hermana mayor había ingresado de novicia en el Convento de las Trinitarias y solo la veíamos alguna vez de visita.

—¡No te quedes ahí parada! —gritó mi madre al verme allí mirándola sin reaccionar—. ¿No tienes nada por hacer?

—Sí, madre, perdone. Don Anselmo me ha encargado una cosa y yo...

—Esta niña va a acabar conmigo, mira qué cara de alelada tienes. ¿Qué te ha pedido el médico?

Mi madre tenía razón: seguía sin centrarme y parecía distraída. Le expliqué lo que me había dicho el médico y se preocupó enseguida por la salud del nuevo huésped organizándolo todo, como en ella era habitual.

Mi madre se arremangó, cogió unos paños limpios, llenó un pequeño barreño con agua fría y se marchó a toda velocidad en dirección a la casona, dejándome a mí a cargo de la comida. Los nervios me atenazaron sin remedio, e intenté concentrarme para no estropear el guiso que se estaba cociendo, una torpeza que ya había cometido en alguna otra ocasión.

En escasos minutos volví a perder la concentración. Mi mente desvariaba y me llevaba hasta el camino donde había encontrado tirado al extranjero. Recordé entonces su gesto al verme de frente, y esos ojos profundos como el océano donde cualquier mujer querría perderse. Me sobresalté al percatarme de que soñaba despierta, y me di un cachete en las mejillas para olvidarme de todo y centrarme en lo que me traía entre manos. No quería reconocerlo, pero la llegada de aquel desconocido me había trastocado más de lo que nunca hubiera podido imaginar.

Afortunadamente el guiso quedó perfecto y todos pudimos disfrutar de un estupendo cocido montañés, uno de los platos preferidos de mi padre, que en paz descanse. Él provenía de la zona de los Picos de Europa, y mi madre, originaria de la costa, había aprendido a cocinar el plato de cuchara preferido de Manuel Abascal.

Yo me senté al lado de mi hermana María, que parecía algo ensimismada, mientras Nelu revoloteaba a nuestro alrededor sin percatarse del gesto ceñudo de mi madre. Don Anselmo se unió también a la comida familiar tras asegurarnos que el enfermo se encontraba algo más repuesto. Al parecer, tras la aplicación de los paños húmedos y el suministro de medicinas, la fiebre había remitido en su mayor parte.

—Al extranjero le han dado una paliza de órdago —confirmó don Anselmo—. Con la compresión que le he realizado en el cuerpo espero que vaya mejorando, aunque deberá guardar reposo.

—¡Qué salvajes! —exclamó María, y eso que todavía no había visto al enfermo.

—A comer y a callar, Mariuca. Os tengo dicho que no os metáis en las conversaciones de las personas mayores. ¿Le van a llevar al hospital, don Anselmo? —preguntó mi madre.

—Será mejor no moverlo de aquí, doña Inés. Si mañana está mejor llamaré al alguacil. Debe descansar, eso es lo primordial —dijo don Anselmo. Y entonces, ante el gesto adusto de mi madre, añadió—: No se preocupe, yo me hago cargo de su manutención durante los próximos días.

—No es eso, don Anselmo, faltaría más. De su manutención ya hablaremos; ahora lo primordial es que se recupere del todo —contestó mi madre con la boca pequeña.

Yo conocía de sobra a mi madre y sabía que no estaría cómoda con la situación. En nuestra casa había dos varones, pero ella llevaba los pantalones en la familia. Nelu era muy pequeño, solo un crío, y no se podía contar con él. Y el abuelo se encontraba cada día más achacoso, aunque él no quisiera reconocer que empezaba a necesitar un bastón para caminar mejor. 

Y, claro, meter a un desconocido en casa no era la idea que tenía para ese comienzo de primavera. Además, un extranjero con el que no podríamos ni entendernos. Don Anselmo me miró y pareció leer mis pensamientos, por lo que se apresuró a intervenir de nuevo.

—Si no le molesto demasiado, me quedaré aquí esta tarde, por si hay que atender al enfermo. El lunes regresará don Severino de las montañas y tendrá que tomar una decisión al respecto. Si cree que el enfermo debería ser trasladado al hospital, pues así se hará. Pero creo que de momento lo mejor es que se quede en esa habitación. Juraría que al pobre diablo le han robado las pocas monedas que pudiera llevar, así que insisto en hacerme cargo.

—De eso ya hablaremos más adelante, doctor, no se apure. Por supuesto que es usted bienvenido en nuestra casa, así podrá hablar con mi suegro esta tarde, si le apetece.

—Claro, don Anselmo, hace mucho que no coincidimos. Y de paso me puede contar qué tal su hijo por las Américas. Creo que le va muy bien, ¿no? —contestó mi abuelo.

Los dos ancianos hacían buenas migas y se enzarzaron en una conversación que duró media tarde. La jornada vespertina transcurrió sin incidentes, con el médico vigilando cada hora a un enfermo al que no le volvió la fiebre. Esa noche el hombre pudo incluso tomar un poco de sopa que le dio el propio doctor, y un rato después don Anselmo se marchó a su casa. Antes de partir quiso recordarnos que podíamos mandarle recado en cualquier momento, si surgía algún problema, y que él vendría a primera hora a nuestra casa para evaluar al paciente.

Llegó la hora de recogerse y todos marchamos a la cama. Recuerdo bien que esa noche me costó conciliar el sueño, aunque finalmente caí rendida. El gallo me despertó a las cinco con su canto monocorde, y ya me quedé desvelada en el lecho. Era domingo y además no tenía obligación de levantarme temprano, pero la intranquilidad se apoderó de mí y un aleteo de mariposas volvió a posarse en mi estómago.

Me encontraba inquieta y no pude dejarlo correr. Me vestí deprisa, salí al exterior y atravesé el patio húmedo antes de entrar en la casona con mi propia llave. No vi a mi madre por ninguna parte y en ese momento sentí que algo no marchaba bien, o eso intuí. La planta de abajo de la casa se encontraba en silencio, y la oscuridad me asustó un poco. Enseguida encendí un candil y subí a la habitación del *Trasgu*, una de las dos únicas ocupadas por esos días en Casa Abascal, junto a la de don Facundo, un viajante de lanas.

Con el corazón desbocado y respirando con dificultad, me paré un momento ante la puerta cerrada de la habitación. Tragué saliva, inspiré aire y llamé con los nudillos suavemente. Nadie me contestó, pero escuché sonidos confusos en el interior del cuarto. Y por fin me atreví a abrir la puerta.

Me asomé con cuidado, con el candil en mi mano derecha, y me adentré unos pasos en la habitación. La luz mortecina dibujaba sombras siniestras en la pared, y no se distinguían bien los muebles en la penumbra. No quería prender el candil de la habitación para no despertar al enfermo, que daba vueltas en la cama aparentemente dormido.

En uno de sus giros pude contemplar su rostro, algo demacrado según distinguí apenas con tan escasa luz. El inglés tenía las ojeras muy marcadas, pero parecía algo más recuperado. Mi intuición había sido equivocada. En ese momento pensé que tal vez fuera mejor dejarle descansar; si mi madre me sorprendía allí dentro, sola y a esas horas intempestivas, me iba a caer una buena bronca. Así que cerré la puerta, salí de la casona y me dirigí de nuevo hacia mi habitación intentando no hacer ruido.

Supuse que don Anselmo tardaría un rato en presentarse en nuestra casa; era muy temprano todavía. Me tumbé en mi cama, pero me fue imposible conciliar otra vez el sueño debido a mi alteración. En cuanto escuché a mi madre trastear en la cocina salí de nuevo de mi habitación, con la intranquilidad prendida aún en mi pecho. No me pareció que el inglés estuviera grave, pero prefería que don Anselmo, o en su lugar mi madre, diera su docta opinión.

—¿Qué haces levantada tan temprano, Amaya? —preguntó extrañada mi madre.

—Nada, es que estoy algo preocupada. ¿Sabe si nuestro huésped ha pasado mala noche?

—Me acerqué a medianoche y el extranjero no tenía fiebre: dormía como un bendito. Pero no tiene nada en el cuerpo aparte del poco caldo que tomó ayer, así que quizás esté hambriento. ¿Quieres ver si está despierto y le apetece desayunar?

—Claro, ahora voy. Espero hacerme entender por gestos, no entiendo una palabra de su idioma.

—No te preocupes, si tiene hambre ya lo dirá, tendremos que entendernos por señas. Hasta que venga don Severino, que no sé si chapurrea algo de ese idioma, habrá que apañarse.

Salí de allí a buen paso. Había amanecido ya y los candiles no eran tan necesarios, aunque la bruma sobre el cielo gris no presagiaba un día muy soleado. Prendí la llama del saloncito y del pasillo y me dirigí de nuevo, ahora con paso firme y no a hurtadillas como en mi anterior visita, hacia la habitación del *Trasgu*.

Con la sonrisa aflorando en mi rostro —a mi madre no podía engañarla y pareció intuir enseguida mi curiosa fijación por el extranjero—, llamé de nuevo a la puerta con los nudillos. Me pareció escuchar una voz gutural, aunque no distinguí bien los sonidos a través de la recia madera. Así que me armé de valor, entreabrí la puerta y me asomé de nuevo a la habitación del apuesto joven que dormitaba herido en nuestra propia casa.

—Disculpe, caballero, ¿se encuentra usted bien? Si lo desea, puedo traerle algo para desayunar —dije en voz baja al ver que nuestro invitado se estaba desperezando.

—*Yes,* sí, *pardon*... —El extranjero me miró algo azorado cuando entré en la habitación y encendí la luz de su cuarto. Estaba destapado, con el pecho cubierto únicamente por las vendas que don Anselmo había enrollado en su torso. Me fijé también en el cabello ensortijado que le caía sobre la frente de un modo rebelde. Entonces el joven se dio cuenta de su desnudez y se tapó rápidamente con las mantas. Yo miré para otro lado, divertida por su aprensión, aunque sabía que una señorita no debía comportarse así de ninguna manera.

Abrí los postigos de la ventana y entró una leve claridad que quizás cohibió algo más a aquel hombretón tendido en el lecho, semidesnudo y casi a merced de una joven desconocida para él. Quise sonreírle para darle confianza, aunque no sabía si estaba haciendo lo correcto. Decidí acercarme a la cama y mirarle de frente para contemplar de nuevo esos ojos que ya nunca podría olvidar. Su mirada asustada me dio a entender que no estaba llevando del todo bien la situación.

—Le encontramos ayer, tendido en el camino —le recordé con sutileza—. Se había caído usted de un carromato que cruzaba nuestra villa, y estaba malherido. El médico y yo le trajimos hasta aquí, ¿no lo recuerda?

Yo acompañaba mis explicaciones de gestos para hacerme entender, pero el extranjero me miraba confuso. No comprendía nada de lo que yo le decía, y sus ojos reflejaban un miedo cada vez mayor. Seguramente no recordaba lo sucedido. Y, además, se hallaba en un lugar extraño, sin sus ropas, y junto a una joven impertinente que no paraba de hacerle preguntas en un idioma incomprensible para él.

—Perdone, soy una idiota. Usted no me comprende y yo aquí parloteando como una cotorra. A ver si esto lo entiende: ¿tiene usted hambre? —pregunté haciendo el inequívoco gesto de llevarme algo a la boca para comer.

—La verdad es que sí, señorita. Tengo bastante hambre.

Casi me caí de espaldas al oírle hablar en nuestro idioma con un acento extraño, un castellano hablado con un seseo desconocido en mi tierra, utilizando una cadencia dulce y musical. La sorpresa me hizo trastabillar y tropecé con la cómoda que se encontraba en el lateral de la alcoba. Enseguida me recompuse y reaccioné, algo cohibida porque aquel hombre me entendiera perfectamente.

—Vaya, no sabía que hablara mi idioma. Ayer deliraba por la fiebre y dijo algunas frases en un idioma extraño. En inglés, según don Anselmo, aunque no nos enteramos de nada. ¿Se acuerda entonces de algo?

—No, todo está muy confuso en mi mente. Yo estaba en una taberna en Santillana del Mar y de pronto me he despertado en esta habitación. No recuerdo lo sucedido, aunque creo que alguien me golpeó. —El extranjero soltó un bufido y a continuación dijo—: Me duele todo el cuerpo, creo que me atracaron.

—No se preocupe, el doctor vendrá enseguida a examinarle de nuevo. Disculpe, soy una maleducada. Mi nombre es Amaya Abascal, y se encuentra en la posada de huéspedes de mi familia, Casa Abascal.

—Mucho gusto, señorita Abascal. Mi nombre es Declan Mclister y soy un viajero irlandés que llegó hace unos meses de las Antillas —dijo el extranjero sonriéndome.

—Ah, claro, de ahí su curioso acento —dije en voz más alta de lo que pretendía—. Por lo menos podemos entendernos, señor Mclister, su idioma es muy complicado. Entonces, ¿no es usted inglés?

—No, por Dios, soy irlandés —contestó divertido.

—¿Y qué diferencia hay entre un irlandés y un inglés? ¿No es lo mismo? —pregunté intrigada.

—No, no es lo mismo —aseguró entre risas—. Y mejor no haga esa pregunta en las tabernas del viejo Dublín.

—Entiendo... —respondí sin comprender nada—. Así que de las Antillas. ¿Venía usted de Cuba?

—Así es, señorita Abascal, ha acertado usted. Veo que es una joven curiosa... —añadió justo antes de comenzar a toser.

—Perdóneme, señor Mclister, soy una metomentodo. Usted tiene que descansar y recuperarse, y yo aquí molestándole...

—No me molesta, al contrario... —contestó el irlandés con un brillo diferente en sus ojos.

—Entonces, ¿se encuentra con ánimo para comer algo? No sé exactamente lo que le gusta para desayunar, pero seguro que en la cocina podremos preparárselo.

—No lo dudo.

¿Estaba coqueteando conmigo aquel irlandés descarado? ¿O solo se burlaba de una vulgar pueblerina que no había visto tanto mundo como él? No pensaba dejarme amedrentar, y si quería jugar a ese juego yo tampoco me iba a quedar atrás.

—Mi madre prepara un bizcocho riquísimo y tenemos leche recién ordeñada, la más fresca de toda la región. ¿Le apetece?

—Si tienen café, lo preferiría. Nunca me ha gustado el té y en Cuba me acostumbré al café fuerte, con cuerpo. Y creo que probaré también un poquito de bizcocho, por favor. Dicho de ese modo por usted, suena muy bien... —añadió con un rictus irónico en sus labios.

El nuevo huésped seguía con sus chanzas, pero yo no debía permitir que me afectaran. Salí de allí resuelta, sin mirar atrás, y me dirigí de nuevo a la cocina.

QUEENSTOWN (IRLANDA), NOVIEMBRE DE 1873

HUIDA HACIA DELANTE

Declan Mclister estaba harto del condado de Cork y de todos sus habitantes. Recién cumplidos los dieciocho años, se desesperaba por no encontrar un empleo con el que ayudar a la precaria situación familiar. Su padre había caído gravemente enfermo unos meses antes y había quedado impedido, anclado a una silla de ruedas de por vida. Mientras, su madre hacía lo imposible por sacar adelante una casa con cuatro bocas que alimentar. El cuarto miembro de la familia Mclister era la pequeña Tara, que a sus diez años ya comía como una adulta, o incluso más.

Los Mclister vivían en Queenstown, un pequeño pueblo situado cerca de Cork, capital del condado del mismo nombre y una de las ciudades más importantes de Irlanda. En realidad su población natal se había llamado Cove desde tiempos inmemoriales, pero tras una visita de la reina Victoria unos años atrás, los gobernantes habían decidido cambiar el nombre de la ciudad sin demasiado éxito entre sus conciudadanos, que seguían prefiriendo el nombre original.

El joven irlandés no tuvo más remedio que olvidarse de buscar trabajo al lado de su hogar debido a su mala reputación. Se había metido en un par de peleas en pubs de la zona, y las malas lenguas de un enclave como Cove hicieron el resto. Se corrió la voz de que era un joven conflictivo, un pendenciero, y nadie quiso contratarle.

Declan no tenía tan mal concepto de sí mismo como sus paisanos. Sí, quizás era impetuoso, de sangre caliente, pero nada más. No recordaba los motivos por los que se había metido en aquellas peleas, pero en su opinión no era algo tan grave: unas pintas de Murphy's, unas voces más altas que otras y la trifulca ya estaba formada. ¡Qué demonios!, pensó. Una buena pelea a puñetazos era la mejor manera de mantenerse en forma.

Así que decidió acercarse a la capital del condado en busca de mayor fortuna. Sin embargo, su periplo por la zona portuaria de Cork tampoco dio buenos resultados. Declan hablaba inglés en casa porque su madre se había empeñado en que así fuera, pero el gaélico irlandés era incluso más importante en toda la comarca y él apenas lo chapurreaba, para disgusto de su progenitor.

—¡Vuelve a casa, muchacho! —le gritaban los estibadores en los muelles con acento gaélico cerrado.

—Pero, señor, necesito trabajar... —imploraba él en inglés sin obtener resultados.

Había perdido casi dos días completos pateándose las calles de Cork, por lo que decidió regresar a casa. Declan hizo un último intento y se acercó al puerto de Cove, donde había una actividad inusual en aquellos días. Su ciudad natal, desde que el buque de pasajeros *Sirius* efectuó la primera travesía del océano Atlántico de esas características, se había convertido también en un enclave estratégico para una nueva y floreciente industria: la emigración.

Desde aquellas costas, miles de irlandeses abandonaban su país en busca de la tierra prometida: América. A Declan le llamaba mucho la atención tamaña aventura, pero la familia era lo primero. Y para sacarla adelante tendría que encontrar un empleo con el que ayudar en su casa y olvidarse de sus propios sueños.

La suerte siguió dándole la espalda, y Declan decidió tomarse un respiro. Ya era tarde, y en su casa no sabían nada de él desde el día anterior, pero no había llegado todavía la hora de regresar al hogar. Antes se olvidaría de su mala fortuna gastando los últimos peniques que le quedaban en una espumosa pinta de cerveza. Sus pasos le llevaron sin apenas darse cuenta hasta la entrada de El Oso, uno de sus pubs preferidos del puerto. Por suerte allí no se había metido en ninguna pelea, por lo que esperaba tomarse algo sin que nadie le molestara.

Nada más acceder al local se encontró de frente con Sean Hollister, uno de sus mejores amigos en la ciudad. Meses atrás habían tenido sus más y sus menos por una chica que les gustaba a ambos, pero en el fondo las mujeres no eran lo primordial para ellos y el enfado se había esfumado por completo. Así que, cuando Sean se le acercó, Declan Mclister se olvidó de cualquier tipo de rencilla y se unió al grupo en el que estaba su viejo amigo.

—Venga, Declan, anímate —le dijo Sean tras ver su triste semblante y conocer los motivos del estado de ánimo de su amigo—. Mañana será otro día, ya lo verás. ¡Salud!

Declan Mclister chocó su jarra de cerveza con Sean, pero algo le aprisionaba el estómago. El primer trago de Murphy's no le sentó nada bien y lo achacó a que no había probado bocado en todo el día mientras recorría las calles de Cork.

—¡Salud, hermano! —contestó Declan entre retortijones—. Ojalá tengas razón y mañana pueda encontrar algo para ayudar a mi familia.

Una pinta llevó a la otra, y los sentidos de Declan comenzaron a embotarse. El joven Mclister únicamente tenía dinero para la primera ronda, pero su amigo se hizo cargo del resto. Para cuando se quiso dar cuenta, el alcohol se había apoderado de su cuerpo y lo sumió en un dulce sopor que amenazaba con tumbarle.

Alguien vino a sacarle de su ensimismamiento del peor modo posible. Un hombre entró a trompicones en la taberna, gritando a pleno pulmón:

—¡Las casas de la colina están ardiendo, se necesitan hombres a toda prisa! —exclamó aquel hombre mientras se escuchaban voces de «Fuego» que llegaban desde el exterior.

—¡Vamos allá! —gritó un parroquiano, arrastrando a todos los presentes hacia la calle, camino de la colina que dominaba la ciudad.

Declan Mclister vio salir a su amigo Sean del pub y le siguió abriéndose camino a empujones. Consiguió alcanzar el exterior y entonces un mal presentimiento se apoderó de él. Su cuerpo reaccionó ante el estímulo y se dobló en dos, vomitando todo lo que llevaba dentro nada más pisar la calle. El hogar de los Mclister se encontraba en aquella amplia colina, y Declan rezó, algo inusual en él, para que su casa no se hubiera visto afectada por el incendio.

Los jóvenes corrieron detrás de la muchedumbre que recorría las viejas calles del pueblo. Al doblar una esquina pudieron comprobar que las llamas se veían desde una considerable distancia, y el estómago de Declan le golpeó de nuevo con horribles pinchazos que no presagiaban nada bueno.

—Vamos, Declan, tenemos que llegar lo antes posible —le gritó Sean al oído dado el infernal vocerío que se escuchaba a su alrededor.

La familia de Sean Hollister no vivía en la misma colina, pero su casa se encontraba muy cerca de allí y podía verse también afectada. Sean no estaba tan borracho como Declan, por lo que ayudó a su amigo a continuar un camino que se les estaba haciendo más duro de lo habitual.

Una multitud corría también delante de ellos. La solidaridad era un rasgo fundamental entre los vecinos, y en un pueblo tan pequeño todos se conocían. Tras unos minutos de carrera, los dos jóvenes llegaron a la base de la colina y desde allí pudieron contemplar el dramático espectáculo.

Decenas de personas se afanaban por apagar las voraces llamas que devoraban tres de las casas situadas allá arriba. Los vecinos ayudaban como podían, acarreando agua con cualquier recipiente que pudiera servirles mientras llegaban las autoridades.

—¡Nooo! —gritó Declan al comprobar lo que sus tripas habían vaticinado.

El joven Mclister cayó de rodillas al ver que la casa del final del sendero ardía por los cuatro costados, prácticamente consumida por el fuego. Se trataba del hogar familiar, y un mal presagio, negro como ala de cuervo, se instaló entonces en su alma.

Sean se volvió hacia el lugar al que miraba su amigo y entonces comprendió. Su propia casa no había sufrido ningún daño y pudo respirar tranquilo, pero el dolor de Declan Mclister le hizo sacar fuerzas de flaqueza. Le ayudó a levantarse y le acompañó hasta las cercanías de su hogar, aunque el fuego no les permitió acercarse demasiado.

—¡Fuera de aquí, muchachos! —les gritaron los bomberos mientras se afanaban por apagar unas llamas cada vez más lujuriosas.

—¡Por favor, déjenme ir! Esa es mi casa, soy Declan Mclister. ¿Dónde está mi familia?

Declan comprendió entonces que la mala suerte se cebaba de nuevo con su familia. Sus escasos medios de subsistencia se habían volatilizado y el hogar familiar había ardido con todas sus pertenencias. Sería muy difícil empezar de cero, y más con la situación en la que se encontraban. Pero entre todos lo conseguirían, pensó en esos momentos Declan Mclister.

Miró en derredor buscando a sus padres o a Tara, pues supuso que después de abandonar la casa se encontrarían por los alrededores. Estaba seguro de que su padre, a pesar de sus dificultades físicas, había querido ayudar en las tareas de extinción. Su humilde casa había sido pasto de las llamas, pero eso no podía hundirles.

El jefe de los bomberos, amigo de la familia, lo miró de un modo extraño, negando con la cabeza, y Declan no comprendió el gesto en ese instante. Sean Hollister se acercó entonces a él y le abrazó con fuerza, sujetando a su amigo justo antes de que el sopor de su mente se disipara del todo para dar cabida a la cruda realidad: su familia había muerto en el incendio.

Declan Mclister se dejó caer al suelo, todavía sujeto por los brazos de Sean, mientras intentaba asimilar la situación. Rompió a llorar, primero en silencio, y luego acompañado de sonoros gritos con los que intentaba mitigar el dolor por la pérdida de su familia. Se había quedado solo en el mundo, y ya nadie podría remediarlo.

Sean Hollister encontró a sus progenitores entre la muchedumbre, y ellos se hicieron cargo de la situación enseguida. Se llevaron a un desmadejado Declan hasta su casa, que estaba fuera de peligro según las autoridades. El hijo de los Mclister se derrumbó en la cama en la que fue depositado y cayó en un estado cercano a la inconsciencia.

Las únicas víctimas mortales habían sido los Mclister, aunque tres casas habían sido arrasadas completamente. Nadie sabía con certeza lo que había sucedido en el interior de esa vivienda, pero Tara y sus padres habían fallecido sin que nadie pudiera impedirlo.

Otros vecinos fueron atendidos por quemaduras leves, o por haber inhalado humo, pero no hubo ningún herido grave. Esas otras familias salieron de sus casas en cuanto vieron que el fuego comenzaba a acercarse a sus paredes, y así se evitaron más muertes.

Una vez atendidos los heridos y también alguna que otra crisis nerviosa entre las personas que habían perdido sus posesiones, el médico, a quien mandó llamar el señor Hollister, examinó entonces a Declan.

—Le he dado un sedante para que descanse, es lo único que podemos hacer ahora por él. Mañana será otro día, uno muy duro para el muchacho, pero poco podemos hacer ya —aseguró el médico.

—Gracias, doctor. Nos encargaremos de él, no se preocupe —confirmó el padre de Sean, Robert Hollister.

Declan se quedó dormido en el cuartito donde le instalaron, en un catre colocado junto al lecho de su mejor amigo. Los Hollister salieron de la habitación y cerraron la puerta para que su huésped descansara tranquilo.

Nadie en el barrio de la colina se explicaba cómo había muerto la familia Mclister. Unos aseguraban que tal vez el fuego los había sorprendido durmiendo; otros, que el humo los asfixió sin que se enterasen. Todavía era muy pronto para que las autoridades tuvieran una hipótesis sobre lo sucedido. Además, Liam Mclister tenía graves problemas físicos que afectaban a su movilidad, otro detalle a tener en cuenta. Sean y su familia se encontraban muy afectados por lo ocurrido, pero debían ayudar a Declan en la medida de sus posibilidades.

El fuego tardó todavía unas horas en ser extinguido del todo. Para cuando las llamas desaparecieron, tres casas del pueblo habían sido arrasadas por completo, y la más devastada había sido la de los Mclister, foco originario del brutal incendio, según todos los indicios en esos momentos.

Al día siguiente, Declan Mclister quiso adentrarse en los escombros de su casa, pero le negaron el acceso. Las autoridades tenían que hacer su trabajo, y no sería bueno para el muchacho encontrarse con la tragedia cara a cara.

Los cuerpos de los Mclister se encontraban irreconocibles, carbonizados por completo. El Ayuntamiento se hizo cargo de las exequias, dada la precaria situación de la familia, y los restos mortales de los tres vecinos fallecidos fueron depositados en ataúdes cerrados, para que nadie pudiera ver lo que el fuego había hecho con ellos.

Declan sobrevivió como pudo a unos días de puro dolor, alentado por los cuidados de los Hollister. El párroco de la localidad hizo una colecta entre sus feligreses con la intención de ayudar en algo al joven Mclister, ahora que se encontraba solo en el mundo.

El estado de Declan empeoró, no quería asumir lo sucedido. Se encontraba catatónico, arrastrado aquí y allá por su amigo Sean. Casi no se percató de nada en el entierro de su familia, y sus ojos sin vida evidenciaban que su mente se encontraba muy lejos del condado de Cork.

Declan Mclister recibió una pequeña bolsa de dinero con lo recaudado por el párroco, y la guardó en su chaqueta sin ser plenamente consciente de lo que hacía. No tenía más ropa que la que llevaba en el momento del siniestro, pero su amigo Sean le había prestado algo para salir del paso.

—Lo siento mucho, Declan —dijo el cura—. Nadie más que tú sabe lo que estás sufriendo en estos momentos, pero Dios te reconfortará, hijo mío. El Santísimo vela por todos nosotros, y seguro que te ayudará a salir adelante.

—Gracias, padre —contestó Declan a duras penas.

El joven no quería pensar en Dios en esos momentos, bastante tenía encima. Nunca había sido muy creyente y desde luego, si Dios existía, había sido muy cruel al arrebatarle a su familia de aquella manera.

—Anda, vamos a dar una vuelta —dijo Sean.

Declan asintió sin muchas ganas y se dejó guiar de nuevo. Los Hollister se estaban portando muy bien con él, casi le habían adoptado, pero necesitaba revertir aquella situación y hacer algo por sí mismo para no volverse loco. Sus pasos les llevaron por inercia a la zona del puerto. Los dos jóvenes caminaban en silencio, cada uno sumido en sus propias cavilaciones, mientras se acercaban a uno de los barcos que estaban cargando para el viaje de ultramar.

Sean Hollister estaba muy preocupado por su amigo. Le veía roto, completamente apagado, y temía por su salud. No tenía a Declan por un cobarde y sabía que podría luchar para salir adelante, pero a veces creía distinguir un fulgor en sus ojos que le asustaba. ¿Estaría pensando en quitarse la vida? Desde luego él no lo iba a permitir y en esos momentos habría dado cualquier cosa por saber lo que pasaba por la mente de su amigo.

Declan se quedó parado unos instantes, admirando el trajín que rodeaba a un enorme barco de pasajeros. En ese instante unos hombres se afanaban por cargar sus inmensas bodegas con las pertenencias de los irlandeses que dejaban atrás la isla esmeralda para empezar una nueva vida en América.

Al borde de la pasarela de madera, tendida desde la cubierta del barco hasta el mismo muelle, se encontraba uno de los oficiales del buque, a juzgar por su indumentaria y los ademanes. El marino tenía en su poder dos tablillas con anotaciones que iba comprobando de una en una. Al parecer, según creyó escuchar Declan, el hombre intentaba cuadrar las pertenencias de los viajeros y verificar que cada objeto embarcado en el buque correspondiera a una persona de su lista de pasajeros.

—Buenos días, señor —dijo Declan para sorpresa de Sean. Ambos jóvenes habían llegado hasta la pasarela, y el único superviviente de la familia Mclister decidió dirigirse directamente al oficial—. Disculpe un momento, ¿hacia dónde se dirige su barco?

—Estoy trabajando, muchachos, no molestéis —contestó el marino con aire desabrido—. Y dejad esta zona libre, tenemos que seguir cargando mercancía en las bodegas.

Los jóvenes obedecieron sin rechistar y se dieron la vuelta para abandonar el lugar. Sin embargo, unos pocos pasos más allá, Declan se paró de repente, se giró y exclamó en voz alta:

—Le preguntaba por el destino de su barco porque quiero abandonar Irlanda, tengo dinero para el pasaje. ¿Se dirigen a América, señor? —insistió Declan con aire más animado.

—¿Te has vuelto loco? —preguntó Sean Hollister—. Anda, volvamos a casa, es hora de almorzar.

Sean se había sorprendido mucho ante el cambio de actitud de su amigo y se había colocado delante de Declan para impedirle cometer cualquier tontería. Aunque el extraño brillo que distinguió en los ojos del huérfano le previno sobre lo que podría ocurrir.

—Acercaos, muchachos —contestó el marino con tono algo más conciliador—. Me llamo Douglas y soy uno de los oficiales de este buque, el *Pegasus*. Estamos cargando las pertenencias de los viajeros, así que tenemos mucho trabajo todavía por hacer. Viajamos hacia Florida y Virginia, aunque por motivos técnicos haremos primero una parada en La Habana.

—¿La Habana? —preguntó Sean—. Nunca había oído ese nombre.

—Es la ciudad más importante de Cuba, la isla española del Caribe. Está muy cerca de las costas de Florida, y fondearemos allí unos días antes de continuar nuestro camino —aseguró el marino antes de dirigirse directamente a Declan—. ¿Tienes entonces dinero para el pasaje? El billete es muy caro y no creo que tú dispongas de semejante cantidad.

—Declan, déjalo —terció Sean, asustado por el devenir de los acontecimientos—. Regresemos a casa, mis padres se preguntarán dónde estamos.

Declan se zafó del brazo de su amigo con un leve movimiento, resuelto a terminar su conversación con el marino.

—Tengo dinero, señor —contestó Mclister sopesando en su mano la bolsa de peniques que le había entregado el párroco—. ¿Cuánto cuesta un billete de tercera clase?

El oficial se sorprendió ante la visión de la bolsa con el dinero. Quizás, después de todo, aquel mocoso sí podría costearse el pasaje.

—Cuesta tres libras. ¿Puedes pagarlo? —soltó Douglas.

—Esto es todo lo que tengo, señor —dijo Declan mientras le alargaba a Douglas la bolsa con el dinero recaudado.

—¡No, Declan! No lo hagas, por favor —imploró Sean mientras agarraba a su amigo por los hombros—. Tienes que pensarlo mejor, ahora no estás en tus cabales. Entiendo que lo ocurrido con tu familia te haya afectado mucho, pero tienes que pensar las cosas con calma.

—Deja al muchacho que decida por sí mismo —contestó Douglas endureciendo el gesto—. Ya es mayorcito para saber lo que quiere.

El marino abrió la bolsa con el dinero y contó las monedas. Su sonrisa se torció al instante, tras comprobar que no sería suficiente.

—¡No me hagáis perder más el tiempo! Esto es una miseria, largaos de mi vista de una vez —gritó el marino de mal humor. Sus aspavientos obligaron a los jóvenes a separarse de él, aunque en el último momento pareció moderar su comportamiento—. Bueno, tal vez podríamos llegar a un acuerdo...

—Sí, claro, ¿de qué se trata? —preguntó Declan más animado.

—No, sería un error. Un alfeñique como tú no está preparado para el duro trabajo en un barco, lo siento —sentenció el marino.

Douglas se giró entonces y les dio la espalda a los muchachos. Pero Declan no quiso dejarle escapar, al ver una posibilidad remota de subirse al barco, e insistió de nuevo. Eso era exactamente lo que pretendía Douglas, que había visto la oportunidad de sacar algún beneficio de aquel encuentro fortuito.

—Le aseguro que pagaré el resto del pasaje con mi trabajo —replicó al instante Declan—. Soy joven y fuerte, y no me asusta trabajar duro. Se lo demostraré, no se preocupe. Puede mandarme las tareas que otros no quieran, no hay problema.

Douglas miró al muchacho y sopesó la situación. Nunca venían mal un par de brazos extra en un barco tan grande como el *Pegasus*. Y de paso, si le contrataba de tapadillo, podría quedarse con aquella bolsa de peniques como ingreso extra.

—De acuerdo, tú lo has querido. En calidad de oficial de este barco puedo contratarte como grumete. El pago por tu trabajo será el pasaje, comida y un lecho donde dormir, por lo menos hasta que completes la cantidad que falta del billete. Mientras tanto, tendrás que trabajar duro y obedecer a todo lo que se te ordene.

—Sí, señor —gritó Declan entusiasmado.

—Para ti seré el oficial Douglas, aunque puedes seguir tratándome de señor, no me importa —contestó el marino—. ¿Cuál es tu nombre, muchacho?

—Declan, señor. Declan Mclister.

—Muy bien, Mclister. Despídete de tus amigos, recoge lo que vayas a traer al barco y regresa aquí antes de las ocho de la tarde. Queda todavía mucho trabajo por hacer antes de zarpar mañana. Y sé puntual, eso es fundamental en nuestro mundo.

—Así lo haré. ¡Gracias por la oportunidad!

Declan Mclister abandonó los muelles con un semblante mucho más feliz del que tenía minutos antes. Aunque su amigo no parecía tan contento.

—¿Estás loco? —dijo Sean—. Le has entregado a ese tipo tu bolsa de peniques y ni siquiera te ha dado un recibo, ni has firmado nada. ¿Y si se marcha con tu dinero?

—No me importaría, Sean, tampoco era mío. Pero, si me sirve para salir de aquí, lo doy por bien empleado. Además, ese tipo tendrá pinta de duro, pero no me la va a jugar, ya lo verás.

—No deberías irte, esa vida no es para ti. ¿Sabes lo larga que se puede hacer la travesía? Y encima no estarás cómodamente instalado en tu camarote, no. Te obligarán a realizar las tareas más duras del barco, te explotarán por unos peniques de nada.

—Me da igual, ya lo he decidido. Te agradezco mucho lo que estás haciendo por mí, igual que al resto de tu familia. Pero ahora debo seguir mi camino. Quiero despedirme de los tuyos y recoger lo poco que tengo antes de partir.

Sean Hollister intentó convencer a su amigo durante todo el trayecto hacia su casa, pero Declan no se amilanó. La decisión estaba tomada: nada le impediría subirse a ese barco y zarpar rumbo al continente americano.

Los padres de Sean tampoco pudieron convencerle, por lo que la comida en casa de los Hollister fue la última en suelo irlandés para Declan. Horas después se despedía de sus amigos con los ojos llenos de lágrimas y encaminaba sus pasos hacia el cementerio de la localidad para darle también el último adiós a los Mclister.

El joven se arrodilló ante la tumba de sus padres y les habló en voz baja, como si estuvieran a su lado. Tal vez no regresara jamás a Irlanda y esa fuera la única oportunidad que tendría de despedirse de su familia.

Unas ráfagas de aire frío azotaban el camposanto, arrancándole un estremecimiento a Declan. Escuchó sonidos extraños a su alrededor, pero no se asustó a pesar de encontrarse entre muertos. El viento que provenía del mar ululaba con fuerza y hacía que los crujidos de los árboles resultaran irreales.

Miró por última vez en derredor, convencido de que su vida nunca sería igual a partir de ese momento. Recogió su petate y salió del cementerio, camino de su destino. Una nueva vida iba a comenzar en América, aunque nunca imaginó que sería bajo aquellas circunstancias.

Recorrió las calles de su viejo pueblo en silencio para almacenar en su memoria todo lo que sus sentidos pudieran recabar en esos postreros instantes. Siempre había querido salir de Cove, una pequeña población que a veces le ahogaba, pero no marchar de aquella manera. La nostalgia se apoderó de él y supo que echaría mucho de menos su tierra antes incluso de abandonarla.

Saboreó su paseo y trató de guardar para sí la verdadera imagen de aquellas calles. Paladeó el ambiente, olfateando también como un sabueso para que los olores que le habían acompañado desde pequeño no se perdieran en la bruma. Sabía que perseguía un imposible, pero por lo menos lo iba a intentar.

Minutos después llegó al lugar donde estaba atracado el *Pegasus*. Preguntó por el oficial Douglas, y el marino acudió en su busca.

—Muy bien, muchacho. Veo que no te has arrepentido. Ya veremos lo que opinas después de una travesía por el Atlántico.

Declan acompañó al oficial al interior del barco y mientras caminaba por la cubierta volvió la cabeza para despedirse de su querido Cove. América le aguardaba, pero él todavía ignoraba lo que le esperaba en aquel vasto continente que siempre había querido conocer.

SUANCES, ABRIL DE 1881

UN HUÉSPED MUY PARTICULAR

Durante esos días el enfermo fue recuperando las fuerzas y también su estado de ánimo. O eso supuse al hablar con él. El extranjero se tomaba cada vez más confianzas conmigo y no se lo iba a permitir. Lo primero de todo, porque yo era una señorita respetable. Y lo segundo, porque el tal Mclister estaba en casa bajo nuestros cuidados y debía ser más respetuoso con todos los miembros de la familia.

La hinchazón de la cara del viajero disminuyó, y los traumatismos provocados por la paliza remitieron con más celeridad de lo esperado en un caso de esas características, o eso me dijo, al menos, don Anselmo. Al parecer nuestro nuevo huésped tenía una gran capacidad de curación y cicatrización dentro de su organismo. Eso me permitió observarle con más detenimiento cuando iba a su habitación para llevarle la comida, los medicamentos o cualquier otra cosa. Mi madre delegó en mí para atender al enfermo, ya que ella tenía otras cosas que hacer, aunque su mirada me dijo a las claras que me vigilaría muy de cerca. Sabe más el diablo por viejo que por diablo.

Declan tenía una mirada limpia, sin atisbo de maldad. Sus labios carnosos habían recuperado casi su forma habitual, y ahí pude atisbar un deje irónico, casi cínico, que dibujaba su boca en algunas ocasiones. De todos modos pensé que se trataba de una buena persona y que realmente había sido asaltado por unos desaprensivos. Quizás su actitud ante la vida fuera la única que un hombre de mundo se podía permitir para sobrevivir fuera de su hábitat natural.

Continué atendiéndole del mejor modo posible durante su convalecencia, mientras la impaciencia de mi madre crecía por momentos. Se veía a las claras que no quería tener al extranjero en nuestra casa y que había cedido solo por la mediación de don Anselmo.

—En cuanto el médico lo disponga, ese hombre tendrá que abandonar la habitación. Ya sabes cómo son las comadres del pueblo, y no quiero habladurías sobre mi familia.

—No sé a qué se refiere —contesté con fingida inocencia—. El pobre sigue muy malherido y no creo que deba moverse de momento.

—Eso lo tendrán que decidir los médicos, Amayuca, no tú. Y, por supuesto, las autoridades. Tampoco sabemos lo que le ocurrió realmente; tenemos solo su versión.

Cuando comuniqué que el extranjero se expresaba perfectamente en nuestro idioma, todos —incluido el médico— soltaron un suspiro de alivio. A nadie pareció sorprenderle que un irlandés hablara español con acento cubano, así que yo no iba a ser diferente. Pero, de todos modos, sabía que las horas de Mclister en Casa Abascal estaban contadas. Y eso me apenó, no podía negarlo.

Me había acostumbrado a demorarme unos minutos en su cuarto cuando acudía a atenderle. Me gustaba charlar con él, aunque tuviera que estar alerta para captar el tono burlón con el que a veces me respondía. Tal vez era simplemente un mecanismo de defensa. Al fin y al cabo él tampoco nos conocía y se encontraba en una casa extraña, mantenido y atendido por personas de las que no sabía apenas nada.

Yo siempre he sido muy curiosa y, aunque no quería molestar a nuestro invitado, a veces pecaba por exceso y le preguntaba cosas que quizás debería haber callado.

—¿Y cómo acabó en Cuba, señor Mclister? —pregunté—. No parece un destino natural para un irlandés, ¿me equivoco?

—No se equivoca, señorita Abascal. Si le parece, puede llamarme Declan. El señor Mclister era mi padre, que en paz descanse.

—Vaya, lo siento, lamento su pérdida —contesté azorada—. De acuerdo, Declan, pero solo si a mí me llama por mi nombre, Amaya.

—Por supuesto, Amaya. Y no se preocupe por nada. De hecho la muerte de mis padres fue el detonante para que yo acabara en Cuba.

Mis cejas se alzaron perplejas ante su afirmación. Callé por unos segundos, esperando algún tipo de explicación, y Declan consintió entonces en contarme algunas de sus peripecias.

—Ocurrió hace ya siete largos años, parece mentira lo rápido que pasa el tiempo...

El irlandés me narró entonces lo sucedido en su pueblo natal en aquella infausta noche. La tragedia acaecida en su familia le obligó a tomar una determinación, y sus decisiones le llevaron hasta Cuba.

—El destino final del barco era Virginia, previo paso por Florida, pero yo me quedé en Cuba. Estaba harto de la travesía por el océano y quería poner pie en tierra lo antes posible. Contraje una deuda antes de subir al buque, pero ya la había saldado y nada me ataba ya al *Pegasus* o al señor Douglas, el oficial al que servía. Además, fue llegar al Caribe y enamorarme de su luz. La Habana es una ciudad especial, y nada más conocerla sentí que aquel sería mi verdadero destino.

—Ya veo... Y ahora de nuevo en Europa. Aunque Suances no tiene mucho que ver con Irlanda, me parece a mí.

—Bueno, no es tan diferente. La costa del norte de España y la del sur de Irlanda tienen bastantes similitudes, la verdad. Pero es cierto, he dado muchos tumbos últimamente. Otro día hablamos de ello. Creo que ahora debería descansar un poco. Me encuentro algo fatigado y...

—Claro, claro —asentí ante su cambio de actitud. Quizás era pronto para contarme su historia, o tal vez el irlandés prefiriera olvidarse del asunto. Era hora de salir de allí. Bastante había molestado ya a nuestro huésped ante el aparente poco control que ejercía mi madre sobre mí en ese sentido—. En otro momento, ahora lo mejor será descansar para recuperar fuerzas.

El resto de la semana pasó en un suspiro. Nelu y mi abuelo se dejaban caer de vez en cuando por la habitación del *Trasgu* para saludar al irlandés y ver cómo se encontraba, pero mi madre les decía que no debían molestarle demasiado. El hecho de que Declan hablara español fue el detonante para que la curiosidad hacia su persona creciera en el resto de la familia. Ya no era yo la única que se sentía extrañamente atraída por nuestro peculiar visitante.

Sin embargo, hubo una excepción a esta regla. María ni siquiera se acercó a la habitación del irlandés, detalle que me sorprendió bastante. Ella también era curiosa por naturaleza, una joven lozana y pizpireta, llena de vida. Tal vez no quisiera saber nada de enfermos, o simplemente obedecía las órdenes de nuestra madre de no acercarse por allí. Hasta el comienzo de la siguiente semana, donde todo dio un giro radical en nuestras vidas.

El lunes por la mañana don Anselmo se acercó a nuestra casa, acompañado por don Severino, el médico oficial de Suances por aquel entonces. El viejo doctor ya había puesto en antecedentes de lo ocurrido a su sucesor y le había explicado las medidas tomadas para aliviar al enfermo, todavía postrado en la cama.

María y Nelu se encontraban en el colegio aquel lunes cuando los dos galenos llegaron a la habitación del *Trasgu*, flanqueados por mi madre. Yo me hice la encontradiza y los acompañé, pues temía que la severa mirada de mi madre me echara de allí al instante.

Don Severino examinó a Declan en presencia de don Anselmo. Yo permanecí a unos metros de distancia, junto a la entrada del cuarto, para no entorpecer su labor y pasar algo más desapercibida a ojos de mi madre.

—Tenía usted razón, don Anselmo. El joven está curando con prontitud. En unos días podrá abandonar la cama y empezar a hacer vida normal para recuperarse del todo. ¿Quién le hizo esto? —preguntó don Severino al paciente.

—No lo sé, doctor, la verdad es que no recuerdo nada. Estaba tomando algo en una taberna de Santillana del Mar y cuando desperté me encontraba ya en esta habitación. Entre medias hay una laguna en mi mente que no logro recordar.

—Es extraño, la verdad. Y después aparece usted en Suances, tras caer de un carromato cuyo origen desconocemos.

—Así es, doctor. No sé si me caí, o si me arrojaron al camino. Tampoco sé por qué acabé en Suances. Yo estaba buscando trabajo y me dijeron que por la zona podría encontrar algo, pero no recuerdo nada más.

—Ya veo. Bueno, habrá que avisar a las autoridades. Si unos maleantes le asaltaron, le dieron una paliza y le robaron su dinero, hay que denunciarlo cuanto antes.

—Sí, no se preocupe —respondió Declan con ese rictus que yo ya conocía—. En cuanto esté más recuperado acudiré a las autoridades. Ustedes ya han hecho bastante por mí. He perdido todos los ahorros que tenía, pero por lo menos puedo contarlo.

Se veía que Declan no quería más problemas, y no parecía tener intención de cumplir lo prometido. Tal vez lo que pretendía era librarse de las miradas inquisitorias de las personas que rodeaban su lecho y esperaba que se apiadaran de él por su estado. ¿Tendría Declan algo que ocultar? Lo averiguaría si estaba en mi mano.

—De acuerdo, joven. Don Anselmo ha hecho un buen trabajo, y veo que usted se recupera con rapidez. Siga con el tratamiento durante unos días más y acuda a mi consulta en cuanto pueda.

—Gracias, doctor, así lo haré.

Al mediodía le acerqué a nuestro huésped la comida e intenté entablar conversación con él, ya que le notaba algo distraído. Quise insistir y preguntarle lo que le sucedía, pero enseguida escuché a mi madre gritar través de las paredes:

—Date prisa, tenemos mucho por hacer todavía en el huerto.

Declan hizo un gesto con los hombros, dándome a entender que no podía quedarme de cháchara con él, por lo menos en ese momento. Y es que mi padre, que en gloria esté, había tenido la feliz idea, años atrás, de plantar un huerto en la parte lateral de la finca, justo al lado del edificio donde vivíamos nosotros. En primavera plantábamos lechugas, tomates, calabazas, maíz, vainas y otras verduras que había que recolectar en otoño, una tarea que odiaba profundamente.

Mi madre me recordaba siempre que el pequeño huerto nos proporcionaba comida para nosotros y, a veces, dependiendo de la cosecha, teníamos incluso excedente que podíamos vender. Y la primavera era la época en la que había que sembrar para luego recoger.

Siempre había cosas por hacer en Casa Abascal. Y yo había aprendido a buscarme tareas por mí misma, antes incluso de que mi madre me llamara la atención. A la fuerza ahorcan, y con los años había aprendido qué era lo mejor para mí. A veces metía la pata y me ganaba la reprimenda de todas formas. Pero otras veces, las menos, mi madre esbozaba una sonrisa de satisfacción mientras soltaba:

—Así me gusta, Amayuca. Una mujer de su tiempo no puede estar todo el día mano sobre mano; siempre quedan cosas por hacer en la casa. Y eso que todavía no tienes una familia que atender, ya verás cuando te cases y tengas hijos...

Yo ignoraba sus pullas, porque sabía a qué se refería. Con mi edad ya se iba acercando la hora de que me casara, según decían ella y sus comadres, para que me hiciera una mujer de provecho. Y eso no tenía por qué significar que tuviera que salir de Casa Abascal y empezar una nueva vida junto a mi supuesto marido. No, la matriarca de la casa esperaba que todos siguiéramos allí, bajo su cobijo. Al fin y al cabo yo era su mejor ayudante en las tareas domésticas, y no iba a dejarme marchar tan fácilmente.

Pero yo no estaba dispuesta todavía a enclaustrarme en vida con un hombre. Me consideraba aún muy joven para asumir ese tipo de responsabilidades y no quería ser como el resto de las mujeres de mi edad. Vivía en un pueblo pequeño, era cierto, pero tenía otras ambiciones. Años atrás hablaba de ello con mi padre, pero ahora me faltaba su consejo. Y, claro, mi mente recordó nuestras conversaciones sobre ese asunto.

Yo le contaba que de mayor quería ver mundo. Y él me daba la razón mientras me acariciaba la cabeza en un gesto muy suyo, consolándome y asegurándome que yo podría hacer lo que quisiera en la vida. Esos sueños de juventud se habían roto con su trágica muerte y maldije de nuevo el aciago día en que fue a Santander para tratar con los proveedores.

Esa misma tarde, cuando los pequeños regresaron del colegio, le pedí a María que me ayudara a doblar la ropa de cama que ya estaba seca. Afortunadamente llevaba días sin llover, y la ropa pudo secarse a la intemperie, y no dentro de casa junto a la lumbre, donde al final siempre acababa ahumada.

Nelu correteaba a nuestro lado sin parar, mientras nosotras nos afanábamos en terminar la tarea en el antepatio antes de que mi madre apareciera por la puerta, enfrascada todavía con otras tareas. Vi al niño salir de la casa grande con gesto travieso y pensé que seguramente habría hecho alguna trastada de la que más tarde nos enteraríamos.

Continuamos con la labor, y unos segundos después distinguí en el rostro de María el reflejo de una profunda sorpresa. Creí incluso intuir un ligero fulgor en sus ojos y noté cómo sus mejillas se tornaban sonrosadas. Yo me encontraba de espaldas a la casona de huéspedes y no pude ver el motivo de su desasosiego hasta que no me di la vuelta. Y entonces, casi a la vez, las dos hermanas dejamos caer al suelo la colcha que estábamos doblando.

—Señor Mclister, ¿qué hace usted levantado? —le escuché decir a mi madre tras aparecer justo a la espalda del irlandés.

—No se preocupe, señora Inés. Ya me encuentro mucho mejor y solo quería pasear un poco para que me diera el aire. Me voy a volver loco ahí encerrado...

Y dicho esto nos lanzó una sonrisa devastadora que tuvo un curioso efecto sobre nosotras. Yo me azoré al instante, pero reaccioné con rapidez. Me agaché a toda velocidad, antes de que mi madre se diera cuenta de que la colcha limpia se arrastraba por el suelo. De ese modo alejé de mí esos ojos retadores, pues temía que todos se dieran cuenta de mi desasosiego.

Miré con disimulo a María mientras me agachaba, y mi ansiedad aumentó por momentos. La muchacha contemplaba embelesada al irlandés, sonriendo como una boba mientras sus mejillas se arrebolaban sin darse cuenta. Mi madre también se percató de la situación y actuó con presteza, con cuidado de no llamar demasiado la atención.

—Nelu, acompaña a nuestro huésped hasta el huerto. Así podéis dar una pequeña vuelta por la finca, antes de que el señor Mclister regrese a su habitación para seguir descansando.

No se trataba de una recomendación, ni mucho menos. Era una orden, tanto para mi hermano como para Declan. Ambos se dieron cuenta a la perfección y obedecieron sin rechistar. Nelu asintió y se quedó al lado de Mclister, por si el irlandés necesitaba apoyarse en él mientras caminaba despacio, todavía con temor después de la paliza recibida.

—Gracias, señora Inés. No se preocupe, solo quiero respirar un poco el aire fresco. Enseguida regresaré a mi habitación y me portaré bien.

Esto lo dijo mirando hacia nuestra posición mientras nos guiñaba un ojo. María no perdía ripio y seguía a su aire mientras jugaba con un mechón de pelo que mordía sin disimulo; un gesto suyo característico que me hizo reaccionar, aunque mi madre volvió a adelantarse y bramó nuevas órdenes para nosotras.

—No tenemos todo el día. En la cocina hay tarea de sobra para las dos, que os veo muy ociosas hoy. Creo que las vainas y las patatas no se pelan solas, ¿verdad?

El gesto fiero de mi madre no admitía réplica, y ambas lo sabíamos. Desde luego el magnetismo de Declan no había hecho mella en su carácter, que seguía como de costumbre. El semblante de María se endureció ante sus órdenes, quizás decepcionada por perderse la diversión que tenía hasta ese momento. Y es que la aparición del joven irlandés la había sumido en un estado en el que nunca la había visto. ¿Sería algo casual?

Mi hermana acababa de cumplir los trece años, pero se estaba convirtiendo en una mujer a marchas forzadas. Meses atrás, después de las últimas Navidades, se asustó mucho al presentársele el período por primera vez. Tuvimos que tranquilizarla cuando la niña vio sangre entre sus piernas y creyó que le sucedía algo grave. Y, claro, nuestra madre comenzó a explicarle a María lo que ese hecho significaba para una mujer.

En esos pocos meses mi hermana había dado un cambio radical. Todavía tenía un rostro de niña inocente, pero su cuerpo se transformaba muy deprisa. Sus caderas se redondeaban, y un más que generoso busto para su edad empezó a crecer en su pecho. Aquellas curvas no habían pasado desapercibidas en nuestro entorno, incluyendo a algunos chicos de su colegio que empezaban a mirar a mi hermana de un modo mucho más atrevido.

Quise alejar los pensamientos extraños que se estaban apoderando de mi mente. ¿Qué me sucedía? No podía ser el aguijonazo de los celos, aunque algo extraño me ocurría. Y las miraditas entre Declan y María tenían mucho que ver.

Mi hermana me había superado en altura, y eso que todavía era una cría. Sus formas voluptuosas se empezaban a hacer evidentes, a pesar de que mi madre intentara disimularlo con ropa amplia. María era una niña preciosa y pronto se convertiría en una bella mujer.

Tenía el pelo rubio, recogido con dos infantiles coletas casi todo el tiempo. Ojos grandes de color miel y un rostro sonrosado repleto de diminutas pecas. Una pequeña ninfa que llamaba la atención, por mucho que a mi madre le costara trabajo aceptarlo. Mi padre se habría sentido orgulloso de su hija pequeña, aunque seguramente también lo habría pasado muy mal al intuir lo que acontecería entre el género masculino cuando la niña siguiera creciendo.

Yo era bajita, y con mi edad ya no iba a crecer demasiado. Tenía una melena larga, de color azabache, y unos ojos oscuros herencia de mi padre. No me consideraba guapa, pero mi madre decía que era «resultona». Tampoco tenía un pecho abundante y eso siempre me había creado algo de complejo, aunque mis rotundas caderas hacían de excelente contrapunto. Hasta que aquella mocosa devolvió la sonrisa a Declan y yo me sentí totalmente ignorada.

Con la confusión del momento no me había percatado del todo del increíble cambio de Declan desde la última vez que le había visto, allí en su habitación.

—Buenas tardes, señoritas —dijo el irlandés con tono guasón antes de desaparecer de nuestra vista.

Nosotras nos dirigimos hacia la cocina, mientras Nelu acompañaba a Declan en su corto paseo. Reprendí a María con la mirada, y ella agachó la cabeza avergonzada. Todavía era una niña, pero habría que vigilar sus actitudes. Y no por celos, o eso me decía a mí misma en ese instante, sino porque no hubiera malentendidos a partir de entonces.

En los segundos que transcurrieron hasta que Declan me dio la espalda pude contemplar su rostro totalmente rasurado y el pelo algo más arreglado. Quizás Nelu le había llevado útiles de afeitar y por eso salió de casa con ese gesto momentos antes. Aunque tal vez había sido mi abuelo el culpable de esa transformación, a juzgar por la ropa que llevaba puesta el viajero cuando apareció ante nosotras. Desde luego el irlandés tenía a los hombres de la casa de su parte, o eso creí entender en ese momento.

El *güelu* había sido un hombretón bastante grande en sus buenos tiempos, aunque los achaques de la edad le habían encorvado la espalda. Declan era alto y ancho de espaldas, y por eso pensé que su ropa solo podía pertenecer a mi abuelo. No le quedaba perfecta, pero con el pantalón de pana, la camisa y la chaqueta, más la mejora en un rostro donde casi habían desaparecido los moratones, hizo que el cuadro general ganara mucho. Y todas las mujeres de la casa, incluida mi madre, nos habíamos dado cuenta enseguida de la mejoría.

No es que creyera que Declan fuera de mi propiedad por haber sido la primera que le vio, allí tirado de cualquier manera en medio del camino, pero algún pensamiento similar cruzó por mi mente durante esa tarde. No podía negar la evidencia: Declan me parecía un hombre muy atractivo, y preferí que nadie se percatara de ello. La situación solo nos acarrearía problemas y el gesto adusto de mi madre me dio a entender que ella no pensaba tolerar ni una alegría a sus hijas.

Un rato más tarde escuchamos regresar a Declan y a Nelu desde el huerto, mientras charlaban animadamente de camino a la habitación del *Trasgu*. Me asomé a la puerta de nuestra casa y sorprendí a mi madre en una de las ventanas de la planta superior de la casona principal, oteando el horizonte como un ave rapaz y controlando tanto lo que hacíamos nosotras como Nelu y nuestro huésped. A la señora Inés no se le escapaba una y andaba con la mosca detrás de la oreja, algo que no podía ser bueno para ninguno de nosotros.

La mirada de hielo que me lanzó mi madre me obligó a resguardarme en la cocina y proseguir con la tarea, pero eso no me impidió escuchar lo que ocurría en el exterior, justo en la zona que delimitaba el edificio principal de Casa Abascal de lo que era nuestro humilde hogar, situado a escasos metros de la fachada principal de la finca.

—Gracias por acompañarme, Nelu. —Declan se había aprendido el nombre con el que llamábamos a mi hermano, y le trataba con franca familiaridad—. Toda la propiedad es muy hermosa; me ha gustado mucho pasear por el huerto, me trae buenos recuerdos del pasado...

—De nada. No se preocupe, le acompaño hasta su habitación.

Mi hermano era un pequeño diablillo, pero cuando quería se comportaba como un niño muy educado. Mis padres le habían enseñado buenos modales, aunque a veces se le olvidaran en sus múltiples travesuras. Algo que no le solíamos tener en cuenta. Para eso era el pequeño de los Abascal, el ojito derecho de mi madre y el más mimado de la familia.

—No me llames señor, o te llamaré yo Manuel... —replicó Mclister—. Me puedes llamar Declan, tampoco soy tan viejo.

—Claro, señ... Digo... Declan.

Los dos paseantes se quedaron unos segundos parados, justo antes de entrar en la casona. Tanto María como yo queríamos asomarnos para ver lo que sucedía en el exterior, pero ninguna nos atrevíamos. Actué como la hermana mayor y con un leve gesto obligué a María a continuar con su labor, mientras yo intentaba enterarme de lo que ocurría fuera.

—Disculpe, señora Inés —bramó Declan con voz potente. El paciente parecía recuperarse a buen ritmo y no le pasó desapercibida la ubicación de mi madre, asomada en la ventana superior para controlarnos—. Hoy me encuentro mejor y no me gustaría quedarme encerrado en la habitación. ¿Podría cenar con ustedes esta noche?

La petición inesperada tomó por sorpresa a mi madre, que balbuceó algunas palabras sin mucho sentido. Al momento se repuso y contestó también en voz alta, a sabiendas de que Declan no era el único que estaba pendiente de su respuesta.

—Ya lo veremos, señor Mclister. De momento vaya a su habitación, tiene que descansar.

Imaginé a Declan asintiendo levemente, obedeciendo las órdenes de la matriarca del clan Abascal. Yo ignoraba lo que mi madre pensaba en esos momentos, pero sabía que no sería una decisión fácil para ella.

Declan y Nelu entraron por fin en la casona, y ya no escuché nada más. Seguí con la tarea y me afané por terminar lo antes posible. Mi madre bajaría enseguida para ir preparando la cena de esa noche, y yo no quería pagar los platos rotos en caso de que se hubiera enfadado por lo sucedido.

—¿Vamos a cenar con Declan? —preguntó entusiasmada María—. No solemos comer con los huéspedes, pero madre podría hacer una excepción en este caso.

—No lo sé, la verdad. Nosotras a lo nuestro, no te distraigas. ¿Has terminado con las vainas?

—Sí, ya me queda poco. Estaría bien cambiar por un día nuestras costumbres. Además, así podríamos escuchar alguna de las aventuras de Declan en América, seguro que sus historias son tan interesantes como él.

—¡María! —grité—. Ni se te ocurra hablar así en presencia de madre o te caerá un buen castigo. No creo que una niña de tu edad tenga que pensar en esas cosas. Bastante tienes con la escuela y ayudar en casa; esas deben ser tus únicas prioridades en estos momentos.

Mi hermana agachó la cabeza, abochornada. Se había sincerado conmigo, confiando en la camaradería entre mujeres. Al fin y al cabo yo era su hermana mayor, pero ella no sabía que sus palabras me afectaban de mala manera. Nunca habíamos hablado de ese modo, ni comentado nada sobre ningún muchacho del pueblo. Para mí, María seguía siendo una niña, aunque los hechos se empeñaban en demostrarme lo contrario.

Al rato bajó mi madre para supervisar nuestro trabajo. No parecía muy satisfecha, y creí que nos iba a caer una reprimenda, cuando de repente apareció mi abuelo, dispuesto a terciar en aquella insólita situación.

El *güelu* cogió a mi madre del brazo, con un cariño no exento de firmeza, y la sacó de nuevo a la calle para hablar con más tranquilidad. Escuché rezongar a mi madre, que no quería levantar la voz para no dar tres cuartos al pregonero, aunque yo intuía los derroteros de la conversación. El abuelo querría convencer a madre para cenar todos juntos con el viajero, y ella parecía cerrarse en banda.

Minutos después entraron de nuevo los dos juntos. El rostro del anciano reflejaba satisfacción, y por el contrario la cara de mi madre aparecía más enrojecida de lo normal. ¿Se habría salido el abuelo con la suya? Suegro y nuera nunca se habían idolatrado, pero ambos se respetaban. Y parecía que esa vez el anciano había ganado la batalla, si es que aquella escaramuza familiar podía considerarse como tal.

—Amaya, termina con las dichosas patatas, no tengo todo el día. Y tú, María, ve a la casona y prepara la mesa del saloncito para seis personas. Cenaremos allí todos, pero no quiero una palabra más alta que otra. Y si hacéis que me arrepienta de esto pagaréis las consecuencias, os lo aseguro...

—Claro, madre, no habrá ningún problema —contestó María muy ufana mientras yo las miraba alucinada.

Mi madre comenzó a impartir órdenes a diestro y siniestro para que colocáramos la mesa y todo estuviera dispuesto antes de la cena.

Al parecer había dado su brazo a torcer, y eso era una novedad en casa. Mi madre tenía un fuerte carácter, pero a veces los pequeños gestos conseguían ablandarla. Ignoraba cómo la había convencido el *güelu*, pero debíamos procurar que esa noche nada saliera mal.

Todavía no sabía si las sensaciones extrañas que albergaba mi cuerpo se debían a algún tipo de sentimiento hacia el recién llegado; tendría que averiguarlo. Pero lo que no podía obviar era lo que había visto en María. Mi hermana pequeña tendría que cambiar durante la cena su actitud de adolescente enamorada, o mi madre ardería por combustión espontánea. La virtud de una hija era algo sagrado, y no se podía permitir que cualquier frase o comportamiento de mi hermana fuera malinterpretado por nuestro huésped.

Al rato dejé sola a mi madre en la cocina mientras ella preparaba la cena y me dirigí a mi habitación para cambiarme. No había necesidad de vestirse para una boda, pero tampoco quería que Declan me viera como una pueblerina. Así que me arreglé discretamente, sin querer llamar demasiado la atención.

En el pasillo de nuestro hogar me crucé con María, que regresaba de la casa grande tras preparar la mesa en la que cenaríamos un rato después. Quise ejercer entonces de hermana mayor, aunque se me olvidó actuar con mano izquierda y el resultado no fue el esperado.

—¿Ya has terminado? Espero que esté todo perfecto, no querrás enfadar a madre.

—No te preocupes, lo he hecho todo bien. No soy tonta, ni nada por el estilo. Podéis dejar de tratarme como si fuera una niña pequeña.

—Eres una niña pequeña, Mariuca, solo tienes trece años. Espero que lo recuerdes esta noche y tengamos la fiesta en paz.

María no se inmutó ante mi réplica. Parecía muy segura de sí misma. En ese instante la vi crecer por momentos, como si la niña inocente abandonara la infancia en un abrir y cerrar de ojos. Y tuve miedo. No sabía si por ella, por mí o por lo que podría suceder, pero sus palabras siguientes me produjeron un escalofrío.

—Ya soy una mujer, Amaya. Y, si lo soy para unas cosas, también lo seré para otras. No necesito tus consejos de hermana mayor.

—Perdona, no quería darte lecciones. Solo...

—Sí, ya lo sé. Descuida, soy una señorita y me comportaré como es debido. No voy a avergonzar a la familia delante de nuestro invitado. Aunque si el invitado es el que se fija en mí de esa manera, poco puedo hacer yo por impedirlo.

La insolencia de la mocosa me pareció inaudita, y el aguijón de los celos me golpeó con dureza. ¿Tenía razón María? Quizás yo era una incauta y Declan ya se había fijado en la pequeña Mariuca. La diferencia de edad era ostensible, eso era cierto, pero nada descabellado para una sociedad en la que las mujeres siempre han tenido que crecer deprisa para formar su propia familia.

Sabía que mi madre no permitiría nada semejante. Mi padre tenía otras ideas para el porvenir de su hija pequeña, y en casa haríamos lo imposible por cumplir sus deseos. Y eso no cuadraba con lo que tenía en mente mi dichosa hermanita, revolucionada por unas hormonas que podían traerle muchos quebraderos de cabeza.

—Como bien has dicho, ya eres mayorcita. Así que no te voy a dar ningún sermón. Pero por tu bien y por el de la familia, espero que te quites esas estúpidas fantasías de la cabeza. Creo que malinterpretas los gestos de amabilidad de un hombre hacia la familia que le ha acogido mientras se recupera, nada más.

—Si tú lo dices, hermana —me retó con la mirada—. Ya lo veremos...

María desapareció de mi vista, pero todavía portaba el gesto desafiante en su rostro. Nunca la había visto así y me preocupé. No ya por mí, eso era lo de menos, sino por la furibunda reacción de mi madre si la niña llegaba a hacer o decir algo que nos pusiera en un compromiso delante de un extraño.

No sabía qué hacer. ¿Avisaba a mi madre? No, eso sería la ruina. Además, yo también quería cenar con el apuesto irlandés, y si para ello tenía que ver como mi hermana se ponía en ridículo, lo daría por bien empleado. Pero no, allí había mucho más en juego y no podía permitir que la cena fuera un desastre.

Pensé entonces en sincerarme con el abuelo. Siempre había tenido una relación muy especial con él, y yo era su nieta preferida. O eso me decía el *güelu* a escondidas, sin saber si mis hermanos eran igual de correspondidos. Pero no, tampoco creí que fuera una buena idea.

Primero, porque no sabía lo que sentía mi hermana por el visitante. Y segundo, porque ni yo misma conocía mis propios sentimientos hacia nuestro invitado, y no quería levantar la liebre. Al fin y al cabo solo llevaba unos días en nuestras vidas, pero el irlandés errante amenazaba con trastornar toda nuestra existencia con aquellos ojos verdes como el mar.

A BORDO DEL *PEGASUS*, DICIEMBRE DE 1873

DE VIAJE HACIA EL NUEVO MUNDO

Declan Mclister se acordó de su amigo Sean nada más poner el pie en el barco. Aunque había hecho algún trabajo esporádico en el puerto de Cove y estaba acostumbrado a navegar en pequeñas embarcaciones que se alejaban poco de la costa, su cuerpo reaccionó de mala manera ante el largo viaje que se le presentaba.

Los primeros días sufrió lo indecible. Tras alejarse de Irlanda, ya en alta mar, el *Pegasus* tomó velocidad constante en su travesía hacia América. Y el joven Mclister comenzó a sentir náuseas y mareos que le revolvían el estómago cada vez más.

Realmente desconocía las tareas que debía realizar dentro del buque, pero Declan enseguida se dio cuenta de que no sería tratado como un grumete o un aprendiz. Douglas no quería perder su tiempo con el novato, por lo que simplemente le asignaba las tareas que nadie quería: limpiar letrinas, fregar la cubierta del barco, ayudar en cocina o en la bodega. Nada demasiado complicado para un marinero de agua dulce como aquel joven impetuoso, aunque tal vez el oficial se había equivocado al ofrecerle subir a bordo.

En ese momento le sobrevino una terrible náusea, y el irlandés se agarró a la vez boca y estómago para evitar que su oficial al mando le viera vomitar en cubierta. Eso sería una vergüenza para él, y no podía consentirlo. No creía que Douglas le devolviera a su pueblo, aunque todavía no se habían alejado demasiado del condado de Cork, y Declan quería continuar con el viaje hacia América.

—Anda, mequetrefe, descansa un momento. Ve a ver al médico en la cubierta de estribor, que así no me sirves de nada.

—Gracias, señor —balbuceó Declan, pálido como la luna llena.

El médico sonrió nada más verle. Los síntomas de Mclister saltaban a la vista incluso para un lego en la materia y el galeno ya había visto ese cuadro sintomático en muchas otras ocasiones.

—¿Es tu primera travesía? —preguntó el doctor.

—Sí, señor. Nunca había permanecido tanto tiempo en alta mar, y parece que los mareos no se me pasan. Incluso tengo sensación de vértigo.

—No te preocupes, es normal. Tu cuerpo se tiene que acostumbrar al vaivén de las olas. Le sucede a casi todo el mundo las primeras veces. Descuida, seguro que encontraremos una solución.

El doctor le dio a Mclister algunos sencillos trucos para controlar la situación: respirar aire fresco en cubierta cuando sus obligaciones se lo permitieran, acompasando el ritmo al inspirar y espirar; fijar la vista a lo lejos; cerrar los ojos para concentrarse y otros sencillos remedios que le ayudarían a sentirse mejor.

—Pero solo con estas indicaciones no vas a poder seguir trabajando en condiciones. Tendrás también que tomarte una cucharadita de este brebaje seis veces al día.

—¡Muchas gracias, doctor!

El remedio fue mano de santo y Mclister comenzó a mejorar. Consiguió retener en su estómago la comida que ingería. Y su cuerpo se lo agradeció. Su rostro recuperó el buen tono y pudo realizar sus tareas con mayor diligencia. Lo peor había pasado. Douglas se dio cuenta enseguida de su mejoría y le encomendó a Mclister otras tareas. Un día le pidió que le acompañara a la bodega para hacer un inventario de la carga.

—¡Maldita sea, esto es un desastre! —exclamó Douglas al comprobar cómo se había estibado la carga en la bodega del barco.

—¿Quiere que cambie algunas cajas de sitio, señor? —preguntó Mclister.

Declan se sentía con fuerzas renovadas y quería congraciarse con su oficial. Pensó que un poco de ejercicio le vendría bien, y aquel desbarajuste de cajas apiladas podría ayudarle a tonificar aún más sus músculos.

—Sí, Mclister. Bueno, primero tenemos que separar lo que desembarcaremos en La Habana. Veamos... —Douglas consultó su tablilla, donde tenía anotadas las indicaciones del capitán—. Aquí está, ya veo: doce cajas de vino, veinte cajas de conservas, ciento veinticinco botellas de güisqui de malta, quince sacos de sal...

Declan comenzó a trabajar a destajo sin que su oficial tuviera que repetirle las órdenes. Separó a un lado las cajas de vino y conservas, colocó los sacos de sal y se dirigió sin pestañear hacia el fondo de la bodega, donde se encontraba el güisqui escocés.

—Si colocamos aparte estas dieciséis cajas para obtener ciento veinticinco botellas sobrarían entonces tres botellas, señor —contestó al momento Mclister—. ¿Qué hago con ellas?

—Vaya, Mclister, parece que se te dan bien los números —dijo Douglas sin dejar entrever su asombro—. Deja las malditas dieciséis cajas en aquella esquina. Recuérdame después que abramos una caja y quitemos las tres botellas de más. No vamos a ir regalando por ahí güisqui del bueno así como así.

—Por supuesto, señor —contestó Declan algo azorado al darse cuenta de su error.

Aunque Declan asistió durante poco tiempo a la escuela, lo había aprovechado bien, y sus padres estaban orgullosos de él. Sin embargo, no era aconsejable jactarse de semejantes habilidades, y menos delante de alguien de superior condición.

Douglas le encomendó más tareas al joven, mientras todavía seguía dándole vueltas en la cabeza a lo ocurrido. ¿Cómo demonios había podido efectuar la cuenta tan rápido aquel alfeñique? El oficial tenía sus estudios y creía ser una persona preparada, pero el infeliz que tenía bajo su mando le había demostrado en un suspiro lo equivocado que estaba.

—Como veo que eres un chico listo, seguro que no te lo tengo que repetir dos veces. Quiero catorce cajas de té en esa columna y después...

Douglas le enumeró los pedidos que había que separar de la carga principal antes de dejarle a solas con la tarea. Unos bultos se descargarían en La Habana, otros en Florida, y el resto debía quedar para el destino principal del barco: Virginia. Mclister prestó atención a las palabras de su superior para no cometer ninguna equivocación. El oficial le había calado y ahora vigilaba cada detalle. Y, si a partir de entonces se equivocaba, sabía que le acarrearía problemas más adelante.

Un rato después, sudoroso pero satisfecho, Declan abandonó la bodega. Se lavó y caminó por la cubierta de popa, hasta que reparó en una figura que se asomaba por la barandilla del barco, a punto de caer por la borda.

—¡Tenga cuidado, señorita! —exclamó Mclister.

La joven se sobresaltó ante el grito a su espalda. Se dio entonces la vuelta para averiguar el origen de esas voces. El irlandés pudo comprobar en ese momento que la muchacha simplemente estaba asomada a la barandilla como él hacía días atrás, intentando que el aire fresco le devolviera a su rostro el color que había perdido debido al mareo.

—¿Cuál es el problema, si puede saberse? —preguntó la joven.

—Disculpe, ha sido una equivocación. Pensé que...

—¿No creería usted que yo pretendía saltar o algo parecido?

—No, no, nada de eso. Perdone si la he molestado...

Mclister no sabía cómo salir del atolladero, y los risueños ojos de la chica, azules como el cielo, no le ayudaban a concentrarse precisamente.

—Descuide, no me ha molestado, señor...

—Mclister, señorita. Me llamo Declan Mclister, a su servicio.

—Encantada de conocerle, señor Mclister. Yo soy Emma Watson.

Declan se fijó entonces mejor en la belleza de su interlocutora. Emma era una joven de tez pálida y mejillas sonrosadas. Contaba con unas graciosas pecas que adornaban un rostro al que la travesía había quitado algo de color, según le pareció al irlandés. Y su pelo rubio se encontraba recogido en un elegante peinado que tapaba parcialmente su sombrero.

Mclister se fijó también en su indumentaria. La muchacha llevaba un elegante vestido que no desentonaría en un salón de baile. Parecía una joven con clase, pero él no se amedrentaba por las diferencias sociales. Así que utilizó su mejor sonrisa para intentar caerle en gracia a su compañera de viaje.

—Un placer, señorita Watson. De todos modos, creo que puedo ayudarla.

—¿Ayudarme en qué, señor Mclister? —preguntó divertida la joven.

Declan supo que había despertado su curiosidad. En ese preciso instante dio gracias a su familia por haberle obligado a aprender a expresarse correctamente en inglés. La chica parecía de Londres o alguna ciudad cercana, y quizás se habría sentido más cohibida si le hubiera contestado en gaélico, o con el fuerte acento irlandés de Cork.

—Con los mareos, señorita. Todos los hemos sufrido, se lo aseguro. Yo el primero, no se vaya a creer. Pero tengo un remedio infalible que le permitirá disfrutar más del viaje.

—Eso suena interesante.

La intuición de Mclister no había fallado. Tal vez la medicina recetada por el doctor, de la que todavía conservaba más de la mitad del frasco, le ayudara en sus pretensiones. De ese modo podría ganarse el favor de la muchacha y después... No, tendría que olvidarse de confraternizar demasiado con una pasajera. Si Douglas se enteraba, le despellejaría vivo. O tal vez decidiera tirarle directamente por la borda. Cualquiera se la jugaba...

—Si me espera aquí un momento, se lo demostraré. Voy a buscar algo y vuelvo enseguida, ya verá como mi remedio es mano de santo para los mareos.

Declan tenía razón: la señorita Watson mejoró mucho con el brebaje del doctor y con los pequeños consejos que tan buenos resultados le habían dado también a él. La joven se lo agradeció, y Mclister supo que había ganado muchos puntos delante de Emma.

La travesía continuaba su camino y con el paso de los días Declan y Emma coincidieron en más de una ocasión, no siempre de forma fortuita. De ese modo el irlandés supo que la joven inglesa era una institutriz que viajaba a Cuba, acompañando a un rico terrateniente español, el señor Antonio Mendoza, y sus dos hijos.

Siempre que podía escaquearse de sus obligaciones, Declan intentaba localizar a la señorita Watson para charlar con ella. Aunque Emma era unos años mayor que él y de una clase social superior —detalles que no le importaban lo más mínimo al irlandés y parecía que tampoco a la joven inglesa—, ambos se sentían cómodos en compañía del otro.

Emma le explicó brevemente su historia a Declan. Había perdido su trabajo de institutriz en Londres, y determinadas circunstancias familiares le obligaron a aceptar un empleo muy lejos de su patria, en La Habana. Allí se haría cargo de la educación de Marcos y Juan, los hijos del señor Mendoza, un hacendado con intereses comerciales en varias islas del Caribe, Florida y la capital inglesa. El español había enviudado hacía poco tiempo, allá en Cuba, y necesitaba que alguien se encargara de sus vástagos.

—Espero no haberme equivocado, Emma —le confesó Declan tras narrarle también sus peripecias—. Tras la muerte de mis padres me ofusqué, y al conocer al oficial Douglas vi los cielos abiertos. Creí que comenzar una nueva vida en América sería lo mejor para mí, pero ahora no lo tengo tan claro.

—Le comprendo, Declan. Yo también tomé la decisión de forma apresurada, pero creí que sería una buena oportunidad para mí. El señor Mendoza es muy generoso y se porta bien como jefe. Aunque claro, todavía no sé cómo será mi vida en La Habana.

—Dicen que es una ciudad muy bella, como el resto de la isla. Afortunadamente me han contado que lo peor de la guerra entre cubanos y españoles ya ha pasado; no sé cuál será la situación exacta ahora mismo.

—Sí, el otro día me lo explicó mi patrón. Al parecer llevan más de seis años de guerra en diversas regiones interiores de la isla. El señor Mendoza me aseguró que en La Habana estaremos a salvo, y también en la hacienda y sus alrededores.

—¿Conoce las causas de la guerra? Al parecer los cubanos estaban hartos de los desplantes de la metrópoli. En principio buscaban la independencia, pero se hubieran conformado con otras contraprestaciones por parte de España. Y, por supuesto, querían erradicar la esclavitud, claro está.

—Vaya, no sabía...

—Las potencias colonialistas se comportan igual en todo el mundo; es normal que la gente se subleve. Estamos a finales del siglo XIX y el mundo únicamente avanza para los de siempre.

Declan albergaba un profundo sentimiento nacionalista irlandés y, aunque no podía comparar la situación de su país con la de otras colonias inglesas de ultramar, entendía perfectamente lo que ello conllevaba.

Emma miró a su interlocutor con una pizca de admiración. Se trataba de un chico muy joven, con toda la vida por delante, pero tenía ideas diferentes a las habituales. Un hombre comprometido con su tiempo que se creía capaz de cambiar la sociedad desde dentro, algo que le parecía imposible a la institutriz.

—Poco podemos hacer en ese sentido. El mundo gira muy deprisa y no se puede cambiar de la noche a la mañana.

—De la noche a la mañana no, eso está claro —contestó Declan—. Pero mire lo que ha ocurrido en los Estados Unidos: han sufrido su propia guerra debido a las diferencias de criterio sobre la esclavitud en sus territorios. El futuro ya está ahí y el resto de potencias tendrá también que pasar por el aro, se lo digo yo. Incluido su patrón.

—¿A qué se refiere? —preguntó Emma de forma inocente.

—No creerá que el señor Mendoza no tiene esclavos en su plantación, ¿verdad? Al parecer, según he oído, es uno de los más importantes hacendados de la isla.

—Le veo muy informado, señor Mclister.

—Uno de mis mejores amigos en el *Pegasus* es un mulato liberado, hijo de una esclava cubana y su dueño, un terrateniente español. Santiago lleva un par de años trabajando en este barco y se defiende bien en inglés. Yo, por mi parte, intento aprender el español y de ese modo nos vamos entendiendo. Entre lo que me ha contado él y lo que he entresacado yo de otras conversaciones, me he podido hacer una idea de la situación.

—Mejor dejemos el tema por hoy —dijo Emma para eludir el espinoso asunto del señor Mendoza—. De todas formas, si le apetece seguir aprendiendo español, yo le puedo prestar algunos libros que me he traído. Quizás podríamos practicar juntos. Yo necesito mejorar también en ese idioma.

Emma comenzó a ayudar a Declan en los estudios de español, momentos que los dos jóvenes aprovecharon para seguir conociéndose. Solían reunirse en una especie de sala de paso que se encontraba entre las dos cubiertas superiores, aunque el tránsito de pasajeros por la zona no facilitaba precisamente el estudio.

Después de varias jornadas de travesía, su relación cordial se afianzó y empezaron a tratarse con más familiaridad. Mclister se encontraba muy a gusto en presencia de Emma y, aunque su instinto le decía que no tendría ninguna oportunidad con ella, él no quiso rendirse antes de empezar.

Una de las tardes en que habían quedado para seguir con las lecciones, Emma no se presentó a la cita. Mclister, alarmado, se acercó con cierto recelo a la habitación de la señorita Watson. No pretendía incomodarla ni ponerla en un brete, solo necesitaba saber si se encontraba bien. El joven llamó a la puerta con los nudillos y confió en que nadie se percatara de su presencia en aquella parte del barco.

—Emma, perdona... ¿Te encuentras bien?

La señorita Watson tardó todavía un momento en recomponerse y acudir para abrir la puerta. Después del almuerzo le había sobrevenido un ligero malestar y se había retirado a descansar a su camarote, sin darse cuenta de que se había quedado dormida hasta una hora más tarde de lo previsto en un principio.

—Disculpa, me he quedado traspuesta... Lo siento, seguro que llevas un buen rato esperándome en cubierta.

—No, yo... —Mclister se quedó un poco perplejo al ver la reacción de Emma—. Lo siento, solo quería saber si estabas bien. No pretendía molestarte, ya me marcho.

—Espera, Declan, no te vayas.

Mclister se quedó clavado en el sitio, asombrado ante el atrevimiento de Emma. ¿Qué pensarían los vecinos de pasillo si veían que un grumete departía con tanta familiaridad con una pasajera de primera clase?

—Si quieres podemos estudiar hoy en mi camarote. Ya es tarde y tal vez nuestro sitio habitual esté ocupado. Si te parece bien, por mí no hay inconveniente.

Y dicho esto, Emma abrió su puerta de par en par. Declan no lo dudó un instante y, antes de que su interlocutora cambiara de opinión, entró en los dominios de la institutriz. La señorita Watson cerró la puerta y ambos obviaron lo inadecuado de aquel encuentro a ojos de la rígida sociedad en la que vivían.

Declan no quiso fisgar demasiado en el interior del camarote, por lo que sus ojos no se entretuvieron en observar el interior del cuarto. Sí comprobó que Emma contaba con una pequeña mesita auxiliar donde podrían acomodarse los dos a estudiar.

Mclister intentó concentrarse en la tarea, pero el entorno no era el más adecuado y su mente le jugaba malas pasadas, imaginándose escenarios que nada tenían que ver con la casta relación entre una profesora y su alumno.

Declan siempre había sido un joven de sangre caliente, y Emma le atraía muchísimo. En su fuero interno pensaba que la chica también sentía algo por él, aunque los convencionalismos de su diferencia de edad o de su posición evitaban que ninguno mencionara el asunto. Tal vez fuera hora de que él diera el primer paso, ya que, en opinión del irlandés, una dama nunca se rebajaría a ello.

Pero Mclister no quería que ella le malinterpretara, y menos en la intimidad de su habitación. ¿Y qué mejor momento que ese?, pensó el impetuoso irlandés. Allí nadie les molestaría y podrían dar rienda suelta a sus sentimientos; si es que de verdad sentían algo el uno por el otro, y no era únicamente una atracción física.

Emma se levantó de su lugar para buscar un libro que guardaba en su maleta. Declan la contemplaba absorto mientras ella rebuscaba, atento a sus movimientos. El barco se zarandeaba más de la cuenta y ya habían bromeado sobre los mareos que ambos tuvieron antes de acostumbrarse a los vaivenes de la mar. Hasta que una ola más potente de lo habitual hizo que la chica perdiera el equilibrio, se golpeara en la espalda contra la pared y rebotara de nuevo hacia el centro del camarote.

Declan se levantó como un resorte e intentó evitar que la joven cayera de bruces, con tan mala suerte que al final ambos rodaron desmadejados por el suelo ante el ímpetu de las olas que golpeaban el barco. Se incorporaron enseguida y se quedaron un momento sentados en el suelo, con sus rostros a escasos centímetros y las manos entrelazadas tras la caída.

—¿Estás bien? —preguntó Declan.

—Sí, no te preocupes —contestó Emma sin apartar la mirada de los profundos ojos de Mclister—. Solo ha sido un golpe de mar y la culpa es mía por dejarme zarandear de ese modo. Estoy bien, de verdad.

—Emma, yo...

Mclister se armó de valor y se lanzó sin pensárselo más. Tal vez le saliera mal su apuesta, la joven le cruzara la cara y lo denunciara después por haber intentado sobrepasarse, pero ya no podía remediarlo. Mclister no pensó en posibles consecuencias y confió en su buena fortuna y su magnetismo personal a la hora de la verdad.

El beso fue suave y temeroso al principio. Declan posó sus labios en los de Emma mientras sus manos sujetaban la cintura de la mujer. Ella se quedó un instante parada, sin reaccionar, pero la situación cambió drásticamente unos instantes después. Emma le devolvió el beso con pasión, hasta que se dio cuenta de su error.

—No, Declan, por favor... Esto no está bien.

—Yo, perdona, creí que...

—No te preocupes, no pasa nada. Ha sido la emoción del momento, nada más. Ambos nos hemos dejado llevar, es algo natural. No te apures, esto no tiene por qué salir de aquí.

—Será mejor que me marche, ya hablaremos mañana —aseguró Declan recomponiéndose tras el varapalo.

Mclister se despidió con un gesto y salió del camarote, asegurándose de no cruzarse con nadie en los pasillos de primera clase antes de abandonar la zona. Se había emocionado al verse correspondido por Emma, pero al final se impuso la cordura. ¿Afectaría eso a su futura relación con la institutriz?

El joven irlandés le dio vueltas en la cabeza al asunto de Emma Watson durante esos días en los que el *Pegasus* avanzaba inexorablemente hacia América. Además, estaba bastante harto del viaje y todavía quedaba mucho trecho hasta Virginia, después de las escalas en Cuba y Florida. ¿Y si desembarcaba en La Habana?

La relación entre ambos jóvenes pasó por unos días de frialdad tras el beso del camarote, pero se rehicieron en pocas jornadas y olvidaron ese momento para continuar con normalidad su relación de amistad. Declan decidió entonces compartir con su nueva amiga los temores que le embargaban, aun a riesgo de echarlo todo a perder.

—¿Qué opinas? —le preguntó Declan—. Ya sé que no conozco el idioma, pero quizás podría comenzar de cero en Cuba.

—Bueno, tal vez el señor Mendoza pueda ayudarte si decides desembarcar en La Habana —adujo Emma—. Si te guardas tus opiniones sobre la esclavitud, yo podría interceder ante mi patrón para que te buscara algún trabajo en la isla.

—¿Y deberle un favor a ese hombre? —preguntó orgulloso Mclister—. No sé yo, la verdad. Y tampoco quiero ponerte en un compromiso con tu patrón. Será mejor olvidarme...

La señorita Watson quiso insistir, y ambos jóvenes conversaron sobre el asunto durante varios días más. Al final llegaron a un acuerdo: Emma tantearía a Mendoza sobre el particular, sin darle demasiados detalles, para ver su reacción. Y, por su parte, Mclister hablaría de la situación también con su superior.

—Has hecho un buen trabajo, Mclister —afirmó Douglas—. Tu deuda está saldada, y por mi parte no te pondría mayor problema. Aunque me seguirían faltando brazos para el resto del viaje. Sería una pena, ahora que estaba empezando a hacer un hombre de ti.

—Solo es una idea, oficial, pero gracias por su comprensión.

—De todos modos estarás muy lejos de Virginia, Boston y todas esas ciudades a las que emigran tus paisanos. Sin olvidarnos de que desembarcarías en un país donde te será más difícil integrarte. ¿No tendrá algo que ver la señorita Watson con todo esto? —preguntó curioso el marino.

A Douglas no le había pasado desapercibida la relación entre la institutriz y el irlandés, pero no quiso llamarle la atención a su pupilo al comportarse Mclister como era debido. Había escuchado alguna habladuría en el barco, chismes de viejas, pero en el fondo sabía que los dos jóvenes únicamente se hacían compañía.

—No, oficial, no crea que yo... —Declan se asustó al ser pillado en falta, creía que su superior no estaba al tanto del asunto.

—Olvídalo, Mclister. En cuanto a tu idea de quedarte en Cuba, por lo menos de momento, quizás yo pueda serte de ayuda. No creas que este oficial se chupa el dedo. Ya he visto tus habilidades con los números y la intendencia en general.

—Yo, señor, no quería...

—Calla y escucha, grumete. Permaneceremos dos días en La Habana. Veré lo que puedo hacer. Conozco a gente en el puerto... Tal vez algún maestre de provisiones necesite ayuda para controlar la carga de los barcos que llegan y salen de la ensenada habanera.

—Gracias, señor. No sé cómo...

—No cantes victoria tan pronto. Durante ese tiempo permanecerás a mi lado, tendrás que cumplir con tu cometido y ayudar en las labores de desembarque. Si te encuentro un empleo, tú verás si lo aceptas o buscas otra cosa en caso de quedarte por tu cuenta. Y, si no encuentro nada, tendrás todavía unas horas antes de que el *Pegasus* parta hacia Florida, por si quieres continuar viaje con nosotros. Pero por ahora... ¡sigue con tus tareas!

—¡A sus órdenes, señor! Y muchas gracias por todo.

Declan disimuló como pudo la sonrisa que afloraba en su rostro: Cuba sería su próximo destino. Tal vez se equivocara y no encontrara en esa isla lo que andaba buscando, pero podría ser el primer paso para una vida mejor. Y, si no le iba bien, siempre tendría tiempo de emigrar finalmente a Norteamérica.

Pasó la noche en vela, como había supuesto. Pero había tenido un buen pálpito, magnificado por el leve recuerdo de un sueño donde parecía muy feliz. En su recreación onírica se había visto a sí mismo nadando en el mar, en el medio de una pequeña bahía de aguas cristalinas, justo al lado de una preciosa playa de arenas blancas jalonada de palmeras. Se veía contento, relajado, y eso le ayudó a decidirse.

Tal vez fuera el mismo paraíso en la tierra, o quizás su subconsciente le había jugado una mala pasada. De cualquier forma no pensaba echarse atrás, aunque no se lo comunicaría al señor Douglas hasta que hubieran desembarcado toda la mercancía. Si le encontraba algún empleo, bien. Y, si no, se buscaría la vida para sobrevivir.

De pronto se acordó de Emma. La institutriz se había ofrecido a hablar con su patrón. No quería hacerle ningún desprecio, pero no le apetecía trabajar para el hacendado español, por mucho que eso significara estar cerca de la señorita Watson. Ya se las apañaría para no perder el contacto con Emma en la isla y retomar lo que habían dejado a medias.

—Al final me quedo en La Habana —le comunicó cuando coincidieron en cubierta, antes de contarle la conversación con Douglas.

—¡Vaya, me alegro mucho! —La joven intentó disimular su entusiasmo, no quería que Declan se llevara una impresión equivocada—. El señor Mendoza me ha dicho que puedes contar con su ayuda, ahora o en un futuro próximo.

—Muchas gracias, Emma. De momento esperaré a ver qué me ofrece el oficial y, si no, ya veré qué hago.

—Muy bien, Declan. Seremos entonces vecinos en La Habana. Y, por supuesto, espero que prosigamos con las clases de español.

SUANCES, ABRIL-JUNIO DE 1881

UN NUEVO MIEMBRO DE LA FAMILIA

Después de arreglarme para la cena, salí de la habitación y me crucé con mi abuelo Ángel, un hombre a la antigua usanza al que no se le escapaba una. Me miró con un gesto de ligero reproche al verme más arreglada de lo habitual, pero enseguida escondió el mohín de su boca. Aunque no pudo reprimirse cuando mi hermana María nos adelantó a toda velocidad por el camino, seguramente para evitar que reprobáramos su apariencia.

—¿Dónde vas tan deprisa, Mariuca? —preguntó asombrado el *güelu*, al tiempo que se apartaba para no ser arrollado por mi hermana pequeña.

—Me ha parecido ver que la niña...

No pude terminar la frase, pero no me había equivocado en mi primera apreciación. María llevaba puesto el vestido de los domingos, y parecía que enseñaba algo más de pierna de lo que aconsejaba el decoro. Sin embargo, eso no fue lo que más me llamó la atención, como le ocurrió a mi madre cuando se topó con María en el antepatio, camino de la casona.

—¿Quién te has creído que eres, mocosa? Ahora mismo te vas a tu habitación y te quitas todos esos potingues de la cara, pareces una pilingui.

—Pero, madre...

María no pudo siquiera rechistar. La matriarca la cogió por el brazo, apretando con fuerza a conciencia, y la arrastró dentro de nuestra casa antes de que alguien más la viera de esa guisa. La discusión siguió en la cocina, y allí se desataron las hostilidades.

—No pienso permitir que mi hija de trece años vaya a una cena familiar vestida y pintada como una fulana. Quítate ese vestido, lávate la cara y péinate como es debido.

—Ya no soy una niña, y solo me he pintado un poco los labios y espolvoreado la cara. Es la moda entre la burguesía de Santander, me lo ha dicho Marina.

—¡Basta ya, Mariuca! —exclamó mi madre—. No te lo pienso repetir más. Obedece ahora mismo o estarás castigada durante un mes.

—¡Eso no es justo! Yo solo quería estar presentable en la cena, y no ir como una pordiosera del campo. ¡Te odio!

María salió de allí escaldada. De un tirón se liberó del brazo de mi madre y se dirigió con aire furibundo a su habitación. Yo no las tenía todas conmigo. Mi hermana pequeña era bastante rencorosa, y yo sabía que la trifulca no terminaría así.

De todos modos, la niña se había excedido con el maquillaje. Por aquel entonces estaba de moda que las jóvenes se blanquearan la cara, pero María ya tenía la tez bastante clara. No como yo, que había salido tan morena como mi padre. En una cosa tenía razón mi madre: en nuestro pueblo marinero no se estilaban esas cosas, y las jóvenes de Suances eran mucho más sencillas en sus modos y maneras que las de las grandes ciudades.

—Tengamos la fiesta en paz, Inés —dijo el *güelu*—. Espero que nuestro huésped no haya escuchado las voces desde su habitación.

Voy a acercarme a hacerle compañía mientras se sirve la cena. A lo mejor ya está en el salón esperándonos.

—Sí, será lo mejor. Y tú, Amaya, espabila, parece que te haya dado un aire. Venga, ayúdame a preparar lo que hay que llevar a la mesa —dijo mientras rezongaba por lo bajo.

Hice unos cuantos viajes más a la cocina mientras mi madre terminaba de prepararlo todo. Me llevé hasta el saloncito de la casona el pan de hogaza, cortado en trozos y dispuesto en una cestilla, así como un pequeño aperitivo a base de pescado que había preparado mi madre antes del guiso principal, compuesto de verduras de nuestra huerta y algo de carne. Y es que, en el fondo, todos queríamos impresionar a nuestro invitado.

Mientras tanto, Declan charlaba con mi abuelo, los dos sentados a la mesa esperando al resto de comensales. El irlandés llevaba la misma ropa que yo le había visto por la tarde, y su semblante parecía sereno. Si había escuchado los gritos en nuestro hogar, lo disimulaba muy bien.

Entré de nuevo en el salón, y Mclister levantó la vista. Posó sus inquietantes ojos en mí, un segundo más de lo considerado decente, y me miró de una manera que me turbó por completo. Parecía satisfecho de lo que veía a simple vista, o eso pensé al ver el fulgor de sus pupilas.

Justo en ese momento apareció mi madre por el umbral. Su gesto adusto la delataba, aunque ella se esforzaba en disimularlo en presencia de Declan. El enfado con María no se le había pasado y creí intuir la tormenta que pugnaba por salir al exterior de su cuerpo. Por ella, seguramente, habría suspendido la cena, pero ya no había marcha atrás.

—No sé si nuestro invitado puede tomar vino, Ángel, sírvale si acaso un vasito.

—No creo que le haga mal, la verdad. Beba un poco de esto, muchacho, seguro que se recupera mucho antes de sus heridas.

—Estoy seguro, don Ángel. Y muchas gracias por invitarme a su mesa, señora Inés. Es un honor para mí.

Yo permanecía de pie, detrás de mi madre, contemplando fascinada aquel diálogo. Me fijé entonces en un rasgo del irlandés que se acentuaba en determinadas circunstancias. Declan tenía un poderoso mentón, con un pequeño hoyuelo en la barbilla. Pero lo que más llamaba la atención cuando sonreía eran los pequeños hoyos que se le formaban justo en las mejillas, algo que le hacía incluso más atractivo.

Intenté centrarme de nuevo, ya que mi mente comenzaba a desvariar y no quería parecer despistada. Hasta que mi madre me sacó del trance.

—Amaya, ve a buscar a tu hermana, es hora de cenar. Y ayúdame después con los platos.

Salí de allí con paso apresurado, de regreso hacia nuestra casa. Mi madre vino detrás de mí y se dirigió directamente hacia la cocina mientras yo iba en busca de María. La encontré justo al salir de su habitación, todavía enfurruñada; aunque mi hermana cambió su semblante enseguida, nada más verme, como si fuera una consumada actriz.

Se había quitado todo rastro de maquillaje de la cara y se había peinado su cabello rubio de un modo más infantil. Llevaba puesta una falda más larga, una blusa blanca y una chaquetilla oscura de lana, un atuendo bastante menos atrevido que el anterior.

Cuando llegamos a la cocina, mi madre le echó una mirada reprobadora a Mariuca, aunque se relajó al ver su nuevo atuendo. Ella mejor que nadie conocía a su hija, y sabía que la escaramuza no se podía dar por concluida. De todos modos ninguna de nosotras podía hacer mucho más, solo esperar que la cena transcurriera de forma pacífica.

Enseguida nos sentamos todos a la mesa y comenzamos a degustar el aperitivo, aunque la tensión se podía casi cortar con cuchillo.

Fue mi abuelo el que rompió el hielo para hacer más agradable la cena:

—El guiso huele muy bien, Inés. Y el aperitivo está riquísimo. Yo soy viejo y cada vez tengo menos caprichos, pero una buena comida como esta revive el alma a cualquiera.

—Tiene razón, don Ángel —contestó el invitado—. La verdad es que se me hace la boca agua. Creo que es la mejor manera de olvidarme de mi percance y reponer fuerzas.

Mi madre asintió por educación, pero no contestó nada. María y yo seguíamos en silencio, por miedo a provocar de nuevo su ira. Y el bueno de Nelu se había percatado de la situación y ni siquiera hacía alguna de sus bromas ni se movía en su sitio para no enfadar a nuestra madre. Todos la conocíamos bien y temíamos su reacción.

—Señor Mclister, ¿ha viajado usted mucho? —soltó María de improviso.

—Bueno, he viajado, pero no tanto. Salí de mi Irlanda natal hace ya algunos años y acabé en Cuba por diversas circunstancias. Creí que con el tiempo conocería otras islas del entorno, o que incluso viajaría a Norteamérica, pero al final no me moví de allí. Hasta que llegué a este hermoso país, claro está.

—María, no molestes a nuestro invitado. Y siéntate como es debido en la mesa, así no os he enseñado a comportaros. —Mi madre habló con voz melosa, pero todos sabíamos que era una orden directa. María enrojeció ante la humillación recibida delante de Declan, y percibí entonces un odio exacerbado en sus pupilas. Allí se avecinaba galerna del Cantábrico y no se podía saber cuándo iba a estallar—. Debe usted disculparla, señor Mclister, es solo una chiquilla.

—No se preocupe, no es ninguna molestia. Ustedes me han acogido en su casa y les estoy muy agradecido por todo lo que han hecho por mí. Lo menos que puedo hacer yo es contestar a sus preguntas, faltaría más.

Declan intentó sonreír a María, pero ella seguía a lo suyo, avergonzada por el trato dispensado por mi madre en presencia de los demás.

—Seguro que corrió muchas aventuras allí, ¿verdad? —terció entonces Nelu—. ¿En qué trabajaba en Cuba, Declan? Mis amigos dicen que en la isla todavía quedan piratas, pero yo creo que es mentira.

—Bueno, alguna aventura sí que viví, eso es cierto. Pero no, ya no quedan piratas en la isla ni en todo el Caribe; esos tiempos pasaron. En cuanto a lo de trabajar en La Habana, he hecho un poco de todo: contable en el puerto, camarero en una taberna e incluso capataz en una plantación.

—¿En serio? Vaya, me encantaría conocer alguna de esas historias.

Declan comenzó a contar anécdotas divertidas sobre su viaje a Cuba y su estancia en La Habana. Nelu no parpadeó mientras el irlandés narraba las peligrosas tormentas que había padecido en su viaje en barco desde Irlanda. Por fin mi madre se relajó y le agradeció a nuestro invitado la paciencia que estaba teniendo con el chiquillo.

Mi abuelo metía baza de vez en cuando, y yo únicamente escuchaba, sin participar demasiado en la conversación. Estaba preocupada por la actitud de María, aparentemente ensimismada. Hasta que la niña reaccionó en ese preciso momento y se dirigió a mi madre.

—¿Puedo ir un momento a refrescarme? No me encuentro muy bien...

Mi madre se sorprendió ante la petición de Mariuca y seguramente sospechó que se trataba de una estratagema de su hija para librarse de la cena después del rapapolvo anterior. Me miró entonces a mí y enseguida entendí su gesto:

—Claro, hija, ¿estás mareada? Amaya, acompaña a tu hermana por si acaso.

—No hace falta, estoy bien. Solo necesito refrescarme un poco. Hace demasiado calor aquí. No hace falta que me acompañe nadie. Podéis seguir cenando y conversando con nuestro invitado.

Esto lo dijo con retintín, aunque ninguna contestó a la provocación. María se levantó de la silla, se quitó la chaqueta de lana, y salió al exterior, camino de nuestra casa. Mi madre la siguió con la mirada, pero el *güelu* retomó la charla para desviar su atención.

—Al final tenía yo razón. El guiso estaba riquísimo, parece que el huerto cada día nos da mejores verduras.

—Es cierto, me ha gustado mucho la comida. Y sus verduras son muy sabrosas. Ya me ha enseñado Nelu el huerto que tienen ustedes ahí atrás —contestó Declan.

—Poco a poco va dando sus frutos, ¿verdad, Amayuca? Ojalá pudiera ayudar a mi nieta con la dura tarea, pero mi espalda ya no me permite agacharme demasiado. Quizás si...

En ese momento escuchamos pasos, y todos pensamos que María regresaba a la mesa. Yo no estaba preocupada: suponía que no se encontraba mal, como había dicho, aunque tal vez a los demás les hubiera engañado con su ardid. Vi entonces algo diferente en los ojos de Declan y enseguida me di la vuelta para averiguar lo que había llamado la atención del irlandés.

María llegó hasta la mesa con paso firme. Venía con las mejillas arreboladas y el pelo despeinado de un modo nada casual. Sus ojos encendidos echaban chispas, y su porte no era nada infantil. Depositó la chaqueta en el respaldo de la silla y se sentó de nuevo a mi lado, muy ufana, confirmando su mejoría.

—Ya estoy mucho mejor, era solo el calor. ¿De qué estábamos hablando?

Mi madre y yo nos dimos cuenta a la vez, pero ambas nos contuvimos para no discutir en presencia de Declan. El forastero también se había percatado del sutil cambio de Mariuca, aunque fue prudente y apartó la vista en un principio para seguir conversando con mi abuelo. De todos modos, por el rabillo del ojo me pareció ver que intentaba mirar de soslayo a mi hermana, un gesto que no me hizo ninguna gracia.

María se había desabrochado los dos botones superiores de la blusa y había dejado entrever el nacimiento de sus senos. Parecía haberse colocado los pechos de modo que destacara su volumen, y la tierna piel blanca asomaba impúdica por el escote. Nuestra madre parecía un dragón a punto de echar fuego por la boca, y yo temí que se levantara de golpe y con las mismas le cruzara la cara a la niña delante de todos.

Declan seguía mirando a María con disimulo, como cualquier hombre con sangre en las venas habría hecho al ver aparecer a la bella ninfa. Y los celos comenzaron a consumirme. Yo había estado bastante tranquila hasta ese momento, pero el evidente cambio de actitud en Declan me desasosegó por completo. Hasta entonces, parecía que el irlandés no se había fijado en María como mujer y la trataba de forma similar que a Nelu. Hasta que llegó la transformación, claro está.

Por nuestra parte, entre Declan y yo se había cruzado más de una mirada traviesa durante la cena, poco más. En un momento concreto había estirado la pierna sin querer y había rozado la suya con mi pie derecho. Él se percató y sonrió extrañado; quizás supuso que jugueteaba con él. Pero no, no fue esa mi intención, y lo retiré inmediatamente, pidiéndole disculpas con un gesto que nadie pareció percibir en el fragor de la conversación.

—María, acompáñame a la cocina. Pareces restablecida, y necesito que me ayudes con el postre.

—Pero si yo no he terminado todavía de...

El gesto de mi madre no admitía réplica. Se levantó de la mesa y apoyó su mano en el brazo de María. Ella quiso zafarse y por un momento temí que montara el espectáculo, pero se contuvo. Se levantó también, muy dispuesta, y la acompañó fuera de la casona, pero antes le lanzó a Declan una sonrisa seductora.

Nosotros cuatro continuamos charlando animadamente. Mi abuelo le hacía preguntas ingeniosas a Declan, y Nelu metía baza divertido, encantado de compartir experiencias con un viajero de ultramar. Y yo seguía intranquila, sabiendo que la situación podía todavía empeorar.

Permanecí alerta, con los oídos bien abiertos, atenta a la conversación que tenía lugar a mi lado, pero también pendiente por si escuchaba algo que proviniera de nuestra cocina. Mi madre debía de estar abroncando a María en voz baja, ya que no llegó hasta mí ni una sola palabra más alta que otra. Unos minutos después ambas regresaron al saloncito, con una actitud bastante diferente.

María se había peinado y se había abrochado la camisa, y su gesto revelaba rabia contenida. Mi madre intentaba disimular su enfado, pero yo sabía que la procesión iba por dentro. Los demás no nos dimos por enterados, pero atendimos entonces a las palabras de la matriarca.

—He preparado un flan de huevo. Espero que le guste —dijo en deferencia a nuestro huésped.

—Seguro que sí, señora Inés. Es usted una cocinera excelente, podría ganarse muy bien la vida si montara un restaurante —contestó Declan.

—Uff, eso es mucho trabajo. Bastante tengo con atender la casona, a mis hijos y preparar de vez en cuando alguna comida para los huéspedes.

Mi abuelo retomó el asunto del que habíamos hablado minutos atrás, y yo supuse que lo hacía por alguna razón en especial.

—Declan y yo hablábamos sobre los cuidados que necesita nuestro huerto y sobre la mejor manera de explotarlo para incrementar la producción.

—¿Ah, sí? —preguntó mi madre con fingida indiferencia.

—Claro, el muchacho es todo un experto. Ha trabajado en algunas de las plantaciones más importantes de Cuba y tiene experiencia en explotaciones agrícolas —contestó el *güelu.*

—Imagino que explotando también a los esclavos. ¿Verdad, señor Mclister?

Mi madre venía calentita y se desahogó con Declan. Mi abuelo enrojeció ante la irrespetuosa contestación, aunque en el fondo todos pensáramos que aquello seguía sucediendo en una de las últimas colonias españolas de ultramar.

—¡Inés! —protestó mi abuelo—. Nosotros hablábamos sobre la siembra y la cosecha de determinados productos, y la diferencia entre climas, nada más...

—No se preocupe, don Ángel —respondió el irlandés muy orgulloso—. No tengo nada de lo que avergonzarme, señora Inés. Sí, he visto todavía formas de esclavitud en La Habana, pero yo trabajaba en La Hacienduca, la plantación de don Andrés Maestro, y allí todos los trabajadores eran libres y cobraban un jornal.

—¿La Hacienduca? —pregunté yo extrañada.

—Sí, no se lo había contado. Mi jefe era oriundo de Ubiarco, un pueblecito del concejo de Santillana.

—¡Pero si eso está aquí al lado, muchacho! —exclamó el abuelo—. Puede que yo conociera a ese hombre, ahora que caigo, o por lo menos a algún familiar suyo.

—Por lo visto se marchó de muy joven a hacer las Américas, don Ángel. Y creo que no le queda ningún familiar vivo en España. Quería regresar algún día a su tierruca, como me decía él, para construirse una casa en Santillana junto a los potentados del pueblo, pero falleció antes de ver cumplido su sueño.

—¡Menuda casualidad! —exclamé.

—La verdad es que sí, aunque mi primer destino al desembarcar en España no fue este. El barco atracó en el puerto de Bilbao y he estado trabajando unos meses en las minas de Vizcaya, pero no

es trabajo para mí. Un tiempo después decidí conocer la tierra natal de mi antiguo patrón, sin saber exactamente por qué, y aquí me encuentro ahora narrando su historia.

El rostro de Declan reflejó tristeza e incluso cierta angustia, un gesto que no pasó desapercibido a nadie. Mi madre agachó entonces la cabeza, avergonzada por la lección que le había dado nuestro invitado.

—Bueno, volviendo al asunto que nos traía... —El abuelo no cejaba en su empeño, y mi madre torció de nuevo el morro ante su insistencia—. Le decía a Declan que aquí siempre hacen falta un par de brazos fuertes. Yo estoy ya muy mayor, los críos tienen que estudiar y entre vosotras dos no podéis con todo. El muchacho podría trabajar en el huerto, ayudarnos con la carreta para recoger o llevar pedidos, y cualquier otro trabajo duro que hubiera que hacer en la casona, ¿verdad?

Por lo visto el *güelu* le había estado dando vueltas en su cabeza, masticando la idea sin compartirla con nadie. O eso pensé yo al ver la cara de sorpresa de Declan, igual de aturdido que el resto de la familia.

—No tenemos dinero para pagar a nadie, ya lo sabe —respondió mi madre—. Bastante nos cuesta salir adelante, y como no tengamos más huéspedes en la posada este verano, no sé lo que va a ser de nosotros.

La respuesta fue bastante comedida, dentro de lo que cabía esperar, y más teniendo en cuenta lo sucedido minutos antes con María. En ese momento pensé que quizás existiera una oportunidad e imploré con la mirada a Declan para que no se diera por vencido.

—No se preocupe por eso, señora Inés. En unos días estaré repuesto y seguiré sin tener dinero para pagarles. Naturalmente, no pienso abandonar esta casa sin pagar lo que les debo. Así que, si les parece bien, puedo hacerlo trabajando para ustedes, en las labores que necesiten, durante el tiempo que consideren necesario. Con un plato de comida y un jergón donde dormir me daría por satisfecho. Y si después de saldada la deuda quieren que siga trabajando en Casa Abascal, siempre podríamos llegar a un acuerdo beneficioso para ambas partes.

—¡Sí, madre! Sería genial que Declan se quedara con nosotros —exclamó a voz en grito Nelu, mientras yo asentía y mi hermana esbozaba una tímida sonrisa.

—No sé, no sé...

—El muchacho tiene razón, Inés. Es un chico fuerte y nos puede ser de gran ayuda. Además, tú misma decías que alguien tendría que encargarse de pagar su manutención de estos días. Don Anselmo únicamente se hacía cargo de los primeros gastos. Pues ya tienes la solución, por lo menos para estas semanas. Después ya veremos.

El abuelo dictó sentencia, pero quien llevaba los pantalones en casa era mi madre. Hasta que ella no diera el visto bueno no podríamos cantar victoria. Todos aguantamos unos segundos la respiración mientras ella se levantaba de la mesa para recoger los platos de postre.

—Bueno, ya veremos. Me lo tengo que pensar.

Eso ya era un triunfo. Y yo sabía que mi madre estaba a punto de claudicar...

Al final mi madre dio su brazo a torcer, y Declan Mclister se quedó con nosotros. Tras reponerse de sus heridas comenzó a trabajar en la huerta, tarea que he de decir se le daba mucho mejor que a nosotras. También se encargaba de llevar o recoger pedidos, tanto en Suances como en poblaciones cercanas, utilizando para ello una desvencijada carreta que teníamos, enganchada a un viejo mulo que ya había ofrecido sus mejores años.

El irlandés decidió olvidarse de la denuncia a las autoridades por la paliza que había recibido, y nosotros no insistimos. Declan consiguió incluso ablandar un poco a nuestra madre, sin llegar a ganársela del todo, pero sí consiguió su respeto. Y, por supuesto, aparte del nuestro, se ganó el afecto de vecinos, huéspedes y comerciantes con los que tratábamos.

Enseguida le colocaron un apodo en Suances, y ese no podía ser otro que «el inglés». Al principio Declan se enfadó un poco, e intentó explicar al que le llamaba de esa manera la diferencia entre los irlandeses y los ingleses, pero terminó por desistir. Los montañeses no atendían a razones y, para todos ellos, Mclister sería siempre el extranjero llegado de ultramar.

El *güelu* y mi madre enseguida se percataron de las habilidades de Declan. Sobre todo cuando Mclister encontró errores puntuales en facturas que debíamos pagar. El irlandés entendía de números, y a mi madre le habían colado algún que otro gazapo que le pasó desapercibido. Gracias a Declan nos ahorramos unos reales y eso contribuyó a mejorar la confianza de los mayores de la casa en su desempeño.

La primavera acabó pronto y con la inminente llegada del verano terminaron las clases para los más pequeños. Nelu nos ayudaba con algunos recados, pero pasaba más tiempo subido a los árboles o en la playa con sus amigos de la escuela. Aunque el caso de María era completamente distinto.

Tras la desastrosa cena donde había estallado todo, mi madre y Mariuca andaban siempre a la gresca. El castigo tras su bochornosa actuación delante de Declan fue de órdago, pero la niña no había dicho la última palabra. A mi hermana se le había metido el irlandés entre ceja y ceja, y eso era muy peligroso.

En más de una ocasión sorprendí a María hablando muy animadamente con Declan, ya fuera en el huerto, en la cocina o incluso al pie del carromato cuando el irlandés se dirigía a cualquier recado. Sus gestos la delataban: formaba un remolino con su pelo mientras le ponía ojitos de cordero degollado, se arrimaba demasiado a él cuando se cruzaban o incluso le tocaba sin disimulo a la menor oportunidad.

Al principio no me preocupé en exceso por los devaneos de María, ya que Declan parecía no darse cuenta y la seguía tratando como a una niña. Tal vez cometí un error en ese punto, y debí cortar de raíz cualquier intento de acercamiento por parte de mi hermana pequeña. De ese modo quizás me hubiera ahorrado más de un disgusto.

De todos modos, permanecí ojo avizor, atenta a los movimientos de todos los habitantes de la casa. Declan y yo nos llevábamos bien, y nuestra amistad fue creciendo durante la primavera. Al principio pensé que me trataría como a una hermana o una prima suya, algo bastante alejado del cariz romántico que yo imaginaba en mis ensoñaciones, pero poco a poco Declan comenzó a comportarse de manera diferente conmigo. Incluso las chanzas e insinuaciones de los primeros días dieron paso a un flirteo algo más sutil.

En el fondo no me quería hacer ilusiones, ni tampoco me decidía a dar un paso más allá por diversos motivos. Declan era un forastero, un viajero llegado de lejanas tierras que buscaba todavía un lugar en el mundo. Y yo sabía que el irlandés no se quedaría en Suances para siempre.

La primavera siguió su camino sin inmutarse y una mañana de junio mi madre me envió a comprar pescado fresco. Solíamos dirigirnos a los alrededores de la playa de la Riberuca, donde podíamos adquirirlo recién traído del mar. Me gustaba ir dando un paseo hasta allí, aunque luego tuviera que subir la cuesta cargada con las provisiones.

—Si quieres te ayudo, Amaya. ¿Puedo ir yo también, señora Inés? —dijo entonces Declan dirigiéndose a mi madre—. Ya he acabado con la tarea de hoy en el huerto.

—De acuerdo, pero no os entretengáis por el camino. Hay que limpiar luego el pescado, y queda todavía mucho que hacer por aquí.

Ambos asentimos, incrédulos ante la facilidad con la que mi madre había claudicado a semejante petición. Yo me guardé la sonrisa para no alertar a la matriarca de los Abascal, y salí de allí en compañía de Declan.

Después de semanas de trato entre ambos, habíamos terminado por tutearnos, aunque esa familiaridad no estuviera bien vista entre un hombre y una mujer que no fueran parientes. Trabajábamos juntos, vivíamos en la misma finca —aunque yo siguiera en la casa familiar y Declan en su habitación de la casona principal, de la que no había querido moverse—, y el roce era continuo, sin contar con el arte del flirteo que yo empezaba a descubrir. No pareció que la gente le diera importancia, así que comenzamos también a tutearnos en público sin apenas darnos cuenta.

De camino a la Riberuca nos detuvimos un momento en el mirador natural que se abría en un recodo del camino.

—Es una vista muy hermosa, vivís en un lugar maravilloso. Suances es increíble y esta zona me trae también muy buenos recuerdos de mi querida Irlanda.

—La verdad es que sí, me encanta mi tierra. Aunque también me gustaría visitar otros países, como has hecho tú. Aquí nos conocemos todos y a veces es un poco asfixiante. Tal vez algún día decida irme a vivir a una gran ciudad, donde pueda ser una persona anónima y no Amayuca, o la hija de la *señá* Inés.

—Creo que te entiendo. Lo mismo me ocurría a mí en Cork, mi condado en Irlanda. Los pueblos pequeños son así, para lo bueno y para lo malo.

—Bueno, pero tú llevas mucho tiempo fuera de casa. ¿Echas de menos tu tierra?

—Nada más llegar a Cuba sí la eché de menos, muchísimo en realidad. Me sentía perdido en un lugar donde yo era un extraño, el extranjero que ni siquiera hablaba bien el idioma nativo. Pero al final me acostumbré y puedo decir que fui feliz en una isla donde crecí como persona.

—Y ahora llegas aquí y te apodan «el inglés».

—No me molesta, te lo aseguro. Pero entiendo lo que quieres decir. En Cuba era el extranjero, aquí soy el inglés, siempre estoy desubicado... Y quizás por eso, y por estos paisajes que me recuerdan a Irlanda, a veces vuelvo a pensar en mi tierra con nostalgia.

—¿Y por qué no regresas? —me aventuré a preguntar con miedo.

—Ya no me queda nadie allí. Y mis amigos se habrán olvidado de mí después de tantos años fuera.

Ambos nos quedamos pensativos unos instantes, y continuamos nuestro camino, serpenteando a través de la colina para alcanzar el nivel del mar justo al llegar a la playa de la Riberuca.

Las pescadoras se afanaban con la tarea y los barcos llegados de mar adentro atracaban en los pantalanes para descargar su mercancía. Mis paisanas trabajaban muy duro, mientras cantaban a pleno pulmón, o contaban chistes picantes que las demás comadres agradecían y reían con ganas.

—¿Dónde vas tan bien acompañada, Amayuca? —preguntó Rufina, una de las más vocingleras.

—Uy, uy, uy, si es el inglesito. Ten cuidado, mi *amol*, que será inglés, pero igual se le ha pegado algo bueno en Cuba, ja, ja —dijo Teresa, su mejor amiga.

—Yo sí que le hacía algo bueno al muchacho. ¡Está de toma pan y moja!

—Calla, Rufina, que como te oiga el Nicolás te vas a enterar.

—A ver si es verdad, que me tiene a dos velas desde hace meses.

No hubiera creído yo que Declan fuera un chico vergonzoso, pero las pescadoras consiguieron sacarle los colores. Quizás se debía al hecho de encontrarse en mi compañía; en esos momentos no podía saberlo. Hice oídos sordos y fui en busca del tenderete de Antonia, una de las habituales para comprar el pescado de Casa Abascal. Declan sonrió algo azorado y me acompañó, con las risas de las comadres de telón de fondo.

Antonia fue sirviéndome lo que le había pedido, mientras Declan lo depositaba en el interior del capazo de mimbre que llevábamos. La mujer nos miró de hito en hito, y yo sabía que se estaba mordiendo la lengua, aunque al final no se aguantó las ganas:

—Deja que lo lleve él al hombro, Amayuca. Parece buen mozo y no se le van a caer los anillos. Tendrás que comprobar si esos músculos son solo una fachada o tiene algo más debajo, tú ya me entiendes. No vaya a ser que a la hora de la verdad te lleves una desilusión con el *muchachu*.

Sonreí para mis adentros, pero no me di la vuelta ni dije nada, y continué mi camino. De todas formas, Declan hizo caso a la mujer y cargó con el capazo, impidiendo que yo pudiera ayudarle a llevarlo.

—Mejor cogemos cada uno de un asa, que la cesta pesa bastante para uno solo —aseguré mientras echaba mano al capazo.

Nuestros dedos se rozaron solo un instante, pero la descarga eléctrica nos sorprendió a los dos por igual. Mi piel ardió al contacto con la de Declan, y eso no podía rebatírmelo nadie. Allí había sucedido algo especial en lo que ninguno quisimos profundizar, por lo menos en ese momento. Azorada, solté el asa con rapidez y Declan se rehizo también enseguida.

—No te preocupes, tampoco es para tanto —contestó envarado—. Cargué mucho más peso en el barco que me llevó a Cuba, o en el mismo puerto de La Habana cuando trabajaba allí, te lo aseguro.

—Ya me imagino... Pero no quiero que te lesiones y luego mi madre me eche la bronca si te lastimas por mi culpa o recaes de tus viejas heridas.

—Gracias, Amaya; de verdad que no hace falta, me encuentro bien.

El momento mágico había pasado y ambos preferimos obviarlo, aunque nos hubiera turbado a los dos. Continuamos andando unos metros, justo hasta el comienzo de la ascensión. Declan paró un instante, bajó el capazo al suelo y miró hacia arriba, oteando la línea de casas donde se encontraba nuestro hogar. Suspiró, tomó aire y se subió de nuevo la cesta al hombro, al tiempo que reanudaba la marcha en silencio.

Yo preferí también callar, sumida en mis propios pensamientos. Declan forzó entonces el paso con sus largas piernas, obligándome a caminar también a mí más deprisa para no perder comba. No podía permitir que él llegara antes que yo a casa, y eso que iba cargado con casi dos arrobas de pescado.

Con el paso de los días, el irlandés me iba desconcertando cada vez más y no sabía a qué atenerme con él. No quería comportarme como María en presencia de Declan —aunque a decir verdad llevaba una temporada sin ver esas peligrosas actitudes en la niña—, pero debía de ser evidente hasta para un ciego que yo andaba interesada en Declan. Y él a veces parecía seguirme la corriente, cuando jugueteábamos en lo alto del carro para ver quién se encargaba de llevar las bridas, o trabajábamos juntos en el huerto. Yo aspiraba a algo más y no quería ponerme en evidencia, pero a veces su comportamiento me sacaba de quicio.

En presencia de mis mayores, Declan evitaba tratarme con tanta familiaridad, pero cuando nos encontrábamos a solas se convertía en una persona diferente. Su atrevimiento subió un escalón e incluso en cierta ocasión me puso en un serio compromiso mientras limpiaba las habitaciones de la planta superior.

El irlandés entró en el cuarto que yo estaba arreglando y cerró la puerta a su espalda. Yo estaba a punto de protestar por su comportamiento cuando él se acercó a mí, me agarró de la cintura y acercó su rostro al mío. Me quedé un momento paralizada. No sabía lo que estaba sucediendo. Mi cerebro no se dejó llevar por el pánico y arrinconó el deseo de mi cuerpo antes de que el drama sobrevolara nuestras cabezas. Hasta que noté el aleteo de una mariposa en mi estómago tras sentir en los labios el fugaz beso que Declan me robó sin avisar.

—¿Qué haces?, ¿estás loco? —susurré más que grité, asustada por si mi madre nos pillaba *in fraganti*.

—Nada, Amaya. No hace falta ponerse así.

—Sal de aquí, tengo que trabajar. Y tú tienes también tareas pendientes, ¿verdad?

Me desembaracé de sus fuertes brazos como pude, mientras la sonrisa cínica de Mclister se apagaba poco a poco. No sabía lo que se proponía con ese avance, y me pilló con la guardia baja. Tal vez fuera solo un juego inocente, o quizás Declan se había intentado sobrepasar de los límites que imponía el decoro.

No había sucedido nada grave, pero no podía quitármelo de la cabeza. Tal vez fui una idiota al comportarme así y perder la oportunidad de aclarar las cosas. Yo me estaba enamorando de Declan y esperaba que él también sintiera algo por mí.

Las bromas, chanzas y chascarrillos se sucedían con más frecuencia, y aumentaba poco a poco el grado de intimidad entre los dos, pero yo no le dejaba traspasar el umbral de lo correcto. No iba a permitir que me tratara como a una cualquiera, y dejarme besuquear o manosear a salto de mata, escondidos como dos vulgares delincuentes. Si Mclister pretendía algo de mí, tendría que hacer lo correcto: hablar con mi familia, y pedirles permiso formal para cortejarme.

Unos días después, y cuando menos lo esperábamos, algo vino a enturbiar la aparente aunque frágil tranquilidad que se respiraba en nuestra casa. Y eso que la tarde había comenzado de la mejor manera, cuando escuchamos a mi madre decir:

—Venga, chicas, dejad lo que estéis haciendo. Hoy es sábado y mañana es el día del Señor; que no se diga que la *señá* Inés impide a sus hijas disfrutar de las fiestas del barrio de la Cuba.

La actitud de nuestra madre nos pilló por sorpresa, pero ambas asentimos antes de que cambiara de idea, con ganas de disfrutar de las fiestas de San Antonio. Incluso ella nos aseguró que más tarde quizás se pasara también por la verbena con el abuelo, aunque no terminamos de creerlo.

Nos fuimos juntas por el pasillo adelante, con Mariuca dando saltos por el camino. Parecía muy feliz, y yo conocía los motivos. Aparte de olvidarse de las duras tareas del hogar y de poder disfrutar de un rato de diversión en la verbena, mi hermana seguramente pensaba que podría pasar un rato con Declan fuera de los muros de nuestra casa.

Elegí un conjunto veraniego para esa tarde calurosa, con aquel bochorno tan típico de las zonas costeras. Sabía que refrescaría más tarde al encontrarnos tan cerca del mar, así que me eché también una chaqueta por si acaso. Mientras tanto, vigilé como pude los movimientos de María: no quería que mi madre sufriera un síncope de nuevo al verla aparecer toda descocada.

A mi hermana se le iluminaba la cara al hablar de Declan, y ni siquiera había caído en la cuenta de que yo también estaba colada por el irlandés. Lo peor era que esa misma semana la había sorprendido en una actitud que no me gustó nada: miradas, cuchicheos y sonrisitas entre los dos que me enervaban. Pero yo debía mantenerme en mi posición, aun a riesgo de ser la idiota de aquella historia.

¿Sería Declan un simple embaucador? ¿O solo le gustaba flirtear con las jóvenes de Casa Abascal? Debía pasar página y desechar esas absurdas ideas.

María escogió un vestido sencillo, se hizo un recogido en su pelo rubio, y ni siquiera pensó en maquillarse la cara. Su tez pálida había comenzado a sonrosarse con la llegada del buen tiempo, y la verdad es que estaba muy guapa, con aquellas hermosas pecas que le enmarcaban su bonito rostro.

Cuando salimos al exterior, Declan y Nelu ya estaban esperándonos para acompañarnos a la verbena, mi madre debía de haberles avisado. Declan llevaba un pantalón de algodón y una camisa de cuadros. Se le veía jovial, contento por cambiar las rutinas de todos los días. Y Nelu estaba entusiasmado, encantado de acudir a la verbena con los mayores.

Nada más llegar a la era nos encontramos de golpe con un montón de personas que habían tenido la misma idea que nosotros. La fiesta se encontraba ya muy animada, y el ambiente distendido nos contagió enseguida el buen humor.

En un lateral divisamos a varios hombres que preparaban una sardinada. El aroma del pescado fresco del Cantábrico, asado a la vieja usanza, impregnó entonces el aire, avisando a los habitantes de Suances de la inminente degustación.

Nada más llegar a la era perdí de vista a los pequeños, aunque los encontré de nuevo instantes después. Nelu se unió a sus amigos y María se había acercado a un grupo de chicas jóvenes, demasiado arregladas para mi gusto. Vamos, que el caso de Mariuca no era el único en el barrio; aquellas mocosas querían crecer todas antes de tiempo.

Distraída con mis hermanos, ni me había dado cuenta de que Declan se había alejado algo de mí. Cuando me di la vuelta le vi acercarse con dos vasos de limonada en la mano y una sonrisa franca en el rostro.

—Vaya, veo que te desenvuelves muy bien entre mis paisanos —le dije—. Vamos, que eres casi más conocido que yo entre la gente de Suances.

—No seas exagerada, anda. Tú y tu familia sois muy conocidos en toda la comarca, te lo puedo asegurar.

—¿Ah, sí? ¿No me digas que has escuchado algo por ahí de nosotros? —pregunté curiosa.

—Bueno, sí, alguna cosilla. Sobre todo hablan de lo trabajadores que sois, de lo contentos que salen los huéspedes de Casa Abascal y todo eso —dijo Declan sin demasiada convicción—. ¿Y sobre mí has escuchado algo?

—Poca cosa. Al parecer se sorprenden de que un buen mozo como tú, en edad de merecer, no tenga novia ni mujer... —me aventuré a decir.

—Claro, ya imagino. Y seguro que en el pueblo también hay rumores sobre nosotros.

—¿Nosotros? —inquirí intranquila. No sabía si Declan se refería a que los vecinos nos habían visto juntos en más de una ocasión.

—Ciertos rumores han llegado hasta mis oídos, sí: que si me aprovecho de vuestra generosidad y solo quiero sacaros los cuartos; que si soy un delincuente buscado por la policía que se oculta en Casa Abascal con vuestra connivencia; que si soy tu hermanastro perdido, un invertido al que protegéis...

—¿Qué has dicho? No puede ser cierto.

—Lo último se lo escuché decir a dos borrachos en una taberna del centro el otro día. Según uno de ellos, tu padre había tenido un romance con una inglesa que vivía en Castro. Años después este pobre inglesito llegó a vuestra casa huyendo de las autoridades, porque había sido sorprendido en actitud más que indecorosa en cierto antro de Santander.

—Pero ¿de dónde se han sacado semejante disparate?

—No lo sé, y tampoco le doy mayor importancia. Al principio me enfadé al escuchar tantas sandeces, pero al final me reí por lo absurdo de la situación.

—¿Absurdo por ser mi hermanastro, por ser invertido o...?

—Por todo, Amaya, da igual.

Creí ver un flanco abierto y decidí probar suerte. Nos habíamos ido acercando al espacio reservado para el baile, donde algunas parejas de distintas edades, y también grupos de chicos y chicas jóvenes, bailaban al compás de la música.

—No importa, allá la gente con sus habladurías —afirmé para finiquitar el asunto—. ¿Te gusta bailar?

El irlandés me miró ligeramente sorprendido, pero no le dio tiempo a contestarme. En ese momento escuchamos unas voces masculinas que se dirigían a Declan, y ambos nos dimos la vuelta al mismo tiempo:

—Hombre, inglesito, me alegra verte por aquí —dijo Julián, uno de los mozos más conocidos en el pueblo por ser el hijo del alcalde.

—Déjalo, Julián, este no tiene ni idea. No perdamos más el tiempo —soltó Tomás, uno de sus acólitos.

Julián era el líder de una cuadrilla de jóvenes, casi todos sin oficio ni beneficio, que ganduleaban por el pueblo debido a su posición social. Tomás no era tan pendenciero como su amigo, pero su sentencia hizo mella en mi acompañante.

—¿De qué estáis hablando, si puede saberse? —preguntó curioso Declan.

Julián le sostuvo la mirada, y pensé que se avecinaban problemas. Declan no era de los que se achantaban fácilmente, y menos si le tocaban la moral. Aquellos dos gallitos se medían frente a frente, y yo solo quería que el duelo no terminara a puñetazos.

Varias personas se acercaron a nosotros e hicieron corro, dispuestas siempre a presenciar una buena pelea. Julián era grande y fuerte, ancho de espaldas y con unas manazas enormes, pero estaba algo fofo. Y Declan era más alto y fibroso, con unos músculos más trabajados y mayor velocidad de movimientos. Yo hubiera apostado sin dudarlo por Declan, pero no me apetecía verle otra vez lleno de moratones debido a una pelea.

Iba ya a interponerme entre los dos contrincantes cuando escuché de nuevo la voz de Julián.

—No te piques, inglesito. Solo le decía a mi compadre que los extranjeros no conocéis nuestras costumbres. Ahora comienza el torneo de cucaña, y nos preguntábamos si serías capaz de mancharte para llegar a la meta el primero.

—¿Eso de la cucaña es como el «palo encebado»? —preguntó Declan antes de confirmarlo conmigo.

Al parecer nuestro juego rural había llegado también al otro lado del Atlántico, aunque allí se llamaba de otra manera. Declan parecía picado con esa gente, que seguía burlándose de nosotros, y yo intenté convencerle para alejarnos de allí.

—Ya sé de qué se trata, y no puede ser tan difícil.

—Claro, claro, ya te lo ha explicado tu «hermanita» —replicó Julián.

Declan se quedó un momento parado, pero no quiso entrar al trapo. El hijo del alcalde había puesto el dedo en la llaga sobre el tema del que habíamos estado hablando anteriormente, y yo no sabía cómo podía reaccionar Declan. Le pedí tranquilidad con la mirada, pero no supe si me había entendido a la primera. Afortunadamente no se sintió ofendido, ni pensó que tenía algo que demostrar por nuestra relación. Así que sonrió con su habitual mueca irónica y le contestó con chulería al aprendiz de cacique.

—En mi tierra también tenemos nuestras costumbres, no os creáis tan especiales, Julianín. Y puede que este «inglesito» os dé una sorpresa...

—¡Uuuh, fantasma! —exclamó Julián, molesto por haber escuchado su diminutivo usado de forma despectiva—. Muy bien, veamos lo que sabes hacer. Organizaremos una competición entre los dos grupos: los Abascal y tú, contra nosotros. El que pierda tendrá que pagarle una ronda al equipo ganador.

—¡Pero eso no es justo! —grité sin poder controlarme.

Nelu y María se habían acercado hasta nuestra posición durante el rifirrafe. Yo no quería meter a los niños en la discusión, pero al parecer ellos no opinaban lo mismo. Debatimos unos instantes entre todos, y al final dimos nuestra aprobación.

—De acuerdo, allá vamos —confirmó Declan como cabeza del grupo.

—Muy bien, la familia al completo. Nos vamos a echar unas risas entre el enano, el extranjero y las niñitas, si es que las damiselas pretenden subir a lo alto de la cucaña con esos vestiditos de domingo.

María le echó una mirada furibunda a Julián y yo tuve que agarrarla del brazo para que no se fuera directa por el bravucón. Allí todos teníamos la sangre caliente, pero vi que Declan estaba aparentemente muy calmado.

—Venga, chicos, que no se diga. Nelu, tú vienes conmigo —dijo el irlandés—. Vamos a enseñárseles a estos lo que es bueno...

—¡Sííí!

El niño saltó y gritó alborozado, acompañando al resto de la comitiva hasta el extremo sur de la era. Allí estaba dispuesta la cucaña, con su pañuelo rojo en la punta, lo que significaba que nadie había conseguido aún trepar hasta lo más alto.

Una multitud se agolpó entonces a nuestro alrededor. Nelu y María corrieron delante, justo al lado del grupo de Julián, pero Declan y yo fuimos algo más despacio, rodeados por varios de nuestros vecinos y amigos. Las discusiones sobre el tema se sucedían a nuestro alrededor; parecía que la verbena popular había quedado a un lado, y ya solo importaba el reto de los gallitos de pelea.

Declan me cogió entonces de la mano, tal vez para que supiera que todo iría bien. No quise interpretarlo de otra manera; no bajo aquellas circunstancias. Pero aquellos escasos metros que recorrimos con nuestros dedos entrelazados, sintiendo su piel contra la mía, me hicieron anhelar aún más esa cercanía que necesitaba de él.

Aunque traté de no delatarme, seguramente tuve alguna reacción que debió de revelar a Declan lo que yo había sentido en ese momento. Ignoraba lo que pasaba entonces por su mente, pero el irlandés me observó de reojo, dejó caer mi mano y apretó el paso para no quedarse atrás. Le miré de frente y creí distinguir un asomo de rubor en sus mejillas, fruto quizás del momento que acabábamos de vivir.

—Hombre, por fin han llegado nuestros contrincantes. ¡Prepárate a perder, inglesito! —fanfarroneó Julián.

El cacique decidió que el turno comenzaba por él, y así se dio la oportunidad de conseguir el premio a la primera. Nosotros no protestamos, aunque debería haberse echado a suertes. No nos preocupaba lo más mínimo que él consiguiera llegar hasta arriba, no con ese cuerpo.

El tiempo vino a darme la razón. Julián se encaramó al tronco embadurnado con grasa y no subió más de medio metro. Enseguida vimos cómo resbalaba y volvía a caer, por mucho que sus secuaces le sujetaran desde abajo. Le cogían de las posaderas y le daban impulso hacia arriba, algo que tampoco estaba permitido en una competición de cucaña, pero seguimos sin protestar. No nos valdría de nada: las reglas las imponía el hijo del alcalde y todos lo sabíamos.

Sudoroso y jadeante, el bravucón se dejó caer hasta el suelo, exhausto. Julián nos miró con gesto desafiante, sabiendo que había hecho el ridículo delante de todo el pueblo, pero nadie levantó la voz a nuestro alrededor. Habíamos empezado ganando la batalla, pero la guerra estaba lejos de terminar y yo sospechaba que el cacique guardaba ases bajo su manga.

—Es tu turno, extranjero —escupió Julián de mala gana—. Ya veremos si se te quita esa sonrisita estúpida de la cara.

Declan llevaba dibujado en su rostro el gesto cínico que yo tan bien conocía, y al parecer a su contrincante no le había sentado nada bien. El irlandés se encaramó entonces al tronco, ayudado por algunos mozos del pueblo. Declan se había desprendido de su chaquetilla, pero su atuendo no era el más adecuado para trepar por un palo engrasado. De todos modos consiguió avanzar poco a poco, ayudado de manos y piernas, mientras la multitud le jaleaba, dividida en dos bandos irreconciliables.

—¡Así se hace, Declan! —exclamó un vecino.

—El maldito inglés se agarra como un mono, eso es trampa —gritó otro paisano.

—Cállate, Narciso. El *muchachu* lo está haciendo muy bien para ser su primera vez.

Yo permanecía absorta, con los ojos fijos en lo alto de la cucaña, casi ajena a lo que se comentaba a mi alrededor. Nelu animaba a Declan con todas sus fuerzas, y María permanecía también atenta, pero muy callada, situada a escasos metros de nosotros.

Declan miró a la multitud desde lo alto, situado más o menos a la mitad del recorrido, y desistió en su primer intento. Estaba agotado, agarrado a un palo resbaladizo que no le daba la más mínima oportunidad, por lo que se dejó caer hasta poner de nuevo los pies en el suelo.

—Ha sido mi primera vez, pero ya le voy cogiendo el truco. Voy a descansar un poco, creo que puedo conseguirlo en un par de intentos más.

—Seguro que sí —contesté no muy convencida.

—No os preocupéis, yo lo haré —dijo Nelu muy ufano.

Declan le revolvió la cabeza con un gesto cariñoso, porque sin duda sabía que el crío lo tendría también muy difícil. Por muy bien que trepara a los árboles, aquello era muy diferente. Se necesitaba habilidad, pero también aguante, fortaleza y resistencia física. Y en los ojos del irlandés creí entrever que no confiaba demasiado en las posibilidades de mi hermano pequeño.

—Muy bien, es nuestro turno. Sebas, te toca... —dijo Julián dirigiéndose a la multitud, como un consumado maestro de ceremonias ante su público.

—¡Alto ahí! —salté entonces—. Sebas no iba contigo en tu grupo. No puede participar en el torneo.

—Sebas es de la cuadrilla de toda la vida, ¿verdad? Nadie le va a impedir que participe y gane el torneo para nosotros.

Julián nos miró con gesto triunfal, mientras los allí presentes asentían. Algunos le reían las gracias al hijo del alcalde, aunque el pueblo entero supiera que Sebas no era de su cuadrilla. Solo le habían reclutado porque había sido el campeón regional de cucaña durante los tres últimos años. Una trampa en toda regla por la que íbamos a perder la partida.

Sebas se encaramó él solito al palo de madera y comenzó a trepar a un ritmo endiablado. Se notaban su entrenamiento y la maña que se daba para agarrarse al poste sin caerse. Se fue acercando poco a poco a la meta mientras la gente gritaba, pero se quedó a escasos centímetros de su objetivo. Yo llevaba unos segundos aguantando el aire en mis pulmones y lo solté de golpe cuando vi que se dejaba caer hasta el suelo.

—¿Qué ha pasado, Sebas? Creía que tú no fallabas nunca...

—Lo siento, me encontraba un poco frío, no me ha dado tiempo a calentar. Tranquilo, a la próxima lo consigo, ya lo verás.

—Más te vale, Sebas. Si no, te vas a enterar.

A tenor de lo visto, nos quedaba una sola oportunidad para ganar. Declan todavía no se había recuperado del esfuerzo y le veía respirar trabajosamente. Entonces Nelu dio un paso al frente para llamar nuestra atención.

—Quiero intentarlo yo, Amaya. ¿Puedo?

Declan me miró y yo asentí. Después de todo, era su hermana mayor y Nelu estaba a mi cuidado en la verbena. Sabía que mi madre no lo aprobaría, pero no iba a permitir que se rieran de nosotros en la cara.

—De acuerdo, Nelu. ¡A por ellos! —confirmé en voz alta.

—Venga, muchacho, ¡tú puedes! —le animó Declan.

Nelu nos miró con una pizca de orgullo y salió disparado hacia la cucaña. El irlandés le iba a ayudar a encaramarse, pero el crío no lo necesitó. María se situó a su lado y yo permanecí detrás, atenta a la jugada.

Mi hermano comenzó con calma, tanteando el terreno. En ese juego no había un tiempo límite, y vi que Nelu quería asegurarse, agarrarse al tronco resbaladizo como si fuera uno de los árboles de nuestra finca, ganando altura centímetro a centímetro. No era mala técnica, pero en ese momento ignoraba el grado de cansancio que le ocasionaría estar tantos minutos allá arriba, sometido a una tensión tan grande.

—Ánimo, Nelu, ¡eres el mejor! —gritó uno de los amigos del chico.

Todo el mundo le jaleaba, pendiente de sus evoluciones. Nelu miró un momento hacia nuestra posición, y le animamos entonces con más fuerza al ver que flaqueaba. El niño subía un trecho pero a continuación caía otro, por lo que su penoso avance se fue haciendo cada vez más lento. Se encontraba a un metro escaso de la meta, pero parecía a punto de rendirse.

En mi afán por no perder ojo de lo que ocurría en la cucaña, no me había percatado de la actitud de María. Aparte de saltar y gritar, animando a Nelu, también se agarraba descaradamente a Declan, presa del nerviosismo. O eso pretendía hacer creer a los allí presentes.

Nelu perdió la posición ganada y descendió casi un metro por el tronco, pero consiguió agarrarse y seguir aguantando. María pegó un gritito por el susto y se abrazó sin rubor a Declan, como temiendo contemplar el fatal desenlace.

—No puedo mirar, esto es demasiado...

La mocosa se pegó contra el pecho de Declan y dejó su mejilla apoyada en el hueco entre la cabeza y el cuello del irlandés. No sé si fueron imaginaciones mías, pero me pareció incluso que se restregaba un poco contra él. Y yo sabía que Declan notaría sin duda sus turgentes senos al acercarse de ese modo, mientras sentía todo su cuerpo arrimado y su boca a escasos centímetros de la suya.

No podía soportar esa visión, pero no quería montar un escándalo. Y menos distraer a Nelu en su propósito. El crío se había recuperado y parecía trepar ahora a mayor velocidad. Declan también lo vio y se desembarazó como pudo de María:

—Perdona, voy a colocarme debajo de la cucaña, no vaya a ser que Nelu pierda pie y caiga de mala manera.

Debería evitar que esa situación fuera a más, pensé en esos momentos. Ese gesto de la cría podría malinterpretarse, y más delante de todas las cotillas del barrio. Vi alguna mirada aviesa a nuestro alrededor, mientras los cuchicheos comenzaban a extenderse entre las comadres más rancias del pueblo.

Me coloqué entonces al lado de María y le lancé una mirada que pretendía decirlo todo. Ella se hizo la digna e ignoró mi advertencia, mientras continuaba animando a pleno pulmón a nuestro hermano.

Seguí con la vista fija en Mariuca y no me percaté de lo realmente importante. Nelu había alcanzado por fin su meta y agarró el pañuelo rojo con un gesto triunfal. El público rugió, le jaleó y gritó su nombre a los cuatro vientos.

El chico se dejó caer, agotado, pero sin soltar el pañuelo de la mano. Declan le recogió antes de llegar a tierra, y ambos se dieron un cariñoso abrazo. María y yo acudimos también hasta ellos y nos abrazamos todos en un gesto que esperaba fuera inocente a ojos de los vecinos. De todos modos no me separé ni un instante de Mariuca para impedirle expresarse del modo que realmente pretendía, por lo menos de cara a Declan.

—Hemos ganado, Julianín —recalcó Declan mirándole con gesto despectivo—. Creo que el chaval os ha demostrado quién es el mejor. Ahora tenéis que pagar la ronda. Habéis perdido delante de todo el pueblo y es lo que toca, ¿verdad?

—Así es, el niño ha sido el primero en alcanzar el pañuelo, así que es justo vencedor. Y yo, como buen Revilla, pago mis deudas. Todos vosotros estáis invitados a lo que queráis, faltaría más.

Declan hizo un gesto de asentimiento para agradecerle su buen perder. El resto de la gente también lo vitoreó, aunque el espectáculo había terminado y habría que buscar otra diversión esa noche. Nada complicado para los mozos del pueblo en medio de una verbena.

Vi alejarse a Julián, y su mirada fría, distante, me heló un momento el corazón. Sus ojos se habían dirigido expresamente a mí porque era a la que más conocía, ya que éramos de la misma quinta. Su mirada me confirmó que no estaba todo dicho. Pero por el momento tendría que olvidarme del hijo del alcalde.

—¡Venga, chicos! —exclamó Nelu—. Vamos a celebrarlo.

Todos le acompañamos, alborozados, mientras un grupo reducido de personas nos siguió también hasta un puesto de bebidas. Había comenzado además el reparto de sardinas para todos, así que cogimos varios platos y unos vasos de limonada para acompañar.

Declan se alejó entonces unos pasos para hablar con uno de nuestros proveedores, que al parecer quería invitarle a otra ronda por su arrojo al enfrentarse al bravucón de Julián. El irlandés me pidió permiso con la mirada, detalle que agradecí aunque no hiciera falta, y asentí con un gesto. Yo no era su madre ni su novia, pero el simple hecho de que quisiera complacerme me llenó de orgullo. Declan se marchó y yo me quedé un instante absorta, admirando sus andares, hasta que llegó María para estropearme el bonito momento.

—¿Se puede saber qué haces? —me espetó María de muy malos modos.

—No sé de qué me hablas, la verdad —contesté sin caer en su provocación.

Mi hermana, por el contrario, parecía tener ganas de pelea. Sus ojos encendidos y las mejillas arreboladas así lo atestiguaban. Me habló entonces en voz baja para no llamar la atención, pero su mirada de odio me dio mucho miedo, aparte de una pena increíble. ¿Qué le había hecho para que me tratara así? En todo caso debería ser yo la que le echara la bronca por su comportamiento indecoroso delante de los vecinos.

—¿Te crees que no te he visto? —me dijo María—. No soy tonta, sé lo que intentas hacer. Quieres alejar a Declan de mí, pero no lo conseguirás.

—Estás loca, solo dices tonterías. Anda, recapacita y pídeme perdón antes de que le cuente a madre tu comportamiento de hace un rato, restregándote contra Declan delante de todo el mundo.

—No cambies de tema ni quieras hacerme pasar por tonta —soltó ignorando mi comentario—. Tú quieres quitarme a Declan, ya he visto antes como le intentabas coger la mano, camino de la cucaña.

—Eso no ha sido así, te estás equivocando. Además, no creo que tenga que darte explicaciones.

—No tienes ni idea, hermanita. Declan y yo estamos enamorados, y tú no pintas nada en medio. Así que apártate.

María hablaba con una seguridad pasmosa, algo increíble para una niña de su edad. Eso me asustó aún más. ¿Había estado yo tan ciega? Deseché esos pensamientos funestos y los alejé de mi mente a todo correr. No podía perder ni un segundo en elucubraciones, no antes de que mi mente pensara de más. ¿Se le habría insinuado María anteriormente? No creí que Declan cayera en sus redes, pero un escalofrío recorrió entonces mi espalda.

No podía obviar la realidad. Miré a mi hermana de arriba abajo y comprobé que no estaba tan equivocada en mis apreciaciones. Por mucho que se hubiera vestido ese día más recatadamente, María ya no era tan pequeña. Muchos hombres podían sentirse atraídos por una mujer como ella y olvidar su edad, claro. De todos modos sus palabras habían hecho mella en mí y la velada se había estropeado en un momento.

Tenía que actuar con cabeza, sopesar la situación. No me dejaría llevar por el mal genio: había que razonar y actuar menos con el corazón. Aunque me costara aguantarme las ganas de cruzarle la cara a la mocosa con un buen bofetón.

María se marchó y me dejó con la palabra en la boca. La vi alejarse hacia un corro de gente joven que se encontraba en una esquina de la zona de baile. Y allí se quedó, hablando con sus amigas mientras todas me señalaban; tenía que atajar ese problema lo antes posible.

Segundos después apareció de nuevo Declan a mi lado. Se le veía contento, quizás algo achispado después de beber con los paisanos.

—Ya estoy aquí, ¿me echabas de menos? —bromeó al llegar.

—Ni lo sueñes, irlandés. Y tú tampoco; ya he visto lo bien que te lo pasabas con los mozos del pueblo.

Solté lo primero que me vino a la mente para disimular el disgusto. Intenté cambiar mi gesto, contrariado tras la discusión con mi hermana, pero él lo notó enseguida. Al momento escondió esa sonrisa tan maravillosa que me había cautivado desde un principio y fijó sus profundos ojos en mí:

—Venga, anima esa cara. Hemos vencido a esos idiotas, y ya no nos van a molestar más. Y Nelu es todo un héroe.

—No creas que será tan sencillo. Julián es un tipo rencoroso y nos la tendrá jurada durante una larga temporada.

—Bueno, pero no hoy. Anda, vamos a divertirnos. Creo que antes me preguntaste si me gustaba bailar. Pues sí, señorita Abascal, como buen irlandés soy todo un danzarín.

Declan tenía el puntillo después de haber bebido unos vasos de más, pero yo no pensaba contradecirle. Relajé entonces mi gesto, buscando con la mirada a María. No la encontré por allí cerca, y recé para que la niña no estuviera contemplando la escena. Tampoco quería vanagloriarme, como si yo hubiera vencido y me hubiera llevado al galán de la función.

—¿Me concede este baile, señorita?

—Por supuesto, señor Mclister. Será un placer.

Las canciones populares dieron paso a unos ritmos más pausados y vimos entonces algunas parejas de mediana edad bailando agarradas en el centro de la pista. También algunos jóvenes, parejas de enamorados que estaban recién ennoviados o a punto de casarse. Sabía que atraeríamos las miradas sobre nosotros, pero no le podía hacer ese feo a Declan. Además, tampoco era algo tan extraño que dos amigos bailaran en una verbena.

Eso creí entender yo, pero me pareció distinguir algún gesto de reproche en las caras de las cotillas del pueblo. Menos mal que mi madre no se juntaba mucho con ellas, pero ya iría algún alma caritativa a contarle las novedades a casa, aunque no se dirigieran la palabra en años.

Una vez en sus brazos me olvidé de todo, como si ambos estuviéramos bailando solos en el salón de un gran casino, ajenos al resto de la humanidad. Mis preocupaciones se disiparon como por encanto y lo único que deseaba era dejarme llevar y bailar sin cesar con aquel hombre maravilloso. Su mano izquierda sujetaba mi derecha con firmeza mientras su diestra se posaba con delicadeza en mi espalda, y me quemaba con un calor que traspasaba el fino vestido de verano.

Las canciones se fueron sucediendo sin apenas darme cuenta, y Declan parecía tan encantado como yo. Reía, hacía bromas y disfrutaba como un niño. Hasta que un instante después, nada más acabar un giro que dejó nuestros rostros frente a frente, paró un momento y me obligó también a mí a dejar de bailar.

Nos miramos profundamente, perdido cada uno en los ojos del otro, buscando quizás algo más allá. Su boca se torció en un gesto que no había visto nunca, muy alejado del deje cínico o irónico que yo había conocido hasta ese momento. Sus labios se curvaron en un movimiento sensual que me produjo un estremecimiento de placer. Mi columna vertebral acusó el golpe, y todo mi cuerpo vibró ante la nueva situación.

Yo sonreí con disimulo y entreabrí los labios para mostrarme más receptiva. Miré entonces con descaro a Declan y pasé de sus ojos a sus labios sin apenas respiro, esperando el momento final. Pareció que nuestros cuerpos se agitaban al mismo tiempo. Yo solo quería que Declan me besara.

El tiempo se detuvo, y una nebulosa se instaló a mi alrededor. No escuchaba los murmullos de la gente, no veía a nadie más que a Declan. Lo tenía tan cerca, y a la vez tan lejos, que el sufrimiento comenzó a avanzar, hasta triunfar sobre el resto de sensaciones. Sabía que los segundos transcurrían y, aunque para mí fueran más lentos que para el resto de la gente, llevábamos demasiado tiempo parados en medio de la pista, sin bailar, mirándonos embobados como dos enamorados.

Declan reaccionó a tiempo y me sacó de golpe de mi atolondramiento. El hechizo había remitido, y el encanto de esa escena desapareció en un instante. El irlandés quiso disimular y siguió bailando conmigo, pero puso mayor distancia entre nosotros, azorado quizás por lo sucedido.

Yo seguía en una nube y temía bajar a tierra para no llevarme una desilusión. ¿Qué había sido eso? Aquel momento mágico lo llevaría conmigo para siempre, aunque nunca más pudiera volver a acercarme a Declan.

Instantes después vimos que una pareja joven se acercaba a nosotros bailando. No me había dado cuenta de que se trataba de María con uno de nuestros primos lejanos. ¿Habrían visto nuestro particular momento? No podía saberlo, pero pronto lo averiguaría.

—¿Cambiamos de pareja? —me preguntó María nada más llegar a mi vera—. El primo David quiere bailar también contigo.

—Claro, faltaría más —contestamos a la vez Declan y yo.

María me lanzó una mirada triunfal mientras yo comenzaba a bailar con David. Vi entonces como mi hermana se pegaba bastante más de lo aconsejable a Declan, que aparentemente no se percataba de nada. Y mi primo me susurraba algo al oído, pero mis sentidos se encontraban en otra parte.

Y es que María sonreía, e incluso lanzaba alguna que otra carcajada, llevada en volandas por los diestros brazos de un consumado bailarín como era Declan. El irlandés parecía también encantado y a mí se me llevaban los demonios con la situación.

Mariuca aprovechaba cada giro comprometido para apoyarse más en Declan y rozarse descaradamente contra él. Sus armas de mujer saltaban a la vista, y me pareció que incluso se había vuelto a subir los pechos, más turgentes a cada momento que pasaba.

¿A qué jugaba Declan? Tal vez ambas creíamos que el irlandés bebía los vientos por nosotras, pero lo único que hacía él era seguirnos el juego sin tomar partido. Y, si era así, yo era una ilusa, una completa idiota que había esperado que sus labios se posaran sobre los míos en ese segundo mágico en el que me cautivó el corazón.

El descaro de María estaba llegando a unos límites inaceptables, y hasta mi primo la miró con reprobación. Las comadres comenzaron con el cuchicheo, y los murmullos se podían adivinar desde la pista de baile. Pero la parejita feliz no hacía caso de nuestros gestos.

En el siguiente giro llamé la atención de mi hermana cuando nuestros cuerpos casi se tocaron en la pista. Ella me oyó perfectamente, pero siguió a lo suyo. Hasta que un instante después me pareció ver un destello de alarma en sus ojos, que ya no me veían, pero miraban a través de mí como si mi cuerpo fuera invisible o transparente.

Entonces comprendí. Algo o alguien había llamado la atención de María, alguien que se acercaba por detrás de mí. El miedo me paralizó y temí las terribles consecuencias que podía acarrearnos si mi madre aparecía por la pista en esos momentos. Me di la vuelta y me topé de frente con el rostro contrariado del *güelu*, que llegaba solo a la verbena. Afortunadamente mi madre no andaba por allí, o yo no la veía en esos momentos.

—Chicas, ya es tarde. Creo que va siendo hora de regresar a casa.

—Pero si acaba de empezar el baile y...

—Sí, María, ya he visto lo bien que te desenvuelves en el baile. Pero vuestra madre me ha dicho que os recoja y a eso vengo. Así que espabilad, no quiero volver a repetirlo.

María se soltó de los brazos de Declan nada más ver la mirada cargada de reproche de nuestro abuelo, pero permaneció al lado del irlandés con gesto altivo. Por su parte, Declan parecía seguir en la inopia, ajeno a la batalla de miradas entre las hermanas y a la velada reprimenda que el abuelo nos lanzó en su presencia. Yo pensaba que el irlandés era más perspicaz, pero en el fondo no se diferenciaba tanto de la mayoría de los hombres. O tal vez es que le daba todo igual.

María se acercó al abuelo, y yo seguí sus pasos. Me despedí de David y le lancé a Declan el fuego de mis ojos. Él siguió sin comprender y se encogió de hombros, mientras permanecía parado en un lateral de la pista. Se dirigió entonces directamente al *güelu* y nos ignoró a María y a mí con descaro.

—Me gustaría quedarme un rato más por aquí, don Ángel. Espero que no haya ningún inconveniente.

—Claro, no te preocupes. Pero no vuelvas muy tarde ni le des mucho a la botella, tú ya me entiendes.

Creí ver un guiño en la cara de mi abuelo, que parecía reírle las gracias a Declan. Si no le había gustado la actitud de María en su baile con el irlandés, e intuía que tampoco mi indiferencia al no cuidar de ella como era debido, tampoco entendía que premiara al irlandés como si él no fuera también responsable.

Declan nos sonrió, y su gesto irónico me confirmó que no se había percatado de nada. ¿Cómo podía ser tan estúpido? Se dio la vuelta y se alejó de nosotras, al parecer contento de poder continuar la juerga con los mozos del pueblo.

Nelu nos vio de lejos y se acercó también a nosotros. Al ver nuestros gestos y el rostro alargado del abuelo, supo que la diversión había acabado por esa noche.

Comenzamos a caminar hacia nuestra casa, mientras Nelu le contaba al abuelo su gran triunfo de esa noche.

—Me alegra verte tan contento, Nelu, pero no deberías haber sido tan inconsciente. La cucaña no es un juego para niños —dijo el *güelu* antes de dirigirse a mí—. Y tú deberías haber evitado que la situación llegara hasta ese punto.

—Yo no quería...

Mi abuelo me hizo un gesto con la mano e ignoró mi evasiva respuesta. El niño continuó detallándole al abuelo todo lo que había sucedido, siempre desde su particular punto de vista. Aproveché la ocasión al verlos distraídos y reduje el paso para que María me alcanzara.

La cogí de la muñeca con gesto fiero y me encaré con ella:

—¡Eres una inconsciente! Por no decirte algo más fuerte, la verdad. Me avergüenzo de tu comportamiento, eres una deshonra para la familia.

—No eres nadie para darme lecciones, hermanita. Yo he visto también cómo le ponías cara de cordero degollado.

—Estás muy equivocada, María. Eras tú la que te insinuabas descaradamente delante de todos nuestros vecinos; si casi le metes las tetas en la cara al pobre Declan, por Dios.

—No te atrevas a juzgarme, yo no he hecho nada malo. Simplemente bailábamos en la verbena, hasta que has venido tú a estropearlo todo.

—Sí, claro, todo muy inocente. Por eso has puesto esa cara de susto al ver al *güelu*. Has pensado que llegaba madre detrás y que se te iba a caer el pelo... Te lo advierto, esto tiene que acabar ya.

—Olvídame, Amaya. Declan me ama y nadie me impedirá casarme con él.

—¿Estás loca? Solo tienes trece años, estás muy mal de la cabeza.

—Tú sí que estás mal, loca de celos me parece a mí.

Estuve a punto de cruzarle la cara, allí paradas las dos en el camino, enzarzadas como dos gallos de pelea. El abuelo se dio la vuelta y nos vio allí plantadas, discutiendo, pero no quiso intervenir. Solo nos dio una voz, con un tono de advertencia que ambas captamos a la perfección.

—No os retraséis, vuestra madre nos está esperando.

—Sí, ya vamos.

Llegamos a casa y nos dirigimos a nuestras habitaciones, después de despedirnos de nuestra madre sin mencionar nada más. Su gesto severo denotaba que no estaba para muchas bromas y ambas preferimos resguardarnos de una posible bronca. Nelu también se percató de la situación y silenció cualquier detalle relativo al asunto de la cucaña. El abuelo ya le había aleccionado, y al niño le pareció bien que guardáramos el secreto para que nuestra madre no lo conociera.

A la mañana siguiente nadie mencionó nada de la verbena. De todos modos el pequeño Nelu no pudo contenerse, y preguntó por su particular héroe en esa mañana de sábado.

—¿Y Declan? ¿No se ha levantado todavía de la cama?

—Estará durmiendo la mona —respondió nuestra madre—. A saber a qué hora volvió de la verbena.

—Creo que no fue tan tarde, me pareció oírle llegar —afirmó el abuelo—. Dejémosle descansar un rato. Total, hoy es domingo y no tiene mucho que hacer.

—Yo tengo que atender a varios huéspedes, Ángel, y hay tarea por terminar, tanto en el huerto, como encargarse de otros recados que hay que hacer con el carro —informó mi madre—. Así que ve a llamarle cuando termines, Amaya, ya se le han pasado las burras de leche.

—Sí, madre, ahora mismo —asentí.

Intenté contestar con gesto neutro, evitando mostrar cualquier sentimiento a través de mi rostro. Agaché la mirada y ni siquiera afronté los ojos retadores de María, que buscaba guerra desde la mañana temprano. Me adentré en la casona, recorrí el pasillo de las habitaciones y me paré frente al cuarto de Declan. Llamé a la puerta con los nudillos, primero suavemente y después con más firmeza, pero nadie me contestó:

—¡Declan, Declan! Despierta, hay mucha tarea por hacer y mi madre te está esperando.

Escuché gruñidos a través de la puerta, pero me pareció que el bello durmiente seguía postrado en la cama. Al final iba a tener razón mi madre y estaba durmiendo la borrachera, con una resaca de órdago tras la noche de juerga. Me daba algo de reparo, pero entré en la habitación dispuesta a enfrentarme de nuevo con esos ojos misteriosos.

—Despierta de una maldita vez —dije enfurecida ante su indiferencia. Mclister se enrollaba en las sábanas y se arrebujaba mientras me ignoraba—. Ya es hora de levantarse, no haber bebido tanto anoche.

—Déjame un rato más, Amaya, todavía es pronto.

—Yo en tu lugar me levantaría de una vez. Mi madre no se anda con chiquitas, y no te lo va a permitir. Te aseguro que es muy capaz de curarte esa resaca con un balde de agua fría, no la provoques.

—Vale, vale, ahora mismo voy.

Declan abrió por fin los ojos, castigados por una mala noche de mucho alcohol y poco sueño. Las ojeras, el mal olor corporal y aquel pelo rebelde despeinado no consiguieron apartar de mi mente el pensamiento único instalado allí desde hacía tiempo: quería besar a ese hombre. Lo deseaba, lo necesitaba imperiosamente, y estuve tentada de lanzarme allí mismo, en la intimidad de su habitación.

Pero la prudencia triunfó de nuevo y me obligó a salir de esa habitación antes de cometer una tontería. No podría enfrentarme a Declan en esas condiciones, así que esperaría a hablar con él en otro momento. A ser posible intentaría coincidir en algún recado que tuviera que realizar en los próximos días, decidida a zanjar el tema lo antes posible.

Con un nudo en el estómago y un puño invisible aprisionando mi corazón, regresé a nuestra casa con gesto compungido. Mi madre salía de allí en dirección hacia el huerto, cargada con un cesto con ropa recién lavada. El verano ya había llegado para quedarse, y la temporada alta parecía ofrecernos buenas perspectivas de huéspedes para la tórrida estación.

—¿Ya se ha despertado nuestro invitado? —me preguntó con retintín.

—Sí, madre, se está levantando.

—Imagino que estará en unas condiciones lamentables después de la juerga. No sé qué diversión es esa de emborracharse hasta perder el sentido, la verdad.

Yo continué hacia nuestra casa, aunque no llegué a entrar y me paré al instante al escuchar esta conversación a través de la puerta:

—¡Que sea la última vez, María! Si lo llega a ver tu madre, te manda con la tía Petra, o te mete en un colegio interno.

—Pero, *¡güelu!* Si no he hecho nada, yo solo me divertía bailando y...

—No me hagas comulgar con ruedas de molino. Soy viejo pero no tonto. Sé lo que vi en el baile, no me hagas enfadar de verdad.

—Tú no lo entiendes, abuelo. Yo le quiero y...

—¡Se acabó! No quiero oír ni una palabra más. Que esta conversación no salga de estas cuatro paredes.

—No, pero yo...

—A tu cuarto, ya está bien. Espero que tu madre no llegue a enterarse, esas no son actitudes para una niña decente. No querrás que estemos en boca de todo el pueblo y te tachen de lo que no eres, ¿verdad?

—¡Ya no soy una niña! Y no he hecho nada malo, ninguno me entendéis.

—Se acabó, no lo voy a repetir más.

—Esto no se va a quedar así, ya lo verás...

La mocosa contestó en tono desafiante, y eso que el abuelo había querido evitar una catástrofe mayor. María estaba ofuscada y no atendía a razones. Mi madre terminaría por enterarse, Mariuca se chivaría después de mí, y al final acabaría todo como el rosario de la aurora. ¿Qué podía hacer yo para evitarlo?

Menos mal que no le había dicho nada al irlandés minutos antes, en su cuarto. Pero él debía de conocer el lío en el que se estaba metiendo. Declan no podía ser tan tonto, debía de haberse percatado de todo. Tanto de lo de María como de lo que yo sentía hacia él.

Estaba decidido. Sacaría el tema a la menor ocasión, aunque tuviera que utilizar a mi hermana para explicarle a Declan lo sucedido. Ya vería cómo afrontaba después mi propia situación. Y, sobre todo, lo que debía averiguar era si él jugaba con nosotras, si sentía algo por alguna, o si simplemente ese era el comportamiento de un irlandés ante las mujeres.

LA HABANA, PRIMEROS MESES DE 1874

LA VERDADERA HISTORIA

Declan había tenido suerte al llegar a Cuba. El oficial Douglas le encontró un puesto de ayudante de uno de los maestres de provisiones del puerto de La Habana, y Mclister no se lo pensó dos veces a la hora de abandonar el *Pegasus*. Se despidió entonces de Emma Watson, que se dirigía a la hacienda Mendoza para comenzar también su labor como institutriz de los dos hijos del terrateniente español.

—Espero que nos veamos pronto —dijo Emma—. El ingenio de los Mendoza está tierra adentro, creo que no demasiado lejos de la ciudad.

—Pierde cuidado, te haré llegar recado en cuanto me instale en La Habana —le confirmó el joven irlandés.

Sabía que iba a echar de menos a Emma y, sobre todo, que sería difícil que se volvieran a encontrar, por mucho que la mujer se lo asegurara. No es que se hubiera enamorado de la institutriz, aunque al principio no le hubiera importado meterse bajo sus sábanas. Pero una vez pasado ese primer momento y, a través de sus profundas conversaciones en la cubierta del barco, Declan aprendió a apreciar y a respetar a la señorita Watson, una mujer interesante en más de un aspecto.

Mclister decidió entonces dejar de preocuparse por Emma; bastante tenía con sus propios problemas. Ahora lo que necesitaba era encontrar una pensión en la que vivir. Su nuevo jefe, el maestre de provisiones Samuel —un recio castellano oriundo de Toledo, afincado en Cuba desde hacía mucho tiempo—, le aconsejó que se dejara caer por la pensión de Tomasa, una negra liberta que había montado un negocio decente en la ciudad para no meterse en más líos con la justicia española después de obtener su salvoconducto oficial.

Declan no entendió la mitad de las palabras que le había dicho su nuevo jefe. Afortunadamente trabajaba con ellos un joven negro procedente de Jamaica, otro liberto que se ganaba la vida honradamente en el puerto. Se llamaba William, nombre que le puso su antiguo patrón en Kingston, y que había adoptado como propio tras dejar a un lado sus raíces africanas.

William se apiadó de Declan al ver su gesto indefenso y le tradujo al inglés lo dicho por su patrón. El muchacho llegó siendo un crío a Jamaica y casi había olvidado todo vestigio de su lengua materna, pero hablaba el inglés bastante bien, y también se defendía en español, algo poco habitual en su isla de origen.

—Gracias, amigo —dijo Mclister—. Yo te ayudaré en lo que pueda, pero necesito que en estas primeras semanas, hasta que aprenda mejor el español, me eches una mano con el idioma.

—Claro, blanquito —contestó William sonriendo a su nuevo compañero—. Eso está hecho.

Los primeros días en la isla fueron muy duros, pero Declan aprendió a sobrellevar las dificultades con entereza. Sin darse cuenta, ya había sobrevivido a un mes completo en Cuba, un tiempo que incluso se le hizo corto. Entre el trabajo y el estudio del idioma en sus escasos ratos libres, algo muy necesario para no andar tan perdido en La Habana, Declan no tenía tiempo para casi nada más.

Las largas y extenuantes jornadas de trabajo en el puerto pusieron a prueba la fortaleza de Declan. Casi no tuvo oportunidad de pensar en cuánto había cambiado su vida en los últimos tiempos.

La tragedia ocurrida en su casa le corroía por dentro y le apretaba con fuerza las entrañas, pero el joven irlandés prefirió arrinconar sus penas en lo más profundo de su corazón para seguir adelante con su vida.

De todos modos, Mclister se las apañó y sacó tiempo durante esa época para otras cosas que también le preocupaban, como el encuentro con su antigua compañera de travesía, la señorita Watson.

La joven institutriz cumplió lo prometido y apareció por la capital pocas semanas más tarde, un encuentro que no se desarrolló como Mclister esperaba. Tras el saludo y las preguntas de cortesía, Declan sintió que a Emma le preocupaba algo que no le permitía relajarse del todo. El irlandés no pretendía llegar a nada en ese primer acercamiento después de su desembarco en la isla, pero intuía que su amiga lo estaba pasando mal por algún motivo.

—¿Ocurre algo, Emma? No sé si es por el cansancio del trayecto hasta La Habana, pero te veo algo distraída. ¿Va todo bien en la hacienda de los Mendoza?

Emma rompió a llorar por sorpresa, y Declan se asustó por lo inesperado de su reacción. Mclister no sabía cómo comportarse. No estaba acostumbrado a esas situaciones, pero intentó reconfortar a la muchacha lo mejor que pudo. La señorita Watson se recompuso enseguida, se enjugó las lágrimas y estiró su cuerpo, adoptando una pose digna que parecía más fachada que otra cosa, según le pareció a su interlocutor.

—La verdad es que no estoy bien, para qué voy a engañarte. Los hijos de Mendoza son insoportables y, aunque su padre es todo un caballero e intenta que mi estancia en Cuba sea lo más agradable posible, no me lo ponen nada fácil en esa casa. El servicio tampoco me trata muy bien: me ven como una remilgada y estirada, y no tengo muchos amigos en la plantación.

—Vaya, lo siento mucho. No sé en qué podría ayudarte yo.

—La verdad es que llevo días pensando en una idea descabellada. Estoy harta de Cuba, de su clima, de sus gentes y de todo lo que huela a cubano. No sé, no he caído con buen pie en la isla, y quiero marcharme de aquí. ¿Te vendrías conmigo?

—¿Y adónde irías? —preguntó Declan obviando las últimas palabras de Emma.

—Al norte, a los Estados Unidos. ¿Recuerdas que el *Pegasus* se dirigía a Virginia? Fui idiota, deberíamos habernos quedado en el barco y continuar travesía hasta un lugar más civilizado que este.

—Pero, Emma...

—Podríamos ir a Boston, o tal vez a Nueva York —afirmó Emma con un fulgor distinto en sus ojos—. Dejaríamos atrás este espantoso bochorno y nos instalaríamos en un sitio civilizado, donde además hablan nuestro idioma. ¿No sería maravilloso?

—No sé, la verdad...

Declan le dio largas a Emma, intentando no herir sus sentimientos. Parecía que la chica quería que ambos viajaran como una pareja y se instalaran en Nueva Inglaterra para comenzar juntos una nueva vida. Y eso era demasiado para el fogoso irlandés; no estaba preparado para ese tipo de relación.

—No te precipites, acabamos de llegar a Cuba. Deberías intentar encauzar las cosas en la hacienda durante las próximas semanas, y más adelante, si ves que no funciona, podrías replantearte la situación. ¿Te parece bien?

—Tal vez tengas razón, Declan. Bueno, ya veré lo que hago.

Declan no estaba dispuesto a abandonar la isla tan pronto, y menos si lo que le esperaba era casi una vida de casado junto a Emma. Sí, se había sentido atraído por Emma en el barco, y tal vez esa fue una de las razones principales para desembarcar en Cuba. Pero él tenía toda la vida por delante y no quería unirse para siempre a la primera mujer con la que se cruzara.

Mientras tanto, el irlandés continuó asentándose en su nuevo puesto. Y la idea concebida por Emma fue quedando cada vez más arrinconada en su mente. Y más al comprobar que el Caribe era un paraíso en todos los sentidos.

Su jefe ya le había advertido en varias ocasiones y tenía sus motivos. Era normal que a Declan se le fueran los ojos detrás de las caderas generosas de algunas mulatas que paseaban por el puerto, camino del trabajo. Las cubanas le sonreían sin cesar, o eso pensaba él nada más desembarcar en la isla, y a Declan le hervía la sangre. En Irlanda no era habitual encontrarse con mujeres de color, y menos con ese desparpajo y un donaire que le volvían loco.

—Ten cuidado con las cubanas —le recomendó Samuel—. Te lo digo por experiencia. Esas negras del demonio te sorben el seso, te vuelven loco con su movimiento de caderas, y después ya no puedes pensar en nada más.

—Sí, jefe —contestó Declan por inercia.

Declan no había entendido bien la frase y William le ayudó a comprenderla mejor. El irlandés creía que su jefe exageraba, pero los gestos de otros compañeros blancos le dieron a entender que el patrón llevaba toda la razón.

—Anda, Samuel, no asustes al muchacho —replicó Íñigo, otro de los compañeros más veteranos—. Ya le llevaremos a algún lupanar de La Habana para que se estrene. Así se le quitará ese mal color que se ha traído de su tierra.

Declan no entendía nada y se cabreó al verse en medio del carcajeo general de sus compañeros. Todo eran chanzas a su alrededor mientras le palmeaban la espalda, y por mucho que el irlandés atendiera o intentara comprender con la ayuda de William, siempre se le escapaba alguna frase suelta que no terminaba de asimilar.

Un par de meses después, una vez asentado en la ciudad y con algo más de conocimiento del español, Declan se atrevió a acompañar al resto de la cuadrilla con la que trabajaba. Aunque Mclister no estaba preparado para lo que se le venía encima.

—Ven, irlandés, anda. Antes de que te hagan un hombre tendrás que tomar un trago de este ron y ya verás como te sale pelo en el pecho, ja, ja.

—No digas tonterías, Felipe —terció Íñigo—. La paga de hoy nos la vamos a gastar en ron añejo del bueno, y en las putas de Madame Montparnasse, el lupanar con más clase de La Habana. ¿Verdad, Mclister?

El sabor dulzón del ron cubano se le subió enseguida a la cabeza a Declan, y el alcohol se apoderó de su cuerpo. William dijo que los acompañaría durante un rato, pero que se quería marchar pronto. Declan se lo agradeció con un gesto, aunque pronto no supo ni dónde se encontraba su mano derecha, ajeno a las burlas de sus compañeros. Y eso que él creía que los irlandeses eran buenos bebedores.

Mclister recordaba cómo le habían llevado a rastras hasta un edificio pintado de azul, con unos balcones algo recargados. Allí se encontraron con un negro alto y fuerte, vestido de etiqueta, que custodiaba la puerta como un perro guardián. Íñigo se acercó al hombretón y le dijo algo al oído mientras le metía la mano en el bolsillo y señalaba al irlandés, aunque este no se percató de nada. El portero del prostíbulo sonrió con su boca desdentada y les hizo pasar sin mayor miramiento.

—Madame Montparnasse, es un placer estar de nuevo en su casa —aseguró Íñigo como voz cantante del grupo, nada más encontrarse con la dueña del lupanar.

—Dichosos los ojos, don Íñigo. ¡Cuánto bueno por aquí! Veo caras conocidas entre sus amigos, pero también alguno que no me suena de nada. ¿Se encuentra bien ese chico? Parece un poco pálido.

Mclister estaba blanco como la pared. El alcohol le había hecho efecto, y el joven se encontraba en plena borrachera. Sus compañeros

le sujetaban para que no perdiera pie, pero Declan estaba a punto de sucumbir a su primer duelo contra el ron cubano sin tan siquiera darse cuenta de su derrota.

—Sí, madame, no se preocupe. Acaba de llegar de Irlanda, y esta gente no sabe beber el rico ron de La Habana. Le hemos traído a su casa para que conozca las excelencias del lugar.

—Si usted lo dice —replicó la madame, poco convencida—. Ahora les envío a mis niñas para que elijan.

Acompañó a sus nuevos clientes hasta un saloncito reservado, donde pudieran sentarse y tomar algo, mientras esperaban el momento de ver llegar a las chicas. Pareció que Declan reaccionaba entonces y entre los vapores etílicos consiguió enfocar la vista una vez aposentado en un mullido sillón.

—De acuerdo entonces. Veamos, ¿dónde están esas lindas muchachas?

Íñigo dijo la última frase y pareció que alguien estuviera esperando para contestarle del mejor modo. De pronto irrumpieron en la salita cinco espectaculares bellezas que dejaron a los hombres con la palabra en la boca.

Dos mulatas estilizadas, del color del café con leche, precedían al resto de mujeres. A continuación apareció una chica blanca como la nieve, con un pelo rubio casi albino, vestida con un corpiño que dejaba poco a la imaginación. Y para terminar, otras dos negras que no podían negar su origen africano, oscuras como boca de lobo, y repletas de curvas sinuosas donde perder la conciencia.

Íñigo eligió a la rubia, una chica que ya había probado en alguna que otra ocasión con resultados más que satisfactorios. Raúl y el resto de compañeros no se decidían entre las dos negras y una de las mulatas.

La otra mulata, una joven de pelo corto y ojos negros inmensos, ya había elegido a su víctima. Se sentó dulcemente en las rodillas de Declan y comenzó a besarle y acariciarle delante de todo el mundo.

La chica posó sus generosos pechos sobre Mclister, que reaccionó de inmediato, enterrando su cara entre aquellas calientes montañas de carne ante la algarabía general.

—Ya sabía yo que el chico reaccionaría —anunció Íñigo entre risas—. El irlandés es de sangre caliente, aunque ahora se le ha ido toda a una parte. La mulata le aliviará y él cumplirá como el que más. ¿A que sí, Mclister?

Declan asintió a duras penas, mientras se levantaba a trompicones y acompañaba a la joven cubana hasta su cuarto.

Perla, que así se llamaba la prostituta, dedicó sus mejores atenciones a Declan. El irlandés pasaba de un estado de semiinconsciencia, debido al alcohol ingerido, a otro de lujuria descontrolada cuando la mulata se aplicaba con sus artes milenarias, pero el joven no disfrutó del encuentro todo lo que hubiera deseado. De todos modos, Mclister salió de allí con una sonrisa estúpida en el rostro y se cruzó un rato después con algunos de sus compañeros de fatigas a la entrada del local.

—¡Vaya, vaya! —exclamó Íñigo—. Parece que el niñato no se ha vomitado encima, e incluso se tiene todavía en pie. ¿Tuviste problemas ahí dentro, Mclister?

El irlandés apenas pudo balbucear unas palabras ininteligibles.

—Venga, ya está bien —replicó Raúl—. El chico habrá hecho lo que haya podido, eso queda entre él y la mulata.

En ese momento, Perla salió de la habitación y les dirigió a los tres una mirada insinuante. A Declan le guiñó además un ojo y se despidió de él de forma cariñosa mientras se dirigía hacia otra zona del lupanar.

—Adiós, inglesito. Espero volver a verte por aquí, *amol*, ya verás lo bien que lo pasaremos la próxima vez.

Declan le hizo un gesto que pudo parecer de asentimiento, aunque en esos momentos lo único que quería era salir de allí, meter la cabeza bajo un chorro de agua helada y tumbarse para dormir la mona hasta el día siguiente.

—Anda, Declan, vamos para casa.

Mclister se dejó hacer y se apoyó en el hombro de Raúl para salir de allí. Se despidió de Perlita con un beso lanzado al aire, sin saber que la sabrosura de la mulata ya le había inoculado su terrible veneno, y le iba a crear adicción por las curvas de su cuerpo caribeño.

—Te lo advirtieron, irlandés. Estas morenas te sorberán el seso, la razón, el bolsillo y todo lo que pillen, incluido lo que seguro ya te imaginas —afirmó Raúl.

Mclister escuchaba entre tinieblas, pero su cerebro ya no respondía correctamente. La adrenalina le había hecho reaccionar en el cuarto, junto a la mulata, pero en ese momento le podían haber dejado allí tirado, no le importaba lo más mínimo. Solo quería descansar y dormir hasta que no pudiera más.

Declan sobrevivió a su primera juerga caribeña, preludio de muchas que quedaban por llegar. Se acostumbró pronto al ron cubano y, aunque tuvo que escuchar reproches por parte de otros compañeros de trabajo, se aficionó a acudir al local de Madame Montparnasse. Y es que la joven Perla le había cautivado, si no el corazón, sí por lo menos los bajos instintos; una calentura que le recorría el cuerpo de arriba abajo, y que no se le pasaba hasta que conseguía yacer con la mulata y olvidar completamente cualquier recuerdo relativo a Emma Watson.

El sexo con una mujer tan sensual como Perlita le parecía sublime al irlandés, acostumbrado a otro tipo de mujeres menos fogosas en su lejana tierra. Perla le trataba con dulzura y cariño, incluso se empeñó en enseñarle algo de español entre descanso y descanso de su gimnasia sexual.

Pero las fuerzas de Mclister menguaron debido al fastuoso ritmo de cópulas demandado por la cubana. Y, aparte de las energías, también los escasos ahorros de Declan desaparecieron de la noche a la mañana. Ya había tenido sus enfrentamientos con el patrón al pedirle demasiados adelantos de la paga y la situación comenzaba a sobrepasarle.

Una noche, Declan casi acabó molido a palos por el vigilante de la puerta. Llegó al lupanar a tiempo de ver cómo Perlita se alejaba del brazo de un caballero relamido, rumbo a su habitación del placer. A Mclister se le nubló la mente al imaginar que su hembra cabalgaba a lomos de aquel petimetre, y se fue en su busca. Declan le propinó un empellón al aristócrata, un buen cliente de la casa, y tuvo que salir de allí pidiendo disculpas, antes de que le sacaran a rastras y le impidieran regresar nunca más.

Declan llegó a su pensión en la noche de aquel sábado y se dejó caer en el jergón de su cuarto, abrumado por las circunstancias. Tenía mal aspecto debido al trajín de las últimas semanas. Entre su duro trabajo, las juergas con los amigotes y las largas veladas amatorias con Perlita, se encontraba a punto de caer enfermo. Necesitaba unos días de reposo; menos mal que llegaba el domingo y podría por fin descansar algo más de lo habitual.

Pero no pudo siquiera ponerse cómodo, ya que la Tomasa se acercó a su habitación con un recado para él.

—Vaya, señor Mclister, no tiene usted muy buen aspecto, si me permite decirle. ¿Le apetece un caldo o algo así?

—No hace falta, gracias. ¿Qué era eso tan urgente?

—Una señorita inglesa me ha dejado una nota para usted. Si me lo permite, señor, se trataba de una joven muy bella, y parecía de alta cuna.

—Gracias, Tomasa —contestó Declan alcanzando la nota y cerrando la puerta tras de sí.

El recado rezaba así:

> «Declan, soy Emma Watson. Me encuentro alojada junto a la familia Mendoza en el Hotel Inglaterra y nos quedaremos hasta el lunes. Me gustaría charlar contigo si es posible, tengo novedades que contarte».

Ya era tarde, y a Declan no le pareció adecuado importunar a Emma a aquellas horas, aparte de que necesitaba descansar imperiosamente. Le había picado la curiosidad su misiva y deseaba ver a la joven inglesa. Quizás de ese modo se olvidara de Perlita, aunque no aspiraba a tener con la institutriz el mismo tipo de relación que con la mulata.

Un par de meses atrás la institutriz se había dejado caer de nuevo por La Habana, pero él no pudo acercarse a saludarla. Una jornada de trabajo especialmente dura, más el cansancio acumulado tras una noche tumultuosa entre las piernas de Perlita, le dejaron hecho una auténtica piltrafa y no acudió a la cita.

El sexo con Perla era brutal, una experiencia cercana al éxtasis, pero su salud tanto física como mental se estaba resintiendo, y eso no lo podía permitir. Declan decidió entonces acabar con esa situación.

La mañana del domingo Declan amaneció con la mente más despejada. Quizás podría retomar con Emma el asunto del que habían hablado en su último encuentro. Tal vez fuera hora de abandonar Cuba para siempre y encaminarse hacia los Estados Unidos.

Quizás se precipitara en sus conclusiones. Después de todo, si Emma continuaba en Cuba sería por algo. Otra opción sería aceptar la antigua proposición de la joven inglesa. Si Emma le volvía a ofrecer trabajar para Mendoza, ya fuera en la plantación o con alguno de sus socios comerciales en la isla, podría aceptar para alejarse de allí.

—Buenos días, caballero —le saludó el conserje del hotel al llegar a recepción—. ¿En qué puedo ayudarle?

Mclister se encontraba más cómodo con el idioma. Su acento seguía siendo horrible y, a veces, le costaba hacerse entender. Pero por lo menos ya iba comprendiendo mejor a las personas cuando se dirigían a él en ese lenguaje que le parecía tan complicado.

—Buenos días. He quedado aquí con la señorita Emma Watson, ¿podría avisarle de mi llegada?

—Claro, señor, ahora mismo.

Mclister se dirigió entonces hacia los sillones mientras esperaba a Emma. Se había dado un baño y acicalado lo mejor que pudo, pero Declan sabía que no se encontraba en su mejor momento.

Minutos después Declan vio aparecer a Emma por un lateral. Mclister se levantó al instante y se encaminó hacia Emma, muy sorprendido por su apariencia. La muchacha estaba radiante, casi resplandeciente, muy lejos del tono apagado que lucía en su anterior encuentro.

Su piel blanca se había tostado ligeramente y había adquirido un matiz dorado y saludable. Sus mejillas arreboladas la hacían más atractiva, y sus hermosos ojos —los mismos que le encandilaron en primera instancia en la cubierta del *Pegasus*— brillaban más que nunca. Y por si fuera poco, el envoltorio estaba también a la altura, ya que Emma llevaba un vestido de gasas y tules que la favorecían aún más.

—¡Mi querido Declan! —saludó Emma en inglés con afectación—. Es un placer volver a verte, ha pasado mucho tiempo.

Mclister se acercó algo azorado, abrumado ante la nueva y arrolladora personalidad de la inglesa. Y es que Emma había aparecido allí como una persona diferente, alguien más segura de sí misma, pero también con una pátina que no le terminaba de agradar. ¿Qué le habría sucedido desde la última vez que se vieron?

El irlandés no supo cómo saludar a su antigua compañera de travesía, y sus torpes movimientos le jugaron una mala pasada. Emma le ayudó de un modo particular, plantándose a dos metros de él y mostrándole su mano derecha, enguantada y flácida. Declan la cogió con delicadeza y simuló un beso en su dorso, al mismo tiempo que hizo algo parecido a una reverencia que le hizo sentirse fuera de lugar.

Acompañó a la dama hasta los cómodos sillones del vestíbulo, sin tan siquiera saber si ella prefería dirigirse en otra dirección. No le gustó la actitud de Emma, ni la manera de hablar ni de moverse.

Después de los saludos de rigor, Declan fue directamente al grano:

—¿Y qué tal va todo por la hacienda de los Mendoza? Siento que no nos pudiéramos ver la última vez que estuviste en La Habana. Me pilló en un mal momento y no pude escaparme.

—Sí, algo me comentaron. He estado bien, muy ocupada en el ingenio de los Mendoza —aseguró Emma sin especificar nada antes de cambiar de tercio—. ¿Y cómo te va a ti en la ciudad? ¿Tienes pensado seguir trabajando en los muelles? Parece que te explotan más de lo debido, no tienes muy buena cara.

Declan se sintió ofendido ante la nula sutileza de su interlocutora. Si la primera impresión no le había convencido en absoluto, aquellas frases insulsas le dejaron más frío aún. Tal vez había sido un error encontrarse de nuevo con ella. Cada uno debía haber seguido su propio camino en la isla.

—Vaya, muchas gracias. Tú, por el contrario, te encuentras radiante. Veo que el sol del Caribe te sienta a las mil maravillas.

—No pretendía incomodarte, lo siento. No debí haber hecho ese comentario de tan mal gusto. Además, yo quería decirte que...

—¿Sí...?

Declan necesitaba olvidarse del malentendido, retomar su vieja amistad con Emma y, por qué no, encauzar la conversación por los derroteros en los que había pensado en un principio. Tal vez la joven quisiera reiterarle el ofrecimiento de Mendoza, ya fuera para trabajar en su ingenio azucarero, o en cualquier otro lugar de la isla. Mclister estaba dispuesto a alejarse de La Habana, sobre todo para no volver a caer en la dulce tentación de la sedosa piel de Perlita.

—En la anterior ocasión que vine a La Habana no pudimos coincidir, pero ahora las circunstancias han cambiado. Ya no soy la institutriz de los Mendoza, y yo...

—¡Vaya, lo siento! Lamento que hayas perdido tu trabajo, espero que tengas ya algo en mente. Y si puedo hacer...

—Creo que no lo has entendido, Declan. Ya no soy la institutriz de los Mendoza, ahora soy algo mucho más importante en esa casa —aseguró Emma con orgullo en su voz.

—No comprendo lo que quieres decir.

Mclister tardó todavía unos segundos en asimilar la verdad. Si Emma ya no era la encargada de la educación de los jóvenes Mendoza, pero seguía estando alojada en el hotel junto a ellos, eso solo significaba una cosa. ¡No podía ser!

—Hemos venido todos juntos a La Habana para arreglar unos asuntos, y quería que lo supieras por mí. El señor Mendoza y yo vamos a casarnos en las próximas semanas, y me encantaría que pudieras acudir a la boda como uno de mis invitados.

—Yo, perdona..., no sé qué decir.

—No te preocupes, lo comprendo. Tienes tiempo de pensarlo, no hay problema.

Emma le tendió a Mclister un elegante sobre en color crema. El joven lo abrió y extrajo una delicada invitación, donde se daban los detalles del enlace nupcial. La vista se le nubló a Declan durante unos segundos y prefirió guardar la cuartilla en el sobre de nuevo; ya la estudiaría con calma más adelante. Ahora debía reaccionar y borrar de su rostro el gesto de perplejidad que le envolvía desde que Emma había pronunciado esas fatídicas palabras.

¿Y por qué se sentía así? Declan no lo sabía, pero suponía que la boda le alejaría de Emma para siempre. La joven se había acercado a él, invitándole incluso al enlace, pero más por los viejos tiempos que por cualquier otra cosa, casi por compromiso.

—Disculpa mi impertinencia, Emma, pero no lo comprendo. ¿Una boda con Mendoza? Creí que...

—Sí, ya lo sé, puede ser algo precipitado. Pero Antonio no lo cree así. Durante las últimas semanas hemos estrechado nuestra relación y creemos que es la mejor solución para todos.

Declan estaba estupefacto, no lo comprendía. Emma había pasado de pedirle que le acompañara a Estados Unidos, huyendo de Cuba, a decirle que se casaba con su jefe. ¿Qué había ocurrido?

Emma continuaba con su pose altiva delante del resto de huéspedes y visitantes del hotel, pero sus ojos denotaban otra cosa y Declan no quiso insistir. Tal vez la procesión fuera por dentro, algo que Mclister no podía comprender. ¿Estaba sufriendo la señorita Watson?

—Emma, yo… lo lamento. No quería molestarte, es solo que me ha sorprendido mucho la noticia.

—Sí, ya sé lo que piensas. Antes pretendía dejar atrás la isla y ahora he cambiado de parecer drásticamente. Una ya va teniendo una edad, y las oportunidades se presentan solo una vez en la vida.

—Tal vez deberíamos habernos marchado juntos de aquí, a Boston o Nueva York, pero en el momento que me lo sugeriste no estaba preparado. Lo siento —reflexionó Declan en voz alta—. No quisiera parecer descortés, pero el casamiento me parece algo precipitado, por no decir una auténtica locura.

—No, perdóname tú, fui una idiota al abordarte de ese modo. Estaba asustada ante el panorama que se me presentaba en la hacienda, pero afortunadamente todo ha cambiado.

—Emma, no me refería a eso. Es una decisión muy complicada, hay que sopesar los pros y contras antes de aventurarse de ese modo.

—Es lo que hay, no me quedan más salidas. —Emma bajó de nuevo la voz al confesarse—. Me he carteado con mis hermanos, y la situación en Inglaterra es cada vez peor para mi familia. Ellos no pueden ayudarme, ni hacerse cargo de mí.

—No te veo muy contenta.

—Lo sé y lo asumo con dolor en mi corazón. Antonio necesita una mujer para no ser dado de lado por las fuerzas vivas de la isla, y yo me desenvuelvo bien en esos ambientes. En palabras de Antonio, nuestra boda será todo un éxito.

—Ya veo, el contrato comercial por excelencia. ¿Y qué ganas tú con todo esto?

—Mucho, Declan: posición social, estabilidad, dinero, riquezas y poder. Seré la mujer de uno de los prohombres de la isla.

Mclister intentó relajar el gesto, pero le fue imposible contenerse. Emma había cambiado demasiado, le parecía otra persona, y por mucho que él intentara convencerla de lo contrario, ella ya había tomado su determinación.

—Muy bien, veo que lo tienes todo muy claro. No sé para qué me has hecho llamar entonces, la verdad.

—No te pongas así, Declan. Quería contártelo en persona y, por supuesto, invitarte a mi boda. ¿Irás al enlace?

—No lo sé, Emma. Tenía pensado largarme de La Habana, y tal vez de la isla, así que no te puedo asegurar nada.

Mclister no pensaba acudir a aquella boda por nada del mundo, pero prefería curarse en salud. Había soltado esa frase por despecho, porque no entendía la actitud de la antigua institutriz. Pero en el fondo le había sonado bien al pronunciarla en voz alta. Estaba harto de La Habana, y Cuba se le hacía cada día más pesada. Tal vez fuera hora de emigrar por fin a Norteamérica, aunque fuera por su cuenta.

—Vaya, lamento escuchar eso. Espero que sea para bien, por supuesto. Parece que nuestras vidas nos llevan siempre por derroteros distintos, pero seguro que volveremos a encontrarnos en alguna otra ocasión.

—Seguro que sí. Te deseo lo mejor, disfruta mucho de tu vida.

Mclister se levantó del sillón, se despidió de la señorita Watson y salió del hotel a buen paso, sin mirar atrás. Sintió la mirada de Emma clavada en su espalda, pero prefería abandonar el Hotel Inglaterra lo antes posible. Ambos intuían que no volverían a encontrarse, aunque no porque Mclister saliera de Cuba para siempre...

Los siguientes días fueron complicados en la vida de Declan Mclister. Preguntó en los muelles, pero al parecer no había oportunidad de viajar a Estados Unidos en las próximas semanas, por lo que se resignó a seguir en la isla una temporada.

Estuvo buscando otro tipo de trabajo en la ciudad, e incluso preguntó a conocidos por si tenían noticia de algún empleo en otra población de la isla. Si no podía salir de Cuba, por lo menos de momento, prefería alejarse de La Habana. De ese modo podría dejar atrás a Perlita, la hacienda Mendoza y todo lo que tuviera que ver con lo vivido hasta entonces en su peripecia americana.

Mclister cayó en un trastorno depresivo y sus compañeros lo notaron. Siguió trabajando en los muelles, pero su alegría de vivir se había evaporado. Ya no bromeaba con sus compadres, ni aceptaba las chanzas de los demás. De hecho, a Íñigo y a otros bocazas del muelle ya les había dejado las cosas muy claras. Aun así, los puños del irlandés tuvieron que emplearse a fondo en más de una ocasión para zanjar cualquier asunto.

El joven oriundo de Cove necesitaba el dinero para subsistir, pero Samuel estaba más que harto de su pupilo irlandés: desidia, insubordinación, bajo rendimiento y, además, broncas todo el día. Declan intentaba no frecuentar las tabernas del puerto, porque cada vez que acudía a una terminaba en una trifulca. La situación se volvió insostenible y, al final, Mclister perdió su empleo. Su jefe tuvo que despedirle al ver el cariz que estaba tomando la situación, aunque en el fondo apreciaba al muchacho y no le deseaba ningún mal.

—Esta es tu última paga, irlandés. Haz buen uso de ella, creo que tienes deudas por media ciudad. Yo de ti me plantearía las cosas de otra manera: al final acabarás destripado en cualquier callejón. O tal vez sirvas de comida para los peces de la bahía, tú verás.

Declan abandonó el puerto, camino de su pensión. La Tomasa tampoco le pasó ni una más, y le amenazó con echarle si no pagaba religiosamente. Las siguientes jornadas fueron horrendas. Estuvo cuatro o cinco días encerrado en su habitación, impidiendo siquiera que la Tomasa limpiara el cuarto. Con la única compañía de unas botellas de ron, Mclister se entregó a la autodestrucción total.

No comía, no salía a la calle, no dormía. Se empecinaba en flagelarse y castigarse por cosas que solo estaban en su cabeza: la muerte de sus padres, la boda de Emma, su mala suerte en la isla, su pasión devoradora por Perlita y otras tonterías que le dejaron el cerebro a punto de la licuefacción.

Fueron William y Raúl quienes consiguieron sacarle de allí a la fuerza. Le ayudaron a lavarse y vestirse, e intentaron adecentarle del mejor modo posible antes de poner un pie en la calle. Mclister había pasado los últimos días en penumbra, como un animal enjaulado, y el cambio fue demasiado brutal para sus sentidos inhibidos. La intensidad de la luz caribeña le atravesó el cerebro sin misericordia y aumentó la dolorosa jaqueca que ya le asediaba desde hacía días.

—No, por favor —gemía entre susurros—. Dejadme en paz, no quiero hacer nada.

—Venga, anímate —contestó Raúl—. Tienes que enderezar ese cuerpo y alegrar un poco esa cara, pareces recién salido de la tumba. Que te dé un poco el aire, ya verás como te sienta bien.

—¡No quiero! Este mundo es una mierda, y yo no quiero formar parte de él. Hubiera sido mejor morir yo en aquel incendio en lugar de mis padres.

Raúl no entendía nada, tampoco conocía la vida de Declan al detalle. William sin embargo asintió, ya que él sí conocía la desgracia de la familia Mclister, allá en Irlanda.

—Anda, no digas más tonterías —le contestó William en inglés, intentando llegarle al corazón—. Espabila, tenemos una sorpresa para ti.

—No me gustan las sorpresas, siempre acaban por joderme la vida, Will —respondió algo más calmado el irlandés en su propia lengua.

—¡Maldita sea! —gritó Raúl—. Hablad en cristiano de una puñetera vez o me voy de aquí y os dejo solos.

—De acuerdo, tranquilo —contestó William.

La sorpresa que le tenían preparada a su antiguo compañero fue la posibilidad de un empleo en una de las tabernas del puerto. No era la más elegante de la zona, pero tampoco una de las peores. Tal vez no fuera lo más apropiado para su situación, pero Mclister debía cambiar su comportamiento destructivo.

Cuando Declan conoció las intenciones de sus amigos protestó, pero no le quedó otro remedio. Intentó comportarse delante del dueño de la taberna y le aseguró que había trabajado de mesero en su lejana tierra. Ninguno de los allí presentes le creyó, pero todos parecían dispuestos a darle una oportunidad.

—Está bien, maldita sea —sentenció Julio, el dueño de la taberna La Milagrosa—. Este chico tiene cara de muerto, la verdad, pero sus ojos no me engañan. Es buena gente y por esta vez voy a ayudaros. Pero te lo advierto, Raúl. Si hay algún problema con él, te haré directamente responsable de lo que suceda en mi local.

—Todo irá bien, ya lo verás —contestó el interpelado—. ¿Verdad, irlandés? Declan trabajará como el que más y te demostrará que no te equivocas al contratarle.

—Habrá que comprobarlo, Raúl, no las tengo todas conmigo. Bueno, primero que se recupere un poco, le veo falto de forma —dijo Julio antes de dirigirse directamente a Declan—. A ti te espero el lunes que viene a las nueve en punto de la mañana, hay mucho que hacer en la taberna. Y no me falles.

Declan levantó las manos en señal de asentimiento, musitando unas escuetas gracias que casi nadie escuchó. Comprendió que era la única manera de olvidar el pasado, aunque tendría que tener mucha fuerza de voluntad allí dentro para no caer de nuevo en las garras del alcohol.

Mclister comenzó de nuevo y trabajó con ahínco para no pensar en nada más. Llegaba a la pensión destrozado, medio muerto después de una jornada agotadora. Y eso que pensaba que la labor en el puerto era más dura. En aquel tugurio de mala muerte era un simple empleado, pero no perdía la ilusión por prosperar en la isla.

Al final desestimó abandonar Cuba, al menos de momento. Su sueldo era escaso, pero intentaba ahorrar para un futuro que todavía se mostraba descorazonador.

Meses después, ya más afianzado en su nuevo puesto, llegó hasta sus oídos la noticia del enlace nupcial entre Emma Watson y Antonio Mendoza; una boda de la que se hicieron eco en las páginas de sociedad de los periódicos cubanos. Emma se había convertido en una persona muy importante en la isla, pero a Declan no le importaba. O eso se decía a sí mismo, castigándose por algo en lo que no tenía ni voz ni voto.

Por supuesto no acudió al evento, pero no se arrepentía. Él no pintaba nada en una boda de alto copete; se hubiera sentido como un pez fuera del agua en semejante ambiente. No le deseaba ningún mal a la nueva señora Mendoza, ni siquiera a su marido, pero prefería no volver a saber nada de ellos.

En esos días, alguien desconocido hasta entonces para Declan vino a sacarle de su ensimismamiento. Se trataba de un nuevo parroquiano que se encontraba de paso en la ciudad, ya que permanecería únicamente unos días en La Habana por negocios. El señor Maestro, que así se llamaba, era un terrateniente español que tenía su propiedad a muchos kilómetros de la capital, en la provincia de Cienfuegos. Y, por lo visto, aquellos días le gustaba acudir cada noche a La Milagrosa para tomar un trago mientras charlaba con aquel mesero tan poco habitual en la isla.

—Buenas noches, don Andrés. Veo que está de vuelta por aquí, me alegra verle —aseguró Declan nada más cruzar sus miradas.

—Sí, *muchachu*, ya estoy aquí de nuevo. Me he acostumbrado a tomarme una cerveza fresquita mientras charlo un rato contigo, por lo menos hasta que regrese a mi casa.

—Honor que me hace... Pero que no se entere mi jefe de que estoy de cháchara, que si no me veo de nuevo en la calle sin un penique.

—Ya será menos. Además, si te quedas sin trabajo siempre te puedes venir conmigo a Cienfuegos. Hombres como tú son necesarios para sacar este país adelante, y en mi casa no te iba a faltar de nada.

—Le tomo la palabra. Igual luego se arrepiente de su ofrecimiento.

A Declan le cayó simpático aquel señor. Al parecer había salido de su tierra natal, un pueblecito situado en la costa cantábrica española, en el norte del país, hacía más de treinta años. Llegó a Cuba con una mano delante y otra detrás, pero en ese momento tenía una próspera situación y era un hombre respetado en su comunidad.

—Tengo mis problemas, claro, como todo el mundo —aseguró Maestro—. Entre otras cosas, por abolir la esclavitud en mis propiedades, aunque también hay otros asuntos. La verdad es que los últimos años están siendo complicados.

—¿Y eso? —preguntó Declan con curiosidad.

—Las guerras no hacen bien a nadie, y da igual si te posicionas o no, siempre sales escaldado.

—Vaya, lo lamento.

—No te preocupes, ya pasó. Esta guerra se está acabando y los cubanos no obtendrán nada a cambio. Y, como nos descuidemos, Estados Unidos querrá sacar también beneficio. Si se les mete en la cabeza que Cuba se convierta en un nuevo estado norteamericano, los gringos lo conseguirán.

—Muy claro lo ve usted, don Andrés. No creo yo que España lo permitiera: no iba a regalar sus posesiones a los *yankies* sin luchar.

—Yo, por si acaso, he tomado una decisión de la que igual me arrepiento. Se supone que servirá para mejorar la producción en mis tierras, pero seguro que me granjeo enemigos al comprar esas máquinas y contratar ingenieros americanos para ayudarme a procesar mejor la producción. Y ahí tú podrías ayudarme.

—¿Yo? No sé en qué podría servirle.

—Los gringos no hablan bien el español, y yo solo chapurreo unas palabras de inglés. Tú dominas los dos idiomas, podrías ser el enlace entre los ingenieros y mis hombres. Además, seguro que luego podrías encargarte de otros menesteres en mi propiedad; pareces un chico listo.

—Muchas gracias, don Andrés. Pero no sé yo si sería capaz de realizar ese trabajo. Sí, hablo inglés y español, pero no tengo ni idea de maquinaria agrícola ni del funcionamiento de una plantación. Además, no sé si mi jefe estaría muy contento con mi marcha.

—Tu jefe no sé, pero creo que tú necesitas un cambio. Me da en la nariz que no estás muy a gusto en La Habana. Te ofrezco la oportunidad de comenzar una nueva vida, lejos de aquí pero sin salir de Cuba. ¿Qué me dices, *muchachu*?

—No lo sé, me gustaría pensármelo antes.

—Lo comprendo, pero no tengo mucho tiempo. En dos días regreso a Cienfuegos, y tardaré mucho en volver a La Habana. Tienes hasta mañana por la noche para pensártelo. Vendré aquí a esta misma hora y me comunicarás tu decisión. ¿De acuerdo?

—Muy bien, trato hecho. Le daré entonces una respuesta mañana mismo, y le aseguro que no será fácil tomar una decisión.

El terrateniente dejó una generosa propina encima de la barra y salió de la taberna despidiéndose de Declan con un leve gesto de cabeza. El irlandés se quedó pensativo unos momentos, sonriendo, mientras aquel señor se alejaba.

El señor Maestro consiguió finalmente convencer a Declan para que abandonara su trabajo en la taberna, dejara atrás La Habana y todos los infortunios vividos en la capital, y le acompañara a su plantación de Cienfuegos, conocida como La Hacienduca.

El viaje fue largo y penoso, los caminos interiores de la isla no estaban en tan buenas condiciones como los de la ciudad habanera y sus alrededores. Andrés Maestro poseía un carro cubierto donde había cargado sus provisiones, un vehículo distinto de los que Declan había visto entre los potentados de la capital —esas calesas tan elegantes donde las señoronas de La Habana se paseaban sin pudor—, pero que al montañés le servía muy bien para sus propósitos. Y en él se montaron al día siguiente de sellar su acuerdo con un apretón de manos; no les hacía falta nada más como hombres de palabra que eran los dos.

Les acompañó en el viaje un joven negro que trabajaba en casa del señor Maestro. Se trataba de Compay, el hijo del hombre de confianza de Andrés en su finca de Cienfuegos. El chico quería comenzar a ganarse el jornal y había acompañado al jefe de su padre hasta La Habana. De ese modo podría ayudarle a conducir el carromato, hacerse cargo de las bestias, cargar las provisiones y todo lo que el patrón demandara.

Debían atravesar algunas zonas conflictivas de Cuba donde todavía podían cruzarse con mambises, los cubanos que luchaban por la independencia de su pueblo, escondidos en campamentos clandestinos alejados de la civilización.

Andrés Maestro le explicó la situación a Declan, para que no le pillara de improviso llegado el momento. El irlandés no le hizo demasiado caso, pensando que eran fabulaciones de aquel hombre. Hasta ese momento, Mclister únicamente había vivido en la burbuja de La Habana, algo alejado de los verdaderos problemas importantes que ocurrían en otros puntos de la geografía cubana, por lo que le parecía algo irreal.

Afortunadamente, el viaje fue más plácido de lo que habían supuesto y no se cruzaron con demasiadas personas. A Declan únicamente le llamó la atención un grupo de individuos mal encarados con los que se cruzaron a medio camino: media docena de tipos armados hasta los dientes, acompañados por una jauría de perros muy agresivos.

—Buen día, amigo —saludó el cabecilla del grupo—. Disculpe las molestias, solo queríamos saber si se han cruzado ustedes por el camino con algún cimarrón.

—No, buen hombre —contestó Maestro—. La verdad es que estamos teniendo un camino muy tranquilo desde La Habana. Y, desde luego, no hemos visto ningún cimarrón suelto ni en grupo.

—Muy bien, señor, muchas gracias. Pero tengan cuidado, puede que haya alguno por los alrededores. Esos malditos esclavos se escapan y se unen a los grupos de cimarrones que viven en las cuevas y colinas de esta zona.

—Así lo haremos, pierdan cuidado. Espero que tengan suerte con la búsqueda. Buenos días.

El que llevaba la voz cantante del grupo saludó con una reverencia al paso del vehículo y se quitó de en medio para que los viajeros continuasen su camino. El irlandés no pudo reprimir más su impaciencia y abordó a don Andrés nada más dejar atrás a aquellos hombres.

El señor Maestro le confirmó a Declan que aquellos tipos eran rancheadores, encargados de perseguir a los esclavos que se escapaban de las plantaciones. Hombres duros que vivían en el filo de la ley y que utilizaban todos los medios a su alcance para la caza de los negros huidos.

—No es fácil la vida del negro en esta isla —sentenció Declan.

—No, no lo es. Ni sé si alguna vez podrán vivir en paz y armonía con los blancos y, sobre todo, con igualdad de derechos y deberes.

—Eso me parece bastante complicado, la verdad. Pero bueno, el primer paso es abolir la esclavitud, como ya se ha hecho en Estados Unidos y en otras islas de nuestro entorno.

—Te veo bien informado en ese aspecto, Declan. Pero sí, tienes razón. Y en Cuba caerá más pronto que tarde, ya lo verás.

—Ojalá sea cierto. Y esperemos que el resto de nuestro trayecto sea tranquilo y no nos crucemos con rancheadores, cimarrones o mambises.

—Dios te oiga, *muchachu*.

SUANCES, JUNIO DE 1881

UNA ILUSTRE VISITA

Al final nada salió como había planeado. Declan le pidió permiso a mi madre para ausentarse durante unos días, y ella se lo concedió sin ponerle trabas. Al parecer debía arreglar algún asunto burocrático en Santander, y después de dos meses de duro trabajo no podía negárselo.

El desagradecido ni siquiera se despidió de nosotras como cabía esperar. Terminó unas pequeñas tareas aquella mañana y enseguida se marchó, camino del pueblo. Creo que conocía a unos parroquianos que viajaban con asiduidad a Santander, y habló con ellos para ver si le llevaban también a él. Yo desconocía los días que iba a estar Declan fuera de Suances y ni siquiera estaba segura de que regresara a nuestro lado.

Tal vez fuera mejor así y evitar una despedida violenta en la que ninguno de los dos hubiera sabido qué decir. Declan había aprovechado que nosotras nos encontrábamos atareadas para salir de Casa Abascal sin que lo viéramos. El abuelo me confirmó más tarde que le había visto partir con un hatillo al hombro.

Comenzó entonces una nueva semana, diferente a las anteriores por diversas razones. En cierto momento, mientras recogía las habitaciones del segundo piso, escuché unos pasos por la escalera.

Había visto segundos antes a mi madre por la ventana, en la puerta de entrada a nuestra cocina, por lo que me pareció extraño que fuera ella la que accediera a la casona. Y no me equivocaba: el ruido de pasos ligeros me confirmó que no era mi madre la que se acercaba a toda velocidad.

Salí de uno de los cuartos recién recogidos y me topé de frente con María. La niña tenía las mejillas arreboladas por el esfuerzo de la carrera, y sus ojos refulgían con una mirada fiera. Temí entonces una nueva confrontación para la que no estaba preparada. La marcha de Declan me había sumido en el abatimiento, y no me apetecía discutir otra vez con mi hermana por las mismas tonterías.

—¿Estarás contenta, verdad? Al final lo has conseguido, muchas gracias.

—Para no perder la costumbre, no sé de qué demonios me hablas. En los últimos tiempos no hay quien te entienda, la verdad.

—No te hagas la inocente conmigo, Amaya, sabes de lo que te hablo. Declan se ha marchado por tu culpa, y ya nunca volverá.

—Tengamos la fiesta en paz, no tengo ganas de discutir contigo. Déjame continuar con la tarea, que no quiero ganarme la bronca de madre.

Me di la vuelta y dejé a mi hermana con la palabra en la boca. Me adentré entonces en la habitación de la *Anjana*, pero María me siguió. Tenía ganas de pelea, una vez más. ¿A quién habría salido esa niña tan guerrera?

De espaldas a ella comencé a alisar las sábanas del lecho, pero su brazo me lo impidió. María me obligó por la fuerza a darme la vuelta y enfrentarme con ella. Yo me estaba empezando a alterar y mi indolencia del principio podía derivar en una bronca monumental.

—Te estoy hablando, no he terminado todavía.

Volví a ignorar a mi hermana, temerosa de no poder contenerme. Ella siguió insistiendo y me tiró de nuevo del vestido sin mesura. Yo me enfadé y dejé lo que estaba haciendo, dispuesta a zanjar esa trifulca de una vez por todas.

—Esto pasa ya de castaño oscuro, voy a hablar con nuestra madre. Y espero que te caiga un castigo de los gordos, a ver si espabilas de una santa vez.

—Eso de los papeles que me ha dicho el abuelo es mentira. Seguro que Declan se ha ido por tu culpa, por acosarle todo el día.

—No pienso rebajarme a discutir contigo, ya está bien. Además, no creo que tenga que darte explicaciones de lo que hago o dejo de hacer...

—O sea, que no lo niegas. ¡Eres una maldita bruja!

—¡Cállate ya de una vez! Y sal de aquí antes de que te cruce la cara.

Le lancé una mirada furibunda y ella no se achantó, pero salió de la habitación sin decir nada más. La sangre no había llegado al río, aunque la situación empeoraba por momentos.

El sonido de los pasos apresurados de María saliendo de la casona se mezcló con unas voces desconocidas que escuché entonces en el antepatio. No quería delatar mi presencia, pero la curiosidad me pudo y entreabrí la ventana para oír mejor.

—Encantado de saludarle de nuevo, don Marcelino. Siempre es un placer verle por nuestra humilde casa —escuché entonces decir con nitidez a mi abuelo.

—Venga, Ángel, que nos conocemos hace tiempo. Déjate de formalismos, anda. Además, quiero presentarte a un buen amigo, y creo que a él tampoco le gustan esas cosas. ¿Verdad, Benito?

—Es cierto, Marcelino. Me han hablado maravillas de Casa Abascal y he querido comprobarlo en persona.

Me asomé un momento y vi a los tres hombres en el medio del patio. También divisé a María, que entraba en casa en ese momento. Solo esperaba que no se cruzara con mi madre en la cocina en ese estado de ofuscación, o podrían saltar chispas entre las dos. Mientras tanto, los hombres seguían conversando, ajenos a todo esto.

—Honra que nos hace, don Benito —aseguró mi abuelo antes de llamarme a voces—. ¡Amaya! ¿Estás por ahí?

Mi abuelo había entrado en la casona, acompañado por esos dos caballeros que iban vestidos con trajes más elegantes de los que estábamos acostumbrados a ver por esos lares. Yo salí de la habitación y me asomé a la escalera, temerosa de llevarme una reprimenda por haber estado escuchando las conversaciones de los mayores, una lección que nos habían recalcado desde pequeños pero que todos los hermanos terminábamos por incumplir.

—Ve a buscar a tu madre, anda —dijo el *güelu* al verme asomar por la escalera—. Estos caballeros quieren hablar con ella. Y de paso, mira si tenemos café preparado en la cocina.

—Ahora mismo. No tardo.

Salí de allí a toda velocidad. Bajé las escaleras en un santiamén, saludé a los visitantes con un gesto que pretendió ser gracioso sin conseguirlo y me encaminé hacia nuestra casa. Madre ya había oído el revuelo y salía de la cocina en esos mismos momentos. Con el rabillo del ojo vi también alejarse de la finca a Nelu y María. Me olvidé de mis hermanos y miré de nuevo al frente antes de que mi madre me interceptara a medio camino:

—¿Qué ocurre, Amaya? ¿Qué es todo ese jaleo?

Le conté la petición del *güelu*, aderezada por mis propias impresiones sobre los visitantes de aquel día.

—Oír, ver y callar, ya lo sabes, Amaya. Anda, ve a la cocina por el café de puchero, está recién hecho. Se lo sirves en el saloncito a los señores y nos dejas a los mayores que conversemos tranquilos.

Mi madre me dejó allí y ella se encaminó hacia la casona. No me dio tiempo a replicar, y sabía que debía obedecer lo antes posible, sus órdenes no admitían discusión. Yo quería regresar a la planta superior de la casona para seguir limpiando habitaciones, de ese modo quizás llegara a enterarme de algún detalle de la extraña reunión. Pero mi madre, que era perro viejo, no me lo permitió y se adelantó a mis pensamientos.

Siempre he sido muy curiosa, y la situación me reconcomía. Serví café en cuatro tazas, por si acaso, y llevé el servicio en una bandeja, con cuidado de no derramar ni una sola gota para no acabar llevándome una bronca delante de los invitados.

Cuando llegué allí me encontré al abuelo sentado en su sillón preferido, dialogando animadamente con el tal don Benito. Mientras tanto mi madre, de pie al lado del otro visitante, charlaba también con don Marcelino, el hombre cuya cara me sonaba pero no terminaba de ubicar del todo.

Salí de allí sin que se me ocurriera ninguna otra excusa para permanecer más tiempo en el saloncito. Sentí las miradas de los dos extraños posadas en mi espalda, pero preferí seguir caminando sin darme la vuelta.

—¿Dónde andan los críos, Inés? —preguntó entonces el *güelu*.

—Los he mandado a comprar pescado. Así están entretenidos mientras regresan de la Riberuca, que por aquí no hacen más que zascandilear.

—Ya será menos, mujer. Seguro que son unos muchachos extraordinarios; no puede ser de otro modo —contestó don Marcelino.

No quise escuchar más y me alejé de la puerta principal antes de ser descubierta espiando a mis mayores. Caminé entonces en silencio hasta nuestra casa y me adentré en la cocina, dejando la puerta exterior abierta, por si acaso mi madre me reclamaba para algo más.

¿De qué se estaría hablando en el saloncito? ¿Tendría algo que ver con Declan? Yo creía que no, viendo lo contenta que se había puesto mi madre al recibir la visita de los dos misteriosos visitantes, pero no podría asegurarlo.

Un buen rato más tarde seguía sin tener noticias ni de la casona ni de mis hermanos. Pensé entonces en lo mal que estaba llevando la situación con María, me había comportado casi peor que ella. Tendría que buscar una pequeña tregua entre nosotras. De todas formas, Mariuca debía darse cuenta de que llevaba las de perder si yo le iba con el cuento a mi madre. Ambas permaneceríamos atentas, esperando que Declan regresara, aunque ya hacía tres días que no teníamos noticias de él.

Decidí hablar más tarde con mi abuelo para sonsacarle. Tal vez supiera algo de Declan y, además, seguro que me contaba algún detalle de ese famoso don Marcelino con el que parecía llevarse tan bien.

Un rato después me asomé al exterior y me pareció ver a dos o más personas a través del cristal de la habitación que acababa de arreglar. ¿Les estaban enseñando el cuarto a nuestros ilustres visitantes? ¿Se quedaría don Marcelino o don Benito como huésped de nuestra posada? Si era así, no entendía tanto alboroto: sería un visitante más de nuestra casa en una época en la que comenzaban a escasear las camas libres. En esos días asomaba ya el buen tiempo y la zona se había puesto de moda por varias razones.

Para empezar, por los famosos baños de ola. La capital de nuestra región, Santander, se había alzado con el título de ciudad turística por excelencia del norte de España durante los últimos años. Los reyes, comenzando por Isabel I, más tarde Amadeo de Saboya y en nuestra época el querido rey Alfonso XII, comenzaron a acercarse a las costas del Cantábrico para descansar en verano. Santander era uno de los puntos preferidos por la realeza y su séquito, los nobles y todo aquel que pretendiera ser alguien en el panorama social patrio. Y, claro, toda la zona se revitalizó como por encanto.

Suances no disponía de las magníficas instalaciones de la playa de El Sardinero de Santander, pero poco a poco fue atrayendo también a turistas y visitantes, llegados sobre todo de Castilla y otras regiones del interior, que querían conocer de primera mano las bondades del Cantábrico. Y ya que la zona de Santander estaba prácticamente tomada por aristócratas y advenedizos, los curiosos comenzaron a rondar también por las poblaciones cercanas, buscando lo mismo que Sus Majestades, pero a precios mucho más modestos.

De ese modo, durante los últimos años, nuestro pueblo comenzó a transformarse en una ciudad diferente: de ser una villa marinera, con la pesca como actividad principal de la región, pasó a convertirse también en un lugar turístico, de servicio al viajero, con lo que las infraestructuras fueron incrementándose poco a poco.

De ahí que comenzaran también a construirse hoteles y pensiones, no tan lujosos como los de Santander, en las márgenes de las playas de Suances. Estos establecimientos se hallaban algo alejados del barrio de la Cuba, donde se encontraba Casa Abascal y alguna que otra casona similar. De todos modos, desde mi barrio los visitantes podían acercarse a cualquiera de nuestras hermosas playas dando un agradable paseo.

Tal vez los caballeros que se habían acercado esa mañana a Casa Abascal pertenecían a la burguesía, o eran nobles venidos a menos. Yo me inclinaba más por alguna profesión liberal: abogados, banqueros, o quizás intelectuales en busca de un rincón para descansar.

Un rato después escuché abrirse la puerta principal de la casona. No me quise asomar para no delatarme, pero permanecí atenta a lo que se dijera.

—Es una hermosa propiedad, doña Inés. No me extraña que estén ustedes tan orgullosos de Casa Abascal. Mi amigo Marcelino tenía razón, no exageraba nada —afirmó el visitante con un curioso acento que no pude distinguir de primeras.

—Muchas gracias, don Benito —escuché decir a mi madre—. Será un placer tenerle entre nuestros huéspedes; le prepararé el mejor cuarto de Casa Abascal para el próximo viernes.

—No se apure, soy hombre de recias costumbres. Cualquiera de las habitaciones de su hogar será más que suficiente. Y, por favor, tráteme igual que al resto de sus huéspedes, sin alharacas de ningún tipo.

—Por supuesto, don Benito —replicó entonces mi abuelo—. Le esperamos entonces el viernes.

El *güelu* se despidió también de don Marcelino de manera muy afectuosa. Mi madre se perdió de nuevo en el interior de la casona mientras que el anciano se dirigió hacia mi posición, sabiendo que yo estaría en ascuas. Era el más listo de todos nosotros.

Me hice la sorprendida cuando apareció en la cocina en el momento en que yo intentaba disimular realizando tareas del hogar. Él sonrío al verme, pero no me dijo nada. El diablo sabe más por viejo que por diablo, como solía decirnos siempre. Sabía que no le había engañado ni un solo instante, pero ninguno de los dos lo mencionamos.

—Ya se han marchado los señores, Amaya. Y por lo visto a don Benito le ha encantado lo que ha visto por aquí.

—Vaya, me alegra saberlo —contesté mordiéndome la lengua.

Al abuelo le gustaba jugar conmigo, picándome, pero yo no pensaba seguirle la corriente. Sabía que acabaría por contármelo, solo tendría que esperar un poco más. El *güelu* era una persona tranquila, reposada, y le gustaba tomarse su tiempo para todo.

—Don Benito es un enamorado de nuestra tierra. Según me ha contado su amigo Marcelino, lleva varios años veraneando en La Montaña.

—No sé, yo no les conozco de nada —aseguré esperando una explicación.

El abuelo se sentó en una sencilla mecedora que teníamos en la cocina, cansado por permanecer de pie más rato de lo habitual en él.

—¿No te acuerdas de don Marcelino? —preguntó entonces.

—No, la verdad. Aunque tengo la sensación de conocerle, o de haberle visto en alguna ocasión. Su cara me suena, pero no consigo ubicarle en mi memoria.

—Claro, pequeña, es natural. La última vez que don Marcelino estuvo en esta casa tu padre todavía vivía...

El abuelo se emocionó un momento al recordar a su hijo, y yo le di un abrazo para reconfortarle. Él me acarició la cabeza mientras su respiración se iba calmando; abuelo y nieta unidos por un mismo recuerdo amargo. Instantes después me separé de él, y el *güelu* siguió con su explicación.

—Sí, creo que por lo menos lleva diez años sin pasar por aquí. Sé que ha estado en Suances a lo largo de todo este tiempo, pero yo no había vuelto a coincidir con él. Es un orgullo que nuestra familia pueda considerarse amiga de un erudito como don Marcelino.

—¿Erudito? No sabía que fuera un señor tan importante.

—Sí, hija, así es. Don Marcelino Menéndez Pelayo es una de las mentes más preclaras de nuestro tiempo: escritor, filósofo, político, historiador, poeta, académico y otro montón de actividades, todas relacionadas con la intelectualidad.

Yo asentí mientras rebuscaba en mi memoria algún dato que ya conociera de aquella eminencia, aunque no recordé nada destacado.

—¿Y el otro señor? ¿También es alguien importante?

—No conozco su apellido y no iba a preguntárselo tomando un café; hubiera sido de mala educación. Parece también un intelectual, seguro que es alguien conocido si es tan amigo de don Marcelino.

—Bueno, me alegra saber que personajes tan importantes se quieren alojar en nuestra casa. Madre estará contenta, aunque imagino que será más estricta con nosotros durante la estancia de este señor.

—Sí, pero no te preocupes por nada. Me encargaré de suavizar la tensión, que últimamente el ambiente anda un poco enrarecido.

Yo agaché la cabeza, y mis gestos dieron a entender el abatimiento general en el que me encontraba. El *güelu* se percató enseguida, y yo no hice nada por evitarlo. Quizás me vendría bien desahogarme con alguien.

—¿Qué te pasa, Amaya? Te veo muy apagada; la luz de tus ojos ha perdido fuerza, y eso no puede ser, mi niña.

—Nada, *güelu*. Últimamente no me encuentro demasiado bien, será el cambio de tiempo. Pero no te preocupes, ya se me pasará...

—Sí, claro, será eso. O tal vez el mal de amores.

El rubor cubrió mis mejillas al instante, sin que yo pudiera evitarlo. El anciano hizo un gesto condescendiente, y su media sonrisa me dio a entender que sabía perfectamente lo que me ocurría.

—No es eso, abuelo. Es que yo...

—Declan, ¿verdad?

Levanté la vista un solo segundo, pero no pude sostener su mirada. Y eso que el pobre no pretendía incomodarme, más bien esperaba ayudarme a superar mis desdichas.

—Sí, *güelu* —confirmé.

El anciano abrió de nuevo sus brazos y me invitó a refugiarme en ellos. Yo me recosté contra su pecho y comencé a gimotear sin darme cuenta. Notaba su calidez mientras me acunaba y me calmaba el mar de lágrimas que amenazaba con desbordarse a través de mis ojos. Yo suspiré, abochornada, y me separé un poco de él, secándome el rostro a duras penas.

—Lo siento, yo no quería...

—No pasa nada, es lo más natural del mundo. Te has enamorado de un *muchachu*, aunque quizás no sea la situación ideal para nadie. Es todo un poco complicado, la verdad.

Él parecía tener muy claro lo que yo sentía por Declan, y no quise ni pude contradecirle. ¿Para qué? El anciano llevaba toda la razón. Lo malo era que, si se había dado cuenta tan rápido, mi madre también lo sabría.

—¿Tienes alguna noticia suya? ¿Va a volver?

—No lo sé, pequeña, eso imagino. Me contó que tenía que arreglar unos papeles, nada más. ¿Hablaste con él?

—¿A qué te refieres? —pregunté confundida.

—A tus sentimientos, ¿a qué me voy a referir?

—No, por Dios. Solo somos amigos y hablamos de cosas sin importancia. Y, bueno, el otro día en la verbena...

—Sí, ya ha llegado hasta mis oídos lo que ocurrió en la verbena. Primero tú y luego tu hermana, menudo espectáculo.

—Te juro, *güelu*, que no he hecho nada malo. Sí, Declan me gusta mucho, pero nunca haría nada que os avergonzara.

—Ya lo sé, niña. Además, contigo se puede hablar con calma. No como tu hermana, que está un poco desbocada. Ella me preocupa más, y eso que tu madre no se ha enterado de todo lo ocurrido. Espero que las cotillas del pueblo no le vayan con el cuento.

—Sí, yo he tenido varias discusiones fuertes con ella a causa de este tema.

—Vaya, no lo sabía. Y yo que pensaba que me enteraba de todo lo que sucedía en esta casa. ¿Quieres contármelo?

—No sé yo si...

—No saldrá de aquí, te lo prometo. Ni voy a regañar a tu hermana, ni voy a darle tres cuartos al pregonero. Pero quiero hacerme una composición de lugar, por si puedo arreglar el desaguisado antes de que se enquiste más.

—En tal caso, de acuerdo. Bueno, veamos...

Dudé un instante, me parecía estar traicionando a María. El diablillo de mi cabeza me decía que sería mejor para mí. Si ponía al abuelo de mi parte, sin dejar en demasiado mal lugar a mi hermana, algo tendría ganado. Pero por otro lado me sentía fatal, culpable por abusar de mi posición de hermana mayor. Al fin y al cabo, el único delito cometido por María había sido el mismo que el mío: enamorarse de Declan.

Pero Mariuca era todavía una niña y solo podría causarnos problemas a todos, empezando por ella misma y su reputación. En los pueblos pequeños esa mancha te queda para siempre y ya nunca la puedes borrar. Así que opté por contarle al *güelu* todo lo que había sucedido en las últimas semanas, detallando más las conversaciones con María sobre Declan que mis propios sentimientos hacia el irlandés.

Sí, estaba escurriendo el bulto, pero hablar con mi abuelo me hizo bien. Despejé mi alma y mi corazón, y solté algo de lastre. Aunque todo podía ser en vano, ya que desconocíamos si el maldito Mclister regresaría algún día a nuestras vidas.

El abuelo negó con la cabeza. Parecía que no le gustaba nada lo que estaba escuchando de mi boca. Tampoco exageré demasiado: las frases lapidarias que me soltó María las tenía grabadas a fuego en mi mente, así que no podía inventármelas. Pero no le oculté información al *güelu*; podría incluso ser contraproducente para mí.

—¿Casarse con él? Esta muchacha ha perdido el juicio...

—Eso le dije yo, pero está convencida. Asegura que yo me interpongo entre ellos, como si fueran una pareja consolidada. Aunque jamás le he dicho nada a Declan al respecto, ni sobre mis sentimientos ni sobre los de Mariuca. Lo que no sé es si de verdad hay algo de razón en sus palabras y tampoco he estado delante cuando ellos han hablado; si es que han llegado a hacerlo y no es todo producto de su imaginación, claro.

—Bueno, Amaya, no te preocupes. Intentaré hablar con tu hermana en cuanto sea posible, a ver si puedo tener con ella una conversación pausada. Mientras, seguiremos con nuestras rutinas. Y a tu madre ni una palabra, ya sabes.

—No se me ocurriría, descuida. ¿Y si vuelve Declan?

—Si el irlandés regresa a casa ya veremos lo que hacemos, no te preocupes.

—Ojalá fuera tan fácil, *güelu*...

Me quedé un poco preocupada, no voy a negarlo. Le había confesado todo a mi abuelo y ya no había vuelta atrás. Confiaba en él y esperaba que no hablara de nada de lo que le había contado, pero en el fondo me sentía culpable.

¿Y qué podía hacer yo? Tal vez lo mejor fuera que Declan nunca regresara, por el bien de la familia Abascal. A Mariuca se le pasaría el disgusto enseguida; a fin de cuentas era una niña. Y a mí... Bueno, a mí me costaría más, pero el tiempo lo cura todo.

La semana transcurrió con más o menos placidez, y el viernes, a primera hora de la mañana, se presentó don Benito en Casa Abascal. Mi madre me llamó para que hiciera los trámites necesarios de entrada y le acompañara a su habitación.

Don Benito era un hombre de estatura media, de pelo castaño entreverado de canas y con un frondoso bigote del que parecía muy orgulloso. Vestía un elegante traje de buen paño, acompañado de camisa blanca y corbata, y eso que estábamos en pleno verano. Se notaba a la legua que era todo un personaje, un intelectual que emanaba sabiduría y templanza.

—Muy bien, don Benito. Si me permite la documentación, por favor... —le pedí con respeto—. Es para la ficha oficial de hospedaje, ya sabe usted.

—Claro, no te preocupes. Aquí la tienes.

Recogí la documentación y me fijé en sus datos con curiosidad. El apellido no me dijo nada en un primer momento, pero sí la procedencia del viajero: Benito Pérez Galdós, natural de Las Palmas de Gran Canaria. De ahí el curioso acento, aunque hasta ese preciso momento nunca había tenido la fortuna de cruzarme con un canario.

No pude contenerme y solté en voz alta:

—Vaya, está usted muy lejos de su tierra. No conozco las islas Canarias, debe de ser una hermosa tierra.

—Sí, joven, llevo muchos años fuera de mi tierra, estoy afincado en Madrid desde hace tiempo. Y sí, es una tierra hermosa, pero La Montaña no se queda atrás. Llevo varios años veraneando por la zona y tengo incluso intención de construirme una casa en Santander. Me encanta esta comarca: sus gentes, sus paisajes, su gastronomía... Es un lugar idílico en el que se puede descansar, pensar, sentirse en paz con uno mismo e incluso inspirarse para futuros proyectos, como uno que tengo en mente.

Su media sonrisa me dio a entender que no le importaba mi impertinente curiosidad. E incluso pensé que me estaba dando pie para preguntar lo que de verdad me quemaba en la garganta.

—Me alegra saberlo. Perdone mi ignorancia y, sobre todo, mi atrevimiento, don Benito. ¿Es usted compañero de letras de don Marcelino? Me suena mucho su nombre completo, pero ya sabe usted que aquí es difícil enterarse de nada.

—¿Compañero de Marcelino? —preguntó a su vez—. Sí, podría decirse algo así, tenemos muchas cosas en común. Me gusta la política, como a mi buen amigo, y de forma más o menos afortunada también me dedico a la literatura.

Aquel hombre con cara de buena persona parecía divertido ante mis preguntas, y sus gestos relajados impidieron que me sintiera mal por abusar de su confianza. Si mi madre me hubiera visto molestando a un recién llegado de esa manera, y más tratándose de alguien recomendado por un señor tan importante como don Marcelino Menéndez Pelayo, seguramente no se habría quedado todo en una pequeña reprimenda.

—Disculpe la intromisión, don Benito, soy una maleducada y le estoy molestando demasiado. Es un placer tenerle entre nosotros, y espero que disfrute de su estancia en Casa Abascal.

El escritor pareció comprender lo que pasaba por mi cabeza y me tranquilizó con unas palabras que nunca olvidaré:

—No me has molestado, al contrario. Me gusta tu agudeza, tu curiosidad, tus ansias de saber y tu alegría de vivir... Esa es la grandeza del ser humano y lo que nunca le debe faltar, por muy mayores que nos hagamos: las ganas de aprender, cada día un poco más. Es el único modo de albergar una existencia plena.

Me dejó totalmente descolocada, no sabía que yo fuera tan transparente. Por un lado me halagaban sus palabras viniendo de alguien como él. Pero por otra parte me sentí desnuda ante sus ojos, no de un modo físico sino emocional, y eso me dio también algo de miedo. Pero el bueno de don Benito había acertado de pleno, y esa curiosidad innata era la que siempre me había traído tantos quebraderos de cabeza.

—Agradezco sus palabras, don Benito. Es cierto que me gusta aprender cosas nuevas, aunque aquí no tenga muchas oportunidades. Y por supuesto me encanta la literatura, aunque ya tengo más que leídos los pocos libros de los que disponemos en nuestra pequeña biblioteca.

—Me agrada saber que eres una fiel lectora, algo fundamental para seguir aprendiendo en esta vida. Y, sobre todo, para no dejarse engañar por subterfugios de ningún tipo.

—La verdad es que yo...

Don Benito se quedó un momento pensativo, aunque yo no quise interrumpirle.

—Disculpa, se me ha ido el santo al cielo... Por cierto, si en algún momento te apetece leer alguna de mis obras no tienes más que decírmelo. Guardo algún ejemplar añoso en mi ajada maleta, o puedo hacer que me lo envíen desde Madrid.

—No será necesario, no quisiera molestarle. Las labores en Casa Abascal no me dejan demasiado tiempo libre, ya se imaginará usted. Pero algún día me leeré todas sus obras, se lo aseguro. Puede que incluso alguna que comience a escribir en nuestra posada.

—Pudiera ser, jovencita, pudiera ser. Tengo varias ideas en la cabeza, y me gustaría ambientar una novela en La Montaña. De todos modos te agradezco la intención, que es lo que cuenta. Aunque tal vez no te atraigan mis escritos; ya sabes que para gustos los colores.

—Seguro que sí, no se apure. Y perdone, le estoy entreteniendo. Voy a enseñarle su habitación; acompáñeme, por favor.

Pérez Galdós me hizo un gesto cómplice, como si comprendiera la situación que vivía en mi propio entorno. No es que me quejara, pero realizar las labores del hogar y atender a los clientes de una casa de huéspedes no era, ni mucho menos, la idea que yo tenía de una vida plena y feliz.

Mis pensamientos errantes me llevaron de nuevo a Declan. El irlandés apareció de repente, sin avisar, y se coló otra vez en mi mente. No podía negarlo; en mi fuero interno ya me había hecho una idea en la cabeza, en la que me alejaba de Suances para vivir otra vida junto al irlandés. Aunque las circunstancias que nos rodeaban no fueran las más halagüeñas.

Subimos las escaleras hasta la planta superior. Abrí la puerta de la habitación de la *Anjana* e invité al señor Galdós a pasar. Él me lo agradeció con una sutil reverencia y se adentró en su cuarto.

—Y si necesita cualquier cosa no dude en avisarnos —añadí.

—Claro, no te preocupes. Y gracias de nuevo por todo, ya tendremos ocasión de conversar con calma en otro momento.

Yo no lo tenía tan claro, y menos al pensar que mi madre estaría más atenta de lo normal ante la visita de un señor tan importante. Mejor me estaba quietecita y callada; no me apetecía una discusión con ella, y menos con mi estado de ánimo.

—Por cierto, se me olvidaba —comenté de pasada para cambiar de tema—. No sé si estará interesado en los baños de ola, si quiere le puedo indicar cómo llegar a las playas.

—¿Me ves a mí vestido con uno de esos horribles trajes de baño hechos de lana, chapoteando entre la aristocracia venida a menos? —preguntó con una sonrisa en su rostro.

La moralidad obligaba a que los trajes de baño se confeccionaran en lana, más pendientes de su uso terapéutico que de su belleza o estética. Un conjunto formado por un pantalón largo y una blusa, generalmente en colores oscuros, que no eran demasiado favorecedores. A mí me parecían horribles e imaginarme al señor Galdós, embutido en semejante traje y dispuesto a saltar las olas del Cantábrico, se me antojó algo casi grotesco.

—La verdad es que no, don Benito.

—Chica lista, ya lo sabía yo.

—No pretendía decir que...

—No te preocupes, te he entendido a la primera. A mí también me parece una bufonada, pero si nuestros monarcas y nobles quieren hacerlo, no voy a ser yo el que se lo impida. A mí del mar me interesa su calma, su quietud, el sonido de las olas al romper contra los acantilados, o el bramido temible de sus tormentas, pero no bañarme en él. Y creo que el Cantábrico es una buena fuente de inspiración para los creadores.

—Ojalá nuestro pequeño mar le inspire a usted una obra maestra.

—Dios te oiga, Amaya.

Unas semanas más tarde, mi madre me dio permiso para acompañar al abuelo a Santillana del Mar, nuestro vecino pueblo. Y es que la villa de «las tres mentiras» (ni es santa, ni llana, ni tiene mar) se encontraba últimamente en boca de mucha gente debido al hallazgo de unas supuestas pinturas rupestres en las cuevas de Altamira, situadas en una de las entradas del municipio.

Al parecer un vecino de la zona descubrió las cuevas con su hija, aunque los expertos no terminaban de ponerse de acuerdo. Unos decían que eran un engaño, otros que podría ser un hallazgo único en el mundo. Incluso los más atrevidos aseguraban que el «supuesto» descubridor había contratado a un pintor francés para que decorara los techos y las paredes de las cuevas con figuras pictóricas de diferentes animales. A mí me daba igual, por lo menos me servía de excusa para pasar el día en Santillana, lejos de Casa Abascal.

Enganché al animal a nuestro carro y esperé sentada en el pescante, orientada ya para salir de la finca. En los últimos meses había sido Declan el encargado de conducir nuestro humilde vehículo, pero en la familia Abascal yo era la que tenía más destreza para llevarlo. Y en ausencia del irlandés no me quedaba otro remedio. Me gustaba conducir por los alrededores de Suances, y éramos unos privilegiados por poseer un medio de locomoción que nos permitiera recorrer toda la comarca de forma mucho más rápida y segura.

Poco después ayudé a subir al abuelo a mi lado y enfilamos la salida del pueblo, camino de nuestro destino de esa mañana; una mañana soleada que auguraba un gran día, aunque yo desconocía lo que me depararía nuestro viaje a Santillana.

Fuimos charlando tranquilamente durante el trayecto, refrescados por la suave brisa marina que nos llegaba del Cantábrico. Me gustaba recorrer ese camino, paralelo al mar, buscando los atajos naturales entre Suances y la vecina Santillana. Luego bajamos un poco, surcando las suaves colinas de la comarca, y nos adentramos en los terrenos limítrofes de una villa que a mí me gustaba también visitar de vez en cuando, aunque siempre andaba escasa de tiempo para recorrer sus centenarias calles, repletas de edificios y monumentos únicos en la zona.

—Voy a ver si se puede entrar a las dichosas cuevas —dijo el *güelu*—. ¿Te vienes conmigo?

—Más tarde, abuelo. Creo que voy a estirar las piernas un poco y a callejear por Santillana.

El anciano me dio un cariñoso beso en la mejilla para despedirse de mí. Le vi alejarse encorvado, andando con ritmo cada vez más pausado, apoyado desde hacía poco tiempo en un recio bastón que le ayudaba a sentirse más seguro a la hora de afrontar el camino.

Me di un momento la vuelta y vi a mi abuelo llegar hasta un grupo de personas que se había congregado junto a la entrada de la cueva. Parecía que los ánimos estaban algo caldeados, pero él me hizo un gesto para que no me preocupara.

Me alejé de allí rezongando, pendiente todavía de aquel abigarrado grupo de personas que crecía por momentos. Todavía algo pesarosa por dejar allí solo a mi abuelo, me adentré en el centro de

Santillana del Mar, muy concurrido aquella mañana por parroquianos y visitantes llegados de diferentes lugares.

La pequeña ciudad, como muchas otras de la zona más cercana a Santander, se había convertido en lugar de visita obligada para muchos turistas durante la época veraniega. Contaba con un bonito centro histórico que necesitaba algunas reformas, ya que la mayoría de las casas se habían construido en los siglos XVI y XVII, y los nobles venidos a menos de la comarca no tenían dinero para arreglar sus propiedades.

Me gustaba contemplar esas construcciones recias, típicas cántabras: casas de dos plantas con artesonados y balcones de madera, algunos ya ruinosos por el tiempo o la carcoma. O esos blasones nobiliarios que pendían de la fachada de algunos edificios de piedra y mostraban al mundo una nobleza que no pasaba por sus mejores momentos.

Y aunque no tenía salida al mar como sus vecinas Suances y Comillas, también se aprovechó del aumento del turismo en toda la región. Si en las villas costeras se instaló toda una infraestructura para albergar a los que buscaban redimir cuerpo y alma con los famosos baños de ola, en Santillana comenzó a instalarse un turismo algo más selecto, de carácter intelectual por la visita de estudiosos de todo tipo: desde los historiadores y expertos en arte debido a las dichosas cuevas recién descubiertas, hasta escritores y otros intelectuales románticos que comenzaron a alojarse en la ciudad.

Todo esto se vio impulsado por la temible epidemia de cólera que asoló las Vascongadas a partir de la segunda mitad de siglo. De ese modo la aristocracia española, acostumbrada a veranear en San Sebastián y alrededores, se desplazó en masa hacia la vecina Santander, auspiciando de ese modo un gran auge en toda la región cántabra.

Yo sabía que eso era bueno para la economía de nuestros castigados pueblos, pero las aglomeraciones no terminaban de gustarme.

Pasear por las viejas calles de Santillana, acompañada por decenas de curiosos transeúntes que miraban todo con ojos asombrados, no era la idea que tenía yo para disfrutar mejor del entorno. Sin embargo, no me quedaba otra opción, por lo que decidí aislarme de la algarabía, pendiente solo de la belleza que podía contemplar a mi alrededor y abstraerme de todo lo demás.

Llegué hasta la plaza principal del pueblo, sede del Ayuntamiento, y me perdí por una calle lateral. Recorrí la zona y llegué junto a la imponente fachada de la colegiata de Santa Juliana. No sabía si podía entrar a visitarla, pero entonces algo me llamó la atención y me giré, olvidándome del edificio religioso por un momento.

En los alrededores habían proliferado también las tascas, tabernas e incluso fondas y casas de comidas para albergar a los nuevos visitantes. En la puerta de una de ellas distinguí un grupo de hombres que bebían cerveza, mientras hablaban a voz en grito con expresiones de franca camaradería. En un lateral divisé también a varios caballos de buena raza, atados a un poste de madera mientras esperaban a sus dueños. Uno de los equinos relinchó entonces, como queriendo llamar la atención, y varios de los presentes se volvieron para admirar el soberbio ejemplar de crines abundantes y sedosa piel negra.

En Santillana convivían nobles e hidalgos venidos a menos, pero también ricos terratenientes que se podían permitir buenos jamelgos, e incluso indianos que habían regresado de América para restregarnos lo bien que les había ido en el Nuevo Continente. Y ese magnífico caballo solo podía pertenecer a alguien de esa categoría.

Entonces vi salir a un hombre del interior del establecimiento, flanqueado por dos tipos mal encarados. Algo me hizo fijarme de nuevo en el primer individuo, no sabría decir por qué. El hombre era grueso, de escasa talla e incluso algo patizambo. Vestía ropajes que aparentaban ser de buena calidad, pero no los portaba con demasiado estilo. Su pelo crespo y su piel tostada no se correspondían con el atuendo, y su mirada huidiza de comadreja me alertó enseguida sobre el personaje. Tiempo tendría de averiguar que no me había equivocado en mi primera apreciación.

Me encontraba bastante cerca y, sin saber los motivos, todavía seguía mirando a aquel hombrecillo, casi hipnotizada por su estrafalario aspecto. Otros transeúntes le miraron también al pasar a su lado. Debía de ser un personaje importante, a juzgar por los dos escoltas que lo seguían. Estaba a punto de darme la vuelta, decidida a abandonar el lugar y olvidarme de ese individuo para siempre, cuando su voz chillona me llamó de nuevo la atención. Su frase, casi escupida al pasar al lado del grupo de hombres de la entrada, clavó mis pies a la recia piedra del suelo de Santillana.

—Piensa con calma en lo que te he dicho, Declan. Sabes que pago bien, y conmigo no tendrías problemas para rehacer tu vida.

Me fijé entonces en el grupo, esperando encontrarme con la conocida silueta del irlandés o escuchar esa voz grave que me había conquistado el corazón. Pero solo percibí cómo el grupúsculo se abría a un lado y dejaba aislado en un lateral al hombre que pensaba no volvería a ver en mi vida: Declan Mclister.

El estrafalario ricachón no esperó la respuesta de Declan, y este se limitó a hacerle un gesto de asentimiento. Los secuaces de ese individuo le ayudaron a montar en el soberbio alazán que antes yo había admirado, un pobre animal que protestó nada más sentir el peso de su dueño sobre el lomo. Los animales tienen un sexto sentido, y al equino parecía hacerle tan poca gracia aquel tipo como a todos los que nos encontrábamos alrededor de la escena.

Los dos esbirros montaron en los otros caballos, dos bayos de buena apariencia, y se alejaron de allí al trote. El grupo de parroquianos recuperó entonces su animada charla, aunque creí distinguir a Declan algo alejado de la conversación, como ensimismado en sus propios pensamientos.

¿Debía acercarme a él? Por un lado me moría de ganas de verle, de hablar con él. Bueno, en realidad lo que deseaba era abrazarle, besarle y sentirme amada entre sus fuertes brazos. Algo impensable, y eso que en aquella plazuela no creí ver a nadie que me conociera como en la verbena de mi propio barrio, cuando bailamos aquellos pasos que jamás olvidaría.

No tuve tiempo siquiera de medir las posibles consecuencias de mis actos. Declan se dio la vuelta, quizás alertado por alguna clase de ruido a su espalda, y se quedó un momento parado, asombrado al encontrarse de frente con mi mirada. Debí de asemejarme a un espectro, allí plantada en medio de la calle, mirando al hombre del que me había enamorado.

—Amaya, ¿eres tú? —me pareció leer en sus labios.

—Sí, soy yo —contesté en voz baja.

Declan comenzó a caminar, disminuyendo enseguida la distancia que me separaba de él. Yo conseguí entonces moverme, anclada como estaba a aquellos adoquines hasta ese momento. Nos encontramos a medio camino, y me fui entusiasmando poco a poco al creer que Declan se dirigía directamente a abrazarme.

Pero el irlandés se contuvo al final, y al llegar a mi lado se paró y me cogió de los antebrazos en un saludo más frío de lo que a mí me hubiera gustado.

—Pero, Amaya, ¿qué haces en Santillana?

—Y tú, ¿qué demonios haces aquí? —pregunté contrariada—. Creí que tenías que arreglar unos asuntos en Santander, pero veo que has vuelto a la comarca, y ni siquiera has pasado por Casa Abascal.

—Perdona, pensaba...

—No hace falta que te justifiques, ya sé que no te importamos. Ni siquiera te despediste de nosotros cuando te marchaste, y pensamos que regresarías pronto. Y, sin embargo, aquí te encuentro, muy entretenido con tus amigotes. No te preocupes, puedes seguir a lo tuyo.

Me di la vuelta, airada, y me alejé de él con fingida indiferencia.

—¡Amaya! Espera, por favor. Déjame que te explique un momento.

—No hay nada que explicar, señor Mclister. Creí que eras alguien diferente, pero ya veo que me equivoqué contigo. No debí haberte auxiliado aquel día en el camino cuando te dejaron caer de mala manera...

—De verdad, Amaya, no sabes de lo que hablas. Todo es más complicado de lo que parece. Y no estoy precisamente de juerga; tomaba algo con unas personas que podrían ayudarme en un futuro.

—Sí, claro. Y luego dirás que te has emborrachado y te han atracado unos desconocidos, como la otra vez. En el fondo eres un vividor, y yo soy una idiota por pensar que eras alguien especial.

—Escúchame de una vez, por favor, no seas tan terca.

—No tengo nada que escucharte. Quédate con el trabajo que te ofrece el gañán ese que iba tan bien escoltado. Al fin y al cabo los Abascal somos pobres, pero honrados, y parece que tú prefieres a tipos de su calaña.

—¡Maldita sea! No es lo que piensas, Amaya, ahora no puedo explicártelo. Es por tu bien, tú no lo entiendes.

—Claro, será eso. Esta pobre ignorante no puede entender al gran hombre. Hasta nunca, irlandés. El placer ha sido únicamente tuyo.

—Amaya, no me dejes con la palabra en...

Volví a darle la espalda, dispuesta a alejarme de él. De pronto sentí cómo su mano se apoyaba en mi hombro, pero comencé a caminar. Él no se arredró, dio una zancada y cogiéndome del brazo izquierdo me obligó a volverme con violencia, hasta que me tuvo de nuevo frente a él. Yo le lancé una mirada furibunda, dispuesta a gritarle en medio de la calle, pero no me dio tiempo ya que el irlandés me silenció de una manera que no esperaba en absoluto.

Cuando quise darme cuenta, los suaves labios de Declan se posaron en los míos con fiereza. Seguía sujetándome con un brazo, mientras con el otro me intentaba atraer más hacia él. Yo me resistí un instante, pero al sentir la calidez de su beso me dejé llevar, derretida por poder saborear al fin la miel de sus labios. Entreabrí ligeramente la boca, anhelante, esperando que él la ocupara por entero, echando abajo mis escasas defensas para conquistar por fin mi corazón.

Pero no, no podía ser. Me pareció escuchar murmullos y vítores a mi alrededor, tal vez de los mismos tipos con los que Declan bebía minutos antes. El tiempo se había detenido en esa plaza y sentía la vehemencia de Declan, el ansia por devorarme allí mismo. Mi mente consiguió sobreponerse al resto de mi cuerpo, que deseaba que aquel beso fuera eterno, e intentó hacerme reaccionar. No estaba bien aquello. La decencia de una señorita no permitía ese tipo de alegrías en público y, además, yo estaba muy enfadada con Declan por su comportamiento de los últimos días. No se merecía tal regalo.

Me intenté zafar de sus fuertes brazos y al final lo conseguí, y me separé de él con un último empujón que deshizo el embrujo de nuestros cuerpos unidos. Yo boqueaba como pez fuera del agua, me faltaba el aire, y Declan me miraba con fuego en sus pupilas, contrariado por haber perdido su premio. Era hora de hacerle pagar por su atrevimiento.

—Amaya, yo...

Le callé con un solo movimiento. Mi mano derecha rasgó el aire a toda velocidad e impactó con fuerza en su rostro. El bofetón resonó en toda la plaza, e incluso me pareció escuchar algún murmullo de sorpresa o turbación ante el inesperado desenlace de la escena. El irlandés torció el gesto y me regaló su mejor sonrisa irónica, mientras se frotaba la mejilla dolorida con su mano izquierda.

—Vaya, veo que las chicas de Suances son de armas tomar —dijo con voz grave mientras se arrimaba a mí.

Sus gestos felinos al acercarse me hicieron pensar que yo no estaría segura en su presencia. Tal vez pensara que yo me había defendido simplemente por salvaguardar mi honor, no porque no deseara que él siguiera besándome. Y en verdad ni yo misma lo sabía, perdida en una absurda duda. Estaba loca por Declan, sí, pero no podía permitir que jugara conmigo a su antojo.

—Ni se te ocurra, Declan. Ahora no.

—Lo siento, soy un imbécil. Yo creí que...

—En efecto, eres un imbécil. Y a mí me está esperando mi abuelo, así que ya nos veremos por ahí. O no, tú sabrás.

Le dejé un resquicio de esperanza y él se percató de mi ardid. Su sonrisa de galán afloró de nuevo a su rostro, confiado tal vez en que no fuera el final. Yo todavía desconocía si iba a darle otra oportunidad, esa era la única verdad; su actitud me había hecho mucho daño, pero en el fondo deseaba que él no se olvidara de mí, que luchara por conquistar mi corazón.

Me alejé de allí con andar orgulloso. Apreté el paso y salí del centro del pueblo, sin darme la vuelta ni una sola vez. Notaba la calidez de su mirada en mi espalda, pero no podía darle esa satisfacción, por muchas ganas que tuviera. Entonces le escuché decir:

—Adiós, señorita Abascal. Nos volveremos a ver muy pronto, y entonces tendrás que escucharme, te lo aseguro.

—Ya lo veremos, Mclister —contesté a media voz sin molestarme en mirarle.

Continué mi camino, mientras notaba los ojos de los transeúntes fijos en mí. Ya habíamos dado bastante espectáculo por esa mañana, y no me apetecía seguir en boca de todo el mundo. Ojalá no llegara a oídos de mi madre; esperaba que la distancia entre ambos pueblos lo impidiera. Pero de todos modos me quedaba lidiar con el abuelo, al que iba a buscar en ese momento. Tenía que contarle algo, aunque no fuera toda la verdad, por lo que debía improvisar a toda prisa una historia creíble.

Recordé entonces el gesto altanero de Declan cuando le crucé la cara. Estaba guapísimo, arrebatador, con ese aire de perdonavidas que a lo largo de la historia nos ha llevado por la calle de la amargura a tantas y tantas mujeres. Y eso que él, aparte de su aire arrogante y su porte de dios griego, parecía ser buena persona. O eso había pensado yo hasta que lo encontré allí, rodeado de esa gente que no despertaba en mí la más mínima confianza.

¿Debería darle otra oportunidad? El fuego de mis entrañas me decía que sí, que no podía negarle nada al hombre de mi vida. Le evocaba allí plantado, frotándose la mejilla con aire ausente, y se me llevaban los demonios. No podía remediar que su imagen de chico malo, con el pelo despeinado y los labios todavía mojados de mí, me acompañara en mi paseo por Santillana. Pero de pronto recordaba todos sus desplantes, y la ira se apoderaba de mis actos.

Le amaba, le deseaba, le necesitaba. En mi fuero interno sabía que me había traicionado, que no se merecía que sintiera nada por él. Pero el corazón tiene razones que la razón no puede entender. Y él lo sabía. De ahí su mirada arrogante, su gesto altivo al intuir que yo estaba rendida, esperando su acometida final. Y eso me sacaba de quicio, porque él sabía que yo no podía resistirme a su embrujo, y mi naturaleza rebelde se revolvía, luchando por sobreponerse a lo inevitable.

¡Maldito irlandés! Yo había sentido mucho su marcha, su despedida a la francesa sin tan siquiera una palabra dirigida a mí. Pero los días habían ido tejiendo una malla invisible a mi alrededor, aislándome de la realidad, mientras luchaba por borrar el recuerdo de un imposible que se diluía poco a poco en mi mente, desvaído, casi etéreo. Hasta el momento en el que volví a cruzarme con él y los muros construidos en torno a mi maltrecho corazón se derrumbaron a golpe de cañonazos.

¿Era Declan el hombre de mi vida? ¿Podría ser feliz a su lado? Si ya de por sí las circunstancias de nuestra peculiar relación no eran las más idóneas para nadie, la escena contemplada en la plazuela de Santillana no me ayudaba a decidirme. Aquel tipejo extravagante que salió de la tasca acompañado de sus guardianes me había dado muy mala espina, y encima parecía tener algún tipo de influencia sobre Declan. Él no lo había negado, y además había soslayado la cuestión como si yo fuera tonta, algo que no podía soportar.

Decidí dejar de pensar en mi irlandés e intenté calmarme, reduciendo también el paso. Debía recomponerme: el abuelo me conocía como nadie y no podría engañarle ni un solo segundo.

Salí entonces del pueblo en dirección hacia la entrada de las cuevas. Allí se seguía arremolinando gente, aunque por lo que me parecía a mí no les permitían el paso al interior. Distinguí a mi abuelo enseguida, charlando con dos personas de su edad, sentados al sol en un banco de piedra.

Llegué hasta su lado y vi cómo se iluminaba su rostro al verme.

—Vaya, ya estás aquí, Amaya. ¿No os lo dije, amigos? —preguntó dirigiéndose a sus contertulios—. Tengo una nieta que no me la merezco.

—Sí, Ángel, es cierto —replicó uno de los allí presentes.

—Abuelo, no empecemos —respondí arrebolada—. ¿No os han dejado entrar a la cueva?

Cambié de tema enseguida, no me apetecía que se fijaran en mí. El *güelu* me miró de un modo extraño. Tal vez ya se había percatado de mi estado de ánimo tras el fugaz encuentro con Declan.

—No, al final el viaje ha sido en balde, las autoridades no nos han dejado entrar. Al parecer tienen que apuntalar las cuevas; es peligroso adentrarse en ellas ahora y los expertos tienen que inspeccionar primero toda la zona.

Escuché de lejos la respuesta de mi abuelo, sin darme cuenta de que mi mente me había transportado a otro lugar. Debí de quedarme alelada, pero el *güelu* me sacó enseguida de mi atolondramiento.

—¿Estás bien, Amaya? No tienes buena cara.

—Sí, no te preocupes. Solo estoy algo sofocada por el calor —contesté con la mirada baja.

—Pues nada, refréscate un poco y volvamos a casa —dijo mirándome con gesto extraño.

—Sí, será lo mejor antes de que se nos haga muy tarde. Y siento que no hayas podido entrar a las cuevas, con la ilusión que te hacía. Ya volveremos en otro momento si te parece bien.

—Claro, así podré discutir de nuevo con estos dos carcamales.

No creí haber engañado al abuelo. Seguro que se preguntaba las razones de mi desasosiego, pero me pareció buena idea abandonar Santillana, aunque Declan se hubiera quedado en el centro de la villa.

Mi abuelo se despidió de sus dos amigos y nos dirigimos hacia el carromato, que seguía en la misma posición en que yo lo había dejado. Ayudé al anciano a subir al pescante y me acomodé a su lado, azuzando al viejo mulo para que retomara el camino y nos llevara de regreso a casa.

El viaje se me hizo algo más pesado que a la ida. Mi abuelo iba distraído, rumiando quizás sus cosas mientras miraba al horizonte. No quise molestarle en sus pensamientos. De ese modo yo podría también recrearme en los míos.

Así que retorné a mi pasatiempo preferido: pensar en Declan. Por un lado me ofuscaba, cabreada conmigo misma por no poder alejarle de mi cabeza. Pero por otro lado esperaba volver a verle pronto, aunque lo último que recordara el irlandés de mí fueran mis cinco dedos plantándole un sonoro bofetón delante de todo el mundo.

¿Cómo reaccionaría Mariuca? ¿Y mi madre? Si Declan regresaba a nuestras vidas, después de todo lo sucedido, las consecuencias de nuestros hechos serían imprevisibles. No quería ponerme en lo peor, pero Declan no había vuelto por mí, ni por nadie de la familia Abascal. Tenía algún negocio turbio con aquella gentuza, y no me daba un buen pálpito.

Sí, debía admitirlo. Declan podía tener a la mujer que quisiera, y a mí solo me había besado por despecho. Como la mayoría de los hombres en una sociedad tan machista como la nuestra —al parecer la irlandesa no sería demasiado diferente de la española, por lo que pude entrever de nuestras conversaciones—, se sintió ultrajado por mi desprecio y quiso darme mi merecido.

El beso, su impetuoso beso. Su hombría se sintió ofendida ante mi desplante, y decidió demostrarme quién mandaba allí. No podía hacerme muchas ilusiones al respecto; eso no era una señal de amor, ni denotaba su interés en mí como mujer. Tan solo se trataba de una muestra de arrojo delante de sus amiguitos, una manera de dejar su impronta.

El abuelo me miró entonces de soslayo, y yo supe que estaba a punto de decirme algo. Seguí atenta al camino, intentando que el mulo nos llevara a casa en el menor tiempo posible, y mostrando indiferencia ante el escrutinio del anciano. Hasta que su voz cavernosa sonó cerca de mi oído, preguntándome lo que de verdad quería saber. Y, claro, mi débil defensa no surtió efecto:

—¿En qué piensas, Amaya? Te veo muy concentrada, pero no sé si en tus cosas o en el camino de vuelta a casa.

—Sí, permanecía atenta al camino —respondí en voz más baja de lo habitual. Comprendí que no podía engañar al abuelo, por lo que no aparté la vista ni un momento del camino—. Además, tampoco quería molestarte al verte tan ensimismado.

—Pensaba en mis cosas, ya sabes. Pero, bueno, dejemos la cuestión y vayamos a lo importante. ¿Qué te ocurre?

—¿Qué...? No, nada, a mí no me pasa nada —respondí a duras penas.

—Ya, como si pudieras engañarme. Venga, Amaya, suéltalo de una vez, algo te preocupa. ¿Te ha sucedido algo en Santillana?

—No, yo no quería...

De pronto me colapsé, y un torrente de lágrimas corrió por mis mejillas. Asustada, paré de repente el carro, ya que mis ojos no distinguían bien el camino. Solté las riendas y noté cómo el abuelo, muy seguro de sí, las cogió un instante para apartarnos a un lado.

—Me estás asustando, Amaya, ¿qué te ocurre?

—No... No es... No es nada —balbuceé como pude.

—¿Y pretendes que te crea? Anda, bájate del carro y ayuda a este viejo a llegar al suelo sin romperse la crisma. Sentémonos debajo de aquel árbol. Así te calmas un poco, me cuentas lo que te pasa y retomamos el camino cuando estés mejor.

—De acuerdo.

Bajé del pescante, me sequé las lágrimas de cualquier manera y ayudé a mi abuelo a bajar del carro. Le acompañé hasta el árbol y allí, a la sombra de sus frondosas ramas, comencé a respirar mejor, algo que me ayudó a serenarme.

El anciano me miró con una pena enorme, quizás temiendo que me hubiera sucedido algo realmente grave. Y la realidad era que solo sufría mal de amores y una incertidumbre total después del inesperado encuentro de Santillana. Y lo que era peor, por la ambigüedad mostrada por Declan ante mí, algo que todavía no sabía cómo relacionar con todo lo que había ocurrido hasta ese momento.

—Tómate tu tiempo, Amayuca, no hay prisa. Respira hondo, cálmate y cuéntame lo que te sucede. Llevas algo clavado en tu corazón y eso no puede ser, tienes que soltarlo.

El anciano había dado en la diana. Supo que era algo que llevaba conmigo, una pesada carga que me impedía casi respirar. Pero yo no sabía cómo afrontar la cuestión.

—No sé por dónde empezar.

—Venga, poco a poco. Ya verás cómo enseguida te sientes mejor. A ver, Amaya, si acierto en mis predicciones. Declan, ¿verdad?

Asentí a duras penas, y las lágrimas amenazaron con volver a saltar. Me enjugué como pude el amago de tormenta, sorbiéndome los mocos de mala manera. Estaba montando un espectáculo, lloriqueando como una niña pequeña delante de su abuelo. Y eso no podía ser: tenía que reaccionar y recomponerme. Quería soltar lastre y contarle la verdad al *güelu*, aunque tal vez lo almibarara un poco para evitarle un disgusto.

—¡Maldito irlandés! —exclamó airado—. ¿Qué te ha hecho esta vez ese indeseable? No me digas que...

—No, nada, no me ha hecho nada malo. Solo es que...

—¿Estaba Declan en Santillana? Menuda desfachatez, sin avisarnos siquiera de su regreso a la comarca. ¿Qué te ha dicho?

—Verás, yo...

Al final se lo conté todo, sin omitir ningún detalle. Le hablé del ricachón aquel que iba acompañado de sus secuaces, de los amigotes de Declan que se emborrachaban en la tasca, de los gestos altaneros del irlandés y por fin, aunque me arrepentí al instante de decírselo, le conté cómo me había besado en la plaza.

—¿Eso es todo, Amaya? —preguntó más tranquilo el anciano.

—¿Te parece poco, *güelu*?

—Bueno, hija, tampoco es para tanto. Me habías asustado, creí que te había violentado o algo así. Un beso es algo normal entre dos enamorados, ¿no? O por lo menos así era en mis tiempos.

Me pareció que mi abuelo se lo tomaba a broma y eso me enfadó. No entendía mi postura ni lo mal que lo estaba yo pasando, o eso creí en un primer momento.

—Pero, abuelo, ¿no lo entiendes?

Le expliqué lo que sentía, lo que pasaba por mi cabeza. La manera en la que me entregué a su beso, como una cualquiera, deseando que no parara nunca. Las amarras de mi corazón se soltaron de golpe, y hablé desde las entrañas, sin esconderle nada. Le conté lo que podría ocurrir, tanto si nuestra relación continuaba como si no, y las consecuencias de nuestros actos, sin ocultarle las reticencias ante lo que había visto entre aquel tipo vestido de fantoche y Declan.

Él me miró algo sorprendido, pero enseguida se rehizo y escuchó atentamente mis explicaciones mientras puntualizaba de vez en cuando con algún comentario.

—Bueno, Amaya, tampoco es tan grave. Ya verás cómo al final se soluciona todo. Buscaremos el mejor modo de no dañar a nadie. Ya se nos ocurrirá algo. Tú debes aclarar algunas cosas con el *muchachu*, pero yo también quiero tener mi propia conversación con él, de hombre a hombre.

—No, abuelo, no creo que debas...

—Sí, mi niña. Tu padre no está con nosotros, y yo debo asumir su papel. ¿O prefieres que Declan se enfrente a tu madre? Sería un hueso demasiado difícil de roer si es que de verdad pretende cortejarte.

—No creo, *güelu*, igual lo hizo solo por despecho. Yo no lo tengo tan claro.

—Tonterías, niña. Estáis hechos el uno para el otro, y el que no lo vea así es que está ciego. Yo lo noté enseguida y asumí que podría suceder algo entre vosotros, aunque prefería que el irlandés hubiera desaparecido para siempre de nuestras vidas, no voy a negarlo.

—Vaya, no sabía...

—No te preocupes, el *muchachu* me cae bien. Pero si quiere andar con mi nieta tendrá que comportarse de otra manera. Tenemos muchos frentes abiertos, habrá que ir cerrándolos poco a poco. Venga, retomemos el camino. ¿Te encuentras mejor?

—Sí, abuelo, ya estoy más calmada. Muchas gracias de nuevo por todo. Tú sí que sabes tratar a una chica.

Le guiñé un ojo y me abracé a él. Mi gesto le sorprendió, pero enseguida me estrechó con fuerza entre sus brazos y disipó las pocas dudas que pudieran seguir existiendo en el fondo de mi corazón. Todo saldría bien; mi abuelo me lo había dicho y yo le creí a pies juntillas. Con eso me bastaba para seguir tirando, no me quedaba otra opción.

—De momento, ni palabra a tu madre de todo esto, ni tampoco a tu hermana. Ya veremos cómo afrontamos la situación; puede que el irlandés aparezca por casa pronto.

—No sé yo...

Continuamos el camino, charlando sobre otras cosas para postergar un poco lo inevitable. Mi abuelo supo recomponer la situación, e incluso me arrancó alguna sonrisa durante el resto del trayecto. Sus cuidados del alma me reconfortaban, aunque seguía sin tenerlo claro.

Disimulé lo que pude al llegar a casa sin conseguir del todo mi propósito. Mi madre me miró de una forma extraña y no supe esconder mi azoramiento. Al fin y al cabo ella me había parido, y tampoco podría engañarla tan fácilmente. Tuve la suerte de que no quisiera ahondar más en la herida, y el resto del domingo transcurrió de forma más o menos plácida. Incluso María estuvo más cariñosa que de costumbre conmigo.

El sosiego no me duró demasiado. Al día siguiente, después de ayudar a mi madre con las tareas del comienzo de semana, decidí dar un paseo. No sabía si acercarme a alguna de las playas, aunque fuera para ver cómo rompía el mar contra los acantilados de la playa de Los Locos. O tal vez deambular por el barrio, recorrer esa senda mágica paralela a la ría y embriagarme de nuevo con las vistas que siempre llevaría conmigo como recuerdo imborrable de Suances.

No tuve casi tiempo ni de poner un pie en el exterior de nuestra finca. Detrás de un árbol, acechando como un vulgar delincuente, me encontré de bruces con Declan. Debía de estar esperándome, o quizás decidiendo si entrar o no a molestar a la familia Abascal en aquella tarde de un lunes veraniego.

—¿Qué demonios haces aquí, Declan? No estarás espiándome...

—Creo que la última vez que nos vimos comenzaste igual la conversación, con la misma pregunta. ¿Quieres probar de nuevo?

—¿Tú eres idiota o qué? Creo que lo del bofetón no te ha quedado lo suficientemente claro; igual te lo tengo que repetir.

—Preferiría repetir la escena anterior al bofetón, en todo caso.

Aquel hombre me sulfuraba. ¿Se estaba riendo de mí? De nuevo se mostraba con gesto esquivo, con esa sonrisa cínica que llevaba prendida en su rostro como una marca de nacimiento. No, no podía echarlo a perder, quería darle una oportunidad. Pero me lo ponía muy difícil.

Debió de percibir mi enfado, además de notar mi furibunda mirada. Tenía ganas de asesinarle, era cierto, pero también deseaba lo que él me había pedido: besarle de nuevo. Desde luego, iba a volverme loca, no tenía remedio.

Él rectificó, temeroso quizás de que desapareciera de nuevo dentro de nuestra casa. Se adelantó unos metros, suavizó el gesto y dijo con voz serena:

—Disculpa, Amaya, soy un idiota. No te espiaba, eso ni lo dudes. Llevaba aquí un rato esperando por si salías, nada más.

—Y eso, ¿por qué?

—Quería entrar, pedir disculpas a tu familia por haber desaparecido sin dar explicaciones, y tal vez regresar a Casa Abascal si me lo permitís. Pero, después de lo sucedido entre nosotros en Santillana, pensé que tal vez preferías hablar conmigo primero antes de que me enfrentara a tu familia. No creas ni por un momento que pretendo reírme de ti, yo no soy así.

—No, ya veo, eres todo un caballero.

—Por favor, permíteme explicarme. Tengo que contarte muchas cosas y necesito un rato para ponerte en antecedentes. ¿Podríamos hablar ahora?

Declan me miró con ojos de carnero degollado, pero temía que fuera solo una pose. De todos modos me moría de ganas por conocer su historia, o por lo menos la coartada que se hubiera inventado para mí, porque seguía sin fiarme de él. Su cara de niño bueno decía una cosa, pero sus gestos y su comportamiento me decían otra, por lo que tenía que andarme con cuidado. Al final transigí sin poder remediarlo.

—Está bien. Acompáñame si quieres en mi paseo, y espero que esas explicaciones sean convincentes. No vas a tener otra oportunidad, te lo aseguro.

—De acuerdo, Amaya. Ya verás como no soy tan malo como tú te crees, ni me junto con indeseables porque yo sea igual que ellos. Las cosas, a veces, no son lo que parecen...

—¿Qué insinúas?

—No, nada. Veamos, ¿por dónde empiezo? Es una historia muy larga y no sé yo si tendremos tiempo solo con un paseo.

—Abrevia entonces, *muchachu*. No tengo todo el día, debo volver a casa pronto, antes de que me echen de menos.

—De acuerdo, allá voy.

Primero comenzó a contarme el motivo de su visita a Santander. Tampoco me explicó mucho más de lo que ya sabía: tenía que arreglar un asunto relacionado con su documentación, y eso le demoró unos días más de lo previsto, ya que al final tuvo que viajar hasta Madrid.

—En esos días, en una conversación casual dentro de un establecimiento de Santander, escuché el nombre de alguien que conocí hace tiempo. Eso me hizo regresar a vuestra comarca, aunque antes de hacer nada debía averiguar si era cierto lo que me habían contado.

—¿De quién estás hablando? ¿Del nuevo rico que te trataba como a un lacayo?

—Sí, del mismo. Las apariencias engañan, no creas todo lo que tus ojos ven. Hace tiempo llegó a mis oídos que ese tipo andaba por España, y me propuse averiguar la verdad. Y si para eso tengo que rebajarme un poco, me da igual. Lo importante es descubrir la verdad sobre ese tipejo.

—No entiendo nada, la verdad. De todas formas, menudas amistades que te gastas...

—No te adelantes, hay mucho más detrás de todo este asunto, más de lo que te crees. Incluso puede llegar a ser algo grave.

—Venga, no me asustes con cuentos de viejas, ya será menos. Por cierto, ¿regresaste a la comarca solo por ese tipo? Imagino que no tenías intención de volver a poner un pie en Casa Abascal en la vida, ¿me equivoco?

Le miré de nuevo con fuego en los ojos, y él apagó su sonrisa de medio lado. Por mi pose debió de saber que esa vez no podría besarme para esquivar la cuestión, y mi gesto defensivo, con los brazos cruzados delante del pecho y las piernas bien asentadas en la tierra, le dieron a entender que sería la última oportunidad que tendría, antes de que me diera la vuelta y desapareciera para siempre de su vista.

—Está bien, tú ganas. Tienes parte de razón, pero ni siquiera yo lo tenía claro del todo. Sabes que antes de llegar a Suances pasé una temporada en Vizcaya. Allí hay muchos ingleses e irlandeses trabajando. Me hablaron entonces de un buen empleo al que podría optar dentro de la nueva fábrica de acero de la comarca, y pensé que tal vez pudiera regresar allí. Por eso estuve hablando con ciertas personas en Santander sobre esa posible propuesta de trabajo; esa es la realidad.

—Ya veo, el pobre irlandés se ahogaba trabajando en una simple casa de huéspedes, él tenía otras miras mayores.

—No seas injusta y cruel, eso no va contigo.

—¿Injusta yo? El cruel eres tú, abandonándome aquí y dejándome sola.

De nuevo me había precipitado al abrirle de ese modo mi corazón. Él me miró algo atribulado, tal vez percatándose del trasfondo real de mi sentencia. Azorado todavía, movió la cabeza en un gesto de negación, buscando las palabras que pudieran reconducir la situación.

—Yo no te he abandonado, Amaya, solo quería sopesar mis posibilidades. Además, no es que fuera fácil mi situación en tu casa, ¿verdad?

—Bueno, no, pero...

En ese punto llevaba razón el irlandés. Solo un idiota no se habría dado cuenta de que tenía todas las de perder con lo ocurrido en nuestro entorno en las últimas semanas. Tal vez su baile conmigo en la verbena, con ese momento delicioso en el que nuestras miradas se fundieron en una sola mientras el tiempo se detenía a nuestro alrededor, fuera más real de lo que yo creía. E incluso el beso de Santillana podía considerarse algo más que un simple signo de despecho por su parte ante mi insolencia.

—¿Te refieres a María? —pregunté acongojada.

—Sí, claro. Lo de tu hermana me pilló desprevenido, la verdad. Yo le reía las gracias, pensando que era solo un juego, cosas de niña. Hasta que me percaté de la realidad: Mariuca me miraba como mujer, y yo no quería meterme en un lío con tu familia.

—¿Sucedió algo que...?

—No te preocupes, no pasó nada. Creo que malinterpretó alguno de mis gestos hacia ella, y preferí poner tierra de por medio. No quería ser la comidilla del pueblo, ni poner en un aprieto a tu familia por algo que ni había sucedido ni iba a suceder nunca. Así que preferí marcharme sin mirar atrás.

No me extrañaba que el irlandés hubiera huido: la tensión se había vuelto insoportable en nuestra casa. Pensándolo con calma, tal vez yo había pecado de egoísmo. En esos momentos ignoraba lo que sentía Declan, ni tan siquiera lo que pasaba por su cabeza, y tal vez fui demasiado injusta. ¿Y si él sufría también en silencio? En el fondo era un buen chico y no quería aprovecharse de la situación; más bien prefería mantenerse al margen, aunque de ese modo hiciera también daño a mucha gente.

—Pero aparte de todo esto, que de por sí ya es importante, me topé de bruces con una información que me heló la sangre.

—Ya estamos con la misma historia otra vez. ¿Se puede saber a qué te refieres?

—Verás, el tipo aquel que viste en Santillana...

—¿El fantoche que se las daba de gran señor?

—Sí, el mismo. Se llama Arístides Maestro, y es un indiano que lleva poco tiempo en Santillana. Bueno, el hijo de un indiano.

—Ya me parecía a mí que sus trazas no eran muy normales.

—Es un tipo ruin, despreciable, mejor no tener tratos con él. Te lo digo por experiencia, es un mal bicho.

—¿Y entonces? —Yo no entendía nada—. Le vi muy dispuesto contigo, y te dijo algo de que debías pensártelo bien.

—Sí, me ha ofrecido trabajo en sus tierras, y yo estoy pensando si aceptarlo o no. Pero no por la razón que tú crees. No ha surgido por casualidad: yo le andaba buscando y él ha picado el anzuelo.

—¿Y cómo demonios sabes lo que estoy pensando? —le increpé—. No te entiendo, a ver si me lo aclaras mejor.

—No me he explicado bien. Si aceptara su oferta, sería para tenerle cerca, para controlarle mejor.

—¿Por qué quieres controlarle?

—He escuchado cosas sueltas, detalles que no me terminan de convencer. Se junta con elementos peligrosos y creo que trama algo.

—Bueno, pero eso no es asunto tuyo. Si sospechas de algo, lo mejor sería acudir a las autoridades y no meterte en ningún lío, ¿no?

—Es complicado, Amaya. Ese tipo me conoce de Cuba, y él prefiere también tenerme controlado. No se fía de mí: seguro que cree que yo intuyo lo que sucedió en la isla con su padre.

—Ahora sí que no entiendo nada. Me estás volviendo loca. ¿Quién es su padre y qué le sucedió?

—Su padre era mi antiguo patrón en Cuba: el bueno de Andrés Maestro, que en paz descanse.

—Es verdad, mencionaste su nombre en casa. ¿No era de Ubiarco o por aquí cerca?

—Efectivamente, Amaya, buena memoria —confirmó Declan—. El pobre falleció en extrañas circunstancias, y su bastardo creo que tuvo algo que ver, aunque no tengo prueba alguna ni modo de asegurarlo.

—¿Ese hombre es un bastardo? Pues menudos aires que se da de gran señor.

—Sí, lo he visto. Por eso pretendo averiguar lo que trama: no me fío ni un pelo de él.

—¿Y qué sucedió en Cuba?

—Es una larga historia, pero te la voy a contar. Aunque primero tendré que ponerte en antecedentes.

—Creo que voy a llegar tarde a casa —aseguré mientras continuamos el paseo en dirección a las playas.

—Puede ser, Amaya, pero creo que merecerá la pena...

Y Declan comenzó con su historia. Yo sabía que me acabaría contando lo que quisiera de su estancia en las Antillas; no podía resumir tantos años en una sola charla, pero decidí darle una oportunidad. Solo el tiempo me diría si hacía bien al confiar en aquel irlandés de mirada ensoñadora.

CIENFUEGOS, MARZO DE 1875

LA HACIENDUCA

Los viajeros tuvieron suerte y pudieron llegar a La Hacienduca sin mayores complicaciones, tras un periplo que duró varios días a través de Cuba, siempre en dirección sureste. Declan se maravilló al contemplar la extensión de terreno que comprendía la hacienda de don Andrés, uno de los mayores hacendados de Cienfuegos.

El terrateniente poseía varias hectáreas de terreno en su finca, repartidas en diversas zonas completamente diferenciadas: una destinada para la plantación de caña de azúcar y su procesamiento; otra que albergaba los cafetales, y también existía una tercera que comprendía los terrenos aledaños a la casa, donde además se encontraban los alojamientos de los obreros. Y después, aparte de algo de terreno baldío, la finca contaba con parcelas más pequeñas dedicadas a otros cultivos agrícolas, e incluso con un enclave semisalvaje que podía considerarse más jungla que bosque y que servía como límite septentrional de La Hacienduca.

Andrés Maestro iba señalándole a Declan las particiones de su finca mientras estiraba el brazo y le indicaba la dirección en la que se encontraban las diferentes áreas de la inmensa propiedad. Comenzaron por fin a cruzarse con algunas personas, ya fueran a pie o a caballo, y todas saludaron respetuosamente al paso del carro.

—¡Esto es impresionante, don Andrés! No imaginaba que su hacienda fuera tan grande; debe de ser muy fácil perderse en ella.

—No te dejes engañar por el nombre de La Hacienduca, Declan. Poseo uno de los ingenios más grandes de la comarca, si es que esto puede seguir considerándose un ingenio azucarero, puesto que no poseo esclavos. Teníamos uno de los mejores índices productores de azúcar de toda Cuba hasta hace un par de años, pero los buenos tiempos quedaron atrás.

—Vaya, no sabía. Creí que el negocio le iba bien.

—Sí, no me puedo quejar, ahora me estoy recuperando. Otros amigos productores lo han pasado bastante peor que yo con la guerra; pero, como en La Hacienduca diversificamos también la producción con el café y otros productos, hemos podido ir tirando.

—La verdad es que yo me he acostumbrado también a tomar el café de aquí, es muy sabroso —le confió Declan.

—Me alegra saberlo. Y eso que en tu tierra sois más dados al té, la bebida más insípida que he probado nunca. Afortunadamente vuestros primos, los norteamericanos, prefieren el café. Es un producto cada vez más demandado en los Estados Unidos, que huye de la maldita costumbre inglesa de tomar el insufrible té a todas horas. Y, claro, Cuba está más cerca de Estados Unidos que otros productores de café, por lo que el negocio ha crecido con el tiempo.

—Pero yo creía que la principal producción de su plantación era la caña de azúcar y sus derivados. Vamos, pensaba que las máquinas recién compradas eran para mejorar el rendimiento de esa producción —afirmó el irlandés.

—Y no te equivocas, así es. Como te decía, el negocio del azúcar ha sufrido muchos altibajos, y yo me mantengo como buenamente puedo, de ahí mis últimos movimientos. Desde esa época la producción se ha estancado bastante en toda Cuba por diversos motivos, sobre todo para los ingenios que solo utilizan fuerza animal para el procesamiento.

Declan se quedó unos momentos pensativo, rumiando toda la información que le había facilitado su nuevo patrón. Tenía muchas cosas que aprender; eso era solo el principio. El señor Maestro había confiado en él y no pensaba desilusionarle. Se trataba de su salvoconducto hacia una nueva vida, y él quería hacer las cosas bien para ir progresando poco a poco y olvidar los pesares y sinsabores de antaño.

—Por cierto, quería comentarte algo relacionado con lo que has dicho antes sobre la posibilidad de perderse en esta plantación. De hecho, eso es muy probable. Contamos con alguna brújula para evitarlo e incluso preparé hace tiempo el esbozo de lo que sería un mapa cartográfico de La Hacienduca, pero espero que tengas un buen sentido de la orientación. Aparte de todo lo que te he comentado antes, esta hermosa tierra tiene mucho más de lo que te puedas imaginar: ríos, valles, lagos con cascadas espectaculares, cuevas, manglares, terreno accidentado e incluso acantilados en la zona sur de la plantación.

—¿Sus tierras llegan hasta el mar? —preguntó Declan con curiosidad.

Declan se enteró de que la finca tenía el mar Caribe como límite meridional. Al parecer era una zona muy agreste, llena de acantilados, sin ningún puerto natural ni construido por el hombre, por lo que el terrateniente tenía que trasladar sus mercancías hasta la bahía de Cienfuegos.

—Y hasta ahí tienen que llegar nuestros cargamentos de azúcar y café para ser embarcados y después salir hacia España, Inglaterra o Estados Unidos, que se ha convertido en uno de los mayores importadores de productos cubanos —añadió Andrés Maestro.

—Algo comentó antes sobre el café...

—Claro, hijo, pero no solo es eso. De ahí mi interés en la maquinaria de los *yankies*. Los americanos están muy interesados en Cuba, y no solo en sus manufacturas. En unos años sé que se harán también con el poder político de la isla, pero de momento están metiendo mano en el económico. De ahí lo de traerme especialistas americanos para que me ayuden a modernizar el ingenio y producir más cantidad de azúcar con menos esfuerzo.

—Seguro que sí, don Andrés.

—De hecho, creo que me serás de mucha ayuda para tratar con unos tipos de Nueva York, interesados también en mi producción de mascabado.

—No entiendo mucho el proceso, me lo tendrá que explicar con más calma en otro momento. ¿Qué es eso del mascabado?

Mclister escuchó la explicación de boca de su nuevo patrón. El mascabado era el azúcar de caña sin refinar, en forma cristalizada. Al parecer, años atrás, la casi totalidad de la producción cubana de azúcar se enviaba a España para refinar y los costes se disparaban. Cádiz era el destino final la mayoría de las veces, aunque las tornas estaban cambiando, para disgusto de muchos empresarios españoles.

—¿Y usted prefiere enviar su producción a Estados Unidos? —inquirió Declan.

—Así es, *muchachu*. Conozco a terratenientes que han montado y preparado sus propias plantas de refinamiento, pero yo no veo tanto beneficio en ese asunto —dijo Maestro—. De hecho, prefiero exportarlo directamente a los *yankies*, si es que llegamos a un acuerdo con ellos. Y si a los empresarios españoles les molesta, que hagan algo por abaratar los costes.

—Parece algo razonable.

—Sé que me ganaré enemigos, tanto en Cuba como en España, pero no me importa. Estoy harto de la burocracia española, y sobre todo de esos funcionarios corruptos que lo único que quieren es trincar, a costa de uno, para favorecer un trabajo que deberían hacer por ley. España no va bien y yo debo velar por mis intereses. Aunque me tachen de antipatriota.

—Imagino que después de tantos años viviendo aquí...

—Imaginas bien. Cuba no es todavía independiente, pero en muchos momentos me siento más cubano que español. Echo mucho de menos mi terruño, eso por descontado, y me encantaría volver a Ubiarco, pero no lo veo factible, por lo menos de momento. Aquí tengo muchísimo trabajo, y allí no me queda ya nadie. Aunque siempre soñé con construirme una hermosa casa de indiano en Santillana, la villa principal de mi región, al lado de las casonas de los rancios nobles castellanos que llevan siglos vanagloriándose de sus riquezas, perdidas a lo largo de los siglos. No lo verán mis ojos, claro, pero soñar es gratis.

El carromato prosiguió su lento trayecto por el interior de la finca, hasta que unos minutos después llegaron a la explanada circular que daba paso a la construcción principal de La Hacienduca: la casa de vivienda.

—Ahora sí, por fin hemos llegado —confirmó Andrés Maestro.

—Hermosa casa, patrón. Y por lo que veo, también tiene unas dimensiones importantes, acordes con el resto de la plantación.

—Sí, hijo, aquí todo suele ser un poco más grande que en la Vieja Europa. Incluyendo los malditos mosquitos, que como te descuides te comen vivo en la época de lluvias. Sin contar con los huracanes, algo que deja mis añoradas galernas del Cantábrico a la altura de una ligera tormentilla.

La casa de vivienda o casa-hacienda era el edificio principal de la plantación. Se trataba del hogar de don Andrés, y también la oficina principal de su negocio. Declan pudo comprobar que se encontraba ante un edificio enorme, construido de una sola planta. La construcción era muy diferente de las casas coloniales de Jamaica o Saint-Domingue, según le contó su nuevo patrón ese mismo día.

Dejaron atrás la plazoleta elíptica que circundaba una gran extensión de terreno alrededor del edificio principal y se adentraron en los propios dominios de la casa-vivienda. Atravesaron entonces una zona ajardinada, embellecida con cuidados setos y pequeños árboles, que precedía a la entrada principal de la casa. Recorrieron a continuación el camino de piedra que dividía el hermoso jardín y dejaron a un lado dos frondosas palmeras que custodiaban la entrada como guardianes mitológicos, dando la bienvenida al visitante antes de llegar a su destino.

Mientras caminaban por el sendero, Declan pudo admirar la arquitectura de la casa., Dominaba el frente principal una cuidada arcada con recias columnas y contrafuertes, una especie de porche abovedado que rodeaba el perímetro completo de la edificación y precedía a la estructura principal de la casa.

La fachada aparecía pintada con un tono amarillo pálido muy característico de la isla, un color claro y fresco que ayudaba a mitigar el calor en Cuba. El irlandés pensó entonces en ese soportal perimétrico que tanto le había llamado la atención y comprendió que bajo sus techos abovedados podrían resguardarse a la sombra en muchas ocasiones y huir del tórrido calor del trópico y del sol inmisericorde.

El techo a cuatro aguas estaba recubierto de tejas rojizas, características también en los ingenios cubanos. Desde esa perspectiva, Declan no podía observar los costados ni la parte trasera de la casa, pero pronto averiguaría que el edificio contaba además con dos puertas laterales: una que daba paso al almacén, y otra de acceso a la capilla instalada en la vivienda.

Declan llegó hasta la puerta principal, decorada con una intrincada reja de hierro forjado, que ejercía más como adorno que como elemento de seguridad. Nada más entrar en la zona abovedada que circundaba el edificio, Mclister agradeció el frescor del que disfrutaban a la sombra, después de haber sufrido los rigores del sol cubano tras un duro camino a través de la isla.

—Ven, Declan, voy a enseñarte mi casa. Mis buenos cuartos me dejé en adecentar este edificio y reformar toda la zona manufacturera; espero que mereciera la pena —dijo Andrés orgulloso dirigiéndose a Declan. Y luego añadió—: Anda, Compay, busca a tu padre.

—No quiero molestar, don Andrés —replicó el irlandés—. Si le parece, podemos llevar antes la mercancía a su almacén.

—No te apures, de la mercancía se harán cargo Compay y otros trabajadores. Quiero que conozcas al padre del muchacho, Marcial, para que te oriente también un poco con el funcionamiento general de La Hacienduca. En la vivienda principal queda alguna habitación disponible, o puedes alojarte en uno de los barracones de los capataces, como prefieras.

—Creo que no merezco vivir en su casa, por lo menos de momento. Puedo acondicionar uno de los barracones; para mí es más que suficiente.

—Me gusta tu actitud, *muchachu*. Eso está bien, cada hombre tiene que ganarse su puesto, y la humildad es un punto muy importante a la hora de prosperar en la vida.

—Sé de dónde vengo, no se preocupe.

—De acuerdo entonces: me encargaré de que te preparen uno de los bohíos principales. Quiero que comiences enseguida a familiarizarte con la maquinaria y después serás el anfitrión de los americanos cuando vengan aquí. Creo que Mr. Robinson y Mr. Higgins estarán encantados con tu presencia, y yo también, ya que apenas entiendo una palabra de lo que sale de la boca de esos malditos *yankies*.

—Por supuesto, yo le ayudaré en lo que precise, no hay problema —se sonrió el irlandés ante la ocurrencia de su jefe.

—Primero tendremos que enseñarte lo que hemos estado haciendo hasta ahora, para que no te pille de nuevas, y después ellos te explicarán cómo queremos funcionar a partir de este momento con las máquinas recién adquiridas. Y más tarde, claro está, tendrás que hacer llegar esa información a nuestros hombres para ganar en eficiencia a la hora de producir azúcar de alta calidad.

—Espero estar a la altura, don Andrés.

—Seguro que sí, Declan, no creo que vayas a decepcionarme.

Esta conversación tuvo lugar al pie de la escalinata que daba paso a la casa principal. Declan miró en derredor y vio llegar de nuevo a Compay, que se presentó acompañado de varios fornidos hombres que le ayudaron a descargar la mercancía, todavía amontonada en el carromato que habían dejado a la entrada de la plaza elíptica.

Mclister averiguó más tarde que la plantación del señor Maestro había sido un ingenio esclavista cuarenta años atrás. El antiguo dueño de la plantación se arruinó, lo perdió todo, y el viajero montañés recién llegado de España, con apenas unos meses en la isla, pudo hacerse con la finca por un precio muy inferior al de mercado.

La plantación original tenía también una gran casa-vivienda, barracones para los esclavos y todo lo necesario para los diferentes procesos que conllevaban la producción de azúcar. Una estructura fabril que en aquella época contaba con la casa de ingenio, la casa de caldera y la casa de purgas, además de otras muchas dependencias que hacían de aquel ingenio uno de los más completos de la comarca: fábrica de tejas, enfermería, herrería, almacén de víveres, carpintería, cocina, hornos y casas para los diferentes técnicos. Y además poseía caballerizas, corrales para los bueyes y los puercos, pozos, presas hidráulicas y plantas de gas y alquitrán para dar luz a las diferentes dependencias del ingenio.

En definitiva, una pequeña ciudad en miniatura, con todo lo necesario para sacar adelante la producción de azúcar. Aunque el estado general de las dependencias andaba algo deteriorado, debido a la falta de mantenimiento e inversión durante los últimos años. Por eso el señor Maestro tuvo que invertir más dinero en reformas para poner de nuevo en pie aquel ingenio dejado de la mano de Dios por su antiguo dueño, más preocupado por las deudas de sus negocios marítimos que por el deterioro progresivo de su fábrica de azúcar.

El antiguo propietario metió en el lote vendido a don Andrés algunos de los esclavos que poseía, incluyendo esclavos domésticos para llevar la intendencia de la casa —hombres con mejor educación que el resto de los esclavos, algunas mujeres para atender la cocina y la casa, e incluso niños para hacer los recados— y esclavos del campo —más de un centenar de negros de anchas espaldas y fuerte carácter— para las labores más duras de la plantación. Aunque, poco tiempo después, el nuevo dueño de La Hacienduca dio el salvoconducto de libertad a todos los esclavos.

—Más tarde te enseñaré el resto de mis dominios, Declan —aseguró el hacendado. En ese momento llegó hasta ellos un negro vestido elegantemente con una levita oscura a pesar del calor bochornoso que impregnaba el ambiente—. Mira, irlandés, ya está aquí mi hombre de confianza en la casa.

Mclister recibió una mirada de cierta reprobación del recién llegado, aunque tras un posterior vistazo de reconocimiento Declan creyó entrever que el jefe de los criados relajaba algo su primer gesto hacia él.

—Marcial, prepara el mejor bohío para el señor Mclister, y provéele de cualquier otra cosa que necesite —terció el hacendado sin fijarse en el duelo de miradas.

—Por supuesto, don Andrés —contestó el mayordomo—. Acompáñeme si es tan amable, caballero.

Declan deshizo entonces su escueto equipaje en el humilde barracón que le asignaron, se refrescó un poco en la palangana que le habían dejado al lado de la cama, y se tumbó a descansar un rato. Menos de una hora después don Andrés le mandó llamar y el nuevo habitante de La Hacienduca salió de su bohío, dispuesto a familiarizarse lo antes posible con todos los entresijos del ingenio en el que iba a trabajar a partir de ese día.

Mclister necesitaba acostumbrarse pronto a su nueva vida en La Hacienduca. Quería aprender lo antes posible los rudimentos del proceso de fabricación del azúcar, por lo que puso toda su atención en las explicaciones que don Andrés comenzó a impartirle durante sus primeras jornadas en la plantación.

Gracias a ello, Declan aprendió a conocer y a comprender la historia de los ingenios en la isla y su evolución a lo largo de los años, desde una producción casi artesanal a los modernos avances que estaban teniendo lugar en esa misma época.

—Esta plantación formaba parte del tercer grupo de ingenios, el semimecanizado, y ahora subiremos otro escalón más. En principio aquí se sustituyó la energía puramente animal por la máquina de vapor, la famosa máquina Cornualles, con lo que se racionó mejor el combustible y se pudieron ubicar todas las calderas en el mismo sitio.

Declan recordó el gesto de satisfacción de su jefe al rememorar sus primeros tiempos como productor de azúcar y las mejoras que había ido introduciendo a lo largo de los años, siempre en aras de una mejor producción y una superior calidad del producto final.

—Y ahora nos convertiremos en un ingenio mecanizado al cien por cien, una de las plantaciones punteras en la isla. Con los evaporadores de vacío, las máquinas centrífugas y todos los artilugios mecánicos que nos van a instalar los americanos, duplicaremos de nuevo la producción y los beneficios se dispararán exponencialmente...

Un par de semanas después, Declan conoció por fin a los ingenieros americanos, Mr. Robinson y Mr. Higgins. Enseguida se granjeó su amistad y respeto ya que ambos técnicos, aunque oriundos respectivamente de Boston y Nueva York, contaban también con raíces irlandesas que afortunadamente ayudaron a que los tres hombres congeniaran enseguida.

Mclister se había empapado, durante los días previos a la llegada de los técnicos americanos, de todo lo que su mente pudo asimilar relacionado con el complejo mundo de la manufactura azucarera en un ingenio. Al principio andaba algo perdido, pero contó con la inestimable ayuda de Pepe, el maestro azucarero. Un gallego que le adoptó como al hijo que nunca había tenido y que le enseñó todos los trucos del oficio, algo que el irlandés supo agradecerle desde el primer momento.

Las duras jornadas en la plantación no hicieron mella en el joven irlandés, cada vez más integrado en su trabajo. Poco a poco fue ganándose la confianza de los hombres que tenía bajo su mando, así como de don Andrés, y en unos meses se convirtió en alguien fundamental para el buen funcionamiento de La Hacienduca. El señor Maestro le nombró mayoral de la plantación, y el joven irlandés se sintió muy orgulloso. El trabajo era duro y sacrificado, pero a Mclister eso no le asustaba, y puso todo de su parte para realizar del mejor modo posible la tarea encomendada.

El señor Maestro le contó también los cambios de personal que había estado realizando durante los últimos tiempos, una profunda reestructuración que se llevaba a cabo en toda la provincia de Cienfuegos desde que había comenzado la guerra entre España y Cuba: unos cambios que repercutieron en que la comarca se convirtiera en la región azucarera más importante de la mayor de las Antillas, y la más productiva del mundo en relación con su extensión territorial en el último tercio del siglo XIX.

—Verás, Declan —le explicó una mañana el hacendado español—, antes contábamos con una gran mayoría de empleados negros en la finca, con algún chino culí entre nuestros trabajadores; pero eso ha cambiado radicalmente, como habrás podido comprobar con tus propios ojos.

—¿Un chino qué? —preguntó alarmado Declan ante otro detalle desconocido.

—Culí, Declan, un chino culí. No sé de dónde viene el nombre, solo te puedo decir que los culíes son inmigrantes chinos que llegaron hace años a las Antillas, gracias a la mediación inglesa en las colonias que tienen en Extremo Oriente, sobre todo en Hong-Kong y Macao. Yo me encontré con algunos de estos hombres trabajando aquí en condiciones de semiesclavitud, pero por supuesto revertí esa situación cuando liberé a todos los esclavos de la finca.

—Mejor no digo nada sobre la esclavitud, pero parece que en esta parte del mundo la vida de un hombre no valía mucho, ya fuera negro, indio o chino.

—Sí, dejemos el tema. Afortunadamente las cosas están cambiando a marchas forzadas. Ya sabes que yo tampoco he sido nunca partidario de esta forma de hacer negocios, y eso me ha traído más de un quebradero de cabeza. Pero bueno, a lo que iba, que se me ha ido el santo al cielo. Como habrás visto en La Hacienduca, ahora tengo negros casi exclusivamente en la zona agrícola, para la recolección de la caña de azúcar o el café, pero en la zona industrial del ingenio azucarero los he ido sustituyendo poco a poco por blancos. Bueno, también los criados de la casa son negros, pero ese es un caso especial.

—Claro que me he dado cuenta, Andrés. —El mayoral se había ganado el derecho de tutear a su patrón, y él lo ejercía con respeto y deferencia hacia el hombre que le había contratado sin conocerle de nada—. Como para no hacerlo, con los aires que se dan algunos hombres de la fábrica, como ese famoso «Capitán».

Mclister había tenido algún que otro encontronazo con algunos de los operarios que trabajaban en la zona fabril, pero hasta el momento los había resuelto bien.

—Es que ese tipo era realmente un capitán del ejército español, y por eso muchos de sus hombres, aquí presentes también, siguen obedeciendo sus órdenes.

Según escuchó Declan de boca de su patrón, durante los últimos años se habían producido varias escaramuzas entre los rebeldes cubanos y el ejército español en la zona de Cienfuegos. Los rebeldes se hicieron fuertes en algunas partes de la región, y la Corona española envió varios destacamentos militares. Como los ingenios eran también un objetivo militar, se asignó a los soldados españoles la defensa y cuidado de las plantaciones de azúcar, para que no fueran arrasadas por los independentistas cubanos.

El Estado Mayor acordó entonces que los militares allí destacados tuvieran un sueldo de quince pesos de oro, aparte de su manutención, todo pagado por los propios hacendados al contar con la inestimable colaboración del Ejército español para salvaguardar sus propiedades.

Los terratenientes aprovecharon la ocasión y obligaron poco a poco a los soldados a involucrarse en las labores de producción dentro del ingenio, aunque fuera a costa de una paga extra que casi siempre se llevaban los oficiales.

La situación creada supuso un cambio radical en toda la zona, y los hacendados fueron cambiando la mano de obra de los negros en la industria manufacturera por el trabajo más especializado de los soldados españoles, «blanqueando» los ingenios, aunque fuera solo en su parte más industrial. Los negros fueron arrinconándose para realizar tareas agrícolas, como la recolección de la propia caña de azúcar, o labores de intendencia. Eso aceleró también la desaparición de la esclavitud en la zona.

—Y, claro, el trabajo cada día más especializado en el ingenio, con todas esas máquinas que hay que tratar con cuidado, es mejor que sea realizado por obreros blancos. No, no me mires así, sabes que no soy racista. El negro, ya sea libre o esclavo, no dispone de los conocimientos ni la disciplina necesaria para manejar una maquinaria de ese calibre, con funciones precisas que hay que tratar con cuidado —añadió Andrés.

Declan siguió escuchando la explicación de su patrón. Los soldados españoles comenzaron entonces a cobrar una paga muy superior a la de un obrero en España y, por supuesto, mucho más alta que el mísero sueldo de un soldado. Contaban además con la ventaja de no tener que combatir, y sus condiciones laborales eran mucho mejores que otros empleos similares que hubieran podido encontrar en España. Así que la mayoría de esos hombres, gracias a los continuos rumores de que la guerra estaba a punto de finalizar con un armisticio, decidieron quedarse a trabajar en unos ingenios que vieron incrementada su productividad en un altísimo porcentaje debido a este profundo cambio.

—Vamos, que se ha producido una profunda reconversión industrial, por lo menos relativa al personal trabajador, en los ingenios de la comarca —contestó Declan—. Ya me había sorprendido al encontrarme con tantos españoles en la zona fabril, pero hasta este momento no conocía el origen de esta peculiar situación.

—Sí, tienes razón. Y este proceso ha logrado que Cienfuegos se ponga a la cabeza de las zonas productoras cubanas, no te creas. Aunque no ha acabado con la esclavitud en la comarca, ya que los negros que no son libres siguen trabajando en condiciones lamentables en tareas agrícolas, mientras el trabajo aquí dentro se ha convertido en algo tan especializado que solo lo pueden manejar los blancos.

—Y yo tengo que encargarme de enseñarles el manejo de las nuevas máquinas cuando reúna toda la información de los técnicos americanos.

—Veo que lo has entendido a la perfección. De ahí que te ruegue que tengas algo de mano izquierda con los antiguos militares. No quiero tener problemas en el ingenio, y ese al que llaman «Capitán» nos puede crear más de uno si no andamos con cuidado.

—Lo tendré en cuenta, Andrés, no te preocupes.

Declan se acostumbró poco a poco a la vida de un ingenio, asumiendo cada vez mayores responsabilidades, y el tiempo fue pasando en La Hacienduca sin apenas darse cuenta.

El irlandés se hizo finalmente con el mando del ingenio azucarero, aunque tuvo que solventar problemas de todo tipo en una época muy convulsa para todos. Con el final de la guerra entre Cuba y España, don Andrés vio finalmente cumplido su objetivo, y su fábrica se convirtió en una de las más rentables de la zona y, por ende, de todo el territorio cubano.

El irlandés se transformó también en un hombre diferente tras amoldarse a sus rutinas en la plantación. Se acercaba de vez en cuando a Cienfuegos y a otras poblaciones vecinas para cerrar algún trato comercial, ya que el patrón de La Hacienduca fue delegando en él cada vez más tareas. Don Andrés cayó gravemente enfermo tres años después de la llegada de Declan a la finca y, aunque se restableció casi por completo, nunca llegó a ser el mismo, y por eso confió cada vez más en el buen hacer de Mclister para los negocios.

Al poco tiempo de su llegada a la plantación, Declan se mudó a la casa-vivienda, a un cuarto cerca de la habitación de don Andrés; un alojamiento de categoría muy superior al humilde bohío en el que vivía hasta ese momento. El señor Maestro no tenía familia y le había cogido cariño a Declan; le recordaba un poco a él mismo cuando llegó a Cuba. El hacendado rememoró entonces su llegada a la isla, cuarenta años atrás, cuando salió de España casi con lo puesto.

Andrés había conocido en el barco a Dolores Sañudo, una joven santanderina que viajaba a América en compañía de su familia. En aquella época era muy normal que emigrantes de toda Europa quisieran hacer las Américas para salir de la pobreza de sus lugares de origen. O, por lo menos, para buscar ese sueño dorado que muchos solo veían posible alejándose miles de kilómetros de la tierra que les vio nacer.

En un principio, cuando Declan escuchó de boca de su patrón aquella historia, le recordó también sus propias vivencias en el *Pegasus* y sus escarceos con la señorita Watson. Mclister llevaba mucho tiempo sin pensar en ella, pero en ese momento se concedió un minuto de distracción. Seguramente la antigua institutriz se habría convertido en una gran dama, envidia de la alta sociedad habanera, que daría fiestas en su gran mansión para todos los potentados de la isla.

Mclister no se permitió más deslices, no quería volver a las andadas. El aire de campo le había sentado muy bien y había llegado a olvidar sus devaneos con Emma y, sobre todo, había relegado al pozo del olvido la angustia existencial que le oprimió el pecho durante su relación tormentosa con Perlita.

—¡Despierta, *muchachu*! Parece que te has quedado en Babia. Eso, o es que no te interesa lo más mínimo la historia de este pobre viejo.

—No es eso, Andrés, ni por asomo. Es que he recordado mis propias aventuras a bordo del barco que me trajo desde Europa hasta las costas de esta isla.

—Espero que sean buenos recuerdos.

—Bueno, un poco de todo —dijo Declan rememorando la muerte de su familia y sus primeras semanas en La Habana, un territorio que le pareció francamente hostil nada más desembarcar en la isla—. Pero, bueno, lo peor ya pasó y ahora disfruto de la vida en La Hacienduca. No podría querer nada más en este mundo.

—No lo dices muy convencido, Declan. Nunca te he querido comentar nada, veo que eres un solitario como yo. Pero te aseguro que, si pudiera, yo volvería atrás. Esta vida está hecha para compartirla con alguien, para formar una familia y disfrutar de ella. Yo no pude hacerlo en su momento por diversas circunstancias, pero tú aún estás a tiempo.

—Ahora estoy muy ocupado, quizás más adelante —contestó Declan no demasiado convencido—. El trabajo en la plantación es absorbente, y queda mucho por hacer todavía en el ingenio. Tengo unas ideas que me gustaría comentarte sobre el proceso manufacturero y...

—Anda, olvida por un momento el trabajo, estamos charlando como dos viejos amigos. Un chico joven, apuesto y con buena posición como tú no puede hacerse de menos de esa manera. Seguro que hay un montón de mujeres ahí fuera deseosas de conocerte en profundidad, ¿verdad? Por ejemplo, la mismísima hija de Braulio Crespo, nuestro querido vecino.

Declan no pensaba contarle a su jefe los escarceos amorosos de los que había disfrutado a lo largo de los últimos años, pero alguno había tenido. Cienfuegos no quedaba lejos y, en algunos viajes que había realizado a otras ciudades cercanas, había tenido la oportunidad de intimar con diversas mujeres, ya fueran blancas, negras o mulatas, de buena posición o simples criadas o meseras. Nada demasiado serio, ya que Mclister no quería ningún tipo de compromiso con esas mujeres, pero como todo hombre también tenía sus necesidades.

Y es que en el interior del joven irlandés un volcán desbordante seguía hirviéndole la sangre cada vez que se cruzaba con una mujer bella. Ellas lo notaban y se dejaban querer por aquel hombre tan apuesto y varonil. No es que estuviera especialmente orgulloso de su comportamiento, pero la llamada de la carne era demasiado poderosa para él, y el ímpetu de su juventud le impedía controlarse en exceso cuando se encontraba fuera de la propiedad.

Porque eso sí que lo llevaba a rajatabla el joven irlandés. Mclister nunca tuvo nada que ver con ninguna de las pocas mujeres que vivían en La Hacienduca; no quería problemas en su lugar de trabajo. Prefería desfogarse fuera y, aunque en ocasiones tardaba meses en encamarse con una mujer, prefería concentrarse en su trabajo en el ingenio antes que caer en la tentación y meterse en algún lío con su patrón.

—¿Quién, la joven Clara? —preguntó sorprendido Declan.

—La misma que viste y calza. Al parecer bebe los vientos por ti, según me ha dicho un pajarito. Ya sé, ya sé, es todavía una niña a sus dieciséis años. Pero es una chiquilla bastante agraciada físicamente y además parece agradable, desde luego más que mi vecino, con el que he tenido más de una trifulca a lo largo de estas décadas.

—La verdad es que no me interesa. Es una cría para mí, y estoy de acuerdo con tu otra apreciación, su padre es insoportable. No me apetece relacionarme tanto con el tal Braulio y su familia, prefiero seguir a mi aire.

—Tienes razón, como casi siempre. Braulio es insufrible, te complicaría demasiado la existencia. Por no mencionar que eres extranjero y, además, casi un ahijado mío, y no creo que te mirara con buenos ojos. No, mejor lo olvidamos. Aunque desde luego pegarías un braguetazo con Clarita: la niña es un buen partido. Crespo tiene la plantación más grande de la comarca, y una de las más prósperas. En más de una ocasión ha querido comprarme La Hacienduca para expandir su propiedad y de paso quitarse un competidor. Pero yo nunca he cedido a sus deseos.

—Mejor cambiemos de asunto. Anda, sigue contándome lo que te ocurrió en aquel barco, no quiero continuar con el tema de mis posibles amoríos.

—De acuerdo, irlandés, tú lo has querido.

Andrés y Dolores congeniaron enseguida y se hicieron inseparables durante la larga travesía del Atlántico. Los padres de la muchacha no veían con buenos ojos aquella creciente amistad, pero no hicieron nada por impedirla.

Las condiciones del barco para los viajeros de tercera clase, como en el caso de Andrés o la familia Sañudo, no eran las mejores, sobre todo en cuestiones de higiene y salubridad. Las travesías no suponían precisamente un viaje de recreo para la gran mayoría de los pasajeros de buques como el paquebote en el que habían embarcado. Por no hablar de la comida, escasa y de mala calidad, y la incomodidad de sus precarios alojamientos.

Debido a las condiciones insalubres del viaje, la familia Sañudo enfermó. Los padres de la muchacha empeoraron de manera alarmante en unas horas, y el médico del barco no pudo hacer nada por salvarlos. Dolores sobrevivió a duras penas, pero tuvo que ver cómo sus padres fallecían en alta mar sin poder hacer nada.

Andrés se apiadó entonces de la muchacha, ya que Dolores se quedaba completamente sola y desamparada en el mundo. Sin pensarlo demasiado, tras unos días de duelo en el barco, le pidió matrimonio a la joven santanderina antes siquiera de llegar a su destino. Abrumada, ella accedió a su petición sumida en un estado del que le costaría salir, física y mentalmente.

Una vez llegados a puerto, los recién casados buscaron casa y trabajo para asentarse en La Habana, aunque enseguida vieron que no estaban hechos para la vida en una ciudad tan diferente a todo lo que conocían. A Andrés le ofrecieron un empleo agrícola en Cienfuegos, una ciudad próspera bastante alejada de la capital, pero las condiciones de salud de su esposa les impedían hacer tan largo viaje por tierra.

El matrimonio español malvivió durante algunos meses en la ciudad habanera, con Andrés ganando unos pocos pesos en lo que le iba saliendo, mientras veía cómo la salud de Dolores se deterioraba poco a poco. El sistema inmune de la joven se debilitaba cada día que pasaba, y en aquellas circunstancias cualquier virus o infección podría acarrear consecuencias funestas. Y eso es lo que finalmente ocurrió, que la joven falleció unas semanas después.

El viudo no quiso caer en lamentaciones, ya que él mismo se encontraba también en una precaria situación y debía cuidar de sí mismo. En esos momentos las lágrimas no le salían del pecho, helado para siempre después del varapalo del destino. Pero el instinto de supervivencia hizo el resto, y Andrés se obligó a seguir viviendo. Recogió sus escasas pertenencias, buscó todo el dinero que le fue posible conseguir, y tras descansar unos días después del sencillo sepelio de su esposa, partió para Cienfuegos antes de perder la oportunidad de aquel empleo.

Un trabajo le llevó a otro, y al final Andrés tuvo una buena racha que le cambió la vida. La suerte se puso de su lado y en menos de un año pasó de ser un pobre viudo sin un peso en el bolsillo a convertirse en el propietario de una plantación. Aunque en un principio La Hacienduca fue un ingenio bastante ruinoso que le costó sangre, sudor y lágrimas sacar adelante, el duro sacrificio tuvo su recompensa y al final se salió con la suya.

—Y aquí estamos, irlandés. Una vida entera deslomándome en este rincón del mundo tan alejado de mi terruño, y al final para nada.

—Vaya, veo que hoy tenemos el día un poco pesimista. Sé de lo que hablo, patrón, te lo aseguro. Y no pienso tolerarlo, así que algo haré para evitarte este mal trago. Por cierto, una curiosidad antes de finiquitar el tema. ¿Nunca te volviste a casar?

—No, mi corazón se rompió en mil pedazos, y ya nunca supe ni quise recomponerlo.

—Pero eso es muy duro —contestó Mclister, pensando en su propia situación—. Seguro que has tenido más de una oportunidad; no me creo que ninguna mujer quisiera ser la dueña de esta hermosa finca. Por no hablar de las necesidades físicas de cualquier hombre...

—Bueno, puede que alguna vez me dejara llevar por mis bajos instintos —respondió entonces Andrés, recordando un episodio del que no se sentía demasiado orgulloso—. Pero poco más, no te vayas a creer. Esta finca está alejada de la civilización y, si yo no iba a la ciudad, o asistía a alguna fiesta o recepción de algún hacendado cercano, era difícil que me relacionara con muchas damas. Así que me centré en el trabajo. El tiempo transcurrió sin percatarme siquiera y cuando me quise dar cuenta, ya me había hecho viejo.

—Espero que no me malinterpretes, pero yo sigo viendo delante de mí a un hombre muy interesante, una persona madura que todavía tiene mucho que ofrecer —soltó Declan mientras le guiñaba el ojo a su patrón.

—No eres mi tipo, irlandés —se carcajeó el terrateniente—. Pero gracias por el cumplido. Anda, dejemos el tema, que queda mucho todavía por hacer.

Poco iban a suponer los dos amigos que esa conversación tendría su continuación un tiempo después, de un modo que jamás habrían sospechado.

Los años siguieron transcurriendo de forma lánguida en el ingenio azucarero. Comenzó entonces el año 1880, una fecha en la que la vida dentro de La Hacienduca daría un cambio radical para todos sus habitantes.

Una mañana de febrero, Declan se acercó a la casa-vivienda para recoger unos papeles de la oficina en la que trabajaba don Andrés. El irlandés consultó con su patrón unos asuntos pendientes y salió del edificio, camino de la zona fabril del ingenio. Atravesó la parte abovedada que hacía las veces de soportal y se quedó un momento parado. No había puesto todavía un pie en la escalinata que le conduciría al sendero principal de acceso cuando escuchó una voz de timbre agudísimo abriéndose camino de un modo inmisericorde hacia su oído interno.

—Quiero ver al señor Maestro. ¿Está en la casa? —soltó de corrido un individuo algo estrafalario que el irlandés no había visto en su vida.

—Tendrá que hablarlo con Marcial, el mayordomo de la casa; no sé si don Andrés estará ocupado —contestó Declan.

Mclister torció el gesto al ver las intenciones del recién llegado, que seguía avanzando hacia la escalinata principal. Se fijó entonces mejor en aquel tipejo: un hombre de escasa estatura que tendría entre treinta y cuarenta años, acompañado de una barriga que sobresalía por encima de su levita, y andares algo torpes. Declan no supo discernir en ese momento si era un mulato demasiado claro, o un blanco con la piel tostada por el sol, pero había algo en su mirada poco cristalina que no le terminaba de convencer.

—Extranjero, no quiero hablar con ningún mayordomo. Llévame ante tu patrón enseguida —soltó el desconocido con desprecio.

Declan no quería comenzar una trifulca, pero el desgraciado se estaba ganando su merecido. En ese momento sintió que la puerta principal se abría a sus espaldas y Marcial asomó por el umbral dispuesto a hacerse cargo de la situación.

—Déjeme a mí, mayoral Mclister. Yo me encargo —aseguró el jefe de los criados.

—Tampoco quiero hablar con ningún lacayo negro, ¡fuera de mi vista! —exclamó el desconocido a voz en grito mientras agitaba un sobre en la mano—. Necesito darle esto al señor Maestro, es cuestión de vida o muerte.

Marcial ignoró los insultos y se plantó también frente a la escalinata para hacer frente común con Mclister. Eran dos hombres que debían imponer su presencia física ante aquel alfeñique, pero el tipo parecía no darse cuenta. Gesticulaba y vociferaba con nerviosismo, sin hacer caso de las indicaciones recibidas para que se calmara.

—¡Soy Arístides, el hijo de Blanca, la esclava de vuestro patrón! —gritó fuera de sí—. Exijo ver ahora mismo a vuestro jefe. Y no me moveré de aquí hasta que lo haya conseguido.

—Deponga su actitud, caballero. Creo que ya hemos tenido bastante paciencia con usted. Acompáñeme, haga el favor.

Declan le puso la mano encima, cogiéndole del antebrazo para sacarle de allí. Arístides se revolvió como un gato furioso y se desembarazó de su captor mientras chillaba como si le estuvieran torturando. La escena llamó la atención de los empleados que se encontraban en las inmediaciones y poco a poco se formó un corro alrededor.

Mclister vio llegar a la carrera a Compay con otros tres negros enormes, hombres duros que tratarían al desconocido con menos miramientos que él. Al irlandés no le gustaba la violencia gratuita, y tal vez ese hombre tuviera alguna demanda legítima que hacerle a don Andrés, pero Declan no pensaba darle la más mínima oportunidad. Hasta que escuchó una voz a sus espaldas con la que comprendió que ya no podría dejar a su patrón al margen del problema.

—¿Se puede saber qué ocurre aquí? —preguntó don Andrés nada más asomarse al exterior de su casa—. ¿Qué es todo este vocerío?

—Don Andrés, disculpe... —comenzó a decir Marcial al llegar de nuevo hasta la escalinata—. No se preocupe por nada, nosotros nos haremos cargo de este alborotador.

—¿Es usted el famoso Andrés Maestro, el dueño de La Hacienduca? —inquirió Arístides con el rostro sofocado por la situación.

—El mismo que viste y calza. ¿Y usted quién demonios es, si puede saberse? No puede venir a mi casa y armar este jaleo con mis hombres. ¡Hable de una maldita vez!

El señor Maestro parecía bastante alterado, y Declan se asustó al verle así. Quiso evitarle un mayor disgusto y prefirió intervenir, pero no pudo salirse con la suya.

—No te preocupes, Andrés, el señor ya se marchaba. —Mclister hizo un gesto a los dos negros más fornidos, que estaban dispuestos a llevarse de allí al individuo por las buenas o por las malas.

—Déjalo, Declan, da igual. Y tú, suéltalo de una vez. ¿A qué viene tanto alboroto?

—No se apure, don Andrés —dijo con retintín—. Ahora mismo sabrá quién soy, y seguro que querrá recibirme en su despacho, lejos de sus perros de presa.

El hacendado tuvo que contener de nuevo a sus hombres, dispuestos a despellejar a aquel deslenguado a la menor oportunidad. Declan contemplaba la escena sin comprender y le pareció incluso percibir un leve gesto de desasosiego en el rostro de su patrón. Pronto averiguaría la verdad oculta tras aquella extraña escena.

El señor Maestro consideró por un momento hacer caso al desconocido y acompañarle hasta su despacho para que pudiera hablar con tranquilidad. Pero su seguridad debía primar ante todo, y no se fiaba del tipo que había irrumpido en su propiedad de ese modo. Además, no iba a arriesgarse sin motivo. Aunque algo en el rostro de aquel desgraciado le traía recuerdos muy lejanos, reminiscencias pasadas de sueños que su mente no quería traducir a imágenes nítidas comprensibles.

—Acabemos con todo esto, no tengo tiempo que perder. ¿Qué llevas ahí? —preguntó Andrés al ver el sobre que Arístides agitaba en su presencia.

—Las pruebas de su infamia. Es una carta de Blanca, mi madre, la esclava que usted...

Un oportuno relámpago iluminó la memoria de don Andrés. El hacendado cayó en la cuenta de que las palabras siguientes del recién llegado podrían hacerle mucho daño en presencia de sus hombres, por lo que prefirió zanjar el tema.

—Sí, ya sé... No se preocupe, caballero, tenga la bondad de acompañarme.

—Mi nombre es Arístides, y debe usted saber que conozco el contenido completo de la carta; mi madre me lo confesó antes de morir.

—De acuerdo, Arístides. En mi despacho podremos hablar con más calma. Marcial, no quiero que me moleste nadie hasta nueva orden. Y tú, Declan, encárgate de que todos los hombres reanuden sus tareas.

—Por supuesto —contestaron al unísono Mclister y el mayordomo.

Andrés acompañó a Arístides hasta su despacho, una de las dependencias de la casa-vivienda que hacía las veces también de oficina comercial. El hacendado intentaba recordar a marchas forzadas, hurgando en su memoria mientras se preparaba para lo peor. El recién llegado había abierto la caja de los truenos, y él no imaginaba las consecuencias de sus actos.

—Muy bien, Arístides, ya estamos aquí. Has conseguido tu propósito, así que ahora dame la carta de una maldita vez.

—Alto ahí, no tan deprisa. —La altanería del visitante iba en aumento, y don Andrés comenzó a perder la paciencia con él—. Antes de que le entregue la carta que mi madre escribió a duras penas en su lecho de muerte, quiero que me prometa una cosa.

—¿El qué, hombre de Dios? Habla de una santa vez.

—Mi pobre madre ya está en el cielo y no podrá verlo con sus propios ojos, pero usted tiene que encargarse de esta desagradable situación y honrar su memoria. Es lo menos que debería hacer para resarcir su abominable comportamiento con mi familia. Treinta y cinco años de error son muchos años, la verdad. No es que me crea con derecho a nada, pero tal vez un hacendado tan importante como usted debiera comportarse como un hombre delante de sus semejantes, ¿no es así?

—No sé de qué demonios me hablas —replicó ofendido Andrés, aunque el gesto inequívoco de su interlocutor le hizo rectificar—. Está bien; haré lo que me pidas, sea lo que sea. Ahora, dame esa carta y sal un momento fuera. Quiero leerla con calma, a solas. Después retomaremos nuestra conversación.

—Como guste.

Arístides entregó el sobre a don Andrés y salió de la estancia. Cerró la puerta tras de sí y permaneció a escasos metros de la misma, esperando que el golpe infligido en el hacendado hiciera mella en su oponente, después de entregarle la carta. No terminaba de sentirse especialmente orgulloso por su comportamiento, pero su vida no había sido nada fácil hasta ese instante y ahora se le presentaba una magnífica oportunidad para prosperar.

Después de tantos años de penurias junto a su madre, una mulata liberta que había sobrevivido a un sinfín de calamidades, Arístides se encontró ante una encrucijada que podía ser vital para el devenir de su existencia. Blanca había recaído de una enfermedad crónica que la torturaba desde hacía años, y en los últimos días de su vida quiso confesarle a su hijo los verdaderos motivos que martirizaban su corazón.

—Verás, Arístides, es hora de que sepas la verdad de tus orígenes. Tu padre no fue un esclavo que murió a manos de los rancheadores al intentar huir de la plantación.

—Da igual, eso ahora no importa. Necesita descansar, ya sabe y...

—No, hijo, tienes que saberlo. No me interrumpas, por favor.

Blanca le contó a su hijo lo sucedido en aquella hacienda de la que había escapado para siempre, treinta y cinco años atrás. Su nuevo patrón en el ingenio, don Andrés Maestro, era mucho mejor que su anterior dueño. De hecho, a los pocos meses de hacerse cargo de la finca dio salvoconductos a todos sus esclavos y les prometió un empleo remunerado para todo aquel que quisiera seguir trabajando a su lado. Algunos de los antiguos esclavos dejaron atrás La Hacienduca, camino de aventuras lejos de sus tierras. Pero otros muchos decidieron quedarse ante las promesas del nuevo patrón.

Ella no tenía adónde ir, y don Andrés parecía un buen hombre. Así que aprovechó la oportunidad de seguir trabajando en la casa, ya que Blanca era una de las encargadas de la cocina. Sus tareas no se le hicieron tan cuesta arriba al enterarse del sueldo que cobraría desde ese día y de todos los nuevos privilegios de los que dispondría a partir de ese momento al ser una mujer completamente libre.

Su vida y la de sus ancestros no había sido fácil desde el día en que sus antepasados llegaron a Cuba, hacinados de cualquier manera en uno de los primeros barcos negreros que desembarcaron esclavos africanos en la isla. Su madre fue una cuarterona, hija de blanco y negra, y con tres abuelos blancos, ya que la costumbre de dejar preñadas a sus esclavas llevaba varias generaciones arraigada en la América colonial. Los hacendados eran dueños de todo lo que vivía en su finca, fueran hombres, mujeres o animales, y se servían de ellos a su antojo.

Y para no perder la costumbre, ella nació también de la unión de un esclavista español y una criada menos oscura que una mulata.

La niña nació más clara aún después de varias generaciones de mezcla interracial, por lo que le pusieron el nombre de Blanca, como un gesto gracioso que se le ocurrió a su padre putativo. La muchacha creció bajo los cuidados de su madre, y cuando se convirtió en una mujer creyó que la suerte de su familia había cambiado al toparse en el camino con don Andrés Maestro.

De hecho, Blanca fue la primera mujer liberta de toda la familia, pero no tenía adónde ir en esos momentos, y por ello prefirió quedarse en La Hacienduca. El amo la trataba bien, aunque ya no fuera amo y sí patrón, por lo que no tenía mayores quejas. Trabajaba mucho, pero tenía un sueldo decente y un día de descanso a la semana. Además, un guapo jornalero del ingenio la estaba empezando a cortejar, y ella se sentía la mujer más feliz del mundo.

Hasta que una noche de invierno, en medio de una terrible tormenta que asolaba media comarca, la joven criada sintió un fuerte estrépito en el despacho de su patrón. Alarmada, la chica se acercó corriendo por si le había ocurrido algo a don Andrés. Pero se llevó una sorpresa.

Al llegar a la estancia se topó de bruces con el hacendado, que caminaba tambaleándose, con el aliento apestándole a alcohol, y los ojos ciegos por algo que no quiso entonces averiguar. A don Andrés, borracho, se le había caído un vaso de cristal al suelo, y se había roto en mil pedazos que amenazaban con herir sus pies descalzos si seguía deambulando por la habitación en medio de aquel trance. Y la joven Blanca quiso ayudar a su buen patrón.

—Déjelo, don Andrés, yo me hago cargo. Recogeré los cristales y limpiaré su despacho, no se preocupe. Si quiere, le preparo un baño o le acompaño a su habitación.

—No hace falta, Blanca. Anda, pasa y cierra la puerta, por favor —balbuceó el terrateniente con la voz pastosa.

Cuando quiso darse cuenta, Blanca se encontró de cara a la pared, sintiendo el aliento fétido de su patrón en la oreja. Segundos después, las manos desesperadas de don Andrés le destrozaron la ropa, y la tomó sin su permiso desde atrás con una violencia exacerbada. La muchacha gimió y lloró en silencio, rota de vergüenza y de dolor, soportando, con el estoicismo con el que su raza llevaba aquellas tropelías, las feroces acometidas de un hombre que nunca pensó fuera a ultrajarla de ese modo.

Unos minutos después don Andrés se separó de la joven violada y se subió los pantalones con vergüenza al percatarse de lo sucedido. Las brumas del alcohol comenzaron a disiparse, y entonces se dio cuenta de la realidad de sus infames actos. Intentó acercarse a la muchacha para consolarla, quería pedirle perdón. Pero ella se sobrepuso y no quiso escucharle. Se colocó el vestido del mejor modo pese al destrozo, y salió de allí con toda la dignidad que le fue posible, ignorando las súplicas del hacendado.

La joven liberta sufrió lo indecible durante el resto de esa noche, debido a los dolores producidos por los desgarros internos al ser todavía virgen en el momento de la violación y, sobre todo, por la dignidad perdida. Toda su familia directa había fallecido, pero a su madre la había oído hablar de unos primos lejanos que vivían en Trinidad, a pocas jornadas de Cienfuegos. Así que intentó sobreponerse a las adversidades, y con la seguridad que le daba el salvoconducto que siempre llevaba encima —los rancheadores ya se lo habían exigido en más de una ocasión cuando se alejaba de la plantación en alguno de sus días libres, pero siempre habían terminado por dejarla en paz tras alguna chanza que otra— y el dinero que tenía ahorrado, guardado debajo del jergón, decidió emprender una nueva vida, lejos del hombre que la había violentado de aquella manera.

Cuando se repuso un poco, ya de madrugada, y con la maleta recién hecha, Blanca se acercó a los barracones donde vivía la mayoría de los negros de la finca. Se dirigió al bohío de Mamá Candela, la curandera, y ella la ayudó sin preguntarle por lo ocurrido, algo obvio para una mujer que había visto de todo en su azarosa vida.

Blanca reposó mientras escuchaba los consejos de la anciana, pero al final siguió con su plan. Salió de allí sin mirar atrás, esperando que nadie la parara al abandonar La Hacienduca.

—Él es tu padre, Arístides, te mentí por tu bien. Salí adelante como pude, y te he dado todo lo que tengo. Pero creo que lo más justo para ti es conocer al que me dejó embarazada, el hacendado Andrés Maestro. Puede que él ni siquiera se lo imagine, ya que yo me marché de la plantación a las pocas horas del suceso, pero quería que lo supieras.

—¡Maldito canalla! Pagará por lo que ha hecho, madre, se lo juro. Usted ya no era una esclava de su propiedad cuando ocurrió todo, ese hombre no puede hacer lo que le venga en gana con una mujer libre.

—No seas idiota, y supéralo como yo hice. Y llevas razón, yo era libre, pero supe enseguida que tenía todas las de perder. ¿Quién me iba a creer? Entre un rico hacendado y una pobre liberta, ¿quién crees que llevaba las de ganar en un pleito? No, hijo, lo mejor que pude hacer fue enterrar ese dolor en mi corazón, salir adelante con mi vida y darte lo mejor de mí. Eso es lo único que me importa. Lo demás ya es pasado. Solo quise que conocieras tus orígenes antes de que yo faltara.

—Ande, madre, si todavía le queda mucha guerra que dar.

—No tanta, hijo, no tanta.

Blanca llevaba razón y murió pocos días después, para desesperación de Arístides. El joven cubano, de tez aún más clara que la de su progenitora, pero con rasgos inequívocamente relacionados con la raza africana de la que tenía solo una parte entre dieciséis, decidió hacer caso a su madre. Alejó de su mente la idea de hacer sufrir a aquel hacendado por el ultraje a su madre, y quiso creer que una pequeña oportunidad se abría ante sus ojos.

Según su madre, aquel hombre no era mala persona y nunca se había portado mal con ella. La fatídica noche le pilló en un pésimo momento, angustiado por la pérdida de dos tercios de la cosecha debido a la tardía temporada de huracanes —las tormentas tropicales solían aparecer entre julio y noviembre, pero ese año se habían retrasado, afectando de lleno a la zafra, que solía ser de noviembre a abril— y con sus sentidos embotados tras ingerir una gran cantidad de alcohol.

Tras años de lamentos supo perdonar a su agresor, según le confesó, y no le guardaba ningún rencor. Y ahora su hijo Arístides tenía la oportunidad de enmendar la situación. Blanca aprendió mucho después a leer y escribir con dificultad, por lo que con sus últimas fuerzas escribió una carta de su puño y letra dirigida a Andrés, y le pidió a su hijo que la entregara en mano al hombre que le engendró muchos años atrás en aquella oficina que apestaba a alcohol sin destilar.

Y allí estaba él, esperando la respuesta del hacendado tras leer la emotiva carta de su madre moribunda. En ese momento se abrió la puerta del despacho, y al descubrir el rostro desencajado de Andrés Maestro supo que acabaría saliéndose con la suya.

Andrés Maestro no tuvo duda alguna de que aquel hombre era hijo suyo. Arístides llevaba en su cuello el mismo antojo de nacimiento que poseían casi todos los primogénitos de la familia, como él mismo o su padre, que en gloria estuviera. La lectura de la carta de Blanca le había transportado a una época lejana, un tiempo en el que un joven español, recién llegado a la isla, tuvo que luchar contra viento y marea para salir adelante.

El terrateniente recordaba con detalle la infausta noche en que se dejó llevar. Él nunca había sido un hombre violento, pero todo se juntó en unos minutos fatídicos que arruinaron la vida de una pobre mujer: la soledad del ingenio, sus propias inseguridades, el temor a perderlo todo tras el paso de los huracanes, y una maldad cautiva en su corazón que dejó asomar al entregarse en cuerpo y alma al maldito ron cubano. Una combinación explosiva que le hizo perder los cabales por unos instantes, queriendo satisfacer sus más bajos instintos del modo que tuvo más a mano.

Andrés no pensó en las posibles consecuencias, ni se arrepintió en un primer momento. Sí, sintió una profunda vergüenza por la situación una vez que se percató de lo que había hecho, pero siguió sin tener remordimientos que le atormentaran el alma. Por lo menos durante esa noche; una negra noche en la que el viento racheado de la tormenta que se alejaba seguía ululando a través de los resquicios de sus ventanas, gimiendo igual que la mujer que había desflorado a traición, y cuya virtud había quedado manchada para siempre.

Solo podía hacer una cosa para enmendar su error aunque ella no pudiera verlo en vida: le daría sus apellidos a Arístides y firmaría los papeles que fueran necesarios para nombrarle hijo suyo y heredero legítimo de sus bienes. De todos modos, Andrés no tenía familia en este mundo, y el impetuoso joven, por mucho que le doliera, era sangre de su sangre.

—Está bien, hijo, tenías razón. Ya he leído la emotiva carta de tu madre, y me ha revuelto por dentro lo que yo creía enterrado para siempre. Sé que no puedo pedirle perdón a ella, que en paz descanse, pero lo haré contigo. Todos los días de mi vida he lamentado aquel triste incidente en el que me dejé llevar por los vapores etílicos, y solo tengo un medio de recompensaros a ambos.

—¿Cuál, si puede saberse? —preguntó el joven.

—A partir de este momento serás Arístides Maestro, mi hijo legítimo. Yo me encargaré de arreglar los temas burocráticos, no temas. Anda, saluda a tu padre como es debido.

A Declan Mclister no le hizo gracia la nueva situación. Él no soportaba al inquilino recién llegado a la casa, sentimiento que compartía con casi todos los habitantes de La Hacienduca. Arístides reveló su verdadero rostro enseguida, nada más pasar esos primeros días de toma de contacto. Un hombre de baja moral, déspota con sus semejantes, despreciable y con un mal fondo que se apreciaba a la legua.

Pero don Andrés no lo veía, o no quería verlo. Declan pensó que su patrón era demasiado bueno, e intentaba comprar a su bastardo para mitigar su vergüenza. Lo presentó en sociedad unas semanas después, en una fiesta de bienvenida que dio en su propia casa, con numerosos invitados procedentes de media Cuba. El recién llegado supo comportarse en aquella ocasión, haciendo gala de una educación exquisita acompañada de unos modales más refinados de los que en realidad poseía, sin que los presentes se dieran cuenta del burdo engaño.

Nadie preguntó de dónde le había salido al terrateniente español un hijo tan crecidito después de tantos años de pregonar que estaba solo en el mundo, aunque todos se lo imaginaron. Pero los rumores se dejaban para otros mentideros, no se podía insultar a un anfitrión en medio de una fiesta tan magnífica.

Parecía que Arístides le iba cogiendo el gusto a la vida en la plantación y comenzó a comportarse como si fuera el dueño de La Hacienduca. La situación crispaba los nervios del irlandés, a cuyos oídos llegaron también otras noticias: al parecer el bastardo efectuaba también sus escapadas a Cienfuegos, donde confraternizó con lo peorcito de los bajos fondos. Sus amigotes solían presentarse en la finca cuando les apetecía —sobre todo dos hombres, uno de Trinidad y otro al parecer español: un tipo mal encarado con una enorme verruga en su rostro—, y molestaban a todo el personal. Andrés ponía mala cara ante aquellas visitas inoportunas, pero guardaba silencio por no incomodar a su vástago.

Declan caló enseguida el doble fondo de su rival, y este supo también que el irlandés no había caído en sus triquiñuelas. Andrés comenzó a confiar cada día más en su hijo y le echaba la culpa a su mayoral si surgía cualquier problema en el ingenio. Los mezquinos métodos del cubano, criado en los bajos fondos por mucho que se diera una pátina de respetabilidad, salieron a flote enseguida. Arístides intrigaba contra el irlandés, y poco a poco fue convenciendo a su padre de que todo lo que funcionaba mal en La Hacienduca tenía un único culpable: Declan Mclister.

El mayoral se percató de algunas argucias del cubano, pero otras le pillaron por sorpresa. Su rival se movía bien en las sombras, sembrando dudas y metiendo cizaña a la menor oportunidad, como en la ocasión en que una de las máquinas se estropeó y Declan tuvo que asumir las culpas por no tener piezas de recambio en la finca. La producción azucarera tuvo que parar una semana entera hasta que pudieron adquirir recambios de garantías, cuando los que guardaban en el almacén habían sido misteriosamente manipulados para que no pudieran ser ensamblados en la maquinaria principal.

Mclister se desesperó e intentó hablar con su patrón como empleado suyo, ya que la vieja amistad parecía haber pasado a un segundo plano. Pero todos sus intentos fueron en vano y chocaron con las malas artes de Arístides, o la cerrazón de Andrés ante lo que él creía ataques contra su hijo sin justificación alguna.

—Ya está bien, Declan. No creí que te comportaras de ese modo, acusar a Arístides a sus espaldas. Estoy empezando a pensar que le tienes envidia.

—¿Envidia yo? —preguntó el irlandés, mordiéndose la lengua para no decir lo que de verdad pensaba sobre el individuo—. No, nada de eso. Pero ese hombre va a llevar este ingenio a la ruina. Y, si no, al tiempo.

Declan salió con cajas destempladas del despacho de Andrés Maestro, pero la situación se fue enquistando cada vez más. Las discusiones fueron constantes en el ingenio durante las siguientes semanas, y el irlandés decidió cortar de raíz con ese asunto al tomar una decisión que tal vez no sopesó en toda su profundidad.

—No tomes decisiones en caliente de las que después puedas arrepentirte, irlandés —dijo Andrés sin sorprenderse demasiado ante la decisión de su mayoral—. Tal vez, si nos sentáramos a dialogar y...

—Lo siento, Andrés, creo que ya está todo dicho. Recogeré mis cosas y en unos días, en cuanto lo tenga todo dispuesto, dejaré mi puesto libre. Así tu hijo podrá hacer y deshacer a su antojo —aseguró Declan.

Mclister intentó llevarlo con dignidad, aunque sabía que no sería nada fácil. El maldito Arístides había enturbiado la magnífica relación que el irlandés tenía con Andrés, y tendría que marcharse de La Hacienduca para no volver jamás. El cubano había jugado mejor sus cartas, y Declan había perdido. No había marcha atrás.

También había escuchado cómo Braulio Crespo le metía a su hija por los ojos a Arístides, mientras este se dejaba querer. El hacendado le hablaba de lo que podrían hacer juntos y le decía que lo mejor para los Maestro sería aceptar su generosa oferta por el ingenio. Algo a lo que Andrés siempre se había negado, pero que su bastardo parecía mirar de otro modo, quizás codicioso ante la gran cantidad de oro que les ofrecía su poderoso vecino.

Con todo el dolor de su corazón, Declan dejó atrás una etapa muy importante de su vida. Las discusiones con Andrés le habían afectado mucho más de lo que había supuesto en un principio, pero él era un hombre de palabra y no pensaba echarse atrás. Recogió sus cosas, liquidó algunos asuntos pendientes y se despidió de todas las personas con las que había convivido durante los últimos años.

El momento de su marcha fue muy triste. Declan era un hombre orgulloso, al igual que Andrés, y ninguno de los dos dio su brazo a torcer. El irlandés esperó hasta última hora por si su antiguo amigo rectificaba y le pedía que reconsiderara su postura. Pero Mclister supo enseguida que su espera sería en vano. Sobre todo al observar el gesto triunfal de Arístides cuando le vio en la entrada de la vivienda, dispuesto a abandonar La Hacienduca para siempre.

—Adiós, Andrés. He aprendido mucho durante estos años a tu lado, en lo bueno y en lo malo, pero prefiero quedarme con los buenos momentos. Espero que tengas éxito con tus proyectos futuros. Y, por tu bien, ojalá esté equivocado con mis apreciaciones.

Arístides le fulminó con la mirada, porque sabía que se refería a sus sucias artimañas. Andrés no quiso entrar en su juego y se limitó a despedirse de forma fría, abrazando a su hijo como queriendo demostrar que siempre estaría a su lado, poniéndole por encima de su mayoral.

—Buen viaje, irlandés. Espero que encuentres lo que buscas en esta vida. Hasta siempre, Declan.

—Cuídate mucho, Andrés. Te hará falta.

Mclister se alejó de allí montado en su caballo, sin tan siquiera volver un instante la vista atrás. No quería que las lágrimas poblaran sus mejillas y darle esa satisfacción al desgraciado de Arístides si llegara a verle de esa guisa. Un mal bicho del que prefirió no despedirse, una vez que el bastardo supo que se había salido con la suya.

El irlandés se dirigió a Cienfuegos sin un plan demasiado claro en su cabeza. Tenía algo de dinero ahorrado y sabía que debería comenzar de nuevo en alguna parte. ¿Y si dejaba Cuba? Allí había vivido grandes momentos, pero también otros que prefería no recordar.

Declan pasó varias semanas viviendo en una pensión céntrica de la ciudad, sin saber muy bien qué hacer con su vida. Al final decidió abandonar Cuba para siempre, pero debería encontrar primero un destino apetecible. Llegó a la zona del puerto y preguntó por los barcos que salían de allí esa semana. En ese momento tenía dinero para algo más que un simple billete de tercera clase, pero no quería abusar ni desperdiciar sus pesos. Con una plaza en segunda clase le sería suficiente.

Averiguó que al día siguiente partía un buque para España y tres días después zarpaba otro a Florida. Ambos contaban con pasajes libres, tenía que decidirse por uno. Siempre le había llamado la atención el país norteamericano, pero la península meridional de los Estados Unidos se encontraba demasiado cerca de Cuba. ¿Y si se embarcaba rumbo a España? De ese modo no tendría que perder otros tres días, y así no podría arrepentirse de su decisión.

Declan terminó por convencerse al conocer el nombre del barco: *Esperanza*, una buena señal. Compró un pasaje en el paquebote, dispuesto a enfrentarse de nuevo a una aventura que todavía no sabía hacia dónde le llevaría.

El buque partía a media mañana del día siguiente, tenía tiempo de tomarse el último trago de ron cubano antes de embarcarse. Se dirigió hacia una de las tabernas del puerto y, nada más acodarse en la barra, se encontró sorprendentemente con una cara muy conocida.

—¡Mayoral Mclister! —exclamó el joven Compay al toparse con él.

—Dichosos los ojos, Compay, ¿qué haces aquí?

—Nos han despedido a todos y he venido a Cienfuegos a buscar trabajo.

—No entiendo nada, amigo. ¿Andrés os ha despedido a todos? Algo grave ha sucedido entonces. Es muy extraña esa actitud en el viejo.

—Sí, muy grave. El patrón ha muerto y su hijo ha vendido La Hacienduca.

—¿Cómo dices? —Declan se quedó estupefacto—. ¿Qué le ha pasado?

—El señor Maestro sufrió un infarto mientras dormía, o eso aseguró el médico.

—Pero tú no pareces muy convencido, ¿me equivoco? Cuéntame de verdad lo que ha sucedido.

Compay asintió y le contó a Mclister en voz baja sus sospechas sobre lo ocurrido. Al parecer, una noche de la semana anterior,

Compay se encontraba cerrando los postigos de las ventanas de toda la casa ante el riesgo de tormenta. En ese instante le pareció escuchar un ruido y vio al final del pasillo a Arístides que salía sigilosamente del cuarto de don Andrés.

—En ese momento no le di mayor importancia y continué mi ronda. A la mañana siguiente encontramos al patrón muerto en su cama con el rostro amoratado.

Compay prefirió guardar silencio y fue despedido, al igual que el resto de trabajadores, cuando Arístides vendió la finca. Declan no era médico, pero tal vez el rostro amoratado de Andrés quería decir algo.

Mclister y Compay tomaron un par de rondas más antes de despedirse. Declan tenía el pasaje comprado para viajar a España y quería descansar algo antes de partir. Pero las revelaciones del joven cubano no le dejaron conciliar el sueño en toda la noche.

Declan no pudo evitar que las lágrimas se le escaparan al rememorar la figura de Andrés Maestro. Sabía que la salud de su antiguo patrón no estaba atravesando por su mejor momento, pero no se esperaba un final tan inesperado. Si es que en verdad había sufrido un infarto, claro.

¿Podía realmente Arístides haber matado a su padre?, pensó Mclister tumbado en el camastro de su pensión. El bastardo era mala persona, pero no le veía capaz de matar a nadie; era demasiado cobarde y rastrero, siempre le gustaba ir por detrás. Aunque si de ese modo se salía con la suya y obtenía suficientes beneficios...

Debía sobreponerse y pensar también en su futuro. Ya nada podía hacer por su antiguo patrón. Volvía a la vieja Europa, a España, y se acercaba de nuevo a la tierra de sus ancestros. No tenía un plan preconcebido para cuando llegara a la Península Ibérica, pero tal vez un tiempo después podría instalarse de nuevo en Irlanda, si todo le iba bien.

Tras unas horas horribles en duermevela, Mclister recogió su equipaje y se dirigió de nuevo hacia el puerto. Ya había tomado una determinación y no la cambiaría de nuevo. Él ya no podía hacer nada por su viejo amigo, y lo único que se buscaría serían quebraderos de cabeza si removía el asunto, puesto que no tenía pruebas para acusar a nadie de un crimen.

El irlandés se subió al carguero *Esperanza* y se quedó unos minutos en cubierta mientras el barco zarpaba. Vio alejarse poco a poco las costas cubanas, hasta que el buque se adentró en alta mar y perdió para siempre el contacto con una tierra en la que se había hecho un hombre. Declan abandonaba Cuba, pero se iba con una amarga sensación que le corroía por dentro: la de no haber hecho lo suficiente por ayudar a Andrés Maestro y aclarar las circunstancias de su repentina muerte.

SUANCES, JUNIO DE 1881

UN PLAN INACABADO

La extensa y detallada historia que me había narrado Declan sobre el tal Arístides me dejó sin habla. Era todo tan sorprendente que costaba trabajo creerlo, pero en el fondo yo sabía que me estaba diciendo la verdad. Fui muy injusta con él, al acusarle sin pruebas de delitos que no cometió, sin saber siquiera por lo que había pasado durante los últimos años.

—Entonces ese hombre es un asesino —le dije aún con el corazón en un puño.

—Sí, pero no me va a ser fácil demostrarlo. Un empleado de La Hacienduca me contó una extraña historia antes de abandonar Cienfuegos, pero son simples sospechas, nada más.

Yo permanecí atenta a sus explicaciones. Parecía que Declan se estaba quitando un enorme peso de encima al confesarse conmigo.

—Y ahora ese malnacido está aquí, preparando alguna otra maldad por lo que he podido entender —añadió el irlandés—. Siempre ha sido un bocazas, y sus hombres hablan de más, aunque sigo sin comprender lo que trama. Por eso quiero mantenerme cerca de él. Y, por supuesto, quiero encontrar alguna prueba del asesinato de Andrés; es lo menos que puedo hacer por él, vengar su muerte.

—Vale, lo entiendo, aunque puede ser muy peligroso si realmente se trata de un asesino. Me parece extraño que él te quiera a su lado después de vuestros enfrentamientos pasados.

—Él es muy listo, pero yo lo seré más. Arístides conoce mi proceder y sabe que puede confiar en mi trabajo, aunque tenga que estar encima de mí. Sabe que soy la única persona que puede desenmascararle en toda la comarca, y preferirá tenerme cerca para controlarme.

—Deberías alejarte de él, y más si dices que ese tipo anda preparando algo malo. No vaya a ser que por convertirte en empleado suyo acabes en la cárcel o algo peor. Por lo que me has contado, el cubano es experto en echarles la culpa a los demás.

—No te preocupes, tendré cuidado. Pero en estas circunstancias comprenderás que es mejor mantenerme cerca del personaje. Por un lado, tal vez encuentre alguna prueba de que él mató al bueno de Andrés. Y por otro lado, así controlo sus movimientos en la zona. Por lo visto ha regresado con aires de gran señor: se ha comprado un enorme caserón a las afueras de Santillana y despilfarra dinero a diestro y siniestro.

—¿Ese no era el sueño de su padre?

—El mismo, Amaya. Este idiota es tan pobre que solo tiene dinero, ni tan siquiera sueños propios.

—O quizás lo hizo para huir de allí, si es que de verdad cometió un crimen.

—También es cierto. Una mala bestia que ahora tenemos entre nosotros, y por eso quiero controlarle. Esta vez no se me escapará: acabaré con ese tipejo de una vez por todas.

—No te ofusques, Declan, solo te harás daño. Si te lo tomas como algo personal, te arrepentirás; puede que para siempre. Olvida a ese hombre y sigue con tu vida.

Tal vez pecara de egoísta, pero no quería que al irlandés le sucediera nada malo. Y, por supuesto, prefería que Declan regresara conmigo a Casa Abascal y se apartara todo lo posible del indeseable de Arístides Maestro. Santillana era una población cercana, pero podríamos vivir relativamente tranquilos en Suances sin preocuparnos por las andanzas de aquel personaje de tres al cuarto.

—No es tan fácil, tú no lo entiendes. En mi fuero interno creo que le debo algo a Andrés, por mucho que sus últimos días en este mundo no fueran los más afortunados de nuestra larga amistad. Él me dio una oportunidad, me sacó del arroyo y me hizo un hombre de provecho. Y yo le abandoné cuando más me necesitaba; debería haberme quedado en la plantación para evitar la catástrofe.

—No podías haber hecho nada. Si fue una muerte natural, tu presencia no la habría evitado. Y si el bastardo tuvo algo que ver con el fallecimiento de su padre, lo único que podías haber sacado en claro es que él te acusara delante de tus antiguos compañeros.

—Eso es cierto. Ese cabrón es capaz de eso y de mucho más. Por eso tengo que pararle los pies, ¿me comprendes?

—No mucho, la verdad. Ese orgullo masculino malentendido te acabará pasando factura. No puedes ser el Quijote irlandés que va arreglando los problemas del mundo. No todo te concierne a ti, te lo aseguro. A veces es mejor pasar página y dedicarse a otras cosas.

—Puede que tengas razón, pero no me sentiría bien si no lo intentara al menos. Siento que se lo debo a Andrés, por los viejos tiempos. Si el hijo bastardo tuvo algo que ver con su muerte, tendrá que pagarlo. Y, si Arístides tiene alguna otra jugarreta pensada, quiero impedírselo antes de que haga daño a alguien. Y creo que ahora tiene miras más altas.

—¿Qué quieres decir?

—No sé, no conozco bien los pormenores, pero algo escuché decir a sus hombres mientras le daban a la cerveza en la taberna de Santillana. Ya sabes que un borracho no suele mentir, así que me seguiré arrimando a ellos, a ver qué averiguo. Al parecer Arístides está haciendo nuevas amistades en la zona, amigos importantes creo, aunque de eso sabrás tú más que yo.

—No te entiendo, ¿a qué te refieres?

—A que yo no tengo ni idea de la política española. La verdad es que no me he preocupado demasiado desde que vivo aquí. Creo que Arístides tiene una reunión pendiente con un tal Barreda, otro rico indiano de la zona con amistades de alcurnia, por lo poco que he podido averiguar.

—¿Juan Antonio Barreda? —pregunté asustada.

—Sí, juraría que era ese nombre el que mencionaron. ¿Le conoces?

—Como para no conocerle. Es uno de los prohombres de Suances, benefactor de nuestra villa y un gran empresario, con intereses en varios negocios. Creo que incluso es amigo personal y socio del marqués de Comillas, no te digo más.

—A eso me refería; por algo querrá ver entonces al tal Barreda. Aunque tampoco conozco al marquesito, no sé si será alguien importante. Lo mío no es la nobleza, lo siento. Pero ahora que lo dices puede que también mencionaran a ese hombre. Creo que Arístides quería reunirse con ambos para algún negocio; tengo que enterarme mejor de los detalles. ¿Puede tener relación con un asunto político? Arístides se cree que está por encima del bien y del mal, y tal vez crea que ha llegado su hora de dar el gran salto.

—Hombre, el marqués recibió su título de manos del mismísimo rey Alfonso. Tengo entendido que son buenos amigos. Y juraría que incluso le han nombrado hace poco grande de España. No sé si te referías a eso.

—Ni idea, Amaya. Eso de grande de España me suena a algo importante; la verdad es que no me puedo hacer una idea. La grandilocuencia no va mucho conmigo, pero quiero enterarme de lo que sucede. No me fío de este tipo, porque ya he visto cómo se las gasta.

—Tal vez no sea tan grave, Declan. Si el cubano es un tipo ambicioso, nada mejor que juntarse con hombres importantes para prosperar en España. Aquí siempre se ha estilado el refrán «quien a buen árbol se arrima, buena sombra le cobija». Y en nuestro país, la mayoría de las veces, todo se mueve por contactos. Quizás lo único que pretenda sea una recomendación para ser concejal, gobernador o diputado en Cortes.

—Puede ser, ya veremos. Creo que es algo diferente, aunque como bien dices, si se arrima a los poderosos, siempre puede sacar algún beneficio para sus negocios. Si es que los tiene ya en España, que no lo sé. Tal vez solo sea rentista y viva del cuento unos pocos años, como un noble cualquiera pero sin título.

—Por eso lo digo: quizás te estés precipitando en tus conclusiones. Por mucha ojeriza que le tengas, de momento no ha hecho nada malo, por lo menos en España. Deberías olvidarte del asunto y seguir con lo tuyo. Lo de Cuba ya no puedes enmendarlo y, aunque viváis en poblaciones cercanas, siempre podrás rehacer tu vida sin tener en cuenta a ese tipo. No te hagas mala sangre, eso es lo que quiere él. Lo mejor es ignorarle y mirar hacia delante.

—No puedo hacer eso, de verdad. Algo trama, lo sé, lo siento en mis entrañas. Y esta vez no se va a salir con la suya. Además, hay otro detalle que puede ser importante y me gustaría saber tu opinión al respecto.

—¿De qué se trata? —pregunté curiosa.

—Ya sabes que no conozco la vida y milagros de todos vuestros nobles, cortesanos o aspirantes al trono, pero hay algo más que aún no te he contado. Esos idiotas hablaron de otras muchas cosas en la taberna, algunas bastante inconexas. Decían también algo de apoyar la causa de un tal Carlos, duque de Madrid, otro de vuestros nobles. Y que harían lo que fuera necesario para restituirle en su legítimo puesto siguiendo las directrices de su patrón, Arístides Maestro.

—La verdad es que no suena demasiado bien; a ver si te enteras de algo más —contesté sin pensarlo. Al momento me arrepentí, eso era exactamente lo que Declan necesitaba: apoyos para una causa perdida. Yo misma acababa de animarle para que se metiera de cabeza en ese embrollo. Y esa no era mi intención, ni mucho menos—. Yo tampoco conozco los entresijos de palacio, pero intentaré averiguarlo de algún modo. Aunque sigo diciendo que lo mejor sería denunciarlo a las autoridades.

—¿Y acabar en la cárcel? No tengo pruebas de ningún delito, únicamente la declaración de un mayordomo que vive a miles de kilómetros. En caso de llegar a un pleito de su palabra contra la mía tengo todas las de perder. Debería pillarle *in fraganti*.

Declan parecía decidido a enfrentarse a su enemigo, y yo no podía hacer nada para impedirlo. Se había tomado el asunto muy a pecho, y parecía que no tuviera otro pensamiento en la cabeza. Ya me podía ir olvidando de cualquier intención romántica por su parte, por lo menos hasta que el irlandés supiera a qué atenerse con el malvado cubano.

—No te preocupes por mí, en serio. Creo que es lo mejor para todos. Me pasaré entonces en otro momento por Casa Abascal para hablar con tu familia. No quiero que piensen que soy un desagradecido.

—Eso ya lo piensan, no te vayas a creer —bromeé sin mucho ánimo.

—Venga, no pongas esa cara. Yo estaré bien, te lo prometo. Aceptaré el trabajo en casa de Arístides, pero no me meteré en la boca del lobo. Alquilaré una habitación en alguna pensión a medio camino entre Santillana y Suances, y te mantendré informada de mis avances, por si necesito tu ayuda.

Su concesión me dio algo de esperanza. Si pretendía mantenerme al tanto de todo, eso quería decir que yo seguía significando algo para él. No era la mejor manera de comenzar una relación sentimental; pero, si lo alejaba de mi lado para siempre, entonces sí que perdería mi última oportunidad. Asentí con la cabeza, algo compungida, temerosa de lo que el destino pudiera tenernos preparado.

Declan se dio cuenta de mi estado de ánimo y me levantó dulcemente la cabeza, tomándome del mentón con suavidad. Sentí entonces la calidez de sus dedos en mi barbilla, mientras mi rostro iba alzándose poco a poco, hasta que nuestros ojos se enfrentaron en la penumbra del crepúsculo. Sus pupilas se clavaron en mí con toda la fuerza de la que eran capaces, y yo creí desfallecer. Todo se nubló a mi alrededor: creí que un abismo se abriría a mis pies en ese preciso instante y me tragaría para siempre en las profundidades de la tierra. Deseaba y temía aquel momento, justo cuando mis instintos ancestrales se apoderaron de mi cuerpo, y entreabrí los labios para recibir el maná de sus besos.

Declan no me dejó en ridículo, aunque no fue todo lo generoso que yo deseaba. Se agachó durante un efímero instante y me besó con ternura en los labios, depositando en mi boca todo el sentimiento que albergaba hacia mí. No fue un beso largo ni impetuoso y, aparte de sus dulces labios, únicamente sentí el ligero roce de sus dedos en mi barbilla mientras me besaba, pero fue un momento mágico que me llenó de gozo. El irlandés había vuelto al redil, y yo solo debía esperar mi oportunidad. Y en ese momento el caballero andante tenía que «desfacer entuertos», y eso era lo primero, antes siquiera de contentar a su dama.

—Declan, yo...

—No digas nada, no estropeemos este instante. —Declan llevaba toda la razón, lo mejor era quedarme con el buen regusto de sus labios en mi boca y esperar que fuera el preludio de una sinfonía de besos que no terminara nunca—. Creo que es hora de regresar a tu casa, tu familia estará preocupada.

—Sí, es verdad.

En nuestra larga conversación habíamos llegado desde mi casa hasta la playa más cercana, y después habíamos desandado el camino para alcanzar de nuevo el barrio de la Cuba, el lugar de Suances donde se ubicaba nuestra posada; una casualidad de la que me daba cuenta entonces, ya que Cuba era la procedencia de Declan, y yo siempre le estaría agradecida a la isla antillana por haberme permitido conocer a un hombre tan maravilloso.

—Sabrás de mí muy pronto, te lo prometo. En cuanto esté instalado vendré de nuevo aquí; tengo que hablar en persona con tu familia y disculparme por lo sucedido. Y, por supuesto, regresaré para verte a ti; creo que tenemos muchas cosas de las que hablar, aparte de esas intrigas políticas que en el fondo no van con nosotros.

—Pues hazme caso y olvídate de esta gente. Vuelve a casa, seguro que podremos arreglar la situación con mi hermana y con mi madre.

—No, Amaya, ya lo hemos hablado. Primero me encargaré de Arístides, y luego ya veremos. No creo que quieras que nos veamos envueltos de nuevo en malentendidos. Sé que tenemos que hablar de nosotros dos, sin injerencias de ningún tipo, pero primero tengo que despejar un poco mi mente. Lo entiendes, ¿verdad?

—Sí, Declan, no te preocupes. Lo comprendo y esperaré ese momento. Pero más te vale aparecer por aquí, porque me debes algo más que un simple beso de buenas noches...

—No lo dudes, te recompensaré por la espera. Palabra de irlandés.

Declan se alejó de mí, lanzándome un beso en el aire que yo intenté atrapar antes de que se deshiciera el hechizo. Perdí de vista su silueta e instantes después ya no escuchaba ni tan siquiera sus pasos sobre el camino pedregoso que bordeaba nuestro barrio. El irlandés había desaparecido de nuevo y me había dejado allí sola, aterrada ante la posibilidad de que le sucediera algo malo. Pero también esperanzada después de haberle visto las costuras a su corazón, ese tierno órgano que alojaba dentro de un caparazón que se empezaba a resquebrajar poco a poco y a ceder ante el impulso de mi amor. Eso era lo único que importaba, ni más ni menos.

Regresé yo también a casa y me encaminé directamente hacia mi habitación. Ya se había pasado la hora de cenar y no me apetecía enfrentarme a la mirada inquisitorial de mi madre, por lo que decidí retirarme a descansar. Además, el estómago se me había cerrado tras las revelaciones de Declan y sabía que en ese estado no podría tragar nada. El desasosiego y la preocupación se habían instalado en mí, y solo respiraría tranquila cuando Declan regresara a mi lado.

Sabía que la noche sería larga y poco provechosa para mi descanso. Por un lado, estaba muy contenta con el desarrollo de algunos acontecimientos sucedidos en las últimas horas. Declan me había vuelto a besar, esta vez con mucha más dulzura que en Santillana, y eso era una buena señal. Parecía que el irlandés quería retomar lo que fuera que hubiera entre nosotros, pero primero tenía una misión que cumplir. Y esa era la parte que no me gustaba de la situación.

Me tumbé en la cama y pensé sobre lo que podría ocurrir a continuación. Recé por que Declan estuviera equivocado con Arístides y el cubano no nos causara mayores problemas. Pero una vez más me equivoqué en mis apreciaciones hasta un punto que jamás hubiera imaginado.

SANTILLANA DEL MAR, JUNIO DE 1881

RAZONES DE ESTADO

Despertó bañado en sudor, todavía inmerso en las garras de una pesadilla que le martirizaba desde hacía meses. En un primer momento lo hizo sin pensar, sin compasión alguna, creyendo que no le afectaría demasiado en el devenir de su existencia. Al fin y al cabo la víctima se lo tenía bien merecido y él únicamente miraba por lo suyo. Solo le había hecho un favor, evitándole mayor sufrimiento en la vida, y de paso se había asegurado de que el pecador se reuniera con su Creador después de haber pagado por todo el mal que hizo en vida.

Al parecer su subconsciente no opinaba de igual modo y le castigaba sin piedad con unas recreaciones oníricas demasiado realistas. El arrepentimiento no surgió de manera espontánea en Arístides, pero algo en el interior de su mente parecía rebelarse contra su voluntad. Ya eran muchas las noches que había pasado en vela debido al mismo horrible sueño y no se lo podía permitir en un momento tan importante de su vida.

Arístides se levantó de su lecho, una hermosa cama fabricada con los mejores materiales para gozo y deleite del rico indiano llegado de Cuba. Se había dejado una fortuna en la reforma de su casona y había rehabilitado también el resto de la finca, pero el resultado había merecido la pena. Los Maestro repetían los pasos de padres a hijos, adquiriendo propiedades ruinosas que rehabilitaban antes de poder utilizarlas.

Aunque todavía no había podido disfrutar en exceso de sus comodidades, ya que albergaba otras muchas preocupaciones en la cabeza. Desde luego esas pesadillas no le iban a alterar el ánimo; no ante la vital importancia de las jornadas venideras, en las que se jugaba todo su futuro. Y no solo desde un punto de vista político o económico, sino también personal. Si el plan salía adelante, sería un hombre mucho más rico y poderoso, alguien con influencia más allá de la comarca montañesa. Pero si algo se torcía por el camino, podía dar con sus huesos en la cárcel, o incluso acabar mucho peor.

Arístides se incorporó, se miró en el espejo y se asustó ante las violáceas marcas, justo bajo sus ojos, que afeaban aún más su rostro. Sabía que no era un hombre agraciado, pero suplía ese defecto con otras virtudes mucho más valoradas en el mundo real. De su cara únicamente le gustaban sus profundos ojos, aunque la fatiga de los últimos días también se dejaba notar en sus párpados hinchados. Se fijó entonces en la diferencia de color en algunas partes del rostro, con aquella nariz horrible que destacaba por encima de todo lo demás.

Arístides se empeñaba en ocultar su verdadera naturaleza, gastando enormes cantidades de dinero en perfumes, lociones y afeites para disimular los rasgos que pudieran recordar su verdadero origen. Tras la muerte de sus padres había olvidado que por su organismo seguía fluyendo una mínima parte de sangre negra, y llegó a creerse sus propias mentiras. Él era un hombre blanco, hijo legítimo de un rico indiano oriundo de Ubiarco y, por lo tanto, heredero de la fortuna de los Maestro. Y como tal se había presentado en Santillana del Mar, donde ya nadie recordaba a la estirpe del viejo Andrés.

Su nariz ancha denotaba el origen africano de sus ancestros, con unos orificios enormes que eran la causa de su mayor vergüenza.

La piel era bastante clara ya de por sí, pero Arístides utilizaba blanqueadores artificiales que a veces no se aplicaba con uniformidad, creando zonas más o menos coloreadas en su rostro, y por lo tanto, un resultado a todas luces extravagante.

Los labios los tenía también gruesos, pero ahí poco podía hacer. Y en cuanto al pelo crespo, con unos rizos naturales que nunca le habían gustado, se lo alisaba una vez por semana con unas planchas especiales. Arístides no era consciente de su comportamiento y se creía una persona diferente de la que realmente era.

La imagen de su padre putativo acudió de nuevo a su mente y le borró de un plumazo la leve sonrisa que se había formado en su boca. Andrés Maestro aparecía una y otra vez, de manera impenitente, para recordarle que él todavía no había pagado por pecar contra el quinto mandamiento.

Recordó aquella tarde, hacía ya muchos meses, en la que Andrés Maestro se encontraba indispuesto. El médico le había aconsejado que se tomara sus asuntos con más calma, que trabajara menos y se dejara de preocupaciones. Ya había sufrido una angina de pecho un año antes, y le costó mucho recuperarse. Y los problemas de las últimas semanas no le ayudaron precisamente a tranquilizarse.

Arístides supo que su padre había discutido con Declan, y se envalentonó cuando el irlandés abandonó la plantación unos días después. Por fin se libraba de un peligroso enemigo, y tal vez debería adelantar los planes que tenía en mente. A veces las circunstancias obligaban a tomar ciertas decisiones, pensó entonces, y eso fue lo que le ocurrió en aquella noche que intentaba enterrar en su memoria.

Después discutieron ellos dos. Arístides le habló de nuevo a su padre sobre la increíble oferta de Braulio Crespo, el rico hacendado cuyas tierras lindaban con La Hacienduca. De todos modos, Andrés continuó oponiéndose a cualquier tipo de operación mercantil con su vecino, y mucho más si de ese modo acababa con lo que había sido su medio de vida durante más de treinta años.

Arístides intentó convencer a su padre apelando a sus sentimientos. Ya era hora de recoger el fruto de su esfuerzo. Con el dinero que tenía ahorrado y con la importante suma que Braulio estaba dispuesto a entregarle por las escrituras de propiedad de su plantación, podría regresar a España como el rico indiano que era. Pero Andrés se negó; aseguraba que todavía le quedaban muchas cosas que hacer en Cuba y que no pensaba marcharse sin terminarlas.

La sinrazón de su padre terminó por cabrearle, y la discusión arreció aún más. Andrés echó a su hijo con cajas destempladas del despacho, asegurándole que no se encontraba bien de salud. Quería retirarse a descansar y olvidarse de preocupaciones, por lo menos hasta el día siguiente.

Arístides vio cómo su padre se tomaba una pastilla para dormir, recetada por el médico para esas noches de insomnio que sufría cada vez de modo más frecuente. Sabía que no debía acompañarlas con alcohol, pero Andrés la tragó con ayuda de un vaso de ron, licor que siempre tenían a mano en la hacienda.

El joven se marchó de allí, pero al llegar a su cuarto supo que no podría zanjar el asunto tan fácilmente. Entonces comenzó a ponerse nervioso al recordar las deudas de juego que había contraído en los tugurios menos recomendables de Cienfuegos y Trinidad. Desde que su padre le dio legitimidad a su apellido, aparte de una generosa paga semanal con la que hacía y deshacía a su antojo, Arístides había comenzado a creerse el rey del mundo. No midió bien las consecuencias de sus impulsivos actos y gastó por encima de sus posibilidades.

Esa gente no se andaría con miramientos a la hora de cobrar, y Arístides necesitaba liquidez para saldar sus deudas. Tal vez podía haberle pedido dinero prestado a su padre; una mala racha la podía tener cualquiera. Pero no, él quería mucho más. Su ambición lo cegó y lo llevó de ese modo por el camino erróneo en el que transitaría el resto de su existencia.

Arístides se presentó minutos después en el dormitorio de su padre. Entró en el cuarto sin llamar a la puerta ni anunciarse, y sorprendió a Andrés medio adormilado, postrado en su cama. El hacendado intentó reaccionar, pero sus sentidos comenzaban a embotarse debido a la pastilla que se había tomado, acrecentada por los efectos causados al mezclarla con alcohol.

—¿Qué demonios haces aquí, si puede saberse? —preguntó con voz pastosa el terrateniente—. Que yo sepa no te he dado permiso para entrar en mi cuarto. Ya ni respetas mi intimidad.

—Padre, tenemos que hablar. No he terminado de explicarle antes los beneficios de la transacción con Braulio, aparte del posible casamiento con su hija, claro está.

—¡No me interesa nada referente a Braulio o a su hija! —bramó Andrés con sus últimos gramos de fuerza antes de caer en las garras de Morfeo—. Haz el favor de marcharte, Arístides, necesito descansar. Y no me molestes más. No eres nadie para darme órdenes.

Arístides montó en cólera, indignado por que su padre no le hiciera caso y, además, se quedara dormido mientras le hablaba. Sabía que se había tomado un somnífero, pero no podía creer que no pudiera aguantar unos minutos más despierto mientras su hijo le hablaba de un asunto tan importante, casi de vida o muerte para él que conocía muy bien a los prestamistas a los que les debía dinero en la ciudad.

—Por favor, solo será un momento —aseguró Arístides mientras le zarandeaba sin miramientos—. ¡No se duerma, le estoy hablando!

—Déjame de una vez, quiero dormir —dijo en un susurro, ya entre sueños. Andrés estaba dormido, pero aún tuvo tiempo de añadir algo más. Una frase que selló su destino para siempre—: No sé qué se habrá creído el bastardo este.

Arístides dejó caer el cuerpo de su padre en la cama, ofendido tras las últimas palabras que había escuchado. Solo era la realidad, pero oírlo en boca de su progenitor le alteró el pulso hasta unos niveles insospechados. El muy miserable se permitía insultarle, cuando el hacendado había sido el único culpable de lo sucedido a lo largo de su vida.

El joven se quedó sentado en la cama y contempló por un instante el gesto de su padre. Andrés se había quedado dormido boca arriba y respiraba trabajosamente mientras entraba en un sueño cada vez más profundo. El cubano agarró entonces una de las almohadas del lecho y la sujetó por encima de sus hombros mientras miraba con furia a su padre. Tras un instante de lucidez pensó en retroceder, pero supo que ya era demasiado tarde. Aquella sería la única solución para todos sus males y, además, el viejo se lo había merecido. Vengaría todo el sufrimiento causado a su madre y se quedaría con todo, una vez nombrado heredero universal de don Andrés Maestro.

Arístides se puso de rodillas sobre el cuerpo dormido, bajó la almohada y la posó encima del rostro de don Andrés. Apretó con fuerza, sujetando con todo su ser los estertores del moribundo, que despertó inesperadamente al notar la falta de aire. Andrés intentó sacar fuerzas de flaqueza, pero su estado físico, unido a la potencia de la medicación, le impidió luchar en igualdad de condiciones contra un enemigo poderoso.

Y es que el bastardo, ciego de ira, multiplicaba sus fuerzas al comprobar que podía acabar con todo en unos segundos. Sin rastro de culpa ni de remordimientos, redobló sus esfuerzos hasta culminar el crimen. Andrés se retorcía bajo sus garras, pero el hombre no tenía ninguna posibilidad de salvación.

Instantes después, y una vez que Arístides comprobó que su padre había muerto, depositó de nuevo la almohada en su sitio. Arropó entonces a Andrés, sin querer fijarse en la mueca crispada de su rostro, algo amoratado.

Arístides salió de la habitación a la carrera y se frenó un momento al llegar al final del pasillo. Le pareció escuchar un ruido y temió que alguien le hubiera visto al abandonar la alcoba de Andrés Maestro. Permaneció unos instantes quieto y en silencio tras una columna, atento a cualquier sonido extraño, pero no vio a nadie.

El bastardo pensó que su imaginación le había jugado una mala pasada tras lo ocurrido en la alcoba de su padre. Una vez que se convenció de que no había ningún testigo de su fechoría se dirigió a su habitación y se encerró bajo llave.

Allí se emborrachó hasta perder el sentido, sin acordarse de nada más. Cuando a la mañana siguiente los sirvientes fueron a avisarle de la tragedia, Arístides tuvo que sobreponerse a la resaca y enfrentarse a los habitantes de La Hacienduca. Debía aparentar congoja ante el fallecimiento de su padre, por mucho que en el fondo estuviera más que satisfecho de su muerte.

El médico de la plantación firmó la defunción y certificó que el hacendado había sufrido un infarto agudo durante la noche. Después todo fue coser y cantar. Tras las exequias, Arístides llegó a un acuerdo con el hacendado Crespo. Vendió todas sus propiedades, despidió a todos los empleados, liquidó el resto de asuntos que su padre le había confiado y pagó sus deudas de juego.

Ya no le quedaba nada que hacer en Cuba, y pensó que era un buen momento para empezar de cero. Un nuevo comienzo lejos de allí, por si acaso alguien empezaba a hacerse preguntas sobre la extraña muerte de don Andrés Maestro. Una nueva vida en la que él se convertiría en un hombre rico, alguien poderoso que la gente respetaría.

Además, el único que podía aguarle la fiesta se encontraba muy lejos de allí. El cubano supuso que Declan estaría en alguna parte de Cuba, y por eso decidió poner un océano de distancia entre ellos. Y para ello nada mejor que cumplir los deseos de su padre. Si él se había convertido en el heredero legítimo de Andrés Maestro, ya era hora de regresar a la tierra de sus ancestros y recuperar el lugar que le correspondía por derecho.

Y de ese modo puso rumbo a España, sin llegar a imaginarse que una vez establecido en Santillana del Mar, y con varios negocios rentables ya en marcha, se iba a cruzar de nuevo en su vida con el maldito Declan Mclister. Un hombre peligroso al que debía controlar en todo momento, ya que no quería que se interpusiera de nuevo en sus planes. Y si para ello tenía que contratarle para algún trabajo ficticio en sus tierras, lo haría sin dudarlo. Ya llegaría el momento en el que ajustaría cuentas con el dichoso irlandés. Ahora debía preocuparse de otros asuntos.

Los primeros acercamientos a Barreda habían ido bien; ese idiota no se daba cuenta de su estratagema. Le había prometido invertir en sus negocios y donar parte de su fortuna para obras que tenía en mente el indiano de Suances, como un colegio para huérfanos de su villa que llevaba planificando desde hacía tiempo.

Juan Antonio Barreda era íntimo de don Antonio López de Piélago y López de Lamadrid, a la sazón el famosísimo marqués de Comillas. El recién nombrado grande de España era amigo personal del rey Alfonso XII y ya se rumoreaba en la región que el monarca, aficionado a los baños de ola por su delicada salud, visitaría al marqués en Comillas ese mismo verano. Una oportunidad única para conseguir todos sus propósitos.

Si un indiano como el de Comillas había llegado a marqués, ¿por qué no podría conseguir él una dignidad semejante? Antonio López era un próspero empresario que había hecho fortuna con su naviera y otros lucrativos negocios, y se decía que incluso había prestado dinero a la Corona para alguna de sus ruinosas operaciones a través de sus negocios financieros. Y es que años atrás el marqués había presidido el Banco de Crédito Mercantil y fundado el Banco Hispano Colonial.

Como aliado militar del Gobierno, Antonio López había ofrecido también en numerosas ocasiones su ayuda, bastante poco desinteresada, para trasladar con sus barcos tropas españolas a las campañas de África. Y, por supuesto, para llevar soldados españoles hasta las Antillas, como en el enfrentamiento bélico de Cuba.

Fue allí donde las tropas del general Martínez Campos —el mismo que con su pronunciamiento en Sagunto le había devuelto el trono de España a Alfonso XII— habían sofocado la rebelión. El mismo militar, nombrado ya capitán general de Cuba tras sus exitosas campañas, firmó con los insurgentes la paz de Zanjón, otorgando una mayor autonomía a la isla y poniendo las bases para una futura abolición total de la esclavitud en la mayor de las Antillas.

Había surgido una oportunidad única, la ocasión perfecta para vengarse de todas estas afrentas. Como cubano, Arístides había sufrido en sus carnes la humillación que las tropas regulares españolas infligieron a la población de la isla, sobre todo a los rebeldes. Y, como hijo de una antigua esclava, sabía bien lo que era vivir en el peldaño más bajo de la sociedad. Ahora estaba mucho más arriba en el escalafón, y por eso tendría que actuar con sangre fría si quería lograr todos sus propósitos.

Lo primero era conseguir ser recibido por el maldito naviero, algo que ya tenía muy encauzado. Por lo visto, Barreda le había hablado a su poderoso socio de un nuevo vecino, un rico indiano recién llegado de Cuba con dinero para invertir, y el marquesito no había puesto demasiadas pegas en recibirle.

—Tal vez la semana que viene veamos a don Antonio —le aseguró Barreda en su última conversación—. Creo que incluso nos podrá recibir en su recién estrenado palacio de Sobrellano, que ahora mismo está preparando para una ilustre visita.

—El gran hombre se digna recibirnos, habrá que prepararse.

—No te preocupes, te avisaré con tiempo para la reunión.

El cubano sonrió ante el recuerdo de esa conversación. Barreda no sospechaba de él, y le estaba llevando en carroza, derechito a cumplir todos sus sueños. Otros hombres poderosos le habían prestado toda su confianza y él no pensaba fallarles. Se había comprometido a ofrecerles la oportunidad de cumplir una misión que para ellos era divina, y Arístides pensaba ayudarles en todo lo que estuviera en su mano, por mucho que sus cómplices fueran incluso más meapilas que el ínclito amigo Barreda.

Los primeros contactos de Arístides con la causa carlista tuvieron lugar en Cuba, mucho antes de abandonar la isla. Uno de sus mejores amigos en Cienfuegos, un navarro apellidado Ezcurra, había luchado en la última guerra carlista, participando en varias batallas en el norte de España. Tras la derrota y la huida de don Carlos a Francia, Ezcurra decidió también abandonar el país y recaló en Cuba, como otros exiliados tras la victoria de Alfonso XII sobre las tropas sublevadas.

Gracias a Ezcurra, Arístides conoció a otros simpatizantes de la causa en Cuba y, cuando regresó a la tierra de sus ancestros, consiguió llegar hasta los máximos mandatarios de los carlistas. Él no le tenía ningún aprecio a Alfonso XII, pero tampoco era un ferviente admirador de don Carlos. Simplemente vio una buena ocasión de prosperar, y sus interlocutores creyeron todas sus patrañas: él les ofrecería su dinero y apoyo logístico para conseguir sus objetivos a cambio de contraprestaciones que pudieran satisfacerle.

Ya había concretado con los carlistas que, si todo llegaba a buen término, él obtendría algún importante nombramiento, ya fuera político o nobiliario. Tenían un plan en marcha, y para ello contaba también con Ezcurra y Matías, sus lugartenientes en Cienfuegos, recién llegados de Cuba para echarle una mano.

Arístides se había instalado a las afueras de Santillana del Mar, cuyo centro histórico estaba ocupado por los palacetes de los linajes más importantes de la comarca. Tal vez su posición social cambiara en unos meses, pero hasta entonces tendría que conformarse con aquella finca situada en uno de los extremos de la villa; un extenso terreno que había adquirido a buen precio, aunque el coste de las reformas de la casa, y todo lo que le quedaba todavía por rematar en la finca, le hubiera ocasionado más gastos de los previstos en un principio.

Esa misma mañana, y casi como si la providencia hubiera escuchado sus pensamientos, se le presentó la oportunidad de matar dos pájaros de un tiro: controlar de cerca a uno de sus enemigos y llevar a cabo parte de las tareas que todavía quedaban pendientes en su nuevo hogar. No es que estuviera especialmente preocupado en ese sentido, pero la seguridad de su casa, ahora que iba a acometer mayores empresas, sería también muy importante a la hora de desarrollar sus proyectos con la tranquilidad necesaria.

Su ayuda de cámara, un mayordomo que había servido en las mejores casas de Santander, le anunció una visita inesperada tras abrir el portalón de acceso a su vivienda. Nada menos que un antiguo conocido suyo, Declan Mclister, con el que había tenido la desgracia —o tal vez la suerte, si lo miraba por otro lado— de cruzarse en una de las correrías con sus hombres por las tabernas de la zona pocos días atrás.

El maldito irlandés se había interpuesto en sus planes allá en Cuba, aunque al final Arístides se salió con la suya. Mclister había huido de la isla antes que él, pero Arístides no sabía si había llegado hasta los oídos del irlandés alguna noticia de la inesperada muerte de su padre, el otrora amigo y patrón de Declan en la isla: don Andrés Maestro.

—Buenos días, Arístides —saludó Declan nada más llegar—. Espero no molestarte demasiado.

—No me molestas —contestó Arístides con una mueca de desprecio que ni supo ni quiso disimular—. De todos modos, ahora debo asistir a una reunión importante con unos empresarios llegados desde muy lejos, y no puedo demorarme demasiado. ¿Qué se te ofrece?

—No te preocupes, si estás tan ocupado puedo volver otro día...

Declan se giró, dándole la espalda a su interlocutor y amenazando con marcharse de allí. Arístides rectificó; ya tendría ocasión de ajustar cuentas con el irlandés. Ahora tenía que despejar su mente para recibir a los emisarios de don Carlos; pero, mientras, podía mantener ocupado al irlandés con unas tareas dignas de su talento, si es que el idiota había ido allí para aceptar su oferta, como a todas luces parecía.

—Descuida, para ti siempre tengo un momento. ¿Te has pensado bien lo que hablamos el otro día en la taberna de Lucio?

—Sí, y por eso vengo —respondió Declan con suficiencia—. Creo que tienes razón, me vendría bien un trabajo en la zona. Si todavía necesitas ayuda en tu finca, puede que quieras contratarme como hizo tu padre en su momento.

La mención de Andrés Maestro no le gustó nada, pero Arístides sabía que el antiguo mayoral lo hacía para provocarle. No iba a caer en su trampa, y tampoco podía perder el tiempo con tonterías pasadas. Ignoró su comentario y le contestó, intentando no dejar aflorar la rabia que le supuraba por todos sus poros.

—Claro que sí, tu ayuda siempre es bien recibida. Un hombre de tu valía quizás se sienta minusvalorado con las tareas que tengo pendientes en mi casa, aunque de momento no puedo ofrecerte mucho más. Sabes que llevo pocos meses en Santillana, pero de aquí a poco tiempo espero haber prosperado en la comarca. Tal vez, en un futuro, puedas ser la mano derecha de mis negocios, depende de cómo nos vayan a los dos las cosas. ¿Sigues interesado en mi oferta?

—Ya te he dicho que sí, Arístides —respondió Declan algo enojado. Se veía a la legua que él tampoco disfrutaba con la situación, pero parecía aceptarlo a pesar de todo—. ¿De qué se trata?

—Tengo algunos hombres asignados a esos menesteres, pero necesito a alguien que se encargue de meterles en vereda y supervisar las obras. No sé si te has fijado, pero en la parte posterior de la casa hay mucho terreno libre, bastante agreste y casi salvaje, que también pertenece a la finca. Estamos desbrozando la zona, cerrando todo el perímetro con un vallado de madera que taparemos después con setos, y también se están construyendo las caballerizas, cobertizos y otras estancias necesarias para el desarrollo de lo que tengo en mente. ¿Quieres ser mi capataz?

Declan fingió pensárselo un momento, y eso satisfizo a Arístides. El irlandés dudaba, y Arístides no podía perder mucho más tiempo. Así que le apremió una vez más con un gesto perentorio; era su última oportunidad. Mclister pareció darse cuenta y respondió antes de que su interlocutor perdiera la paciencia.

—De acuerdo entonces. No quiero entretenerte, así que ya hablaremos con calma de salario, condiciones y demás. Le he echado un ojo a una habitación a las afueras de Santillana, así podré ir y venir hasta aquí con rapidez.

—Como quieras, irlandés, aunque en la finca tenemos sitio de sobra. —Declan negó con la cabeza y su nuevo patrón no quiso insistir. Una cosa era tenerle controlado y otra muy distinta meter al enemigo en casa. Prefería mantener en secreto algunas de las reuniones que tendría a partir de entonces en su propio hogar. La soledad del paraje le ayudaba en sus propósitos, aunque también le daba algo de inseguridad. Por ello había reforzado el perímetro con hombres de su confianza, a la espera de que llegara el gran día. Decidido, era mejor que Mclister no pernoctara allí, por si acaso—. Muy bien, como prefieras. Busca entonces a Santiago, uno de mis trabajadores, y que te indique lo que se ha hecho hasta ahora y las tareas que quedan pendientes. Que te asigne también un caballo, así te moverás mejor por la finca, y también en tus idas y venidas hasta Santillana.

—Muy bien, muchas gracias. Si no necesitas nada más, me retiro para comenzar enseguida con la faena. Ya sabes dónde encontrarme.

Arístides hizo un gesto displicente y despidió con prisas a su nuevo empleado. No quería humillarle ni irritarle nada más empezar su relación contractual; sabía que el irlandés era un hombre peligroso. Y si había aceptado el puesto sus razones tendría.

Mclister no era estúpido y seguramente tendría constancia de la repentina muerte de su antiguo patrón después de abandonar él La Hacienduca. También le habría chocado que su hijo bastardo liquidara todas sus propiedades poco después y pusiera rumbo a España con tanta celeridad. Mejor sería vigilarle de cerca y tener mucho cuidado con lo que hacía o decía en su presencia. No sabía si Declan poseía conocimientos sobre política española, pero mucho mejor no arriesgarse en un momento tan crucial.

Instantes después su mayordomo le avisó de la llegada de los invitados que estaba esperando. Arístides se asomó entonces a la puerta exterior de su casona y observó cómo Declan se alejaba de allí, camino de la zona de la finca donde se desarrollaban la mayoría de obras pendientes. Poco después un elegante carruaje llegó hasta su posición y el cubano se olvidó de su nuevo capataz; debía preocuparse de otros asuntos mucho más importantes.

Del carruaje bajaron dos hombres, uno elegantemente vestido con un terno de buen paño inglés, y otro ataviado con un uniforme militar demasiado llamativo para su gusto. Arístides saludó a los recién llegados con notorio entusiasmo y los acompañó hasta el interior de su casa, teniendo cuidado de que nadie los molestara.

Mclister puso rumbo a las nuevas caballerizas de la finca, pero antes tuvo tiempo de fijarse en los dos hombres que acababan de llegar a la casa. De aquel carruaje con ínfulas se habían bajado dos personajes que no le causaron buena impresión, por mucho que uno fuera vestido con un buen traje y otro con un uniforme militar demasiado recargado de condecoraciones y botones abrillantados. Algo tramaba Arístides y, por su bien, tenía que averiguarlo lo antes posible, pero sin llamar demasiado la atención.

Localizó al tal Santiago y le explicó lo hablado con el patrón. Declan puso manos a la obra y supervisó las tareas comenzadas, aunque los hombres parecían bien aleccionados y trabajaban a buen ritmo. Así que al mediodía, una vez que consiguió el caballo prometido por Arístides, salió de allí para encaminarse de nuevo al centro de Santillana. Tenía que dejar resuelta la cuestión de su alojamiento a la mayor brevedad, no podía retrasarlo más.

Al final alquiló la planta baja de una vivienda muy confortable, situada en la parte posterior del casco histórico de la ciudad, tras llegar a un rápido acuerdo con su dueño. Dejó sus pocas pertenencias en la casa y regresó de nuevo a sus tareas para no levantar suspicacias.

El día se le pasó en un suspiro, y al atardecer regresó a descansar, roto tras una jornada de duro trabajo y varios paseos a caballo que le habían dejado deslomado. Hacía tiempo que no montaba, y el trajín a lomos del equino por los caminos pedregosos de Santillana le había pasado factura. Sus músculos agarrotados pedían un respiro, y supo que esa noche no dormiría debido al cansancio y a la tensión acumulada.

Le había costado un triunfo presentarse de buen grado delante del desgraciado de Arístides, sabiendo además que el cubano andaba metido en algo turbio. Sin mencionar las sospechas que albergaba sobre la repentina muerte de su padre, un lamentable hecho en el que el bastardo habría tenido algo que ver casi con total seguridad. Declan no podría demostrarlo pero, tras escuchar las palabras de Compay, sabía que allí había gato encerrado. Sus tripas no solían fallarle y se le revolvía todo el cuerpo cada vez que tenía a Arístides delante.

El hijo bastardo de Andrés Maestro no le prestó mucha atención cuando fue a pedirle el trabajo; parecía más pendiente de la visita que esperaba. Declan supuso que Arístides le habría intentado humillar con más ahínco si las circunstancias hubieran sido distintas. Pero ambos habían puesto buena cara al mal tiempo, al preferir estar cerca el uno del otro para vigilarse mutuamente.

Por asociación de ideas pensó entonces en Amaya y su familia, ya que prefería arreglar sus problemas con Arístides sin involucrar a los Abascal. No se sentía orgulloso de su comportamiento con ellos, pero ya no había solución.

Mclister había dejado Casa Abascal con la excusa de arreglar sus papeles en Santander, pero realmente tenía pensado no volver a poner un pie en Suances. Bastantes problemas había tenido ya en su vida como para meterse en otro aparentemente irresoluble con las hermanas. Escuchó lo del puesto en la nueva fábrica de acero de Bilbao, un lugar repleto de trabajadores de las islas Británicas, y creyó que sería una buena opción para él. Conocía el terreno que pisaba después de haber acabado allí tras su desembarco en España, por lo que esperaba que la experiencia vivida meses atrás le sirviera para prosperar en esa nueva oportunidad que se le presentaba en Vizcaya. Hasta que la dichosa fortuna le hizo escuchar el maldito nombre de Arístides Maestro en una taberna que no debería haber pisado nunca.

De ahí a encontrarse con Amaya en las callejuelas de Santillana medió menos de un suspiro. Se sintió avergonzado al verla por primera vez, y el fuego que emanaba de sus ojos le dijo sin ambages que la muchacha estaba muy enfadada con él. Algo natural, más después de aquel baile mágico en la verbena de su barrio y todas las conversaciones que habían tenido en sus largos paseos por una villa que jamás olvidaría, antes de desaparecer sin despedirse siquiera de ella.

Declan no se consideraba un cobarde, pero había huido para no enfrentarse a la verdad. Se estaba enamorando de la joven, y eso no entraba en sus planes. Quizás sería mejor que Amaya pensara que él era un engreído, un buscavidas, un mujeriego que tenía siempre a una dama suspirando por sus besos en cada puerto, sin comprometerse nunca a nada ni con nadie. La chica lo pasaría mal durante una temporada, pero siempre sería mejor romper con todo antes de que los daños fueran permanentes.

Pero no, el equivocado fue él. Mclister no podía escapar de sus sentimientos, y cuando se encontró de frente con Amaya supo que no había vuelta atrás. Sacó a relucir su vena más gamberra y se comportó como habría hecho en sus buenos tiempos en el puerto de Cork. Una época en la que Declan, como tantos y tantos jóvenes a lo largo de la historia, se divertía con las chicas sin pensar en nada más. Ya tendría tiempo de madurar, o eso pensaba él por aquel entonces. Lo importante en esos momentos era disfrutar de la vida.

Los tiempos habían cambiado y también el corazón y el alma de un irlandés errante que había cruzado medio mundo para encontrarse con la horma de su zapato. Esa mujer le desquiciaba por momentos, le volvía loco, pero también le producía un desasosiego en la boca del estómago que no había experimentado nunca. Y eso que creyó sentir algo en su momento por Emma y más tarde por Perlita, la mulata de seda.

Lo de la institutriz fue algo que quiso imponer a su corazón, cuando era solo su mente racional la que le empujaba hacia sus brazos, sin ningún resultado por otra parte. Y con Perla resultó algo diferente: un enamoramiento enfermizo que partía más de las entrañas, de sus bajos instintos. Una relación puramente animal, con el mejor sexo que tal vez probara Mclister en su vida, pero con un componente maléfico que casi le costó la salud.

No, Declan nunca había estado enamorado hasta ese momento, si hacía caso de lo que le dictaba su corazón. Pero no podía preocuparse en exceso por Amaya; tenía otros quebraderos de cabeza más importantes en ese momento. Tal vez fuera un ingenuo al querer acabar con alguien tan poderoso como Arístides Maestro, pero él lo intentaría con todas sus fuerzas. Aunque perdiera a Amaya por el camino, él cumpliría su palabra.

Toda esa amalgama de sentimientos y emociones encontradas quiso plasmarla en el beso que le plantó a Amaya en Santillana del Mar. Prefirió quedar como un aprovechado que jugaba con las mujeres y, de ese modo, conseguir que Amaya se olvidara de una vez por todas del necio irlandés donjuanesco.

Mclister no se equivocó en su planteamiento. Entre el cansancio y la tensión acumulada al encontrarse en presencia del asesino de su gran amigo, su organismo no le respondió como hubiera deseado. Y además su mente, trabajando por su cuenta, le volvía loco al regresar una y otra vez al mismo tema: Amaya Abascal.

No pudo quitarse a la joven de su cabeza en toda la noche, e incluso temió por la integridad de Amaya si llegaba a verse envuelta en algo escabroso por relacionarse con él. Declan suponía que Arístides planeaba algo grave y, si él andaba por medio e intentaba pararle los pies, podía afectar a Amaya o a su familia, algo que debía evitar a toda costa.

Arístides era una mala bestia, y Declan ya se había percatado de quién era su guardia pretoriana: unos energúmenos que no tenían más de dos dedos de frente, pero que matarían por su jefe si hacía falta. Y eso era muy peligroso, más teniendo en cuenta la bajeza moral del cubano.

Pensó entonces que tendría que disimular en su trabajo e intentar congeniar con los hombres de confianza de Arístides. Tal vez con algunas pintas de cerveza delante, y con la lengua más suelta, pudiera sacarles cualquier detalle que se le hubiera escapado a su patrón. No es que considerara idiota al indiano, pero alguien tendría que estar al tanto de sus planes.

Mclister se fue quedando transpuesto, pensando en todas estas cosas, mientras un ligero martilleo golpeaba en sus sienes. Antes de dormirse profundamente supo que no disponía de mucho margen: debía averiguar lo que sucedía lo antes posible. El tiempo se le acababa y sabía que Arístides planeaba algo turbio, algo que solo él podría evitar.

SUANCES, JULIO DE 1881

EL SUEÑO DE UNA NOCHE DE VERANO

Los días se me hicieron eternos hasta que recibí de nuevo noticias de Declan. Al parecer se había instalado en una vivienda amplia en el mismo centro de Santillana y había comenzado también a trabajar en la finca de Arístides Maestro, su enemigo según lo que me había relatado.

Después de la conversación con el irlandés me quedé bastante confundida. Por un lado, me sentía orgullosa de que Mclister quisiera pararle los pies a un supuesto criminal que pretendía seguir cometiendo fechorías en nuestra tierra después de sus desmanes en Cuba. Pero, por otro lado, estaba indignada con él por jugarse el tipo de esa manera. Nadie se lo iba a agradecer, y si salía mal, perdería mucho más de lo que hubiera podido ganar en caso de éxito.

Y luego estaba la cuestión personal. Seguía sin tener claros los sentimientos de Declan hacia mí, pero aquel dulce beso de despedida me llenó mucho más que el fogoso arrebato de pasión con el que nos dejamos llevar en el medio de la villa, antes de cruzarle la cara de un bofetón. Por una vez había sentido al Declan más sincero, al muchacho irlandés que partió de su tierra con rumbo incierto tras perder a su familia, buscando su lugar en el mundo. Un hombre que se había hecho a sí mismo y que había luchado contra viento y marea ante las duras circunstancias que la vida le había planteado a la hora de salir adelante.

Eso era lo que más me gustaba de Declan, aparte de su imponente fuerza de voluntad y una belleza varonil que me dejaba sin habla. Pero yo no era tan superficial, y a mí me había enamorado también su gran corazón y su nobleza de carácter, aunque él lo intentara disfrazar con socarronería y donaire, y se escudara en ese parapeto invisible que se había trenzado alrededor para no sufrir daños. Una firme coraza en la que yo había podido descubrir un mínimo resquicio y que pensaba aprovechar para colarme sin remedio en su corazón, por mucho que me costara.

Por eso mi cuerpo reaccionó de ese modo cuando le vi aparecer a lomos de un caballo bayo, por ese camino que tantas veces habíamos recorrido juntos, bordeando el barrio de la Cuba, mientras admiraba las vistas sobre la ría de San Martín.

—Buenos días, Amaya —saludó antes siquiera de que me percatara de su llegada.

—Buenos días, Declan —contesté algo sorprendida al verle a lomos del equino—. ¿Y ese caballo?

—Ya ves, una de las ventajas de mi nuevo trabajo —contestó guiñándome el ojo.

El maldito irlandés seguía en sus trece, sin tomarse nada en serio. Quizás era una buena estrategia, de ese modo no se preocuparía por los problemas que le podía acarrear haberse metido en la mismísima boca del lobo. Yo le seguí el juego, no tenía ganas de comenzar una discusión. Más bien lo que deseaba era lanzarme a su cuello y besarle hasta que se hiciera de noche, e incluso más allá.

Pero no pude, ya que Declan seguía subido en su jamelgo y me acompañaba al paso mientras yo enfilaba el camino de entrada a Casa Abascal. ¿No se pensaba bajar del animal, o qué? Mclister seguía a lo suyo, sacándome de quicio a la menor oportunidad, aunque quizás él ni siquiera era consciente.

—¿Piensas entrar montado en mi casa?

—No, Amaya, disculpa —dijo Declan antes de bajarse del equino—. Estoy un poco nervioso: vengo a hablar con tu familia y a disculparme ante ellos.

—Vaya, veo que no me incluyes a mí. ¿No me merezco una disculpa o una explicación?

—Yo, perdona, no sabía si...

—Anda, tonto, te estaba poniendo a prueba, nada más. No quería molestarte, ni cargar más peso sobre tu conciencia. Además, con las explicaciones del otro día tuve suficiente, por lo menos hasta que te veas con ánimos para afrontar esa conversación que tenemos tú y yo pendiente.

—¿Cómo...?

—Nada, ya habrá tiempo. Lo primero es lo primero, mayoral —le solté medio en broma—. Tendrás que enfrentarte al juicio sumarísimo de la familia Abascal, voy a reunirlos a todos. ¿Estás preparado?

—Ni mucho menos, Amaya. Pero bueno, vamos allá.

Le dejé esperando en el antepatio de nuestra finca, a medio camino entre la casona de huéspedes, donde él se había instalado durante los últimos meses, y la vivienda familiar. Me adentré primero en el edificio principal en busca de mi madre, pero me topé de bruces con mi abuelo, al que le resumí la situación, sin mencionarle de momento nada de Arístides y compañía. El *güelu* se apiadó del irlandés —había sentido debilidad por él desde el primer día— y salió al exterior para hacerle compañía. Mientras, yo seguí buscando al resto de la familia, con la intención de reunir el cónclave sin que mi madre pusiera el grito en el cielo.

—Tengo mucho que hacer, no puedo perder el tiempo con tonterías. Si ese muchacho no ha querido volver aquí, sus razones tendrá, yo no soy quién para echarle nada en cara. Además, viendo lo sucedido en nuestra casa, es mejor que se mantenga alejado de nosotros, por el bien de todos.

Mi madre lo dijo sin despegar sus ojos de los míos, esperando quizás encontrar una respuesta a la pregunta que le rondaba desde hacía tiempo. Yo no le di oportunidad y desvié la vista, antes de que se percatara de mi azoramiento. Lo primero era afrontar las disculpas de Declan a la familia. Ya tendríamos tiempo de encarar otro problema más adelante: la posibilidad de que Declan y yo comenzáramos una relación, algo que no llenaría de gozo ni a mi progenitora ni a mi hermana María.

Cuando llegué junto a mi hermana, ella no quiso saber nada del asunto. No quise insistir demasiado, así que la ignoré deliberadamente y le di a entender que nos íbamos a reunir toda la familia en un rato, con su presencia o sin ella. Pareció que mi leve desprecio la hería en su orgullo, y la niña me siguió como un perrito faldero. Aunque yo sabía que el volcán iba por dentro y podía entrar en erupción en cualquier momento. Para ella, Declan era el amor de su vida, y yo la mala pécora que me había interpuesto en su camino.

Un rato después conseguí reunir a la familia al completo y nos sentamos todos en el saloncito, expectantes ante las palabras de Declan. El irlandés se paseaba arriba y abajo, desazonado, mientras se frotaba las manos en un gesto que denotaba nerviosismo. Yo le intenté tranquilizar con la mirada y con un gesto le exhorté para que comenzara cuanto antes sus explicaciones.

—Buenos días a todos —saludó Declan al comenzar—. Esto es muy difícil para mí. Lo siento, estoy un poco nervioso.

—Abrevia, muchacho, tengo mucha tarea pendiente —soltó mi madre para añadir más leña al fuego.

—Sí, disculpe. Yo solo quería pedirles perdón por mi comportamiento de los últimos días. Verán, de hecho...

Al final no llegó la sangre al río. Declan se disculpó con toda la familia en un tono bastante ambiguo y general, sin entrar en demasiados detalles, asegurando que se había demorado más de lo necesario al intentar arreglar sus problemas burocráticos. Y que después, a su vuelta, se había cruzado con un problema grave, relacionado con sus últimos años en Cuba, que debía solucionar antes de reanudar su vida.

—No puedo contarles mucho más, primero debo averiguar lo que realmente sucede y afrontarlo yo solo. Después, cuando ya esté todo solucionado, regresaré a Casa Abascal si así lo desean.

Yo guardaba respetuoso silencio en una esquina, observando a los demás miembros de aquel particular sainete. Nelu sonreía al encontrarse de nuevo con su amigo irlandés, y el gesto sereno del *güelu* me hizo suponer que también estaba de nuestra parte, por lo menos en principio. María permanecía pensativa, casi ajena a todo, y eso me daba mucho más miedo. Intuía que podía sorprendernos con una de sus habituales salidas de tono, y la situación tal vez no lo soportaría. Y mi madre, por su parte, soltó amarras sin encomendarse a nadie.

—Eso habrá que verlo, Mclister. —El tono agrio de mi madre nos indicó que no estaba por la labor, y Declan no quiso insistir en la cuestión—. Muy bien, por mi parte hemos terminado, asunto concluido. Si me disculpáis, tengo mucha faena pendiente. Y tú, María, ven conmigo, necesito tu ayuda. No te retrases tú tampoco mucho, Amaya, tienes que hacerme unos recados.

—Sí, madre —refunfuñó María, acompañando a mi madre mientras nos lanzaba una mirada furibunda que hubiera fundido los polos.

Nelu salió también corriendo; prefería estar en la calle jugando que aguantando discusiones de los mayores. Declan se había quedado estupefacto ante el devenir de los acontecimientos. Tal vez esperara gritos, increpaciones o algo más, pero lo cierto era que le habían dejado hablar y nadie le había puesto ni un pero.

Yo preferí que sucediera así, no tenía ganas de enfrentarme a una gran bronca familiar. Tal vez María nos la guardara, y mi madre simplemente prefería olvidarse del asunto.

Sabía que mi madre no era tonta y que me aguardaba una conversación pendiente con ella. Pero ya tendría oportunidad, yo no pensaba adelantarla si ella prefería evitarla. Ni siquiera conocía yo lo que iba a ocurrir en mi relación con Declan, así que mucho mejor si me ahorraba una discusión con mi madre sobre una cuestión todavía incierta. Por no hablar del problema en el que andaba metido Declan, que, por mucho que no quisiera reconocerlo, me afectaba a mí también.

—Bueno, no les entretengo más, regreso a mis quehaceres. No quiero que mi nuevo patrón me eche en falta. Gracias por todo, don Ángel, ya nos veremos. ¿Me acompañas hasta la salida, Amaya?

Declan me miró un instante, implorando ayuda con la mirada. Mi abuelo se había quedado muy serio, plantado en medio de la puerta de salida, sin contestar y sin apartarse a un lado ante la despedida de Declan. Intenté reconducir la situación, pero el *güelu* se percató y me hizo un gesto con la mano con el que me hizo entender que aún no había dicho su última palabra.

—Alto ahí, irlandés, no tan deprisa. Tú y yo tenemos una conversación pendiente sobre mis nietas. Tal vez mi nuera haya querido quitarle hierro al asunto, pero yo no soy así. Además, no me gusta ver sufrir a mis niñas, y no te voy a permitir que les hagas daño a ninguna de ellas.

—Pero, *¡güelu!* —repliqué ruborizada.

—Ni *güelu*, ni leches. Sal un momento fuera, Amaya, tengo que hablar con nuestro amigo.

Declan se alarmó, pues sabía que no tenía escapatoria. Intentó relajar su gesto y me indicó con la cabeza que todo iría bien. Yo me marché con los hombros caídos, temiendo que la trifulca que nos habíamos evitado con mi madre tuviera ahora lugar con mi abuelo.

Él era el hombre de la familia en ausencia de mi padre y, aunque fuera anciano, todavía tenía autoridad y un carácter que podía asustar, a pesar de que no lo mostrara en la mayoría de las ocasiones.

Obedecí y salí de la casa. Quería quedarme allí fuera, junto a la entrada, para ver si conseguía entender lo que ocurría en el interior de la casona. Pero sentí un par de voces más altas que otras y me asusté. Enseguida pareció que los ánimos se calmaban y escuché una conversación, pero no comprendía bien de qué hablaban. Así que preferí alejarme de allí y buscar a Nelu para matar un tiempo que sabía se me haría eterno.

Al cabo de un rato largo vi cómo se abría de nuevo la puerta. Declan se asomó y me hizo un gesto para que me acercara. Parecía tranquilo, o por lo menos sus gestos no eran crispados. Eso era buena señal, aunque ignoraba lo que podía haber sucedido en nuestro saloncito. Tal vez mi abuelo le hubiera cantado las cuarenta a Declan, y al irlandés no le quedara más remedio que desaparecer de nuestras vidas si no quería meterse en más problemas. Pero yo no pensaba permitirlo; no después de creer que Mclister también estaba enamorado de mí.

—¿Qué ocurre? —pregunté asustada nada más llegar a su lado.

—Nada, no te preocupes, ya te lo contaré —replicó Declan entre murmullos—. Tu abuelo quiere hablar con los dos, nos espera dentro.

—¡Madre mía! —dije abochornada—. No sé si puedo hacerlo.

—No pasa nada, no te preocupes por tu abuelo, la cosa no va contigo —aseguró—. Le he contado por encima el problema que tengo en ciernes y le he dicho que quería pedirle consejo sobre unos detalles que habían llegado a mi conocimiento por casualidad. Y, como tú tampoco los sabes, ambos queríamos que estuvieras presente.

—Ah, menos mal, me habías asustado. Muy bien, te acompaño.

Declan me miró con gesto tierno y me agradeció con sus dulces ojos que estuviera a su lado en momentos tan complicados. Yo no podía hacer otra cosa. Por fin me había dado cuenta de lo que quería en la vida, y era estar con él. Así que nada ni nadie me impedirían permanecer junto al hombre que amaba.

—Creo que lo que tiene que decirnos Declan puede ser importante. De momento, sabemos que sus nuevos amigos hablaban del pretendiente carlista, don Carlos —comenzó mi abuelo—. Este Borbón se autoproclamó duque de Madrid, pero no tiene ningún título, y mucho menos el tan cacareado nombre de Carlos VII con el que pretendía coronarse en España.

—Me suena de algo eso de los carlistas, *güelu*, pero la verdad es que ando bastante perdida en estas cosas. Metida en esta casa y sin salir de Suances, no se puede decir que tenga oportunidad de conocer lo que ocurre en el mundo.

—Muy bien, os daré unas breves pinceladas sobre el asunto, que viene de lejos y es largo de contar —afirmó el *güelu*.

No recuerdo todos los detalles pero, según nos contó mi abuelo, el carlismo había surgido en España como alternativa a la vigente dinastía borbónica. Por lo visto promulgaban que otra rama de la familia era la que realmente tenía la legitimidad sobre los derechos sucesorios. El problema llevaba años enquistado en nuestro país: los carlistas pregonaban que don Carlos María Isidro, hermano del rey Fernando VII, era el legítimo heredero al trono una vez muerto su hermano, y no su hija, la que después fue conocida como Isabel II.

—Según la ley, las mujeres no podían reinar, y como Fernando VII no tuvo descendencia varonil, cambió las leyes para que reinara su hija Isabel. Y, claro, a su muerte, se lio la de san Quintín. Tú no habías nacido, Amaya, pero los años 30 fueron muy sangrientos.

—Vaya, no tenía ni idea —aseguré.

—No me extenderé mucho, pero debéis entender que no solo era una guerra por los derechos dinásticos en nuestro país. También estaba en juego la forma de gobernarnos y la evolución que España tendría como nación a partir de entonces. Del absolutismo de Fernando VII se pasó al régimen isabelino, una época con más libertades, con visión progresista y abierta al mundo. No hay más que ver a nuestro buen rey Alfonso XII, que ha mejorado incluso a su madre, para comprobar cómo intenta llevar a España hacia la modernidad. Casi se podría decir que es el primer rey liberal de la historia. La otra rama, por el contrario, es más tradicionalista y, por supuesto, inmovilista. Promulgan una Corona más autoritaria y pretenden mantener los privilegios de la nobleza y el clero, con recios principios católicos y obviando el progreso que los nuevos avances industriales han traído a Europa.

—Creo que me he metido en algo que me queda muy grande, don Ángel —sentenció Declan compungido.

—No te preocupes, esto es solo una breve lección de historia. Pero quiero que sepas a lo que te enfrentas. Este país se convirtió en territorio abonado para una guerra europea.

El abuelo no quiso aburrirnos demasiado, pero al parecer a esa primera guerra civil sucedió otra similar una década después. Tuvimos entonces una paz de más de veinte años, hasta que el sucesor en los supuestos derechos dinásticos de la estirpe carlista, el tal Carlos María de Borbón, se levantó en armas, primero contra el efímero Amadeo I, y después contra Alfonso XII, heredero legítimo de la dinastía isabelina al ser hijo de la anterior reina.

—Desde luego nos haría falta mucho más tiempo para entender todas las implicaciones de este asunto. Y me quejaba yo de Irlanda. —soltó Declan por sorpresa.

—Bueno, ya termino, no os preocupéis —aseguró el *güelu*—. Don Carlos creyó que se podía aprovechar del destierro de Isabel II, pero no se salió con la suya. Y al entronar a Alfonso XII, los carlistas regresaron con más ímpetu. Se sucedieron diversas escaramuzas en Navarra y algunas poblaciones vascas, nada que ver con la sangrienta guerra de 1833. Pero el pretendiente tuvo que salir por piernas; de nuevo volvió a fallar. El general Martínez Campos le puso en su sitio y aplastó la insurrección. Y don Carlos se exilió en Francia, o eso creo.

Declan se quedó un momento pensativo, tal vez asimilando la lección acelerada de historia que nos había brindado mi abuelo.

—¿En qué piensas? —me adelanté al ver su gesto serio.

—No sé, no me termina de cuadrar todo esto. En casa de Arístides hablaban de ayudar al duque a recuperar el sitio que le corresponde. Lo que no entiendo es qué lugar ocupa el cubano en toda esta complicada trama. El hijo bastardo de un terrateniente español y una esclava de origen africano, nacido y criado en Cuba, no creo que tenga mucho que ver con trifulcas palaciegas ni derechos dinásticos de supuestos monarcas españoles. No me convence, la verdad.

—Tampoco es tan complicado, Declan, todo tiene que ver con el poder. Si como dices ese Arístides es un hombre rico, le habrá ofrecido dinero a esta gente para ayudarles en su tarea. ¿No me comentaste antes que un hombre trajeado y un militar se presentaron el otro día en su casa? —preguntó mi abuelo.

—Sí, es cierto. ¿Sería un general de los carlistas?

—Por la descripción que me has hecho del uniforme militar, sin duda. Y el otro tipo puede ser un representante político, abogado o similar; alguien que hable en nombre de don Carlos al no poder este regresar a España de momento, quizás un emisario.

—Sí, podría ser. Pero por mucho dinero que tenga mi amigo cubano, no creo que disponga del suficiente para sufragar una guerra y pertrechar a todo un ejército que se levante en armas contra el poder establecido.

—Bueno, no sabemos exactamente lo que tienen en mente. Pero estoy de acuerdo con Amaya: creo que deberías denunciarlo a las autoridades. Esto te queda demasiado grande y, por mucho que elucubremos aquí, desde un saloncito no vas a solucionar nada.

—No sé, no puedo abandonar ahora. Esta semana he confraternizado algo más con los hombres de Arístides, sin sacarles mucho en claro, la verdad. Debo insistir y averiguar lo que se proponen; sin pruebas no puedo hacer nada.

—Eso es cierto —afirmó mi abuelo.

Yo asentí y sin darme cuenta apreté la mano derecha de Declan con mi izquierda, para infundirle ánimos. No lo hice con mala intención, pero el *güelu* me lanzó una mirada reprobadora. Fue reconfortante sentir la piel caliente del irlandés entre mis dedos durante unos fugaces instantes, pero la vergüenza pudo más y lo solté unos segundos después.

—Algo malo se traen entre manos. Y si son tan bocazas como para lanzar bravatas por ahí, miedo me da lo que de verdad estén tramando en la oscuridad de sus aposentos.

—¿A qué te refieres?

—El otro día, uno de los lugartenientes de Arístides me dijo cuando estaba borracho algo que se me quedó grabado, aunque no le había encontrado ningún sentido hasta ahora.

—¿El qué, alma de cántaro? —preguntó mi abuelo.

—Dijo: «Le vamos a dar su merecido al bastardo de la Isabelona. ¡Un brindis por don Carlos!». Y, entonces, otro de los allí presentes le pegó una patada e impidió que siguiese diciendo tonterías en público.

—Está claro, se refería a nuestro actual rey, Alfonso XII. Yo ni confirmo ni desmiento, pero a Isabel II la llamaban «La Isabelona», y se rumorea que era algo ligera de cascos. Vamos, que tuvo varios embarazos, pero al parecer ninguno encargado por su legítimo esposo.

—Mejor no digo nada. La catadura moral de vuestros reyes deja mucho que desear en la tan cacareada monarquía católica de la vieja España.

—Ya lo sé, en el pecado llevamos la penitencia. Pero, bueno, son nuestros monarcas y prefiero seguir teniendo a Alfonso XII de rey que soportar otra guerra que quizás pase a mayores y ser gobernado por un meapilas como don Carlos.

—¡*Güelu!* —le reprendí ante su afirmación.

—No te asustes, niña. Este anciano todavía tiene sangre en las venas. Y sí, soy un sentimental, pero es mi opinión. Lo que no quiero para mis últimos años, y sobre todo para vosotros, mis descendientes, es que volvamos a los tiempos del absolutismo de su abuelo Fernando VII, sin más derechos y obligaciones que servir a nobles y curas.

—¡Bien dicho! —le aplaudió Declan.

—Vale, me habéis convencido. Pero, entonces, ¿qué se propone esta gente? —pregunté.

—No lo sé, y es lo que tengo que averiguar. Intentaré conseguir más datos si es que planean una insurrección militar, aunque no creo que me sea fácil.

—Ten mucho cuidado, Declan —terció el *güelu*—. Después de todo, tú eres extranjero en estas tierras, y ni te van ni te vienen estas escaramuzas entre familias de sangre azul.

—Tal vez tenga razón, don Ángel. Pero La Montaña es la tierra que me acogió con los brazos abiertos y donde pretendo seguir viviendo. —Declan se detuvo un instante y me miró, con esos ojos profundos que me derretían hasta las entrañas. Me estaba enviando una señal, y yo me acaloré al saber que él quería quedarse en nuestra región por mí—. Además, a Arístides se la tengo jurada, y por mis antepasados celtas que impediré que se salga de nuevo con la suya.

—Muy bien, mantenedme informado. Y, si necesitáis cualquier otra cosa, no dudéis en acudir a mí. Del otro asunto, parejita, ya hablaremos.

El anciano me miró un instante y yo me ruboricé de nuevo. Me levanté entonces como un resorte, dispuesta a acompañar a Declan hasta la salida. Mclister se despidió también de mi abuelo, y ambos salimos al antepatio.

—Te acompaño hasta la curva del mirador —afirmé mientras Declan desataba a su caballo.

Ambos salimos de la finca en silencio, tal vez pensando cada uno en nuestras cosas. No había pasado ni una hora desde que nos habíamos vuelto a encontrar, y la verdad es que todos los asuntos pendientes habían avanzado bastante en tan poco tiempo.

El encuentro entre Declan y mi familia no había sido tan malo como esperaba, aunque todavía ignoraba lo que habría sucedido entre Declan y mi abuelo al quedarse los dos allí encerrados hablando. No pensaba sacar el asunto, por lo menos de momento. Seguro que el irlandés me lo comentaría en cuanto estuviera preparado. El *güelu* habría dejado clara su postura: solo deseaba que no se hubiera excedido con el hombre al que amaba.

Mi madre prefirió obviar aquella cuestión y dejarnos a nuestro aire. Seguía rumiando todo lo sucedido en la familia a cuenta de Mclister, por lo que supuse que no sería tan fácil que se olvidara de todo. Por lo menos ella no había añadido más leña al fuego, y yo se lo agradecí en silencio. Al igual que a mi hermana María, que nos deleitó con algunos de sus mejores gestos de desprecio y miradas furibundas, pero no se salió del guion establecido.

Y luego estaba el asunto de los carlistas y todo lo que conllevaba. La lección de historia me había dejado ligeramente confundida. Y, sin embargo, desconocíamos las verdaderas intenciones de los conspiradores. Si es que de verdad tramaban algo contra la Corona, que todavía estaba por ver. Aunque viendo los antecedentes de unos y otros, ya fuera Arístides o sus interlocutores carlistas, podíamos deducir que allí se fraguaba algún tipo de traición hacia la monarquía española.

Llegamos al sitio indicado, una curva pronunciada donde comenzaba realmente el camino que bordeaba todo mi barrio, con un mirador natural sobre la imponente ría de San Martín. Declan parecía no tener prisa, pero yo debía volver cuanto antes a casa; no deseaba irritar aún más a mi madre. Se lo hice saber con gestos algo nerviosos e intranquilos, mientras él demoraba todavía el momento de nuestra despedida.

—Es duro marcharme de nuevo ahora. Y más después de todo lo que nos ha contado tu abuelo. No sé si estoy preparado para esto; en el fondo soy un bocazas.

—¿Estás asustado? No importa, es lo normal. Ya te he dicho que no te tienes que encargar tú de este maldito asunto, y el *güelu* te lo ha confirmado. ¿Qué demonios se le ha perdido a un irlandés en toda esta historia?

—Sí, ya sé, puede que tengas razón —respondió—. Y por supuesto que tengo miedo; si no lo tuviera, quizás fuera ya hombre muerto. Estoy atento, alerta, siempre en tensión y eso no es bueno para mi salud. No duermo por las noches, no rindo en el trabajo, y la situación comienza a pasarme factura. Pero creo que todo se va a precipitar en estos días. Sé que Arístides tiene otra reunión con un par de personas importantes, intentaré conseguir más datos sin arriesgarme más de la cuenta.

—¡Por favor, Declan! —grité acongojada—. Esto es muy peligroso, quiero que abandones. Tu valentía está fuera de toda duda, no tienes que demostrar nada a nadie. Iremos a las autoridades con la información que tienes, y que ellos decidan. Ya no sería asunto tuyo y podríamos respirar tranquilos.

—No, yo no soy así. En mi casa me enseñaron a terminar las cosas que empezaba. Y con esa sentencia me refiero a todo tipo de cosas, no creas que me escabullo. Ya he cumplido con lo de pedir disculpas a tu familia y la situación ahí dentro ha sido rara, ¿verdad?

—Sí, el mundo al revés. María ignorándonos y mi madre fingiendo que no sabe lo que ha sucedido. Sin embargo, ha sido mi abuelo el que te ha echado la bronca, ya me contarás.

—No ha sido para tanto, no te preocupes. Él me ha dado su punto de vista, bastante razonable he de decir, y yo le he contado mis argumentos. Al final hemos alcanzado un acuerdo entre caballeros, así que todo arreglado. Don Ángel es un buen hombre y te quiere con locura.

—Pero...

—Nada, ya lo hablaremos. No quiero que te vuelvan a reñir por mi culpa. Te echaré de menos, pero prometo regresar aquí enseguida. Tanto si averiguo algo más como si no, volveré el domingo. Habla con tu madre, a ver si te da el día libre. Me gustaría pasarlo contigo sin preocupaciones de ningún tipo: podríamos ir a comer por ahí, o a la playa, o recorrer la comarca a lomos del noble bayo que me han dejado.

—Me encantaría, pero no sé si podré escaparme. Ya sabes que hay mucho trabajo en Casa Abascal, y más en plena temporada alta.

—Seguro que sí, tonta. Anda, vuelve a casa. Pórtate bien en estos días y verás cómo tu madre te da permiso. Al fin y al cabo tengo el beneplácito de don Ángel para cortejarte. Así que no tienes excusa.

¿Cortejarte? ¿Declan había dicho cortejarte? Una nube pasó a recogerme sin darme cuenta y me alzó hasta los cielos en un santiamén. En un instante se me habían olvidado las preocupaciones y me sentí de nuevo como la mujer más feliz del mundo.

Declan saltó de improviso hasta lo alto del caballo, pero antes me dejó sin habla al robarme un beso fugaz que me supo a poco. No quería que nos sorprendieran allí en medio, así que lo había hecho sin avisarme. Espoleó al caballo y se alejó camino adelante, dibujando una enorme sonrisa en su bello rostro; sonrisa que se apoderó también de mi semblante durante esos segundos mágicos en los que pude saborear un momento único.

Regresé a casa con los ánimos renovados. Las dificultades serían extremas, en ese y en otros asuntos en los que nos encontrábamos involucrados, pero tenía confianza en nuestras posibilidades. Al fin y al cabo, el amor siempre triunfa, o eso quería creer con mi inocencia juvenil. Inocencia que tendría que ser desterrada para siempre si quería sobrevivir a los acontecimientos que el destino nos tenía preparados.

Pasaron los días con lentitud, asustada ante el futuro que se le presentaba a Declan. La intranquilidad se apoderó de mí y no conseguía concentrarme en nada, temerosa de que Arístides descubriera que Declan le espiaba y todo se precipitara de mala manera. Un hombre de su calaña tal vez no pestañearía a la hora de acabar con la vida de alguien que le traicionaba en su propia casa. Y si él no quería mancharse las manos, siempre podía disponer de sus matones, un detalle que helaba la sangre en mis venas.

Con esta situación que me crispaba los nervios, no había tenido ni el tiempo ni la oportunidad de pedirle permiso a mi madre para ausentarme el domingo. Era un día festivo, pero yo sabía que en Casa Abascal siempre había tarea por hacer.

Llegó la mañana del domingo y yo no albergaba ninguna esperanza, pero mi abuelo me tenía preparada una sorpresa. Me crucé con él en el pasillo y vi que salía arreglado de su habitación, con el rostro relajado y contento. Yo me había perdido algo y tenía que averiguar lo que sucedía.

—Buenos días, *güelu*. Vaya, vas hecho un pincel; veo que te has acicalado a conciencia —bromeé con él—. ¿Qué se celebra hoy?

—Poca cosa, Amaya, no te creas. Nos vamos a pasar el día fuera, ya sabes, creo que tu madre nos preparará una cesta de comida por si acaso.

Seguramente se me tuvo que iluminar el semblante y no me puse a saltar de alegría allí mismo de milagro. No sabía cómo lo había conseguido el *güelu*, pero mi madre había cedido, aunque imaginaba que no habría puesto muy buena cara.

—¿A Santillana? —pregunté casi a gritos.

—Claro, criatura, pero baja la voz. Le conté a tu madre que tenía asuntos que atender en Santillana, aparte de conocer de una vez las dichosas cuevas rupestres, y que necesitaba ayuda para conducir el carro. ¿Quién mejor que mi nieta preferida para conducir el carromato y acompañarme a la hora de cumplir con mis encargos?

—¡No me lo puedo creer! Mi madre sabe perfectamente que Declan anda por Santillana y se puede imaginar que...

—No te preocupes, si desconfía no es asunto nuestro. Tenemos su permiso y debemos aprovecharlo, así que espabila.

—¿Cuándo marchamos?

—Lo antes posible, no vaya a arrepentirse tu madre a última hora.

Un rato después atravesábamos los límites de la finca subidos en el carromato y enfilamos el camino que bordeaba nuestro barrio. No era la mejor manera para salir de Suances en dirección Santillana ya que habría que dar un buen rodeo, pero quería comprobar si Declan asomaba por el sendero donde habíamos disfrutado de algunos de nuestros mejores momentos. El irlandés me había asegurado que vendría a buscarme y no quería que nos cruzáramos por el camino.

Esperamos allí plantados, al lado del mirador, durante un rato que se me antojó eterno. Declan no apareció y, sin embargo, algunos de nuestros vecinos sí desfilaron por allí, y además de saludarnos nos preguntaron qué hacíamos parados en ese lugar. Mi abuelo se los quitaba de en medio como podía, pero en los pueblos ya se sabía. Al final tuvimos que comenzar a movernos; no podíamos seguir en el mismo lugar por más tiempo.

—Dale brío antes de que los vecinos monten una reunión parroquial a nuestro alrededor.

—Ahora mismo, *güelu* —contesté enseguida. Mi abuelo no soportaba los cotilleos, y en mi pueblo, como en otros muchos de España, estaban a la orden del día. Lo mejor sería largarnos de allí y que los habitantes del barrio de la Cuba siguieran a lo suyo, sin preocuparse de nosotros.

Un puño de hierro apretaba mi estómago, y el corazón me palpitaba a toda velocidad. Pero obedecí al anciano y arreé al mulo, esperando que nos cruzáramos con Declan más adelante. Por desgracia eso no llegó a producirse en la media hora siguiente, por lo que el malestar empezó a pesar en mi ánimo.

El anciano intentó entretenerme al percatarse de mi pesimismo. Comenzó a contarme sus batallitas, recuerdos y anécdotas de su infancia y juventud. Muchas ya las conocía, y otras me sonaban, pero él siempre se las apañaba para añadir algún detalle nuevo, algún giro emocional que le aportara mayor valor a la narración. Y es que el *güelu* tenía alma de trovador o juglar, siempre lo había dicho.

De ese modo conseguí olvidarme de nuestros problemas y quise creer que nada iba a salir mal. Poco antes habíamos dejado atrás el término municipal de Suances y nos dirigíamos a buen paso hacia Santillana del Mar. Un camino que ya habíamos recorrido en otras ocasiones, la última con motivo de la infructuosa visita de mi abuelo a las cuevas de arte prehistórico.

¿Nos dejaría el *güelu* a Declan y a mí a nuestro aire, o haría de carabina de la pareja? No le veía yo en esa tesitura. Pero si quería ejercer de cabeza de familia que controlara al pretendiente de su nieta, algo debería haberse planteado.

La angustia no me abandonó en ningún momento, pero una pizca de esperanza prendió en mi corazón al sentir, a lo lejos, el golpeteo de los cascos de un caballo contra el terreno. No podía distinguir desde la distancia si se trataba de mi querido irlandés, pero todo podría ser. Nos hallábamos en un camino bastante transitado, y más al tratarse de una jornada festiva, un soleado día de verano que invitaba a desplazarse, pero la esperanza anidó en mí de un modo que no sabría explicar.

Poco después pude atisbar la silueta de Declan a caballo, una simbiosis perfecta con el equino que se asemejaba a algún animal mitológico. Él nos vio también de lejos, saludó con la mano y puso su corcel al galope para llegar hasta nuestra posición lo antes posible. Tal vez no se había percatado de la presencia de mi abuelo, ya que torció ligeramente el gesto al vernos aparecer a los dos juntos, sentados en el carromato; pero enseguida se rehizo y nos regaló una de sus magníficas sonrisas antes de saludarnos.

Declan me interrogó con la mirada, y yo me encogí de hombros. El anciano parecía haber tomado la iniciativa y yo no pensaba contradecirle en nada. No después de haberme proporcionado la posibilidad de encontrarme con Declan, y mucho menos sin atisbar todavía lo que tenía en mente para ese día que quedaría grabado en mi memoria para siempre.

—¿Estás bien, Declan? —pregunté.

—Sí, estoy bien, ahora os cuento las novedades. ¿Hacia dónde se dirigen exactamente, don Ángel? —preguntó Declan con fingida indiferencia.

El anciano le observó con gesto divertido, alternando su mirada entre Declan y yo. No sabía lo que le hacía tanta gracia, pero me lo pude imaginar.

—A Santillana, *muchachu*, ¿adónde si no?

Declan acompasó el trote de su caballo, mucho más ligero que el paso de nuestro carromato. El viejo mulo no estaba en su mejor momento y no teníamos prisa. Mientras, aproveché para interrogar a Declan. Llevábamos varios días sin noticias suyas, y seguro que algo nuevo tendría que contarnos sobre su patrón y el resto de personajes de la oscura trama.

—Y bien... ¿qué ha sucedido en estos días?

—Bueno, sigue habiendo mucho movimiento en la finca. Pero a mí me han tenido bastante apartado mientras me ocupaba de todas las tareas encargadas. Creo que Arístides no sospecha nada, está más preocupado por otras cosas. Además, hoy es un día señalado para él: tiene un viaje importante.

—Imagino que, al ser hoy domingo, has tenido menos problemas para escaparte de allí —aventuró mi abuelo antes de que Declan asintiera con la cabeza—. ¿Y adónde iba el pájaro, si puede saberse?

—Creo que a Comillas. Vuestro vecino, el tal Barreda, ha venido a buscarle esta mañana temprano. El otro día escuché algo de una reunión en no sé qué palacio de Comillas, juraría que van a ver al marqués.

—Vaya, esto cambia el cuento y le da otro matiz diferente. Seguro que te refieres al palacio de Sobrellano.

—¿Qué quieres decir? —pregunté.

El anciano hizo un gesto con la cabeza, quizás buscando las palabras adecuadas. Yo conducía el carruaje casi por inercia, y Declan se había acercado a nosotros lo máximo posible. Ambos intercambiamos un gesto de complicidad y esperamos la sentencia de mi abuelo.

—En un primer momento pensamos que Arístides estaba confabulándose con enemigos del Estado, ya fueran carlistas u otra gente de similar calaña. Hablamos del derrocamiento de Alfonso XII, de una posible sublevación militar y demás.

—Sí, ya recuerdo —aseguré—. ¿Qué ha cambiado ahora?

—Bueno, Amaya, está claro. Barreda es socio y amigo del marqués, y se lleva al cubano para presentárselo al gran hombre. Algo falla en esa ecuación; no me cuadra. A no ser que Arístides esté jugando a dos bandas.

—Sí, eso podría ser. El muy sibilino hacía lo mismo en la plantación. A mí me contaba una cosa de los trabajadores del ingenio, a ellos les decía otra y a su padre una tercera, diferente a las demás, para que todos anduviéramos a la gresca siempre. Le encanta sembrar cizaña y siempre tiene un as en la manga. Puede ser plausible, sí, pero sigo sin entender los mecanismos de su mente retorcida.

Declan soltó esa parrafada del tirón, y mi abuelo se quedó un momento pensativo.

—Lo que dices es cierto, Declan, debe de tener un as en la manga. Tal vez Arístides se juegue parte de su patrimonio en el alocado plan de los carlistas, sea el que sea. Pero se ha guardado una parte importante para impresionar al marqués, no os quepa duda. Si invierte en sus negocios o le facilita algo que necesite don Antonio, tal vez el noble tenga que pagárselo después con creces. Y todos sabemos que al marqués le nombró grande de España el mismísimo Alfonso XII. Creo que son grandes amigos y puede que el cubano intente jugar a lo seguro.

—Demasiado rebuscado me parece.

—No te creas, hija. Esta gente no tiene una mente como la nuestra: Arístides estará analizando los pros y contras de apostar con fuerza a una cosa o a la otra. Y, para no pillarse los dedos, sigue trabajando en dos posibles planes para obtener lo que desea: más dinero y poder, aparte de mejorar su posición social; es la única explicación. Se guarda las espaldas ante posibles inconvenientes.

—Vamos, que no le importan los carlistas ni los alfonsinos. Él sigue mirando por lo suyo, como siempre —afirmó Declan.

—Claro, tú le conoces mejor que nosotros. Lo mío son puras conjeturas, pero creo que pueden tener algo de sentido. De todos modos, tal vez sea otra cosa, no lo sabemos. Ahora recuerdo que el otro día me contó Enrique, el concejal de Suances, que la familia real está pensando hacerle una visita a su amigo el marqués.

—¿En Comillas? —pregunté.

—Sí, eso creo. Los reyes pasan temporadas en Santander, y Comillas no queda tan lejos. Tal vez se dignen visitar la zona, sería todo un acontecimiento.

—Desde luego, yo no me lo perdería por nada del mundo.

Mclister no dijo nada, pero su semblante se había tornado siniestro. Seguramente intentaba ordenar las diferentes piezas del rompecabezas en su cabeza, sin tener una idea clara de todos los matices. Y es que aquella trama se nos escapaba de las manos, y sin todos los datos lo único que podíamos hacer era elucubrar.

—Bueno, ya lo iremos viendo. De momento, estamos llegando a Santillana —afirmé— ¿Hacia dónde vamos?

—Vamos a la plaza principal. Después, ya veremos.

El patriarca de los Abascal dijo la última frase en un tono misterioso, jugando todavía con la situación. Ninguno dijimos nada y yo obedecí sus órdenes, con Declan a nuestra vera en todo momento.

Nada más parar nuestro vehículo —la villa estaba atestada de gente, se notaba que era domingo y los visitantes querían disfrutar del buen tiempo—, ayudé a bajar al anciano del pescante. Declan descabalgó también y se acercó a nosotros, pero sin relajarse del todo. Al fin y al cabo ambos queríamos abrazarnos, tocarnos y sentirnos, aunque no era el momento ni el lugar, ni por supuesto, la compañía soñada para recrearnos en nuestros cuerpos.

—Amaya, acércame el capazo con la comida, anda.

—Sí, claro, ahora mismo.

Declan nos miraba sin entender nada, pero yo obedecí. Entonces, en un rápido movimiento y sin encomendarse a nadie, mi abuelo cogió una amplia bandolera que llevaba Declan prendida debajo de la silla de montar.

—Con tu permiso...

Mi abuelo cogió parte de la comida preparada por mi madre, colocada con mimo en el capazo, y la guardó entonces en la bandolera. Me pasó de nuevo la cesta para que la dejara otra vez en el pescante del vehículo y le entregó a Declan su bandolera ya cargada.

—Ahí tenéis, jóvenes. Espero que os aproveche.

Declan y yo nos miramos confundidos, sin creer lo que nuestros ojos estaban viendo. ¿Sería posible?

—Venga, largaos de aquí antes de que me arrepienta. Pero eso sí, irlandés, te advierto una cosa.

—Lo que usted diga, don Ángel.

—La quiero aquí de vuelta a las seis de la tarde, que luego se nos hace de noche en esos caminos de Dios para regresar a casa. Y, por supuesto, tiene que volver sana y salva, tú ya me entiendes.

Mi abuelo le dio un sonoro golpetazo a Declan en la espalda para acompañar su última frase. Mclister enrojeció entonces hasta las orejas, y yo tampoco supe dónde meterme. Ambos asentimos y nos separamos de él, pero antes nos despedimos con emoción del artífice de aquel pequeño milagro: nuestro primer día juntos como una pareja que quería conocerse mejor, lejos de miradas indiscretas.

—Muchas gracias —respondimos al unísono.

El anciano negó con la cabeza, como si se arrepintiera de sus actos. Nosotros no le dimos oportunidad de echarse atrás y nos alejamos de allí andando. Declan llevaba las riendas del caballo en la mano. Cuando perdimos de vista a mi abuelo, paramos un instante y relajamos nuestros músculos, tensos ante una situación tan irreal.

—¿Tu abuelo acaba de hacernos de alcahuete o como se diga?

—Sí, Declan, eso mismo. Nunca lo hubiera dicho, la verdad. Pero es que mi abuelo es genial, creo que ya te habrás dado cuenta.

—Desde luego, Amaya. Don Ángel es un gran hombre, eso ya lo suponía, pero su comportamiento con nosotros lo confirma.

—Bueno, ¿y ahora qué?

—La verdad es que no he tenido mucho tiempo de preparar nada, Amaya, espero que no te arrepientas de haber venido hasta aquí.

—Ni lo sueñes, irlandés. Solo por estar aquí contigo, lejos de las miradas de las cotillas de mi pueblo, hubiera pagado todo lo que tengo en esta vida, que no es mucho, pero bueno. —No me importaba ser sincera con él, ya había perdido demasiado el tiempo con tonterías. Sí, le estaba abriendo mi corazón, pero quizás Declan lo necesitara para soltarse también él, si es que de verdad sentía lo mismo por mí—. Además, lo que importa es que estemos aquí juntos los dos, ¿no? Lo demás es secundario. Seguro que se nos ocurre algo para pasar el día. Confío en nuestra imaginación.

Añadí esta frase con un gesto al que quise conferir picardía, pero Declan pareció no comprenderme. Tal vez él siguiera pendiente de mi abuelo, aparte de que a él sí le empezaban a conocer en Santillana, nada menos que como empleado de Arístides Maestro, el rico hacendado llegado de Cuba. A lo mejor no había sido tan buena idea después de todo el quedarnos allí.

—Estaba pensando en algo: tal vez te gustaría acompañarme a un sitio.

—¿Dónde, si puede saberse? —pregunté pensando en su nuevo hogar.

Un sofoco comenzó entonces a apoderarse de mí. La culpa y la vergüenza me perseguían, pero mi cuerpo se rebelaba contra las doctrinas moralistas adquiridas en una sociedad en la que estaba muy mal visto que un hombre y una mujer permanecieran siquiera juntos un rato si no estaban casados o eran parientes, todo gracias a los recios principios cristianos que nos gobernaban desde hacía siglos. Aunque los nobles y reyes no tenían esos problemas y se saltaban esos preceptos a la menor oportunidad. Pero, claro, nosotros no pertenecíamos a la alta sociedad y nunca lo haríamos.

Declan se percató de mi estado y sonrió maliciosamente. No sabía lo que pasaba por su mente, pero yo lo tenía muy claro. No me importaba lo que pensaran los demás, solo quería disfrutar de los besos y las caricias de Declan, y para mí no había nada más en el mundo. Anhelaba ese momento, lo deseaba con todas mis fuerzas, y mi cuerpo ansioso lo demandaba por todos sus poros.

El rubor tiñó mis mejillas, pero conseguí aguantar el tipo. Declan me miró con descaro, con esos ojos profundos en los que me perdía cada vez que los posaba en mí. Utilizó su embrujo para llevarme a su terreno y supe que estaba perdida de antemano. Él anulaba mi voluntad y yo quería entregarme a él, en cuerpo y alma.

Pero Mclister tenía otra cosa en mente, por lo menos en ese instante. Me besó con dulzura en los labios y se separó sin darme tiempo a reaccionar. Refunfuñé al ver cómo me quitaba la fruta prohibida, pero él me pidió paciencia con la mirada. Debía esperar, ser paciente, disfrutar de cada instante hasta que llegara el momento adecuado. Si él lo quería de ese modo, yo no le iba a estropear la sorpresa.

—Don Andrés siempre me hablaba de un enclave muy especial de su tierra, un lugar mágico al que solía acudir en su juventud. No he tenido tiempo de buscar su ubicación exacta, pero tal vez nos pueda ayudar alguien del pueblo. Creo que no queda muy lejos de aquí.

—¿Cómo se llama el sitio? —pregunté curiosa.

—Creo que es algo así como la ermita de Santa Justa.

—Claro, está muy cerca de Suances. Pertenece a Ubiarco, pero no está demasiado lejos de aquí. Es un sitio precioso y me encantará enseñártelo si quieres.

—¿Seguro?

—Seguro, tonto, vámonos enseguida. No sé cuándo subirá la pleamar, pero mejor no encontrárnosla en todo su apogeo.

—De acuerdo, tú mandas. ¿Sabrás guiarme?

—Claro, yo te indico.

Declan me ayudó a montar en el caballo y él se acomodó delante antes de que me diera cuenta. Colocó también la bandolera con la comida, sujeta por las cinchas de la silla de montar, justo antes de espolear al caballo sin que le hubiera dado ninguna indicación.

Me agarré tímidamente a su cintura, pero enseguida puso el caballo al galope y tuve que asirme mejor para no salir despedida. Declan parecía contento, contagiado de una alegría de vivir que me hizo temblar de la cabeza a los pies. Aquel sentimiento se lo producía yo, pensé con deleite, y mi cuerpo se estremeció entero cuando el irlandés me cogió de las manos y las apretó con fuerza sobre su cuerpo. Yo estiré mis brazos y me agarré a su pecho, posando la cabeza en su espalda para acompasar nuestros cuerpos al vaivén del caballo.

Me olvidé de todo y me dejé llevar por las sensaciones. De vez en cuando levantaba la cabeza, respiraba aire puro y sentía la brisa fresca que me golpeaba en el rostro. Con la velocidad del caballo y el ruido de los cascos al golpear contra el suelo, aparte del viento que nos azotaba, no podíamos apenas hablar. Así que apretaba a Declan en su costado izquierdo o en el derecho, dependiendo de la dirección que quisiera indicarle para proseguir nuestro camino.

Poco después comenzamos a escuchar el rumor de las olas al chocar contra los acantilados. Mi Cantábrico andaba algo revuelto, aunque en un día tan despejado la marejada no sería demasiado peligrosa. Yo había visto cómo el mar se tragaba barcos y personas, y arrasaba también playas y lo que encontrara a su paso cuando la fuerza de la naturaleza se mostraba en todo su esplendor.

En comarcas como la nuestra terminábamos por acostumbrarnos a esos sucesos. El mar nos lo daba todo, pero también nos lo quitaba. A mis pocos años ya había asistido al funeral de algún vecino pescador, tragado por las inmisericordes aguas negras de un mar más que traicionero cuando arrecia la galerna. Sepelios sin cuerpos presentes, ya que la voracidad del mar no permitía muchas veces recuperar los restos de las embarcaciones destrozadas; esos pobres barcos que parecían de papel cuando una tormenta del Cantábrico los engullía. Un espectáculo único para ver desde la orilla, a salvo y en tierra firme, pero algo muy diferente cuando te enfrentabas con olas gigantes desde una pequeña embarcación poco preparada para esos terribles embates del mar.

Instantes después nos detuvimos para contemplar el paisaje. No sabía si Declan había mandado parar al caballo o este se había detenido por su propia voluntad, pero lo entendía perfectamente. La panorámica dejaba sin aliento, y allí permanecimos, ensimismados, admirando un escenario de los que quedan para siempre grabados en tu retina.

—Esto es impresionante. No me extraña que don Andrés lo echara de menos, menudo lugar.

—Todavía no has visto nada. Dirige al caballo por ese sendero, vamos a acercarnos un poco más a la playa.

Afortunadamente la marea no se encontraba alta y pudimos incluso ver un trozo de playa en aquel rincón salvaje de nuestra geografía. La pequeña playa de Santa Justa era devorada por las olas cuando subía la pleamar, y el agua espumosa alcanzaba incluso las paredes de roca del acantilado que limitaba la ensenada por la derecha, lugar donde se encontraba enclavada una de las construcciones más pintorescas de toda la región.

—¿Está realmente construida en la roca? —preguntó entusiasmado Declan.

—Sí, ahora lo verás mejor.

Mclister se refería a la ermita de Santa Justa, una construcción incrustada en la misma roca del acantilado. Dos paredes del edificio estaban construidas por la mano del hombre con piedra caliza, pero las otras dos paredes eran completamente naturales, formadas por la misma cueva creada en el acantilado por la erosión del mar a lo largo de los siglos.

—Anda, vamos a bajar del caballo. El animal no puede seguir mucho más.

—Sí, será lo mejor.

Desmontamos del bayo y Declan lo ató a un recio arbusto que encontramos de camino. El sendero pedregoso era complicado, por lo que debíamos ir con cuidado para llegar hasta el borde de la pequeña playa sin torcernos un pie o algo peor.

No llevábamos recorridos ni cincuenta pasos cuando Declan se quedó parado un momento. Nos encontrábamos sobre una elevación del terreno, rodeados por suaves colinas repletas de frondosa vegetación, una vegetación de un verde salvaje que brillaba a la luz del sol: las lluvias de la primavera pasada habían provocado que los valles y colinas de La Montaña rebosaran vitalidad.

Unos metros más allá, frente a nosotros, las olas morían en la arena de la playa y llenaban de espuma toda la zona. La playita estaba encajada entre dos formaciones rocosas. La elevación de la izquierda era más suave, pero la que llamaba la atención de verdad era la situada a la derecha. Un acantilado de decenas de metros que desafiaba las inclemencias del océano, guardián silencioso de la bahía desde tiempos inmemoriales.

Y en la parte central de ese acantilado aparecía la peculiar ermita de Santa Justa. Por lo visto unos lugareños encontraron unas reliquias de la santa, allá por el siglo XII, y allí se construyó un santuario para honrarla. Tiempo después, ya en el siglo XVI, se edificó la actual construcción, mucho más recia y duradera.

Declan propuso entonces acercarnos hasta la ermita y yo acepté. Solo esperaba que la subida de la marea no nos sorprendiera en pleno trayecto; el Cantábrico no era un mar para tomarse a broma.

El irlandés regresó junto al caballo, se colgó la bandolera con la comida, cogió una manta y después me invitó a seguirlo. Declan estaba en todo, y yo se lo agradecí con un beso rápido, imitando su comportamiento conmigo en ocasiones anteriores.

—¿Y eso a qué ha venido? —preguntó divertido.

Declan sonrío, me agarró por la cintura y acercó mi cuerpo al suyo, totalmente a su merced. Entonces me besó con pasión: un beso en condiciones, mostrándome todo el amor que un hombre pude depositar en los labios de una mujer con un gesto tan ancestral como la misma raza humana.

Afortunadamente no me había soltado del todo cuando nuestros labios se separaron. Fui yo la que quise sorprenderle con mi beso, para agradecerle el momento mágico, y su respuesta fue la que de verdad me dejó sin respiración. Las piernas me flojearon, él se percató y me agarró por la cintura con más fuerza.

Instantes después, Declan comenzó a escalar como un rebeco de nuestras montañas; parecía nacido para esa función. Unos segundos después nos encontramos junto a la base de la playa, enfilando ya el lateral derecho del acantilado, justo enfrente de la ermita. Declan quería bajar al borde del agua, junto a la arena, pero la marea subía por momentos y no debíamos demorarnos. Así que le convencí para proseguir nuestro camino.

Cuando alcanzamos nuestro objetivo, distinguimos mejor lo que a mí me había parecido un sendero de piedra. Simplemente se trataba del mismo lecho rocoso de la montaña, algo más despejado para que la gente pudiera acceder a la ermita. A nuestra izquierda, justo al borde del mar, se había construido una especie de barandilla de piedra para proteger la entrada, ya que las olas podían golpear con fuerza en ese lateral.

—No me extraña que don Andrés añorara este sitio. Es realmente hermoso, Amaya, un lugar salvaje que te deja sin aliento.

—Sí, a mí también me lo parece.

—¿Qué es aquello de allá arriba? No me había dado cuenta hasta ahora.

—Es la torre de San Telmo, una especie de vigía para los barcos.

—Vaya, la verdad es que este enclave es único. Desde aquí arriba tenemos una panorámica fantástica; me alegro de haber venido contigo.

—Sí, yo también. En verdad es un sitio especial, casi mágico. Parece sacado de un cuento o algo así.

—Tal vez tengas razón. Quizás vuestras *anjanas* o *trasgus* hayan construido la ermita y nos estén esperando allí dentro —bromeó Declan de nuevo.

—Anda, no seas bobo. Y no te rías de nuestro folclore y tradiciones. La mitología de aquí es muy rica y variada; yo de ti me andaría con ojo. Las *anjanas* son nuestras hadas buenas, con ellas no hay problemas. Los *trasgus* son duendecillos traviesos, tampoco son demasiado peligrosos, pero mejor no mentar a otras criaturas horribles, como los *ojáncanos*.

—Vale, vale, no bromearé sobre ellos. Lo prometo, palabra de irlandés.

Ambos nos quedamos ensimismados, mirando al frente desde aquel lateral de roca que cerraba la ensenada en su parte derecha. Contemplamos el mar en toda su extensión, buscando ese horizonte que una ligera bruma recién levantada no nos permitía distinguir con claridad.

—Si pudiéramos dar un salto desde aquí para atravesar el mar, girados ligeramente hacia el noreste, llegaríamos en un santiamén hasta Irlanda.

—Me encantaría conocer tu tierra. Debe de ser preciosa.

—Sí, Amaya, lo es. Y a mí me encantaría enseñártela, sería estupendo.

—La echas de menos, ¿verdad?

Declan se enjugó una pequeña lágrima que había asomado a su rostro. Fue un gesto rápido que quiso disimular, pero a mí no me importaba que llorara. Ese gesto me demostraba que era un hombre tierno, sensible, que amaba con todo el ímpetu de su corazón. Entonces me prometí a mí misma que le acompañaría cuando pudiera hasta su pueblo natal; no podía ser tan egoísta de no comprender su añoranza.

—Sí, echo de menos Irlanda. Pero no es tiempo de melancolías, hoy es un día feliz. ¿Qué hay de esa ermita? Vamos a explorarla antes de que las sirenas de tu Cantábrico nos hagan una visita en forma de impetuosas olas.

Declan salió corriendo tras darme un cariñoso golpe en el hombro. Yo le grité para que tuviera cuidado, pero le seguí a mi pesar. Al fin y al cabo habíamos llegado sin un rasguño hasta allí, no era cuestión de acabar en el fondo del océano por comportarnos como niños. Y es que el mar se embravecía por momentos, y aquello me empezó a preocupar.

—Corre, Amaya —gritó Declan desde la base de la ermita—. La puerta está cerrada, pero sin pestillo. Hemos tenido suerte.

—Espérame, no entres sin mí —contesté mientras llegaba a su lado.

Declan maniobró con el picaporte, y ambos empujamos a la vez la desvencijada puerta de madera. Nos adentramos en la ermita, un sitio mucho más pequeño de lo que parecía desde fuera.

En el lateral izquierdo distinguimos una especie de construcción de madera, pero el resto de la estancia estaba casi desnuda, un efecto multiplicado al encontrarnos de frente con las paredes naturales de roca de la cueva. El día había sido soleado hasta que el cielo comenzó a nublarse, pero allí dentro la penumbra reinaba por encima de todo. Entraba algo de luz por los ventanucos y divisamos además un destello vacilante en el interior de la cueva, quizás la llama de alguna vela allí dispuesta, tal vez a modo de altar improvisado.

Declan me cogió de la mano y nos adentramos juntos en la cueva, sumidos en un silencio turbador. Un escalofrío recorrió entonces mi cuerpo y el irlandés se percató de ello. Afuera disfrutábamos de un caluroso día de verano, pero en el interior de una cueva tan lóbrega, excavada en un acantilado donde el mar tenía su refugio, la humedad y el ambiente frío me hicieron estremecer sin darme cuenta.

En ese momento una ola rompió contra la roca, y el estruendo reverberó dentro de la ermita. Unas gotas de agua se filtraron por uno de los ventanucos, pero allí nos encontrábamos a salvo.

—Bueno, podemos comer aquí y esperar a que las olas se calmen un poco. ¿Te parece bien?

Yo asentí, aunque la humedad me estaba calando los huesos y mis dientes comenzaron a castañetear. Y eso que yo estaba acostumbrada al frío húmedo de la zona, sobre todo en invierno. Sin embargo, en ese momento, el contraste de aquel ambiente con el calor bochornoso del exterior había descompensado mi cuerpo en apenas unos minutos.

Declan cogió la manta que llevaba conmigo, la echó sobre mis hombros y me tapó lo mejor que pudo. Me abrazó entonces con fuerza y me resguardó en su pecho, el único lugar del mundo en el que quería estar en esos momentos.

Un instante después dejé de temblar; mi organismo había entrado en calor gracias a los desvelos de Declan. Levanté la cabeza y le miré con todo el sentimiento que albergaba mi corazón, encantada de estar allí, sintiendo su pecho contra el mío. Él me devolvió el gesto y se agachó unos centímetros para buscar una boca que deseaba ser besada.

Nuestros labios se encontraron en un punto intermedio y se enzarzaron en un duelo que ambos anhelábamos. Sentí su boca en la mía, primero tanteando con timidez, y después abriéndose paso sin mesura, derribando todas las defensas del castillo. Su lengua ávida recorrió mi cavidad bucal, mientras sus manos acariciaban mi espalda por encima de la ropa.

Declan me arrebató entonces la manta que me envolvía y la dejó caer al suelo. Sus manos recorrieron mi cuerpo con deleite, sin escatimar esfuerzos, mientras su barba de dos días me hacía cosquillas en el cuello y en la cara; una dulce tortura que acompañaba a sus besos eternos, una sucesión de pequeños ataques, rápidos y certeros, por todos los rincones de mi rostro y parte del cuello que combinaba con explosivos besos en los que me devoraba la boca con pasión desatada, la misma que me aceleraba el corazón a trompicones.

Sentí el pecho estremecerse de lujuria, y mi cuerpo reaccionó como el de una mujer deseada y excitada. No pensé ni por un instante en que aquello estaba mal, no era momento para pararme en disquisiciones morales. Arqueé mi espalda y junté mi cuerpo aún más contra el de Declan, sintiendo cómo mis caderas se movían a su aire, demandando sin pudor el baile animal que llevábamos grabado en nuestros genes.

Declan se apartó de mí durante un instante y yo protesté. Él posó un dedo en mis labios para pedirme silencio, mientras recogía la manta y la colocaba con mimo, doblada para ejercer de improvisado cojín en un lateral de la cueva, junto a la fría pared de roca. A continuación se agachó, se sentó al lado y me invitó a colocarme junto a él, sobre la manta.

Yo obedecí al instante, y Declan reanudó su ataque. No permanecimos demasiado tiempo allí sentados, con la espalda helada al apoyarnos en la pared. Cuando me quise dar cuenta ambos nos encontrábamos tumbados en el suelo y Declan apoyaba su espalda en la superficie rocosa para evitarme el frío y la incomodidad. Aunque ya no sentía nada de eso, mi cuerpo únicamente pedía una cosa a gritos, y le daba igual todo lo demás.

De hecho, un calor que provenía de las entrañas de mi cuerpo comenzó a devorarme por dentro y a salir al exterior de una forma irrefrenable. Me coloqué encima de Declan, los dos tumbados mientras retozábamos, y en ese momento comencé a sentir sus cálidos dedos debajo de mi ropa. El contacto de sus manos ardientes casi me quemó la delicada piel de la espalda, pero mi mundo se vino abajo cuando comenzó a acariciarme los senos, enhiestos debido al frío y a la excitación del momento.

Declan no se encontraba cómodo del todo, por lo que enseguida cambió de postura. Colocó de nuevo la manta en el suelo, esta vez a modo de sábana, y me tumbó con delicadeza allí. Se ubicó a mi lado y siguió besándome sin piedad, escudriñando hasta el último rincón de mi cuerpo. Cuando sus movimientos alcanzaron mi feminidad, solté un gritito de sorpresa. Noté entonces el nivel de excitación al que había llegado con sus caricias, y cuando sentí un dedo dentro de mí, creí que moriría de placer.

Yo era virgen, y mi mente quería torturarme, recordándome que lo que estaba haciendo era pecado. Pero enseguida aparté esas imágenes de mi cabeza; me daba todo igual. Quería que Declan me hiciera suya, nada más. Lo que ocurriera después no importaba, solo deseaba sentirle dentro de mí.

Declan se percató de mis movimientos agitados. Yo frotaba mi pelvis contra su mano, y mi pecho subía y bajaba al compás de una respiración muy alterada. Le imploré con la mirada: no podía esperar mucho más. Estaba preparada y quería que él se perdiera dentro de mí para siempre. Gemí de placer, mientras todo mi cuerpo se tensionaba, esperando el momento final.

—Por favor, Declan. Te necesito.

—¿Estás segura, cariño?

—Shhh, no hables. Solo quiero que me ames.

Declan comprendió mis deseos, que también eran los suyos. Quizás tenía miedo y no esperaba haber llegado tan lejos conmigo, pero ya nada nos detendría. Nuestros cuerpos desbocados se buscaban con desesperación y no había vuelta atrás.

De pronto el mundo se paró a nuestro alrededor. Declan se colocó sobre mí, y sentí cómo se adentraba con una lentitud no exenta de firmeza. Tuve un momento de zozobra, y un dolor pasajero se instaló en mis entrañas. Pero él me calmó, mirándome a los ojos mientras me besaba con dulzura y me decía a la vez cuánto me quería. Fue la llave perfecta para abrir el candado de mi verja y regalarme el instante supremo de felicidad.

Cuando sentí que nuestros cuerpos se acoplaban a la perfección, me di cuenta de que había encontrado la paz que buscaba. Olvidé la incomodidad del lugar, el frío o el dolor lacerante que sufrí durante unos instantes al abrirse paso su hombría, y me recreé en la danza ancestral que empezamos a bailar acompasados, como un solo ente racional.

Nos dejamos llevar por un ardor juvenil, acelerando nuestros movimientos al compás de la imaginaria melodía instalada en nuestras mentes. Las olas golpeaban con fuerza contra las paredes exteriores de la ermita, pero ambos nos encontrábamos en nuestro particular mundo, ajenos a todo lo que sucediera fuera de allí. Para nosotros solo había un aquí y un ahora, un momento irrepetible del que disfrutamos con toda la pasión que éramos capaces de albergar en nuestros corazones.

Las sensaciones infinitas nos embargaban por momentos, buscando sin cesar esa meta que nos llenara de gozo; un carrusel de emociones que amenazaba con colapsarnos, subidos en un tren a punto de descarrilar. Sentí mi cuerpo estremecer, ajena a lo que sucedía dentro de mi organismo, cuando una ola interna de calor subió desde lo más profundo de mi ser y me hizo gemir con una fiereza inusitada. Declan lo notó también y se movió incluso más deprisa, gritando con toda su alma antes de dejarse caer sobre mí, exhausto, después de alcanzar ambos el éxtasis divino.

Nos quedamos los dos abrazados, acurrucados durante unos segundos que se me antojaron eternos. Yo no quería que aquel momento de felicidad suprema terminara, pero Declan se apartó de mí para no aplastarme con su peso. Se quedó a mi lado, acariciando mi pelo y contemplándome con los ojos de un hombre enamorado.

—Amaya, yo...

—No digas nada, por favor. Disfrutemos del momento, no te pido más.

Él me hizo caso y se acurrucó a mi lado. Adecenté un poco mi atuendo, aunque Declan había ido con cuidado y no me había roto la ropa interior ni rasgado ninguna prenda. Me habría muerto de vergüenza si mi abuelo o alguien de mi familia se hubiera percatado de algo nada más verme, aunque ni por un momento soñé con lograr ocultarlo. Y es que la felicidad que me embargaba debía de saltar a la vista; seguro que mi rostro mostraba las señales de lo que acababa de suceder en aquella cueva.

No quería amargarme y deseché esas ideas; ya tendría tiempo de preocuparme cuando llegara el momento. Sí, había perdido la virginidad a manos del hombre que amaba, y eso no me parecía ningún pecado. No cuando esperaba pasar el resto de mi vida junto a él, si antes no se cansaba de mí, claro. Por no mencionar el embrollo en el que Declan andaba metido, que por unas horas habíamos apartado de nuestras mentes para disfrutar sin preocupaciones de la vida.

Declan se incorporó y se quedó sentado sobre el suelo. Yo le imité y le miré embelesada. En esos momentos no había nadie más para mí en toda la faz de la tierra. No podía negar que estaba enamorada de aquel hombre, la única persona que compartía mis ganas de vivir, mi alma gemela. Era lo mejor que me había pasado, y no pensaba dejarle escapar nunca más, quisiera él o no quisiera.

Me recosté sobre su pecho, mientras él seguía mimándome. Sus largos dedos recorrían mi cuello y acariciaban después con mesura mi cabello. Me acunó entre sus brazos y cantó en voz baja alguna melodía irlandesa de su infancia que me relajó por completo. Poco a poco fui entrando en un agradable sopor que me hizo atravesar las puertas del sueño, y caí sin remedio en un abismo onírico en el que yo flotaba sin problemas de ningún tipo.

No sabía cuánto tiempo había pasado, pero al despertarme de improviso noté cómo la luz que entraba por el ventanuco había cambiado de orientación. El arrullo de las olas había mitigado también su brutal cadencia contra las rocas, por lo que entendí que había permanecido dormida más tiempo del supuesto en un principio. Miré hacia arriba y comprobé que Declan también se había quedado adormilado, echado de cualquier manera en el suelo de la ermita.

Sentí las piernas algo entumecidas después del rato transcurrido en esa posición, aunque afortunadamente la mayor parte de mi cuerpo se había quedado apoyada sobre el pecho de Declan. Quería moverme, pero me daba lástima despertarle. Pude entonces contemplarle con calma mientras dormía como un bendito. Su gesto relajado me reconfortó, y supe que ambos nos encontrábamos en la misma sintonía.

No sentí remordimiento alguno por haberme entregado a Declan de esa manera, ni siquiera si tenía en cuenta que nos encontrábamos en una ermita consagrada a santa Justa. Lo que allí había sucedido era lo más natural del mundo, el acto de amor más profundo entre un hombre y una mujer que se querían. Eso no podía ser malo, y nadie me haría pensar lo contrario.

Decidí despertar a Declan con suavidad. La pleamar parecía haber perdido fuerza, y debíamos salir de allí. Si otro viajero tenía la misma idea que nosotros, podíamos vernos en una situación comprometida al cruzarnos con cualquier desconocido. Además, temía que se nos hiciera demasiado tarde y no llegara a tiempo a Santillana. Eso sí que no lo podía consentir, demasiado permisivo había sido mi abuelo al darnos semejante libertad de movimientos.

—Declan, amor mío, despierta —susurré con voz dulce.

El irlandés comenzó a desperezarse, pero Morfeo le había atrapado con fuerza y no conseguía salir de su estado de somnolencia. Así que me incorporé un poco y alcancé su rostro con mi boca. Comencé a besarle en los párpados, en las mejillas y en los labios para que tuviera un dulce despertar. Él ronroneó de placer, y supe que ya estaba de vuelta conmigo:

—No siga por ahí, señorita, o se encontrará con una sorpresa inesperada.

—No sería tan inesperada. Yo era una joven pura e inocente hasta el día de hoy, pero ya conozco las mieles del amor. Y, aunque me encanta su dulzura, creo que debemos espabilar.

—Sí, nos hemos quedado dormidos como troncos. Y tú roncabas.

—¿Yo? —pregunté ofendida—. Mira que me extraña, Mclister, eres un mentiroso.

Y entonces le golpeé con fuerza en su pecho, mientras él se reía de mí. Puse cara de enfadada y me calmó con un beso apasionado que me devolvió a los momentos vividos unos minutos antes en la cueva. Mi cuerpo reaccionó de inmediato a los estímulos, pero no podíamos dejarnos llevar de nuevo.

—Anda, deja de decir tonterías y vamos a movernos. ¿Qué hora es?

—Mucho más de mediodía, pero tenemos tiempo de sobra para llegar a Santillana, no te apures.

—¡Madre mía! Es tardísimo.

—No es tan tarde, nos da tiempo a reponer fuerzas. Anda, vamos a comer algo, que para eso hemos cargado con el almuerzo.

Declan se incorporó y recogió la bandolera del lugar donde la había dejado. Colocamos la manta a modo de improvisado mantel y devoramos los alimentos en un santiamén. Se veía que el paseo a caballo —y lo que después había ocurrido en la cueva— nos había abierto el apetito. Me ruboricé al recordar los momentos más vívidos de nuestra unión y agaché el rostro para que Declan no me viera así.

—¿Qué ocurre, preciosa? ¿Te encuentras mal?

—Ni mucho menos. Soy la mujer más feliz del mundo y me gustaría parar el tiempo para que nos quedáramos así para siempre.

Mclister prefirió no añadir nada y dejó que el eco de mis palabras se perdiera entre las paredes de la cueva.

Eché un último vistazo al interior de la cueva antes de partir, fijando en mi memoria los detalles del lugar mágico donde me había convertido por fin en una mujer completa.

Regresamos junto al noble bayo, que nos esperaba algo inquieto al pie de la colina que dominaba el terreno. El animal relinchó nada más vernos.

—Es una lástima que tengamos que desandar el camino. Decías que desde aquí es más fácil llegar directamente a Suances, ¿no?

—Sí, pero no podemos hacer otra cosa. Mi abuelo está esperándonos en Santillana, y le hemos prometido regresar.

—No te preocupes, no tardaremos demasiado.

—Por cierto, ten cuidado con tu nuevo patrón, no quiero que te pase nada malo.

—Ni yo tampoco, te lo aseguro. No sé si Arístides habrá regresado de Comillas, pero tengo que revisar unas tareas que les dejé encargadas a los obreros. Así me doy una vuelta por la finca, me dejo ver y si averiguo algo más, mucho mejor.

—Muy bien, pero no te arriesgues demasiado.

—Algo tendré que hacer, Amaya. Si no espabilo, el pájaro se nos puede escapar, y yo quiero saber lo que se trae entre manos.

La magia del momento recién vivido se fue evaporando poco a poco, angustiada al recordar lo que nos estábamos jugando.

COMILLAS, JULIO DE 1881

REUNIÓN INFORMAL

Esa mañana iba a tener lugar una importante reunión que podría cambiar el destino de Arístides. El cubano se dirigía, en compañía del señor Barreda, a visitar al marqués de Comillas en su recién inaugurado palacio de Sobrellano.

Arístides había madrugado esa mañana y había esperado la llegada de Barreda para recogerle. Les aguardaba un largo camino hasta Comillas, y el de Suances ya llevaba un buen trecho recorrido desde su pueblo hasta la finca del cubano en Santillana. Uno de los hombres de confianza de Barreda guiaba el carruaje cubierto, algo de agradecer en un día tan caluroso, por lo que Arístides se acomodó en el interior del vehículo junto a su nuevo amigo, dispuestos a repasar lo preparado para su encuentro con el marqués.

—Magnífica berlina, amigo Barreda —dijo Arístides para adular más a su acompañante—. Voy a tener que hacerme con una para mis propios desplazamientos. ¿Todo bien con el marqués?

—Por supuesto, gracias a Dios. Nuestra amistad viene de lejos, y hemos sido socios comerciales en varios negocios.

—Sí, claro. Me refería a si le parece bien recibirme en su casa sin demasiadas referencias. Creo que es un hombre muy ocupado.

—No te preocupes, le he hablado muy bien de ti. Don Antonio siempre tiene varios proyectos en mente y conocer a un posible inversionista que pueda aportar capital a sus negocios no creo que le parezca mala idea.

—Además, siempre le puedo hablar de Cuba. Creo que el marqués hizo su fortuna en mi isla, ¿me equivoco?

Arístides tuvo que escuchar entonces un resumen de los logros del marqués en boca de Barreda. Por lo visto el marqués vivía en Barcelona la mayor parte del año, ciudad en la que se estableció tras regresar de Cuba con una posición más que acomodada. El indiano de Suances también le explicó algunos detalles sobre la increíble residencia de verano que se estaba construyendo don Antonio en su tierra natal, el mismo palacio que estaban a punto de visitar.

—Creo que es un espectacular edificio construido en neogótico inglés, aunque con influencias de otros estilos. Don Antonio no ha escatimado en gastos y, al parecer, lo ha decorado además con exquisitos muebles, pinturas y esculturas de los mejores artistas.

Arístides pensaba en sus propios planes, por lo que su mente se desconectó unos momentos de la conversación con Barreda. No le interesaba tanto detalle, aunque volvió a atender al mencionar el indiano la capilla que también estaba ultimando el marqués, un edificio anexo al propio palacio.

—Creo que se consagrará en estos días. Al parecer el propio Alfonso XII va a apadrinar la inauguración de la capilla.

Ese asunto interesaba más a Arístides. Semanas atrás se había rumoreado por toda la región que los reyes de España visitarían Comillas, pero en cuanto tuvo confirmación del hecho, habló con Barreda para organizar una reunión con el marqués que esperaba fuera muy provechosa.

Habían acordado que Barreda fuera el que llevara la voz cantante en la reunión con el marqués; para eso era su amigo personal.

Arístides intentaría mantenerse en un segundo plano, pero en cuanto el de Suances le diera pie sacaría toda la artillería.

Aunque era un recién llegado a tierras cántabras, le hablaría de su posición y de sus rentas, por si el marqués necesitaba algún tipo de apoyo económico. Sabía que los recursos de don Antonio eran abundantes, pero tal vez su liquidez se había visto afectada por los numerosos gastos que supondría la visita real a Comillas.

Cuando Arístides intentó preguntarle a Barreda lo que podrían obtener del marqués a cambio de su apoyo económico, el de Suances pareció ofenderse con la cuestión, por lo que obvió el tema. Barreda aseguraba que él solo lo hacía por amistad: no necesitaba ningún título nobiliario ni nada por el estilo. Pero el cubano no opinaba lo mismo y pretendía que su dinero sirviera para algo.

Por lo menos consiguió que Barreda entrara en razón acerca de una cuestión que le preocupaba: Arístides quería conocer al rey de España, o por lo menos estar presente en la recepción oficial del marqués a los monarcas. Barreda no era muy aficionado a ese tipo de actos oficiales con tanto boato, pero al final transigió en apoyar a su nuevo amigo.

Arístides le doró la píldora a Barreda con la intención de que no se diera cuenta del desprecio absoluto que sentía por alguien de la calaña del marqués. Ante todo, él era un hombre de negocios y, en su opinión, sabía comportarse en la gran mayoría de los ambientes, por lo que debía dejar a un lado su animadversión por don Antonio López antes de entrar en materia.

Los planes con los carlistas seguían adelante, pero no las tenía todas consigo. A lo largo de su vida, Arístides siempre había procurado obtener ventajas de todos los tratos a los que llegaba con cualquiera y ese día no iba a ser una excepción. Por lo tanto, debía comportarse y ejercer de perfecto invitado, un hombre de posibles que pretendía invertir en negocios para los que el marqués necesitaba una inyección de capital. Y si luego sacaba algo en claro, ya fuera información confidencial que pudiera vender a sus amigos carlistas, o alguna otra ventaja favorecida por su anfitrión de esa jornada, no pensaba desaprovecharla.

El marqués era amigo personal del rey y una persona con acceso directo a Alfonso XII. Arístides veía en eso una ventaja, tanto si tomaba partido definitivamente a favor de los carlistas, como si al final se decantaba por los alfonsinos, representados por el actual monarca y el marqués de Comillas, entre otros. De hecho, don Antonio era la cabeza visible de la alta burguesía catalana que había apoyado la restauración borbónica en la persona del hijo de la exiliada Isabel II. Y convenía jugar a dos barajas, por lo que pudiera pasar.

Si sus planes con los carlistas fracasaban, Arístides siempre podía negar conocerlos y, de paso, acusarlos de alta traición. Don Carlos se encontraba en Francia, y sus emisarios tenían que andarse con ojo para no ser apresados por las autoridades. Así que una pátina de respetabilidad, ganada al ser amigo, o por lo menos conocido y quizás socio del marqués de Comillas, amigo íntimo del monarca, le granjearía una coartada perfecta llegado el caso.

Y si todo salía bien, ya se cobraría con creces la deuda que los carlistas contraerían con él si les ayudaba en sus planes. Ellos querían obtener el poder, aupar a Carlos VII al trono de España, y no iban a escatimar esfuerzos.

Afortunadamente, esa mañana avanzaron a buena velocidad por los caminos de la comarca, gracias sin duda al poderío de la recua de caballos enjaezados que tiraba de la berlina de Barreda. Consiguieron llegar a Comillas antes del mediodía, y el ánimo de los viajeros, después de varias horas encerrados en aquel carruaje, mejoró bastante al poder bajar del vehículo para estirar las piernas a su llegada al palacio de Sobrellano.

Arístides se había vestido con sus mejores galas, algo recargadas para el gusto más sobrio de Barreda y del marqués, por lo que pudo comprobar nada más encontrarse a su lado. Pero, bueno, él era así, para bien y para mal. En Cuba se había acostumbrado a otras ropas, más coloridas y de tejidos más frescos, por lo que no iba a cambiar ahora, por mucho que fuera a reunirse con todo un grande de España.

Se asombró al contemplar de cerca la magnificencia del palacio del marqués, una construcción soberbia a su entender. El edificio dominaba una extensión enorme de terreno desde su atalaya, situado como eje principal de uno de los nuevos barrios de la ciudad. Arístides se fijó entonces en la fachada principal, con sus hermosas galerías decoradas con arcos y columnas rematadas de forma nada convencional, con motivos vegetales e incluso animales.

Fingió no haber visto el gesto de desagrado de don Antonio al verle bajar del vehículo, y prefirió saludarle con respeto, antes de acompañar a los dos hombres al interior del palacio.

—¡Mis queridos amigos! —exclamó el marqués al verlos llegar—. Es un placer recibirlos en mi nueva casa, espero que hayan tenido un buen viaje.

—Sí, don Antonio, el trayecto se nos ha hecho corto en mi nuevo carruaje —afirmó orgulloso Barreda—. Quería presentarle a mi buen amigo, don Arístides Maestro.

—Tanto gusto, señor marqués —replicó el interpelado—. Tiene usted aquí un edificio hermoso, si me permite decírselo.

—Claro, señor Maestro, faltaría más —respondió el marqués—. Le agradezco sus amables palabras. Y les pido a los dos mis más humildes disculpas. Nos encontramos todavía en plenas obras y el edificio no está completamente terminado, espero que sepan perdonar las molestias.

—Por favor, don Antonio, no sea modesto. Arístides se ha quedado corto en sus elogios. Yo tampoco conocía su nueva residencia de verano, pero debo afirmar que es absolutamente magnífica.

—Pasen y les enseñaré las partes que ya están ultimadas. En el exterior hoy hace un calor bochornoso, y dentro estaremos mucho más frescos.

Los tres caballeros se adentraron en el vestíbulo principal, donde Arístides se sintió mucho más pequeño de lo habitual. La imponente escalera de mármol y alabastro le llamó la atención, iluminada gracias a una claraboya superior en la que destacaba una vidriera de variados colores, y cuyo efecto visual dotaba al conjunto de un aire casi irreal.

Arístides siguió elogiando la residencia del marqués con el fin de caerle en gracia. Necesitaba que el marqués se llevara una buena impresión. Don Antonio les hizo entonces una pequeña visita guiada por la planta baja del palacio: la biblioteca, un salón de billar, el comedor y un salón central o de trono, aparte de otras estancias menores. En la planta superior se hallaban las habitaciones, pero no llegaron a visitarlas en esa ocasión.

Al cubano le pareció algo pretencioso el recargado salón central, con su artesonado, sus vidrieras y unas paredes excesivamente decoradas con pan de oro. Pero él no estaba allí para hablar de arquitectura o decoración, lo que quería era tratar de negocios, por lo que asintió sin mencionar palabra ante las excesivas explicaciones del marqués.

—Un edificio singular, don Antonio —afirmó Barreda—. Un palacio digno de un grande de España, no hay duda.

—Tengan en cuenta que el palacio está recién terminado y son ustedes los primeros visitantes de mi nueva residencia —replicó el marqués sin hacer caso a las alabanzas del indiano—. Espero que mis próximos huéspedes estén de acuerdo con sus apreciaciones.

Arístides lanzó una mirada a su socio, esperando que Barreda recogiera el testigo. El de Suances se percató enseguida y atacó con algo que llevaban ya preparado instantes antes de cruzar los tres hombres el umbral de la soberbia biblioteca.

—No quisiera ser indiscreto, don Antonio, pero toda la región conoce ya la identidad de esos ilustres visitantes. Los reyes de España van a visitar la región, y solo nos falta por conocer la fecha exacta.

—Tiene razón, querido Barreda. El Ayuntamiento de Comillas me está ayudando con los preparativos y el acontecimiento está en boca de todo el mundo; es tontería ocultarlo.

—Entonces...

—Sí, caballeros. El próximo 6 de agosto Sus Majestades, los reyes de España, me harán el honor de visitar mi ciudad natal y alojarse en esta humilde morada.

—Eso es una magnífica noticia, don Antonio. Tiene que contarnos más detalles, la ocasión lo merece.

—Por supuesto, amigos. Nos encontramos un poco desbordados, la verdad. Solo para alojar a todo el séquito real en las casonas de los alrededores estamos teniendo un sinfín de problemas. Pero no voy a aburrirlos ahora con temas de logística.

—Quizás nosotros podamos ayudarles —afirmó Arístides.

El cubano sonrió para sus adentros, ya tenía la confirmación de la fecha que necesitaba. Intentaría obtener más datos a lo largo de la charla, pero debían comenzar cuanto antes a hablar de temas serios.

El marqués los hizo pasar a la biblioteca, una amplia estancia cuyas paredes aparecían cubiertas de libros en su mayor parte, colocados primorosamente en las baldas de unas estanterías realizadas en maderas nobles de tono oscuro. Pisaron mullidas alfombras, precedidos por el dueño del edificio, hasta que se acomodaron en unos divanes aterciopelados, situados estratégicamente junto a una mesa auxiliar, y justo enfrente de un enorme ventanal por el que se colaba la luz veraniega del mediodía.

Arístides rememoró entonces una estancia similar, mucho menos recargada y con menor número de volúmenes, que le traía recuerdos del pasado. Se trataba de la biblioteca de su padre, una de las posesiones más valiosas para Andrés Maestro, allá en La Hacienduca, su plantación de Cienfuegos. El cubano sabía que su cultura dejaba mucho que desear, por mucho que intentara disimularlo, por eso se afanó en aprender todo lo que pudo. Gracias a esos libros pudo adquirir conocimientos de los que no disponía antes de recibir la legitimidad de su apellido, pero al final tuvo que desprenderse de la biblioteca cuando liquidó todas las pertenencias de su padre para obtener el mayor beneficio en metálico, justo antes de partir hacia España.

Una voz grave, autoritaria, le sacó de su ensimismamiento. Había llegado el momento que llevaba tanto tiempo esperando.

—Caballeros, creo que va siendo hora de hablar de negocios. ¿Les apetece un jerez? —preguntó el marqués.

Barreda asintió y él hizo un gesto displicente con el que quiso dar a entender que estaban preparados para comenzar a hablar de asuntos más serios. Tras unos minutos de conversación superficial, don Antonio entró directamente en materia.

—Señor Maestro, me han comentado que busca usted invertir en algún negocio por la zona. Creo que en eso podría ayudarle. ¿Conoce usted algo del mundo naviero o bancario?

—La verdad es que no, don Antonio —replicó Arístides, satisfecho por que el marqués se dirigiera directamente a él—. Pero suena muy interesante, seguro que usted puede aconsejarme sobre el particular.

El marqués parecía sentirse a gusto hablando de temas que dominaba, y Arístides supo engatusarle al asegurarle que estaría dispuesto a invertir grandes cantidades de dinero en los negocios de don Antonio, ya que eran garantía de éxito asegurado dada la solvencia del marqués y sus conocidos logros en el mundo empresarial.

Don Antonio parecía complacido a ojos del cubano, e incluso su gesto se había relajado bastante respecto al que tenía tras estrechar la mano de su interlocutor aquella mañana. Arístides no quería soltar la presa y le hizo un gesto a Barreda para que no pareciera que la siguiente idea partía de él, algo acordado de antemano entre los dos. La reunión se había alargado demasiado y no podían descuidarse: un hombre tan ocupado como el marqués podía dar por finalizada la reunión en cualquier momento, y el hijo de Andrés Maestro todavía no había obtenido su objetivo principal.

—En cuanto a lo que comentaba antes, don Antonio, creo que nosotros podríamos echarle una mano con la logística de la visita real. Disponemos de alojamientos en Suances y en Santillana: tal vez algunos miembros de la corte podrían ser ubicados en nuestras ciudades. Por supuesto, todos los gastos correrían de nuestra parte.

—No hace falta, queridos amigos, no se preocupen. El rey quiere visitar mi tierra natal, y yo tengo que encargarme de este acontecimiento tan especial. Aunque tal vez...

El marqués pareció negarse en un principio, pero su gesto pensativo denotaba que tal vez habría una oportunidad de intervenir. Arístides cogió el testigo y continuó con la historia que llevaba preparada.

—No se preocupe, don Antonio, entendemos su postura. Pero podemos hacernos cargo de cualquier otra menudencia: regalos para los invitados, aportar capital para los festejos o las viandas de la fiesta, lo que usted necesite.

—La verdad es que queda mucho por hacer en estas semanas y el presupuesto se ha disparado. Pero no voy a permitir que ustedes se hagan cargo de estas cosas.

—No se preocupe, don Antonio, para mí será todo un honor —aseguró Arístides—. Mi pobre padre, que en paz descanse, estaría muy orgulloso de mí si pudiera saber que los Maestro podemos servir en algo a nuestro amado rey.

—Es cierto, señor Maestro. Creo que su padre era de Ubiarco, ¿verdad? No sabía que fuera un ferviente alfonsino.

—En efecto, don Antonio. —Arístides no se sorprendió al escuchar al marqués, suponía que se había informado sobre él antes de recibirle en su palacio—. Mi padre abandonó este terruño, como decía él, para hacerse un nombre en Cuba. Él me hablaba de Isabel II y sé que sufrió mucho con la revolución que llevó a la reina al exilio. Fue un firme defensor de la restauración borbónica, un monárquico convencido, y cuando tuvo noticias de la llegada al trono de Alfonso XII, pudo al fin respirar tranquilo.

—Vaya, me hubiera gustado conocer a su padre —contestó el marqués—. Siempre hacen falta grandes hombres para construir un país, y en España no nos sobran, la verdad.

—Mi padre quería regresar a Santillana y conocer por fin un período de paz en España bajo el reinado de un Borbón. Pero el destino le jugó una mala pasada, y el corazón le falló. Yo regresé a la tierra de mis antepasados, y ahora intento llevar a cabo los deseos de mi padre. Sé que se sentiría muy orgulloso de que su hijo pudiera ayudar a nuestro rey, y para mí sería un auténtico privilegio.

Arístides mintió sin pestañear y creyó que su estratagema había dado resultado. El marqués se estaba ablandando, pero no creyó en su buena suerte hasta que el de Comillas dictó sentencia.

—No se hable más, señor Maestro. Su padre se merece eso y mucho más. Hablaré con mi administrador y veremos la mejor forma en la que ustedes puedan colaborar en esta gran efeméride. Y, si me disculpan, querría pedirles otro pequeño favor.

—Por supuesto, don Antonio, lo que haga falta —respondió Arístides con curiosidad mientras Barreda asentía con un gesto.

—¿Querrían ustedes acompañarme en la recepción oficial a los reyes? —Arístides y Barreda intercambiaron una fugaz mirada antes de la confirmación del marqués—. Voy a celebrar una pequeña fiesta en honor de don Alfonso, y me encantaría que formaran parte de la pequeña lista de amigos que participarán en ese día tan especial.

—Naturalmente, don Antonio, será un honor —se adelantó Barreda.

—Por supuesto, cuente con nosotros —replicó Arístides con un brillo especial en sus ojos que tal vez confundiera al marqués—. Y si además pudiera conseguirme unos minutos de audiencia privada con el rey para presentarle mis respetos, los Maestro estaríamos en deuda eterna con usted.

—Veré lo que puedo hacer —respondió el de Comillas.

SUANCES, JULIO DE 1881

LA CONFIRMACIÓN

Me había despertado muy temprano, todavía de madrugada. Llevaba varias noches sin dormir bien, nerviosa e intranquila. Por un lado, me encontraba feliz y contenta tras la memorable velada en la ermita de Santa Justa, pero por otro lado me sentía culpable, como si les hubiera fallado a Dios y a mi familia.

Y lo peor no era eso. A lo largo de las últimas noches me había imaginado que Declan se encontraba a mi lado, acurrucado en mi lecho, acariciándome y cuidando de mí. Mis ensoñaciones me erizaban el vello de todo mi cuerpo al imaginar que las fuertes manos del irlandés me recorrían. Entonces me estremecía de placer y me recreaba en unas imágenes que quería repetir cuanto antes.

Había caído bajo el hechizo del amor, tanto físico y carnal como el más etéreo, el que me hacía volar a ras de suelo cada vez que pensaba en Declan. Me había enamorado hasta los tuétanos y además me sentía mucho más viva, renovada, como si al entregarme al hombre que amaba hubiera abierto las compuertas de la felicidad.

El calor me sofocaba por dentro al rememorar sus ardorosos besos, sus caricias íntimas y, sobre todo, el carrusel de sensaciones encontradas que viví al sentirle dentro de mí. Mis pezones entonces se rebelaron, suspirando por ese momento de pasión, excitados ante el simple hecho de recordar un momento vivido. La vergüenza quiso apoderarse de mis pensamientos, pero la alejé de mi conciencia a patadas. Al fin y al cabo, yo no creía haber hecho nada malo, por mucho que lo pregonara la Santa Madre Iglesia.

No es que fuera demasiado devota, pero la sociedad nos guiaba por un único camino, y el que se salía de él era excluido del rebaño. Quizás tenía que haberlo pensado antes, mas no pude. Ese momento mágico me subyugó, anulando mi voluntad, y solo supe dejarme llevar por mis sentimientos. Y si aquello era pecado, que bajara Dios a castigarme. Al fin y al cabo únicamente disfrutamos del verdadero amor terrenal, la unión física y emocional de un hombre y una mujer.

Habían vuelto a pasar tres días sin saber nada de Declan y, en las circunstancias en las que se encontraba el irlandés, no sabía si ese detalle era buena o mala señal. Declan creía que su patrón se había reunido en Comillas con el marqués, y en esos momentos yo desconocía si ese encuentro le había afectado de algún modo.

Recordé entonces el camino que recorrimos los dos juntos a caballo, desde la ermita hasta Santillana, intentando borrar las emociones reflejadas en mí. Mi cuerpo todavía temblaba de emoción, poco acostumbrado a los vaivenes del amor. Pensé en ese momento que mi rostro acalorado llamaría la atención de mi abuelo, aunque el calor me podía ofrecer una buena excusa.

Aquel día de la ermita de Santa Justa, después de regresar a Santillana, tardamos todavía un rato en encontrar a mi abuelo. Desmontamos del caballo y recorrimos a pie el centro de la villa, hasta que di con uno de los amigos del *güelu*, que me indicó amablemente dónde se encontraba el anciano. Cuando llegamos a su lado, nos miró de arriba abajo, y nosotros mantuvimos la compostura del mejor modo posible, aunque la procesión iba por dentro.

A mi modo de ver, el irlandés balbuceaba cuando le contó al *güelu* que nos habíamos retrasado por dirigirnos a la playa de Santa

Justa. Y yo no fui capaz de aguantar su mirada por mi sentimiento de culpabilidad, pero el anciano pareció satisfecho con las explicaciones. Declan se despidió entonces de nosotros con algo de frialdad, sobre todo si lo comparaba con nuestro apasionado encuentro entre las rocas de la ermita, pero no podíamos hacer otra cosa. El irlandés prometió mantenernos informados, y desde ese momento no había vuelto a saber de él.

Durante esos días mi hermana Mariuca me ignoró y yo se lo agradecí: no tenía ganas de enfrentarme a ella. Pero mi madre fue otro cantar. Fue más dura y severa que de costumbre en las labores de Casa Abascal; parecía tenerme enfilada y me abroncaba a cada momento. Unos días terribles en los que la angustia y la desazón, unidas a la situación en mi casa, me hicieron plantearme por primera vez en mi vida, como algo más que un simple anhelo, desaparecer de allí con todas las consecuencias.

Me imaginaba viviendo con Declan, despertándome todas las mañanas a su lado en un lecho caliente y esponjoso. Nuestras largas noches de pasión, horas eternas en las que hacer el amor sería nuestra misión principal, desembocaban en un dulce sopor del que despertaba al lado de mi esposo. Sí, yo pensaba en Declan como mi marido. Al fin y al cabo, por muy moderna que me creyera, había sido educada de una manera y eso se llevaba en los genes. Declan y yo éramos católicos y no habría ningún problema en caso de querer casarnos. Aparte de la negativa de mi familia, claro está.

Esas ensoñaciones me llegaban sin avisar, en cualquier momento, y a veces me encontraba en situaciones que hubiera querido evitar: por ejemplo, mientras ayudaba en la cocina a mi madre hasta que se me iba el santo al cielo. Y ella, naturalmente, estaba presta para atizarme a la menor oportunidad en que me veía distraída.

—Despierta, Amaya. Estás otra vez en la luna, que no sé qué demonios te pasa, chiquilla.

Yo asentí con fuerza y me concentré en lo que me había ordenado. Afortunadamente mi madre se marchó de la cocina, dispuesta a seguir con la tarea en otras partes de la finca. Algo que agradecí, porque no podía soportar su mirada inquisitiva que intentaba adivinar lo que había sucedido en aquella jornada memorable.

No las tenía todas conmigo, pero poco podía hacer yo. Así que intenté olvidarme del asunto, porque bastantes preocupaciones tenía ya. Y, por supuesto, no pensaba sacar el tema ni delante de mi madre ni del abuelo, no fuera a ser que todo se torciera.

De todos modos no pude permanecer tranquila durante mucho tiempo, ya que mi abuelo me abordó sin posibilidad de escape. El pobre lo hacía con la mejor intención, pero el nudo que aprisionaba mi estómago me estranguló aún más, y la angustia comenzó a hacer de las suyas.

—Amaya, ¿qué tal vas? ¿Has sabido algo de nuestro amigo irlandés?

Yo quise que me tragara la tierra, pero disimulé lo mejor que pude. Obvié la parte sentimental y amorosa de mi desazón, auspiciada por esos pensamientos impuros que llevaban instalados en mí desde el domingo, y contesté sobre mi otra preocupación.

—No, nada todavía. No quiero pensar en algo malo, pero llevamos tres días sin saber de él. Ojalá esté a salvo, porque ese Arístides me da muy mala espina y yo...

—No te apures, seguro que está bien. Creo que el irlandés es un hombre que sabe cuidarse por sí mismo. Si no sabemos de él, será porque todo va bien; no vamos nosotros a llamar a la mala suerte pensando en otra cosa.

—Dios te oiga, *güelu*, pero no sé yo si...

Una voz fresca y juvenil me interrumpió, y nunca me sentí más dichosa de ver el alegre rostro de mi hermano Nelu, que entraba en los dominios de Casa Abascal pegando gritos.

—¡Ahí llega Declan! —exclamó a pleno pulmón.

—Shhh, Nelu —le reconvine—. No hace falta que grites.

—El irlandés viene de camino. Le he visto por el sendero con su caballo. Imagino que se dirige a casa.

Le di un beso al niño, loca de contenta, y salí de allí como alma que lleva el diablo. No tuve en cuenta a mi abuelo y preferí adelantarme a Declan antes de que el irlandés entrara en la finca. Tal vez él había divisado también a Nelu y me esperaba en nuestro rincón, en la curva situada junto al mirador, sabiendo que el niño me avisaría sin dudarlo.

No pude librarme del *güelu*, que me acompañó hasta la curva del mirador. Ya podía olvidarme en su presencia de cualquier gesto romántico dirigido a Declan. Dejamos atrás las casas de dos vecinos y divisamos enseguida a Declan, que estaba atando su caballo a un fuerte árbol que encontró en las inmediaciones.

—¡Irlandés! —gritó alborozado mi abuelo. Parecía más contento que yo de verle sano y salvo. Y eso me alertó aún más, porque quería decir que el anciano andaba más preocupado por Declan de lo que me había asegurado—. Me alegra verte por aquí, *muchachu*. Espero que nos traigas novedades.

—Claro que sí, don Ángel —contestó Declan sin aparentar sorpresa al verme con mi abuelo—. Parece que los acontecimientos se precipitan. Ahora les cuento.

Declan estrechó la mano de mi abuelo y después me dio a mí un casto beso en la mejilla para saludarnos. Yo tuve que contenerme para no buscar sus dulces labios, pero la mirada reprobadora del *güelu* no admitía discusiones.

El irlandés evitó el contacto directo con mis ojos, algo que agradecí en un principio para no turbarme demasiado. De todos modos su comportamiento también me entristeció un poco, ya que parecía dirigirse únicamente a mi abuelo en la conversación, casi como si yo fuera un elemento decorativo. Pensé que tal vez no quisiera tratarme con excesiva familiaridad delante del anciano para no llamar la atención, pero no podía hacer como si no me conociera. Preferí alejar esos pensamientos de mi cabeza y centrarme en lo que Declan tuviera que contarnos.

—¿Qué ha pasado? —pregunté—. Nos tenías preocupados sin saber de ti desde el domingo.

Conseguí entonces que el irlandés me mirara a los ojos, y eso fue mi perdición. Su mirada penetrante se adentró hasta lo más profundo de mi alma, y me quemó con el fuego abrasador de sus pupilas. Pude distinguir en ellas la misma pasión que yo sentía por él, y mi corazón saltó de alegría en el pecho.

—Los últimos días están siendo bastante ajetreados en la finca de Arístides. Allí entra y sale mucha gente que no conozco, aunque no me entero de todos los detalles. Lo que sí sé es que el cubano se reunió finalmente con el marqués, y al parecer salió bastante contento del encuentro.

—¿Has podido averiguar los motivos? —quiso saber mi abuelo.

—Bueno, creo que tienen varios negocios en marcha, o por lo menos en perspectiva. Arístides parece exultante, incluso me ha dado una bonificación por mi excelente trabajo, según él. Y tanta alegría me escama: seguro que sus planes implican algo más que unos simples negocios con el marqués de Comillas.

—Tú no eres de aquí, pero te aseguro que el marqués no recibe a cualquiera. Aunque no sé qué tipo de tratos se traerá con él, no me extraña que tu patrón esté contento. Las influencias del de Comillas llegan muy lejos; es un buen árbol al que arrimarse en estos tiempos, te lo aseguro.

—Ya, y por eso no me termino de fiar. Arístides está encantado por algo relacionado con el marqués y con otros personajes muy importantes, pero por otro lado se sigue reuniendo con los emisarios carlistas.

—¿Viste otra vez al militar en casa de tu patrón? —solté a mi vez.

—No, Amaya, a ese no le he vuelto a ver. Pero sí al otro hombrecillo, el que parece un abogado o algo así. Portaba un maletín bastante grueso cuando entró en la casona, y al salir ya no lo llevaba encima.

—Pues sí, es bastante extraño. Igual nos lo estamos inventando todo, y sus acciones tienen una explicación mucho más sencilla que cualquier confabulación siniestra contra la Corona —aseguró mi abuelo.

—No creo, don Ángel. Y menos al saber que Sus Majestades llegarán a Comillas el próximo sábado 6 de agosto y se alojarán en el nuevo palacio del marqués.

—No puede ser. ¿No estarás pensando en que...?

—No digo nada, solo me atengo a los hechos. Y la realidad es que mi querido patrón, Arístides Maestro, acudirá como invitado especial del marqués de Comillas a la recepción oficial en honor de los reyes de España.

—¡Madre mía!

Solté el exabrupto en alto sin darme cuenta. A todos se nos había pasado por la cabeza lo peor, pero mi abuelo recondujo la situación.

—A ver, no adelantemos acontecimientos. Arístides no es idiota, no se va a arriesgar de ese modo. Si ha sido invitado por don Antonio, no creo que quiera perder ese privilegio. No le veo yo atentando contra el rey, su séquito o el mismo marqués en su propia casa. Sería apresado inmediatamente, aparte de que la seguridad del monarca impediría que cualquiera se acercara al cortejo real mucho antes de que levantara una mano contra nadie.

Declan se quedó un momento pensativo, reflexionando sobre las últimas palabras de mi abuelo. Yo no entendía nada, pero allí se estaba tramando algo importante. Vi el gesto de negación de Mclister y supe que tenía más datos que aportar. Desde luego, nunca hubiera imaginado que, después de perder la virginidad con él, mi siguiente encuentro con ese hombre fuera con carabina y hablando de conspiraciones políticas.

—No lo sé, pero sigue en tratos con los carlistas, y eso no me gusta. Es cierto que no le veo atentando contra nadie; es un cobarde. Sin embargo, tiene hombres a su servicio y seguro que puede infiltrar a algún carlista en el cortejo. Creo que Alfonso XII ha sufrido un par de atentados anarquistas durante su reinado, así que no sería la primera vez.

—En eso tienes razón. ¡Maldita sea! —exclamó mi abuelo—. ¿Y qué podemos hacer?

—Creo que ya es hora de acudir a las autoridades, no podemos esperar más tiempo —aduje convencida.

—No es tan fácil: nadie me va a creer. Y menos si acuso sin pruebas a un poderoso hombre de negocios que se relaciona con marqueses y gente por el estilo. No, tengo que pensar otra cosa y rápido.

Todos nos quedamos un momento callados, y entonces escuché una voz conocida a mis espaldas. Mi hermano se asomó al borde del camino para llamar nuestra atención sin gritar demasiado.

—¡Amaya, date prisa! Madre te está buscando y no parecía de muy buen humor.

—Para no variar, claro —dijo el *güelu*—. Anda, hija, regresa a la casona. Me quedaré yo un rato con Declan y luego te cuento.

El irlandés me miró un instante, y supe que él tampoco quería que me marchara. Y, por supuesto, ambos deseábamos que mi abuelo desapareciera para decirnos todo lo que llevábamos dentro. También era mala suerte que nuestro primer encuentro después de lo vivido el domingo anterior fuera en presencia de una tercera persona que no nos permitía expresarnos con libertad.

—Sí, ahora voy. Entonces, Declan, ¿qué vas a hacer? —insistí.

—Mantenerme alerta; ahora es cuando tengo que permanecer más atento. Si me quedo un momento a solas, tal vez intente acceder al despacho de Arístides. Es posible que guarde documentos o algo comprometedor que podamos utilizar.

—No creo que sea tan tonto, no te molestes. Primero, es muy peligroso, y segundo, Arístides no va a dejar por escrito pruebas de su infamia —aseguró el anciano.

—Bueno, algo se me ocurrirá. Desde luego ahora no puedo alejarme mucho de la finca de Arístides, por si acaso. Intentaré sonsacar también a sus hombres. Hay algunos que con unos tragos son menos reacios a hablar. Y procuraré averiguar todos los datos que pueda sobre la recepción real y lo que se está organizando en Comillas.

—Le preguntaré yo también a mi amigo el concejal. Y además tendré que ir preparando el viaje.

—¿Qué viaje? —pregunté como una tonta.

—Sabes que mi sobrina Angustias vive en una casona grande de Comillas. Desde que se quedó viuda y los chicos se fueron a la ciudad, dice que le sobra tanta casa. Así que tal vez reciba una visita de unos familiares muy queridos.

—¿Quieres decir que...?

—Por supuesto, Amaya. Olvidándome de conspiraciones y de cualquier cosa por el estilo, no pensarás que me voy a perder la única oportunidad de ver de cerca a un Borbón, ¿verdad?

—Bueno, visto así. ¿Puedo ir yo?

—Deberíamos ir todos, Amayuca, pero ya sabes cómo es tu madre. —Declan y yo le miramos extrañados—. No estoy loco, muchachos; habrá miles de personas en Comillas y no creo que suceda nada malo. Una oportunidad así solo se tiene una vez en la vida. Tenemos que recibir a Sus Majestades como se merecen. El rey Alfonso es muy querido y tiene que quedarle muy claro el cariño que le tiene su pueblo.

—No creo que madre quiera ir, *güelu* —aseguré—. De todos modos, me extraña que vaya a cerrar el negocio un sábado. Y menos en plena temporada alta.

—Bueno, ya nos organizaremos —dijo Declan—. Amaya...

—¿Sí...? —pregunté como una tonta.

—Nelu sigue haciendo gestos, creo que tu madre te reclama.

—Sí, perdón, me marcho. Bueno, ya nos contarás.

Salí de allí enfadada por perderme el final de la conversación. Mi abuelo y Declan se quedaron charlando tranquilamente, como si no nos encontráramos en medio de una situación rocambolesca. Admiraba la calma que demostraba Declan ante el momento que vivía, con unos nervios de acero. Tal vez la procesión iba por dentro, pero desde luego lo disimulaba bastante bien.

Minutos después vi regresar a mi abuelo a la casona. Quise acercarme para preguntarle sobre lo que habían hablado en mi ausencia, pero me hizo un gesto que no dejaba lugar a dudas. Hablaría más tarde conmigo, ahora tenía otros asuntos que atender.

El abuelo consiguió contactar con su sobrina en esos días, y la buena mujer se avino enseguida a alojar a toda la familia si fuera preciso. Mi madre se negó en redondo desde el primer momento, y mi abuelo, sin que yo le mencionara nada, sacó a relucir de nuevo la excusa de que necesitaba mi ayuda para conducir el carro, acostumbrado a que yo le llevara por esos caminos de Dios. Él no pensaba perder la oportunidad de ver a su rey, y se cerró en banda a cualquier tipo de negociación. Yo les escuchaba a escondidas, pero sabía que al final se saldría con la suya.

—¡No me puedo quedar sola en la posada! —exclamó mi madre—. Además, los niños querrán ir también de excursión con vosotros, por lo menos Nelu.

—No te preocupes, hablaré con la vecina; ya nos ha ayudado en otras ocasiones —añadió el *güelu*—. Y no estarás sola, descuida, tendrás a Nelu y a María a tu disposición. Es mejor que los niños se queden en casa, sería difícil controlarlos en una ciudad tan llena de gente. A Comillas solo me llevaría a Amaya; para ayudarme con el carro, ya sabes.

Mi madre se quedó un momento callada, sopesando las razones esgrimidas por su suegro. Si se cerraba en banda, mi abuelo no se lo perdonaría jamás. El anciano podía irse solo, pero si le ocurría algo en el trayecto, o durante los actos de celebración en Comillas, todos tendríamos un cargo de conciencia en la familia del que sería difícil librarse. No le quedaba otra opción que transigir.

—Siempre te sales con la tuya. Si estuviera tu hijo aquí, las cosas serían muy diferentes, que te quede claro.

Le vi salir de la cocina con una sonrisa triunfal. El anciano siempre acababa consiguiendo lo que se proponía. En un principio pensé que mi madre se negaría a darme permiso, sobre todo después de nuestra anterior escapada a Santillana.

La visita de los reyes era algo especial, pero ya no podría utilizar la misma excusa de acompañar a mi abuelo para una posterior ocasión. Tendría que inventarme algo nuevo para poder ver a Declan a partir de ese instante, independientemente de intrigas palaciegas. Estaba enamorada de ese hombre y necesitaba verle. Y si para ello tenía que escaparme del yugo materno, lo haría sin dudarlo.

Por un momento me olvidé de Declan y del maldito Arístides, y pensé en lo que se avecinaba. Los reyes de España iban a visitar mi tierra y, al parecer, se estaban organizando unos festejos magníficos para recibirlos. Yo quería estar allí, formar parte de un día histórico para todos y, por supuesto, ayudar a Declan en lo que estuviera en mi mano.

Tenía razón mi abuelo, el rey Alfonso era un monarca muy querido. Tras el exilio de su familia regresó a España con todos los honores y entró en Madrid a lomos de un hermoso corcel blanco. Con solo diecisiete años se hizo cargo de una Corona que había pasado por muchos altibajos y se puso al frente de un país con problemas de todo tipo.

El pobre rey únicamente sufrió desgracias desde su llegada a España. Se casó con su prima Mercedes, en una boda que la reina madre no aprobó por cuestiones políticas y familiares, sin que Alfonso XII se arredrara lo más mínimo. Un matrimonio adorado por los españoles, que veían en la pareja de enamorados unos reyes perfectos para asumir la restauración borbónica en España. Pero el destino les jugó una mala pasada.

La reina, tras una larga enfermedad, murió a los pocos meses de casarse, y el rey se sumió en la melancolía y dejó de lado sus labores de Estado. Gracias a sus hombres de confianza pudo salir del bache, aunque antes tuvo que escuchar cómo el pueblo le sacaba incluso coplillas populares relacionadas con la desgraciada muerte de su esposa.

Un monarca que buscaba descendencia para la Corona no podía quedarse viudo tan joven y olvidarse de sus deberes con la patria. Así que Alfonso XII se casó con María Cristina de Habsburgo un año y medio después del fallecimiento de Mercedes de Orleans. El primer hijo del matrimonio nació poco después, pero fue una niña, por lo que deberían seguir intentándolo. España demandaba un hijo varón, sobre todo para no tener los mismos problemas por los que pasó Isabel II décadas atrás a la hora de acceder al trono. Por supuesto bautizaron a la niña como María de las Mercedes en honor a la reina recién fallecida.

—La nueva reina es prima del emperador austríaco —me contó un día mi abuelo—, pero por lo visto es bastante siesa, nada que ver con Merceditas. Lástima que muriera tan joven, pobre niña. Pero bueno, yo quiero ver al rey Alfonso, lo demás me da igual.

Al final, con tanto ajetreo por la organización del viaje, conseguí alejar de mi mente la mayoría de los problemas que me consumían por dentro. Pero, claro, no pude ni quise sacar de mi cabeza a Declan. Le añoraba, le echaba mucho de menos, y aquellas horas sin saber de él eran un suplicio para mí.

En la tarde-noche del domingo, con el permiso de mi madre, salí a dar un paseo. Me acerqué hasta el centro del pueblo, ensimismada, pensando en mis cosas. Cuando me quise dar cuenta estaba al lado de la parroquia de Nuestra Señora de las Lindes, la patrona de Suances. Pensé entonces en confesarme con el párroco, pero la vergüenza pudo más. Así que continué mi caminata, rumiando sola todo lo que me había sucedido en los últimos meses.

Iba con la cabeza gacha, bastante distraída he de decir, ajena a lo que sucedía a mi alrededor. De pronto escuché un ruido a mi espalda y me giré sobresaltada. El crepúsculo se cernía sobre Suances, y la oscuridad podía traerme algún tipo de problema, por mucho que me encontrara en pleno centro de la villa en una noche de verano. Los salteadores estaban a la orden del día, y yo había descuidado la atención, hasta perder casi la noción del tiempo y el espacio.

Cuando me di la vuelta distinguí el origen de aquel sonido. Un caballo bayo relinchaba contento, moviendo su cabeza arriba y abajo. Entonces me di cuenta: ¡el noble animal me saludaba! El caballo de Declan me había reconocido y se mostraba contento al verme.

Yo me quedé a su lado, acariciando al equino, hasta que caí en la cuenta de que su dueño andaría por allí cerca. Me parecía extraño que Declan hubiera ido hasta Suances sin avisarme, y entonces todo se paró a mi alrededor. Unos metros más allá, a la puerta de una taberna de mala fama, cuyos parroquianos no parecían muy recomendables, creí ver al irlandés rodeado por otros hombres a los que no me habría acercado yo sola en la vida.

¿Estaría Declan allí para sonsacarles algo a los esbirros de Arístides? ¿O tal vez solo bebía con sus amigotes antes de desfogarse con cualquier pelandusca? No quería pensar mal, pero en el pueblo se rumoreaba que dentro de ese tugurio, en la planta superior del edificio, los clientes podían pasar un buen rato con alguna chica de vida alegre por unas pocas monedas.

No, mi Declan no era así, por mucho que pregonaran de los hombres. Él era una persona cabal, un hombre que se vestía por los pies, como decía mi abuelo. Y, si había llegado tan lejos conmigo, no iba ahora a dejarme tirada de esa manera.

De todas formas, ¿qué podía esperar yo? Se trataba de un hombre de mundo que habría tenido romances con mujeres tanto en Irlanda como en Cuba, y a saber si también en España. Yo no era su primera experiencia en el amor, eso se notaba, pero sí pensé que sería la última. ¡Infeliz de mí! Me había dejado engatusar y, una vez que el irlandés obtuvo lo que andaba buscando, se había olvidado de esta incauta como si yo fuera un trapo de usar y tirar.

Los celos se apoderaron de mí cuando vi salir del local a una mujer vestida de manera llamativa. Declan la ignoró y siguió hablando con uno de los hombres mientras le daba la espalda a la joven. El irlandés no quería saber nada de esa mujer, por mucho que ella quisiera llamar su atención. Eso me satisfizo, pero seguía sin fiarme de lo que estaba viendo.

¿De verdad conocía tanto a Declan? Mi mente me avisaba de la terrible equivocación al juzgar de antemano la situación sin analizarla con la cabeza fría. Pero mi corazón agitado opinaba otra cosa, y quise entonces sacarle de dudas. Me acerqué hasta el grupo y Declan me descubrió enseguida. Su gesto de alarma me hizo pensar que le había pillado con las manos en la masa, pero entonces supe que ese no era el motivo real de su desasosiego. Inclinó la cabeza ligeramente, señalando al grupo de borrachos que se arracimaba en la esquina, y supe que sería una imprudencia acercarme.

Me pareció que Declan se relajaba y regresé a mi lugar anterior, cerca del caballo y oculta en la penumbra que lo cubría todo. Algo apartada de aquel tugurio, pero lo bastante cerca para controlar la situación. El irlandés se percató de mi estratagema y comenzó a hablar en voz alta para que yo le escuchara.

—Bueno, compañeros, ya es tarde. Creo que os voy a dejar por hoy, no tengo ganas de caerme del caballo de regreso a casa.

—Venga, irlandés, no seas así. Nos tomamos la última y nos vamos —contestó uno de aquellos tipos.

—Mejor otro día. Ya nos veremos.

Declan se marchó de allí y se dirigió hacia su caballo. En un ataque de lucidez, pensé que tal vez Declan no quería que esos hombres le vieran conmigo. Si se trataba de esbirros de Arístides y estaban metidos en algún tipo de delito, sería mejor que no vieran mi cara, que no me reconocieran ni me asociaran con el irlandés. Así que comencé a andar sin rumbo fijo, esperando que el irlandés se percatara de mi estrategia.

Así lo hizo. Declan montó en su caballo y lo mantuvo al paso. Se detuvo unos metros más allá, bajo las frondosas copas de unos árboles. Me subí en silencio al animal, y salimos de allí sin decir una palabra ninguno de los dos. Y entonces dio la vuelta y puso el caballo al trote en dirección hacia las playas de Suances.

—¿Adónde vamos? —pregunté.

—Ahora lo verás, no te preocupes. Prefiero alejarme de esos tipos.

Declan parecía muy misterioso esa noche y mis nervios no lo soportaban. El aguijón de los celos me decía que allí había algo más que una misión de reconocimiento, pero no quería dejarlo traslucir. Era la primera vez que podía estar a solas con él después de nuestro encuentro en la ermita y no quería desaprovechar la oportunidad. Me tragaría el orgullo, y si veía algo raro, ya le pondría en su sitio.

Minutos después llegamos a la entrada de la playa de La Concha, la más extensa de Suances y una de las más concurridas de la comarca en los últimos tiempos merced a los baños de ola que se habían puesto tan de moda. A esas horas no había nadie en la playa. No es que tuviera miedo en compañía de Declan, pero nunca había estado allí tan tarde, por lo que un pequeño escalofrío sacudió todo mi cuerpo.

¿Qué pretendía Declan? Le notaba muy raro, y yo no sabía cómo comportarme con él después de lo sucedido. Tal vez para Declan nuestro anterior encuentro fuera el de la curva del mirador junto a mi abuelo, cuando hablamos sobre Arístides y sus planes, pero yo tenía en mente otro momento, la mágica tarde en la ermita. Quizás para él no había sido tan importante como para mí y debía averiguarlo sin demora, antes de seguir perdiendo el tiempo con un hombre que no sentía lo mismo que yo.

—Declan, yo quería decirte...

—Ahora no, Amaya, espera un momento.

Mi inseguridad me mataba, y de nuevo estaba siendo injusta con él, pero no podía sacármelo de la cabeza. Por fin dejó el caballo, cogió mi mano con fuerza y me obligó a acompañarle paseando por la playa, muy cerca de la orilla. Me llegaba el murmullo de las pequeñas olas que lamían la arena con delicadeza, nada que ver con la espectacularidad de sus hermanas mayores al romper en los acantilados de Santa Justa una semana antes. Pero ese rumor sordo no podía silenciar el martilleo incesante de mi corazón, desbocado ante lo que pensaba sería nuestra despedida.

—Amaya, yo...

—No, por favor, déjame hablar a mí primero —le interrumpí—. Sé que estás muy atareado con el empeño de desenmascarar a tu patrón, pero sinceramente no te entiendo.

—No te precipites, todo tiene su explicación. Verás, la verdad es que...

—Después de nuestro encuentro en la ermita me has ignorado completamente. Claro, para ti no significó nada, ya lo veo. Y mientras, rodeado de mujerzuelas en tugurios de mala muerte.

Declan se quedó parado en la arena, me soltó la mano y me miró de frente. Entonces se aproximó a mí con propósitos no demasiado claros, acercando su mano para recolocarme un mechón de pelo detrás de la oreja. Yo le aparté de un manotazo y retrocedí un par de pasos antes de encararme de nuevo con él.

—¡Ni se te ocurra!

—Vaya, veo que te has cabreado en serio. ¿O acaso estás celosa?

—Más quisieras tú, irlandés —contesté menos airada.

—Anda, no seas cría —dijo mucho más serio—. Te aseguro que no tengo tiempo para pensar en ninguna mujer, aparte de ti, por supuesto. Bastante tengo encima, la tensión me va a matar como siga así.

—¿Qué ha pasado? —pregunté asustada.

—Al final me colé en el despacho de Arístides y casi me pillan. Encima no...

—¡Te dije que no lo hicieras! Si tu patrón te llega a descubrir fisgando en sus cosas, quizás lo hubieras pagado muy caro. Y yo...

—No me vio nadie, pero tuve que salir de allí cuando sentí pasos cerca. Al final no encontré nada comprometedor en el poco tiempo que estuve allí dentro, pero creo que Arístides trama algo muy gordo.

—¿Por qué lo dices?

—El otro día escuché voces de otros hombres dentro de la casa, y no me gustó nada el rumbo de la conversación. Hablaban en clave, o eso me pareció. Además, uno de ellos tenía acento cubano. Creo que formaba parte de los amigotes de Arístides en Cienfuegos, gentuza de la peor calaña. A veces traía a alguno a la plantación y a ninguno nos gustaba. Incluso su padre, que le permitía todo, le abroncaba cuando le veía con esas compañías. Su grupito tenía muy mala fama en la ciudad por lo que pude averiguar, pero nunca se pudo demostrar que cometieran ningún delito o hicieran algo en contra de la ley.

—Ya, pero eso tampoco prueba nada.

—Tal vez no, pero lo que vi ayer sí.

—¿A qué te refieres?

—Fue algo muy extraño. Uno de los lugartenientes de Arístides en Santillana se reunió a escondidas con otros dos tipos. No pude verles bien la cara, pero sí escuché alguna palabra suelta de su conversación. Y te aseguro que distinguí el acento cubano sin dudarlo.

—¿Y qué pasó?

—Se reunieron en las caballerizas y el lugarteniente llevaba al entrar un maletín bastante abultado, muy similar al que portaba el emisario carlista el otro día. Habló durante unos minutos con esos tipos allá dentro, y después salió sin maletín. No distinguí bien a los otros dos hombres porque se escabulleron por la parte de atrás y no podía seguirlos sin levantar sospechas. Pero me pareció reconocer al más alto, creo que era uno de los amigotes de Arístides en Cienfuegos. Todo apunta a que preparan algo para el 6 de agosto. Y me temo lo peor.

—Nosotros finalmente iremos a Comillas el día anterior —apunté en ese momento.

—¿Al final habéis organizado el viaje? Es muy peligroso, Amaya, aunque cualquiera se atreve a disuadir a tu abuelo de ir a ver a los Borbones.

—No te preocupes por nosotros, bastante tienes encima. No nos vamos a meter en ningún lío, descuida.

—Yo no puedo estar pendiente de vosotros, lo siento. Tengo que permanecer cerca de Arístides y, sobre todo, buscar a ese hombre misterioso. Solo le he visto de perfil, a una distancia bastante grande, pero creo que podría identificarle. Tengo que hacerlo antes de que cometa cualquier barbaridad, y avisar a las autoridades en cuanto le encuentre. Y vosotros deberíais quedaros en Suances.

—Mi abuelo ya ha organizado todo el viaje, es imposible que dé marcha atrás. Además, él quiere ayudarte. Aparte de ver al rey, claro.

—Amaya, estoy hablando en serio. Aunque no te lo creas me importas mucho y no podría soportar que te ocurriera algo por mi culpa.

—Descuida, no voy a meterme en medio del jaleo. Aunque al abuelo cualquiera le controla, dice que quiere ver al Borbón de cerca.

—Ya hablaré yo con don Ángel, no te preocupes. No sé cómo lo haré, tendré que escaparme de Santillana, pero estaré ese día en Comillas cueste lo que cueste.

—¿Y tu patrón dónde andará ese día? —pregunté entonces.

—Creo que Arístides irá con su amigo, el indiano de Suances; al parecer han sido invitados especialmente por el marqués. Y yo le pienso estropear el entretenimiento, sea el que sea. Quiero que pague por todo el mal que ha hecho, y no pienso echarme atrás.

—Deberíamos dejarlo. ¿Por qué no nos vamos de aquí? Tengo un mal presentimiento.

—No seas tonta, no va a pasar nada. Además, ¿adónde nos íbamos a ir?

—A cualquier lugar, lejos de aquí. Quiero conocer mundo, estar a tu lado. Pero, claro, yo no sé si tú...

—Anda, cállate de una vez. Mira que hablas...

Mclister me silenció con el beso que llevaba días esperando. Mis brazos se quedaron colgando al lado del tronco, flácidos, quizás con miedo a moverse. Pero al final me dejé llevar, no podía hacerle eso a mi cuerpo. Me abracé a él con todas mis fuerzas y puse en el beso todo lo que guardaba en mi corazón.

El pantano se abrió y el manantial de mis sentimientos fluyó desbocado, sin cortapisas, arrasando el entorno. La emoción me embargaba: quería alejar de mi mente los malos pensamientos y recrearme únicamente en aquel momento. No podía permitir que nada ni nadie me alejaran de mi objetivo, que no era otro que amar a Declan para siempre, contra viento y marea.

—Vaya, eso está mucho mejor. Creí que no lograría hacerte entrar en razón.

—Yo... Esto... Perdona. Estoy muy nerviosa y creo que antes he exagerado un poco.

—Sí, cariño, eso creo. Pero ahora quiero que te olvides de cualquier problema. Si te parece, me encantaría pasear por esta hermosa playa contigo. ¿Te apetece?

—Claro.

Dejé atrás mis preocupaciones, o eso intenté, y caminé junto a Declan por la playa. El irlandés se quedó a medio camino y comenzó a arrojar guijarros al agua. Yo le imité y acabamos jugando como dos críos, agarrándonos y riendo como cualquier pareja de enamorados. Solo esperaba que aquellos momentos de felicidad se prolongaran.

Había perdido la noción del tiempo en compañía de Declan, e intuí que ya era muy tarde, tendría que regresar a casa. Nos entregamos unos momentos más a la pasión, pero nada comparado con lo vivido en Santa Justa. Una velada de la que me daba mucha vergüenza hablar con él, aunque más tarde o más temprano volvería sobre el tema. Pero antes habría que salir bien de una semana que se presentaba complicada.

Antes de marcharnos de allí concreté con Declan la manera de encontrarnos en Comillas y le indiqué dónde estaba ubicada la casa de mi prima Angustias, por si acaso. No sabía si volveríamos a vernos antes de ese día y un amago de angustia recorrió mi cuerpo.

Regresamos junto al caballo, y Declan me acompañó hasta las inmediaciones de mi casa. No me apetecía dar demasiadas explicaciones a mi familia, así que me despedí de él y me adentré en Casa Abascal, sin saber que nuestro destino había quedado sellado para siempre.

La semana avanzó con exagerada lentitud, y no volví a saber nada de Declan en esos días. Mi abuelo andaba también algo nervioso con nuestro viaje, aunque intentaba disimularlo. Llegó por fin el viernes y nos preparamos para partir hacia Comillas.

El viaje se nos hizo un poco pesado. Habíamos salido a media tarde de Suances, tras un amago de discusión con el resto de la familia al ver que nosotros nos marchábamos casi de vacaciones y ellos se tenían que quedar trabajando en Casa Abascal.

Yo debería haber estado contenta por marcharme tres días de casa, aunque fuera con mi abuelo. Me iba a alojar en otra bonita población de mi tierra, en casa de una prima, con la oportunidad de ver de cerca el espectáculo que se había organizado en Comillas por la presencia de los reyes de España. Y para colmo me iba a encontrar allí con mi amor, el irlandés que había vuelto mi mundo del revés, lejos de las miradas inquisitorias de mi madre. Pero no conseguía relajarme; una presencia siniestra nos envolvió durante nuestro recorrido y no pude alejarla de allí en todo el camino.

Mi abuelo iba también pensativo, tal vez meditando lo que había ocurrido en los últimos días. El anciano sabía perfectamente lo que sucedía entre Declan y yo, pero se lo había guardado para protegerme. El *güelu* me quería con locura y habría hecho cualquier cosa por mí, incluso de alcahuete ocasional, aunque fuera contra sus principios.

Ambos queríamos evitar la confrontación con mi madre, pero más tarde o más temprano tendríamos que asumirlo. Si yo quería estar con Declan y él conmigo, tendríamos que comunicárselo a la familia oficialmente. Temía ese momento lleno de tensión, donde sobresaldrían los reproches de mi madre y el casi seguro enfado de Mariuca, aunque mi hermana llevaba unas semanas distraída, como si el calentón con el irlandés hubiera desaparecido y ya ni se acordara de nuestras discusiones por él. Mejor así, yo no quería volver a enfrentarme ni con ella ni con nadie. Aunque en público parecía mucho más tranquila, en privado me aseguraba que jamás me saldría con la mía.

Pero el *güelu* y yo teníamos algo más importante en nuestras cabezas, algo que no nos dejaba dormir por la noche. Las intrigas palaciegas aparecían a veces en los libros de aventuras, pero era muy distinto enfrentarse a ellas desde dentro y con nuestros escasos medios. Me sentía muy pequeña en una situación que se nos escapaba de las manos. Y además temía por la vida de Declan, instalado en el centro mismo de la trama.

—Todo saldrá bien, ¿verdad? —dije en un momento en el que el silencio ya pesaba demasiado entre nosotros, de camino a Comillas.

—Claro, no te preocupes. Anda, déjame llevar un rato el carro, que te veo algo distraída.

No contradije al anciano, llevaba toda la razón. Rodeamos Santillana y enfilamos otros caminos menos transitados. Nos fuimos acercando de nuevo a la costa tras sobrepasar algunas de las colinas de la comarca, buscando nuestro destino final: Comillas.

Mi abuelo oscilaba su cabeza mientras conducía el carro y le regalaba al mulo palabras de ánimo para que continuara con su dura labor. El pobre animal ya estaba muy mayor, y los últimos viajes lo habían dejado casi sin fuerzas. Después del verano tendríamos que plantearnos la posibilidad de jubilarlo, por lo menos para seguir tirando de un vehículo tan pesado.

Yo seguía ajena al bello paisaje que se mostraba ante nuestros ojos. Las lluvias de la primavera pasada nos permitían entonces contemplar un verdor sin igual, con nuestros valles, colinas y montes repletos de vida. El contraste del mar —bravío como solo el Cantábrico podía ser—, con las estribaciones montañosas que rodeaban nuestra comarca, hacía que el viaje fuera una delicia para los sentidos. Aunque yo no pudiera disfrutarlo en ese momento, siempre pensé que mi tierra podía ser considerada la más bonita del mundo.

Compartimos alguna que otra charla intrascendente, pero ninguno de los dos quisimos entrar en el meollo de la cuestión. Mejor no hablar del asunto, enterrarlo en nuestra memoria hasta que no tuviéramos más remedio que enfrentarnos cara a cara con él. Y eso tendría lugar al día siguiente, a más tardar, dependiendo de lo que ocurriera en una jornada que ninguno olvidaríamos.

Entramos en Comillas y nos dirigimos a la zona del puerto. La casa de Angustias se encontraba en las inmediaciones. Yo seguía con mal cuerpo, y no precisamente por lo agitado del viaje.

—Alegra esa cara, Amaya, que no diga tu prima.

—¿No estás preocupado, *güelu*?

—Claro que sí, mi niña. Este viejo tiene miedo, no lo voy a negar. Pero más por ti y por ese terco *muchachu*, porque yo ya soy muy mayor. Solo deseo que todo salga bien y nadie sufra ningún percance.

—Ojalá tengas razón, abuelo. Es lo único que pido yo también.

Tras preguntar a unos vecinos llegamos sin más retrasos a la casa de Angustias. La buena mujer se alegró mucho de vernos. Se deshizo en elogios hacia mí y resaltó lo guapa que estaba y lo rápido que me había convertido en toda una mujer. Era normal, no nos veía desde el entierro de mi padre, y ya había llovido bastante desde entonces.

Nos acomodamos en su amplia casa, una vivienda con tres habitaciones de las que dos estaban desocupadas. La mujer tenía ambos cuartos preparados para nuestra visita, e insistió en que mi abuelo tomara uno y yo el otro para mayor comodidad de todos. No protestamos después del largo camino, por lo que deshicimos la maleta y descansamos un poco después del agotador viaje.

Los dejé de cháchara en el salón, donde estuvieron poniéndose al día tras varios años sin verse. Yo seguía intranquila, pero recordé entonces las palabras de Declan en nuestro último encuentro, y salí de nuevo al exterior. Si el irlandés se asomaba por el barrio del puerto, quería que me encontrara lo antes posible. Habíamos dejado nuestro carromato al lado de la casa de Angustias, y el irlandés lo reconocería sin duda, pero sería mucho mejor si nos viéramos cara a cara.

—Voy a dar una vuelta por el puerto, ahora vuelvo —informé antes de salir.

—Claro, Amaya —contestó mi abuelo.

El anciano se había percatado perfectamente de lo que me proponía y me hizo un gesto con la cabeza para que siguiera adelante con lo acordado.

Yo salí de nuevo al fresco y me perdí un rato por las callejuelas anexas al puerto. Todavía había gente trabajando, afanada en recoger las redes y otros aparejos de pesca. La ciudad estaba engalanada para la visita real, y el puerto no iba a ser menos.

Mi abuelo me había contado que, antiguamente, gran parte de la población de Comillas vivía de la industria ballenera, muy importante en toda la región. Los pescadores de la zona capturaban ejemplares de la ballena franca, uno de los cetáceos menos peligrosos de cazar. Comillas fue el último puerto del Cantábrico que se dedicó a esas tareas, y la flota pesquera de la villa marinera tuvo que reinventarse décadas después y dedicarse entonces a la pesca de la sardina y otras especies similares.

En mi paseo por el puerto me topé con una muchedumbre de gente que admiraba un hermoso barco allí anclado. Cuando pregunté a uno de los vecinos, me explicó que se trataba de un buque muy especial, el primero cuyo casco se había construido completamente de acero, y que sería presentado al rey en los próximos días.

Mi abuelo me había contado también algunos de los pormenores de la visita real, detalles que su buen amigo Enrique conocía por su pertenencia a uno de los consistorios de la zona. Aparte de los impresionantes arcos de bienvenida que se habían instalado en Comillas —atravesamos uno de ellos al acceder a la ciudad—, el marqués y sus paisanos tenían preparadas más sorpresas para los reyes y su séquito, incluyendo diversas fiestas y recepciones durante ese verano.

Incluso, según aseguró el concejal de Suances a mi abuelo, se estaba estudiando la posibilidad de convertir Comillas en la capital del reino, aunque fuera por un solo día. Al parecer el rey pretendía pasar allí el resto del verano, por lo que podría presidir el primer Consejo de Ministros de septiembre, con todo su Gabinete reunido en la ciudad cántabra. Un honor para la región, si finalmente se llevaba a cabo tal idea.

La noche comenzó a echarse sobre la ciudad y decidí regresar a casa de Angustias. Me quedaría un rato en las inmediaciones, por si acaso aparecía Declan por allí. Tenía muchas ganas de verle, pero por otro lado temía ese momento. En los días siguientes saldríamos por fin de dudas con respecto a Arístides y su banda, para bien o para mal.

No quería verme envuelta en una investigación por parte de las autoridades, aunque yo no tenía nada que ocultar. De todos modos eso sería mejor que no poder dormir por las noches, por miedo a que Declan tuviera un encontronazo con esa gente y acabara de mala manera. Sí, estaba decidido. Convencería al irlandés para acudir a las autoridades, no quedaba otro remedio.

Al llegar a la plazoleta donde se ubicaba la casa de Angustias, muy cerca del puerto, no me percaté de que tenía ya a alguien esperándome, apoyado en un banco de piedra. Declan me divisó el primero y me regaló una de sus arrebatadoras sonrisas, sin que la angustia desapareciera de mi cuerpo. Quería arrojarme en sus brazos, pero mi prima podía asomarse en cualquier momento a la puerta de su casa, o tal vez mi abuelo, y no quería provocar un espectáculo.

El irlandés se percató de mi azoramiento y me saludó con formalidad, sin mostrar atisbos de la manera en la que en realidad quería saludarme. Eso esperaba yo al menos, la indecisión hecha persona. Seguía sin tenerlas todas conmigo, repleta de dudas en un momento tan difícil para todos. Debía desechar esas absurdas ideas y luchar por lo único que tenía claro entonces: mi amor por Declan.

El irlandés me invitó a acompañarle para dar un paseo y yo accedí encantada. Repetimos lo de la última noche en la que coincidimos en Suances, esta vez con las playas de Comillas como escenario. Nos marchamos en dirección contraria a la que había tomado yo en mi anterior paseo por el puerto, enfilando la playa principal del pueblo, también preparada para los dichosos baños de ola.

—¿Has averiguado algo más? —pregunté a bocajarro, más preocupada por esos temas que por cualquier asunto romántico.

—No, la verdad, no he sacado mucho más en claro en estos días. Arístides vendrá mañana temprano a Comillas, y yo también, pero por mi cuenta. Me he escapado de Santillana sin que nadie se entere y ya me quedaré por aquí.

—¿Sabes algo de los carlistas o de los cubanos que me mencionaste?

—No, y eso me preocupa. Creo que lo dejaron todo atado el otro día, aunque el ambiente en la casona de Arístides parece algo enrarecido. He escuchado voces y alguna que otra discusión, pero no sé mucho más.

—Ya lo imaginaba, no pasa nada. Lo importante es que estés aquí, sano y salvo. Tal vez deberíamos avisar a alguien para que extremaran las precauciones en torno a la visita de los reyes.

—No conocemos la finalidad de su plan, tal vez no sea atentar contra el Borbón. Me parece demasiado arriesgado, aunque la coartada de Arístides sería perfecta, viendo el atentado en primera fila junto al marqués de Comillas.

—Ya, pero no lo sabemos —afirmé—. No podemos arriesgarnos; no si la vida del monarca está en nuestras manos.

—Vigilaré a Arístides y mantendré los ojos bien abiertos para descubrir a sus compinches, si es que andan por aquí. Pero deberíamos permitirles que sigan con su plan para no ponerlos sobre aviso.

No hizo falta que me lo explicara. Si le fastidiábamos los planes a Arístides, saliendo a la palestra y descubriendo nuestras cartas, lo normal sería que los conspiradores cambiaran de estrategia. Y lo peor de todo era que el cubano sabría entonces quién le había traicionado, por lo que la vida de Declan no valdría un real a partir de ese instante.

Lo teníamos muy mal, de uno u otro modo. La angustia regresó y comencé a hipar. Mi organismo se revolucionó, y la sensación de ansiedad se apoderó de mí por completo. Comencé a sentirme mal y Declan lo notó al instante. El irlandés decidió entonces abrazarme y resguardarme entre el pecho y sus brazos, acunándome como a una niña.

Sus palabras de aliento, susurradas en mi oído mientras me acariciaba el pelo para calmarme, consiguieron que comenzara de nuevo a respirar con normalidad. Tardé todavía unos minutos en recuperarme del todo y me desembaracé de él, aturdida ante la situación. Me había dejado llevar por el pánico y así no le servía de ninguna ayuda a Declan, obligado a vivir bajo una brutal presión que yo no podía siquiera imaginar.

—Lo siento, no quería...

—Shhh, tranquila. No pasa nada, es normal que reacciones así. Todo este asunto nos tiene de los nervios. Ojalá se acabe de una vez.

—Sí, yo también lo deseo. Solo espero que esa gente no se salga con la suya, como a veces sucede en las novelas.

—No lo harán, Amaya, te lo prometo.

Regresamos en silencio a la plazoleta donde nos habíamos encontrado, caminando en silencio. El rumor de las olas nos acompañaba de nuevo, pero ni él ni yo estábamos para recrear imágenes de otro tipo relacionadas con olas o acantilados. La suerte estaba echada, y el día siguiente sería la jornada definitiva.

Cuando abandonamos la playa, Declan se paró un instante y oteó el horizonte. Miró entonces a uno y otro lado, sopesando entre murmullos algo que no compartió conmigo en voz alta.

—¿Qué ocurre? —pregunté confundida.

—No, nada. Comprobaba las diferentes calles que desembocan en el puerto, las salidas hacia uno u otro lado. Por allí he venido yo de Santillana, pero ¿hacia dónde se va por allí?

Declan señaló en la dirección contraria, y yo sonreí; esa respuesta sí la conocía.

—Por allí creo que se sale al nuevo barrio donde está el palacio de Sobrellano, la residencia del marqués. Y por esta otra bocacalle creo que puedes eludir ese barrio y salir directamente del pueblo, en dirección hacia Oyambre y San Vicente de la Barquera, los siguientes pueblos importantes de la comarca.

—Bien, bien... —dijo Declan—. Tendré que vigilar las rutas de escape, por si nuestros «amigos» piensan en huir de Comillas una vez que los descubramos.

—Todavía no sabemos lo que ocurrirá, Declan.

—Sí, pero quiero tenerlo todo muy claro. Dependerá de lo que me encuentre mañana. Tendré que verlo sobre la marcha.

—No irás a improvisar, ¿verdad? Este asunto es demasiado grave, no te lo tengo que recordar.

—Descuida, lo tengo muy claro. Por cierto, creo que este puede ser un buen punto de encuentro.

—¿De qué hablas?

Habíamos llegado de nuevo a la calle adyacente a la plazoleta donde Angustias tenía su casa. El bayo de Declan permanecía allí atado, esperándonos con tranquilidad. El noble animal permitió que le acariciara, parecía haberme cogido confianza. Y yo me quedé pensativa, mirando a Declan y esperando su respuesta.

—Lo digo por si sucede algo. No sé si mañana os veré por el pueblo, pero si pasa algo o no nos vemos durante las celebraciones, nos encontraremos después aquí. ¿De acuerdo?

—No sé a lo que te refieres exactamente, Declan.

—Cualquier cosa grave, cuando suceda lo tendrás claro. Imagina que se produce una explosión, un tumulto, una avalancha o cualquier otro tipo de alboroto. O puede que las autoridades detengan a alguien, sea a Arístides o a alguno de sus secuaces, o incluso a mí, por alteración del orden público. Tienes que conseguir llegar hasta aquí. Yo dejaré el caballo atado en este mismo lugar. ¿Lo has entendido?

—Claro, Declan, perfectamente. Pero ¿y si no podemos llegar alguno, por la razón que sea?

—No te pongas en lo peor, anda, ten fe en mí.

No lo dijo muy convencido, pero yo asentí para darle ánimos. No podía hacer otra cosa en esos momentos.

—De acuerdo entonces. Descansa, por favor. Y ve con mucho cuidado, te lo ruego.

—Lo haré, no lo dudes. Y después nos olvidaremos de todo esto y comenzaremos a vivir nuestra vida. ¿Te parece bien?

—Me parece estupendo. Ya estoy esperando ese momento, no creas que voy a olvidar tu promesa.

—Las promesas de un irlandés son sagradas, deberías saberlo. Y yo pienso cumplir la mía, cueste lo que cueste.

Me puse de puntillas y besé a Declan en los labios. Él se sorprendió; quizás no pensara que me atrevería allí, al lado de la casa de mi prima. Me daba igual el «qué dirán», ya estaba muy harta de todo. Lo único que quería era que se acabara aquella pesadilla para poder comenzar mi vida junto al hombre que amaba.

Esperé unos instantes a que Declan montara en su caballo y se alejara calle arriba. Se dio la vuelta un momento y se despidió con la mano, aparentando más tranquilidad de la que cualquiera podría tener en esas circunstancias. Le quise más aún por ello, porque siempre pensaba en mi bien en vez de en el suyo. Tendría que recompensarle de alguna manera cuando todo terminara. El pobre estaba sufriendo de lo lindo.

Entré en casa de Angustias, pero el estómago se me había encogido, por lo que no tuve ganas de cenar. Mi abuelo me hizo un gesto de comprensión y me hizo ver que hablaríamos con calma al día siguiente. Así que me fui para mi habitación, dispuesta a pasar una de las noches más largas de mi existencia.

COMILLAS, AGOSTO DE 1881

LA RECEPCIÓN REAL

Tras una noche convulsa llegó la mañana del gran día. Me había levantado temprano, preocupada por lo que sucedería en esa jornada, y sin poder quitarme a Declan de la cabeza. El *güelu* amaneció al poco rato, e intentó calmarme con buenas palabras. Yo sabía que él no las tenía todas consigo, pero alguien debería mantener la calma en una situación que nos sobrepasaba a todos.

—Declan me dijo que se pasaría temprano por aquí. Creo que me voy a asomar a la plazoleta, puede que ya esté por la zona —dije tras tomar un ligero desayuno que me cayó fatal al estómago.

—Te acompaño, Amaya —respondió el *güelu*.

Abrí la puerta y me topé de improviso con Declan. Tenía la mano en alto, por lo que deduje que estaba a punto de llamar a la aldaba, aunque yo me había adelantado. Mi abuelo se sorprendió al encontrarse de frente con el rostro acalorado del irlandés, pero enseguida relajó el gesto y le dio un sentido abrazo. Parecía que el hombre se alegraba de verle, y Declan no supo cómo reaccionar.

—¡Dichosos los ojos! —exclamó el anciano—. Menuda casualidad, estábamos hablando de ti. ¿Verdad, Amaya?

En ese momento, traspasé el umbral y me pareció ver cómo a Declan se le iluminaba el semblante. Yo le sonreí a mi vez, pero tal vez mi sonrisa franca pareciera algo mustia debido a la preocupación. Incluso temí que regresara mi leve tic en el ojo izquierdo, algo que me sucedía cuando me encontraba muy nerviosa o en tensión. Lo fundamental era que ya nos habíamos encontrado, quedaba saber si Declan traía novedades que contarnos.

—Menos mal que has llegado, Declan —comencé a decir—. Nosotros nos marchábamos ya. Mi abuelo quiere coger sitio para ver en primera fila la llegada de los reyes.

—Llevo poco rato en Comillas, pero ya he tenido una visión desagradable nada más llegar. Aunque gracias a eso tenemos una pista sobre la que trabajar —replicó Declan muy serio.

—¿A qué te refieres? —pregunté.

—A uno de los secuaces de Arístides: me acabo de cruzar con él en el puerto.

—Shhh, muchacho, no le des tres cuartos al pregonero —contestó el anciano—. Anda, pasemos dentro un momento y nos lo cuentas.

—No quiero molestar, y menos en casa de vuestro familiar. Yo...

—No te preocupes, irlandés —replicó de nuevo el *güelu*—. Mi sobrina se ha ido a hacer unos recados y, viendo el panorama ahí fuera, creo que tardará un rato en regresar.

Mi abuelo le franqueó el paso a Mclister, y yo los seguí de cerca. El irlandés se acomodó en una silla, dispuesto a continuar con la conversación, mientras nosotros nos sentábamos a su lado.

—Sí, es increíble la cantidad de gente que hay en la calle. ¿Está todo el pueblo así? —inquirí en ese momento.

—No te lo puedes imaginar, Amaya. He recorrido varias zonas de Comillas y toda la ciudad está atestada de gente. En el puerto no podía ni dar un paso sin tropezar con alguien, y por eso he perdido al tipo este, por la aglomeración de personas. Es horrible, no quiero ni imaginarme lo que se puede montar en el centro para la llegada de los reyes.

—Por eso quería ir yo pronto, para coger un buen sitio —aseguró el *güelu*.

—Disculpe, pero creo que los Borbones no llegarán hasta la tarde —informó entonces Declan.

—Sí, lo mismo me ha dicho mi amigo el concejal. Por lo visto el marqués les tiene preparado un recibimiento especial y han optado por retrasar el momento. Me da igual, creo que iré para allí, no me lo quiero perder.

—Claro, abuelo, ahora vamos —solté contrariada—. Pero antes deberíamos saber lo que Declan ha averiguado.

Vi a Declan inspirar con fuerza unos segundos antes de contestar. Parecía a punto de contarnos algún detalle importante.

—No es gran cosa, pero podemos localizar con más facilidad a los esbirros de los que os hablé. Eran los amigotes de Arístides, sin duda, los recuerdo de sus correrías en Cienfuegos, y me he topado con ellos comprando chucherías en un tenderete. Uno es cubano, y el otro creo que español, aunque es un tipo difícil de olvidar. Son dos pendencieros de mucho cuidado y no creo que estén aquí de turismo.

—¿Podrías entonces describirlos, Declan? —preguntó mi abuelo.

—Algo mejor, don Ángel. No recuerdo bien la vestimenta que llevaban, pero puedo dar otros detalles que no pasarán inadvertidos para nadie. El que parece llevar la voz cantante, el español, es un tipo no muy alto ni tampoco demasiado grueso. Un hombre moreno, de tez oscura y rasgos anodinos, pero tiene algo que le distingue de sus semejantes.

—¿El qué? —inquirí con curiosidad.

—Tiene una gran verruga en medio de la mejilla derecha.

—¿Como un lunar, pero más grande?

—No, Amaya, es algo más asqueroso, ocupa casi media cara. Si te lo cruzas sabrás enseguida de quién se trata.

—No es por desanimarte, Declan, pero hay montones de hombres con verrugas en el rostro. Es más común de lo que te crees por estos andurriales.

—Puede ser, don Ángel. Pero sabemos que buscamos a dos hombres de unos treinta años, vestidos de colores claros por lo poco que he podido entrever. Uno de ellos, el más bajito, tiene un acento cubano distinguible a distancia, y del otro ya he descrito su característica principal. No habrá muchas parejas similares, por mucho que la ciudad albergue hoy a miles de personas.

Todos nos quedamos callados un momento, sopesando la nueva información. Era hora de ponerse en marcha, no teníamos otra opción.

—De acuerdo —respondí entonces—. Salgamos a la calle a buscarlos, no podemos perder más tiempo.

—¿Y después qué? —quiso saber el anciano—. No podéis enfrentaros a ellos. Tal vez lleven un arma o algo peor.

—Tranquilo, solo los acecharemos. No nos vamos a enfrentar a ellos, son malos enemigos. Quiero localizarlos primero y después avisaremos a las autoridades —contestó el irlandés.

—Me parece muy bien, pero quizás no sea suficiente —aseguré.

—¿Por qué lo dices, Amaya?

—Si tu amigo Arístides es tan previsor como parece, puede que tenga más hombres repartidos por toda la ciudad.

—Ya, pero no podemos saberlo. A estos tipos sí los he visto con mis propios ojos, y sé que no traman nada inocente. Así que tenemos que encontrarlos antes de esta tarde; es lo único que podemos hacer. Y después, si los neutralizamos, podré ir por Arístides. El bastardo no se va a librar de mí, le tengo muchas ganas.

—Tened cuidado, muchachos, es muy peligroso.

—Por supuesto, no se preocupe. Yo cuidaré de su nieta, usted siga con sus planes, ya nos apañaremos nosotros.

—Pero...

—Nada, abuelo, haz caso a Declan. Dirígete a la zona que me has dicho, donde estarán después Angustias y sus amigas. Buscad un buen sitio, a ser posible no demasiado cerca del paso principal, pero desde el que puedas ver bien la comitiva.

—No, yo quiero ver al rey de cerca, es mi última oportunidad.

—Ya lo sé, pero no es seguro. Mejor te apartas un poco, no quiero que te pase nada malo.

—Haga caso a su nieta, don Ángel. Nosotros partimos ahora mismo para comenzar la batida, en un rato iremos a buscarlos.

—De acuerdo, pareja. Por favor, sed muy prudentes. Y, a la más mínima sospecha, dad la voz de aviso. La ciudad está llena de guardias, no os costará trabajo encontrar uno.

Declan y yo salimos de nuevo a la calle con el ánimo algo más recobrado, preparados para descubrir a aquellos tipos. El tiempo se nos echaba encima, no podíamos perder ni un minuto más.

Le di un beso a mi abuelo, y Declan le estrechó la mano. Vi asomar las lágrimas en el rostro de mi abuelo, pero no podía pararme a pensar en ello. El anciano nos dio un sentido abrazo antes de dejarnos marchar, mientras nosotros pretendíamos salir casi a la carrera de allí, dispuestos a remover la ciudad entera si hacía falta. Ya teníamos una pista sobre la que trabajar, y no debería ser tan difícil dar con el paradero de esos individuos, sobre todo con el tipo de la verruga, más fácil de distinguir entre la muchedumbre.

En cuanto nos encontramos de nuevo solos, Declan me contó todo lo sucedido desde la despedida de la noche anterior. Había decidido no regresar a Santillana para pernoctar, ya que a la mañana siguiente tenía que volver a Comillas y no quería fatigar a su caballo.

—¿Y dónde has dormido, si puede saberse? —pregunté.

—A las afueras del pueblo, en una pequeña arboleda que he encontrado alfombrada de hierba. Hacía buena noche, aunque refrescó de madrugada. Pensé que podría dormitar por lo menos hasta el amanecer, pero mi mente no me ha dejado descansar.

Su mente le jugaba malas pasadas, y temió que aquella aventura nos acabara pasando factura a todos.

Estuvo tentado de abandonarlo todo, o eso me aseguró. Pensó incluso en convencerme para escaparnos, para salir de allí con destino incierto: cualquier lugar al que el maldito Arístides no pudiera llegar con sus contactos y sus largas garras, lejos de problemas y preocupaciones.

Declan me confesó sus miedos y temores. Abrió entonces su corazón de un modo que jamás pude imaginar. Admitió que hasta aquel momento no se había percatado de la verdadera magnitud de sus sentimientos hacia mí. No podía obligarme a abandonarlo todo y hacerle aún más daño a una familia que le había amparado cuando de verdad lo necesitaba. Por lo tanto, tenía que seguir luchando.

Yo intenté intervenir, pero Declan me silenció al posar un dedo en mis labios. Supuse que quería desahogarse, soltar todo el lastre que llevaba a la espalda, y en ese momento no quería interrupciones. Yo lo acepté y le hice un gesto para que continuara.

Al parecer lo primordial para él en ese momento, antes siquiera de plantearse nada serio conmigo o con su vida futura, era averiguar el verdadero alcance de la trama en la que Arístides andaba involucrado: carlistas, marqueses, cubanos repatriados, indianos de todo tipo... Una mezcla que Declan no terminaba de asimilar. ¿Qué papel jugaría cada uno en aquella función especial de la vida? No podía desechar ninguna idea; no si de ese modo condenaba al rey o a cualquier otro secundario de la trama.

Descubrí que esa era su verdadera obsesión, el maldito bastardo. Quería acabar con él de una vez por todas. Debía desenmascararle y hundir su burdo montaje para destrozar sus sueños de grandeza. Además, Declan quería vengar la muerte de Andrés Maestro, de la que hacía también responsable a Arístides. Pero eso sí, me aseguró, debía procurar que mi familia se viera lo menos afectada posible por una trama en la que nos había envuelto sin darse cuenta.

Nada más entrar de nuevo en la ciudad, Declan se había percatado de que Comillas respiraba alegría por los cuatro costados, atestada de personas llegadas de poblaciones cercanas, pero también de otros lugares más distantes que querían homenajear a los reyes en una jornada festiva que desbordaría todas las previsiones iniciales. Aunque al parecer la llegada de los monarcas se retrasaría todavía unas horas, tal vez hasta la tarde.

Declan me contó sus siguientes pasos. Al parecer cumplió lo prometido y se acercó hasta la plazoleta donde se ubicaba la casa de Angustias. Bajó entonces del caballo y lo ató al sitio que había convenido conmigo el día anterior. Era temprano y, aunque hubiera preferido toparse conmigo enseguida, decidió darse un paseo por el puerto para hacer tiempo.

Se perdió entonces por la zona pesquera, donde algunos vecinos habían instalado tenderetes para vender todo tipo de mercancías: pescado fresco, ropa, artesanía y otras baratijas. Yo entendía que los comillanos quisieran aprovechar la coyuntura y ganarse unos reales a costa de los visitantes llegados de todos los rincones del reino.

Y entonces se sorprendió al escuchar entre tanto alboroto un deje característico que conocía muy bien; debía averiguar algo más sobre aquellos tipos, por lo que intentó acercarse sin ser descubierto.

Según me dijo Declan, la marea de gente lo arrastró lejos de su objetivo, y el irlandés maldijo su suerte. No podía luchar contra la riada humana que le venía en contra, pero en ese momento tuvo algo de fortuna: el hombre situado a su izquierda volvió la cara y permitió que contemplara su rostro durante unos breves segundos.

No le hizo falta más, lo había reconocido. No sabía el nombre del recién llegado, pero Declan ya le había visto en Cienfuegos, junto a Arístides. Según me aseguró el irlandés, en esa época ya se había fijado en un rasgo distintivo de ese hombre que no pasaría desapercibido para nadie: una gran verruga en su mejilla derecha que afeaba un rostro de por sí mal encarado.

—Me intenté acercar al tenderete por el otro lado, atravesando la bocacalle por detrás para evitar la muchedumbre —me contó Declan—, pero cuando llegué allí ya se habían esfumado.

—También es mala suerte, la verdad —repliqué.

—Le pregunté también al comerciante y a otras personas que andaban por allí, pero nadie supo darme razón de esos tipos. Sí, se acordaban del hombre de la verruga, pero había desaparecido.

—No te preocupes, vamos a encontrarlos. Entre los dos ya verás cómo será más fácil localizarlos.

Pero, una vez más, me equivoqué en mis apreciaciones. Cuando Declan había afirmado que la aglomeración de personas era brutal, no pude siquiera imaginar hasta qué punto tenía razón. Dejamos la zona del puerto para más tarde, por tratarse de la que acababa de recorrer el irlandés, un lugar poco probable para que los delincuentes continuaran por allí. Así que decidimos acercarnos al centro de la ciudad, donde la algarabía era mucho mayor.

Abandonamos las calles principales y atajamos por callejones y recovecos para intentar alcanzar el centro de Comillas. Daba igual: toda la ciudad se encontraba atestada de gente. En verdad nos encontrábamos ante una incontenible marea humana que lo había inundado todo. Y la mañana se iba acercando a su fin sin que nuestro esfuerzo obtuviera ningún fruto.

—Me estoy agobiando, esto es demasiado. ¿Por qué no nos acercamos al palacio del marqués? Tal vez esos hombres estén inspeccionando el lugar al que se dirigirán los reyes cuando lleguen. Puede que tengamos más suerte por allí.

—No sé, Amaya, no creo que se dejen ver por esa zona, aunque no perdemos nada por intentarlo. A mí también me está agobiando tanta charanga y tanta fiesta, la verdad.

Declan se refería a todo el alboroto que se había organizado en la ciudad. Por cualquier esquina se sucedían las orquestas improvisadas, los tenderetes en los que se vendía comida o bebida para deleite del personal, en una verbena inmensa que se extendía por toda la ciudad.

El ambiente festivo nos estaba cargando a ambos, preocupados por lo que pudiera ocurrir mientras nuestros convecinos disfrutaban de una jornada fuera de lo común. Algo demencial, dadas las circunstancias, pero sería mejor que todos permanecieran ajenos al peligro en el que se encontraban. Si se propagaba algún rumor sobre el particular, el pánico podría adueñarse de las calles y provocar una tragedia en forma de avalancha humana. No, debíamos evitarlo en la medida de nuestras posibilidades y atrapar a los esbirros de Arístides antes de que cumplieran su maléfico objetivo, fuera el que fuera.

—Creo que es en esa dirección. Esa calle parece más despejada, y si nos adentramos por allí, puede que salgamos al nuevo barrio donde se ha construido el palacio de Sobrellano.

Declan y yo nos quedamos sin habla al asomar por la esquina. Nos encontramos entonces al borde de la calle principal que partía aquel barrio en dos, una vía que unía además el centro del pueblo con el camino que llevaba hasta Oyambre y San Vicente; una amplia extensión de terreno casi virgen, con una especie de terraza escalonada a dos alturas. Y allí, en lo alto de una pequeña colina artificial desde la que seguramente se divisaría casi todo el pueblo, se hallaba el monumental edificio que andaba en boca de todo el mundo.

La afluencia de gente disminuía en los aledaños del palacio, unas calles menos transitadas por las que pudimos caminar más fácilmente que por las del centro de la ciudad. Nos topamos de todos modos con muchos curiosos que se acercaban hasta el borde de la finca donde se ubicaba el palacio, pero nadie podía acceder a sus inmediaciones.

El edificio se encontraba rodeado por un murete exterior asentado sobre columnas de piedra y rejas puntiagudas de hierro forjado que circundaban toda la propiedad; una pequeña fortaleza enclavada en medio de la nueva zona noble de la ciudad, atalaya de oro para los marqueses y sus invitados.

—No nos dejarán pasar, Declan, es imposible acceder al recinto. Y si nosotros no podemos, tampoco lo conseguirán los tipos que andamos buscando.

—No estoy tan seguro, Amaya. Te recuerdo que son esbirros de Arístides y, por lo que yo sé, el maldito bastardo puede encontrarse ahora mismo ahí dentro, tomando un jerez con el marqués mientras le ríe las gracias y le clava un cuchillo por la espalda, real o figuradamente, lo mismo da.

—No seas agorero, anda. Imagino que ahí dentro estarán ultimando los preparativos para la llegada de los reyes. Es un lugar soberbio, ¿no te parece?

—Bueno, sí. La verdad es que me parece algo pretencioso, pero cada uno puede hacer lo que quiera con su dinero. Aunque no sé si...

Declan se quedó un momento callado y se acercó a la valla exterior en un punto donde no había ningún guardia. Se subió entonces a una de las columnas, dispuesto a atisbar mejor el interior de la finca del marqués desde lo alto de la verja.

—¡Bájate de ahí, Declan! —grité—. Se supone que tenemos que encontrar a los delincuentes sin llamar la atención sobre nosotros. Al final serás tú el que acabe entre rejas.

—Espera un momento, Amaya...

Yo seguía haciéndole aspavientos al irlandés cuando vi que un vigilante se acercaba hasta nuestra posición. Declan se bajó de un salto y me cogió de la mano para que nos marcháramos de allí antes de que nos dieran el alto. Cuando nos hubimos alejado lo suficiente del guardia, Mclister me contó lo que había visto.

—El camino que mira hacia poniente, hacia la nueva salida del pueblo en dirección Oyambre, no está todavía terminado. Sin embargo, sí me ha parecido que han alisado el terreno en la otra vertiente, tanto hacia el mediodía como hacia levante. Seguramente es el camino de acceso al palacio desde la parte de atrás, la que no vemos desde nuestra posición. Lo más probable es que los reyes se acerquen al palacio desde aquel lado.

—¿Y eso qué quiere decir?

Yo no entendía nada, aunque el irlandés parecía tenerlo todo muy claro. Esperé unos segundos para que me lo explicara, ansiosa por conocer la respuesta.

—Los reyes accederán a Comillas por la entrada principal que viene de Santillana, se darán un baño de masas con sus súbditos al atravesar el centro del pueblo, enfilarán esa calle de allí y después subirán por ahí detrás, justo al borde de la entrada principal de la finca. Si te fijas, en ese recorrido ya hay apostados agentes, no puede ser de otro modo.

—Quizás sea así, no digo que no, pero sigo sin comprender lo que me quieres decir.

—El acceso al interior de la finca del marqués, y por supuesto a su palacio, será muy restringido: unas pocas personalidades nada más. De ahí la seguridad, tanto policial como privada, que vemos por todas partes. No van a permitir que la plebe se junte con los nobles, y el pueblo llano no podrá pasar de esa valla para agasajar a los reyes. Por lo tanto, yo creo que si quieren intentar algo contra el Borbón, deben de hacerlo en el mismo centro de Comillas o en ese camino de acceso antes de llegar a la puerta principal de la finca.

—También pueden hacerlo en esa cuesta que lleva a la entrada del palacio, o en la fiesta posterior que se celebrará en el interior del edificio. Tú mismo has dicho que Arístides estará allí, y quizás pueda intentar algo ahí dentro con más posibilidades de éxito que aquí fuera.

—Tienes razón en lo de las posibilidades de éxito, pero te olvidas de un pequeño detalle: Arístides podría intentar colar a alguien en el palacio, cosa harto improbable viendo la seguridad alrededor, aunque no totalmente imposible. Pero si ocurre algo en el interior de la fortaleza todas las sospechas recaerían sobre él, y su plan se truncaría.

—¿Y no crees que...?

—No, es un maldito cobarde y no se atreverá. Puede que acabaran con la vida del rey o del marqués, pero los guardias se echarían enseguida encima de ellos, sin posibilidad de escape al encontrarse dentro de la finca vallada. Y, por supuesto, una vez que se llevara a cabo una investigación posterior, averiguarían enseguida quién les había facilitado el acceso a los asaltantes. No, Arístides no es idiota, no se arriesgaría a acabar sus días en el garrote vil. Puede que me equivoque, pero juraría que pretenden hacerlo antes de que el rey se encuentre bajo la protección del marqués.

—Puede que así sea, pero seguimos sin saber dónde se encuentra el tipo que has visto esta mañana.

—Sí, yo también creo que es lo más probable. Yo, por lo menos, lo planearía así si quisiera llevar a cabo un atentado. Además, Arístides se ha reunido con el marqués y habrá tenido acceso a los itinerarios de la comitiva real; eso debemos suponerlo desde el principio. Ellos tienen toda la información, y nosotros damos palos de ciego, pero no se saldrán con la suya. Daremos con esa gente, no te preocupes.

—¿Qué hacemos entonces?

—Regresemos por allí y recorramos los metros finales del trayecto real en sentido contrario a la marcha que hará la comitiva. Puede que nos encontremos con alguna sorpresa, nunca se sabe.

El rumor ya había corrido por toda la ciudad. Al parecer la entrada de los reyes se retrasaba hasta última hora de la tarde, aunque a la gente no pareció importarle. De ese modo podría prolongarse la fiesta en una jornada histórica para Comillas.

Recorrimos palmo a palmo la zona indicada por Declan, cada vez más atestada de gente. Los lugareños comenzaban a poblar también el trayecto sin dejar casi un resquicio, por lo que era muy difícil fijarse en todas las personas con las que nos cruzábamos. Bastante tenía con no perder el rastro de Declan, ya que el continuo goteo de personas que se arremolinaban en la zona hacía casi imposible caminar por allí.

—No lo lograremos, es como buscar una aguja en un pajar. ¿Por qué no vamos a hablar con ese guardia?

—Seguimos sin ninguna prueba, Amaya. Nuestra única oportunidad es dar con el tipo de la verruga, desenmascararle y llamar entonces a las autoridades. Si conseguimos atraparle, Arístides se quedará vendido ahí arriba y disfrutará del evento de un modo diferente al que tiene en mente, sin derramamiento alguno de sangre.

—No sé, Declan, esto es muy complicado. No lo vamos a conseguir, es una tarea imposible para nosotros. ¿Y si nos separamos para abarcar más terreno?

—Ni hablar. Le he prometido a tu abuelo que cuidaría de ti y no pienso dejarte sola, es muy peligroso. Eso sí, una vez que encontremos a estos tipos quiero que te alejes unos metros, y si yo no puedo hacerlo, avisa tú a las autoridades en caso de que a mí me sea imposible por cualquier motivo.

—No me asustes, Declan. ¿No pretenderás enfrentarte tú solo a dos hombres que pueden ir armados?

—No te preocupes, no pienso dejarme matar.

—No estoy preparada para esto, en serio. Yo no puedo...

—No te rindas tan fácilmente. Anda, repongamos fuerzas y descansemos unos minutos. Si sabes dónde se encuentra tu abuelo, podríamos ir a saludarle; es lo único que se me ocurre ahora.

—Sí, Angustias me dijo por dónde andarían. Aunque no sé si estarán todavía allí, imagino que ya es muy tarde.

Declan levantó entonces la cabeza y divisó el reloj en la torre del campanario.

—Tienes razón, son las tres de la tarde. Venga, démonos prisa. Se nos echa el tiempo encima y se acaban nuestras posibilidades.

Me costó un poco ubicar el lugar exacto que me había indicado mi prima. No era lo mismo andar por unas calles abarrotadas de gente que en un día más tranquilo, ya que todas las esquinas me parecían iguales. Permanecí atenta a los rostros con los que me cruzaba, o por lo menos a todos los que conseguía fijar un momento en mi retina. El continuo fluir de gente por todas partes me estaba provocando un terrible dolor de cabeza y una sensación de agobio que me impedía respirar con normalidad. Pero no podía pararme, ni por supuesto decírselo a Declan. Él contaba con mi ayuda y yo no pensaba fallarle.

Al final dimos con el *güelu* y la prima, que iban acompañados por un grupo de personas. Angustias había dispuesto allí unos manteles en medio de la pradera y estaban terminando de comer. Declan me miró un momento y yo comprendí su desazón, no podíamos hablar del tema delante de tanto desconocido.

Saludamos a todos los allí presentes, y Angustias nos preparó algo rápido para almorzar. Ni Declan ni yo teníamos muchas ganas de comer en esos momentos, pero algo habría que meter al estómago. Angustias me guiñó el ojo al verme acompañada de tan buen mozo, pero yo preferí ignorarla y acercarme al otro lado del grupo, donde Declan cuchicheaba con mi abuelo.

—¿Habéis encontrado al tiparraco? —preguntó mi abuelo en voz baja.

—Todavía no, don Ángel, pero puede que tengamos algo.

Declan le contó en un aparte a mi abuelo el razonamiento que me había explicado a mí sobre el itinerario de los reyes y la posible ubicación de los delincuentes. El anciano estuvo de acuerdo, le parecía algo plausible. Solo nos quedaba dar con el paradero de esos indeseables e impedir que llevaran a cabo sus fechorías, fueran del calado que fueran.

—¿Se ha vuelto a retrasar la llegada de don Alfonso? —pregunté en voz alta.

—Sí, Amaya. Creo que llegarán a última hora de la tarde. Hemos escuchado rumores entre la gente, aunque nada concluyente. Al parecer el marqués tiene preparado un espectáculo de luces, fuegos artificiales o algo parecido para agasajar a los reyes, y con este solazo iba a quedar bastante deslucido.

—Se me está haciendo eterna la espera. La tensión me mata —confirmé en voz baja para no alertar a los amigos de mi prima.

—Imagino, pequeña. Yo intento no pensar en la situación, pero no puedo olvidar que os la estáis jugando. Si dependiera de mí, lo paraba todo y me iba directo a aquel guardia, pero ya sé que no sería la solución.

—Bueno, don Ángel, nunca se sabe. Puede que sea usted quien atisbe al maldito tipo de la verruga antes que nosotros. Y, si llega a suceder, entonces sí será el momento de acudir a las autoridades, aunque no le crean al principio.

—No te preocupes, si llega el caso no se me escapará tan fácilmente. He visto a varios tipos con verrugas y lunares, pero ninguno como el que nos has descrito —replicó el *güelu*.

—Sí, a mí me ha pasado lo mismo. Estoy de los nervios. Ojalá se acabe pronto esta agonía —dije alterada.

—No te apures, todo se solucionará. Don Ángel, creo que nos vamos a marchar. Y usted, ya sabe, no se acerque demasiado a la comitiva. Ya le he indicado dónde puede que se aposten los asaltantes.

—Seguro, no os preocupéis por mí. Ojalá tengáis suerte, muchachos, confío en vosotros.

Nos alejamos de allí con el corazón en un puño. Esa vez no pude despedirme de mi abuelo como hubiéramos deseado ambos, no queríamos levantar sospechas en el grupo de Angustias y compañía. Declan me apretó entonces de la mano y salimos de la zona, dispuestos a comenzar la batida de nuevo.

—¿Y si nos acercamos al puerto? —pregunté—. La mayoría de la gente ya se encuentra por aquí, en el centro de la ciudad o en los alrededores del palacio, que es por donde pasará la comitiva. Puede que esos hombres se escondan en una zona menos transitada a estas horas, por disimular.

—No sé, puede que tengas razón. Creo que es más fácil esconderse por aquí, rodeados de gente, pero tal vez sea una estrategia que debamos tener en cuenta. Entraré en todas las tascas de la zona y preguntaré a los taberneros. Mientras, tú puedes interrogar a los tenderos que tienen puestos en las calles adyacentes.

—De acuerdo, vamos allá.

Al ir contra corriente, nos fue muy difícil alcanzar el puerto en pocos minutos. Atajamos por callejuelas y perdimos más tiempo del deseado, y los nervios arreciaron con fuerza.

Nos repartimos la tarea una vez en el puerto, pero no hubo suerte. Declan preguntó a los dueños y trabajadores de los tugurios que nos encontrábamos, como si buscara a un amigo con una característica muy peculiar. Yo adopté la misma estratagema, con el mismo resultado negativo. A algunas personas les parecía saber a quién nos referíamos, pero no obtuvimos ninguna pista fiable. Ni por supuesto nos cruzamos con el hombre en cuestión. Habría sido demasiada suerte toparnos de bruces con él en una taberna, sentado tranquilamente mientras se preparaba para su función de esa tarde.

La angustia se apoderó de nuestros movimientos, pero no podíamos parar. A Declan se le ocurrió en ese momento otro sitio probable donde buscar, ya que el tiempo apremiaba y se acababan nuestras opciones.

—El camino hacia Oyambre parecía bastante despejado, ya viste, por eso pensé que sería una ruta natural de huida para esta gentuza si intentaban algo en las inmediaciones del palacio. Pero también pueden haber pensado lo contrario, atentar en la misma entrada de Comillas.

—¿En la entrada principal del pueblo? Claro, puede ser —confirmé—. Los reyes llegarán de Santander por ese camino, y ellos tendrían también el paso franco para huir en esa dirección.

—Es una posibilidad que no podemos desechar. Vamos allá.

No era mala idea, pero muchas más personas habían pensado lo mismo que nosotros. Las aglomeraciones no parecían tan exageradas como en otros puntos de la población, pero mucha gente se dispuso en aquel lugar estratégico, justo al lado del impresionante arco de bienvenida preparado para la entrada de la comitiva real.

Recorrimos ambos lados de la calle sin éxito. El misterioso hombre de la verruga en el rostro parecía haberse esfumado, no había ni rastro de él en toda la ciudad. Nuestros escasos medios, en una ciudad con miles de almas de un sitio para otro, no nos permitían peinar la zona a conciencia, pero no quedaba otra salida. Había que seguir intentándolo hasta el último momento.

Regresamos a la zona centro, cansados y desanimados ante la falta de resultados. La tarde transcurrió más deprisa de lo que hubiéramos deseado, y seguíamos sin dar con esa gente. El tiempo se acababa, y las opciones se agotaban a marchas forzadas.

Declan sacaba fuerzas de flaqueza, obsesionado con pararle los pies a su mortal enemigo. Pero yo me encontraba agotada y así se lo hice saber. No podía seguir su ritmo, lo único que hacía era entorpecerle y ralentizar su marcha.

—Está bien, vamos a hacer una cosa —dijo Declan—. Te llevo a donde tu abuelo y así descansas un rato. Yo proseguiré con la tarea y regresaré después por ti, no te preocupes.

—De acuerdo, vamos allá.

Cuando llegamos al lugar donde habíamos dejado a mi abuelo, no le encontramos en ninguna parte. Angustias seguía allí, de cháchara con algunas de sus amigas del pueblo. Le pregunté por su tío y no se preocupó lo más mínimo, pero yo me angustié al escuchar su respuesta.

—Se ha ido con un vecino vuestro de Suances que se ha encontrado. Me ha dicho algo de acercarse a la valla del palacio. Al parecer ese hombre tiene un buen lugar desde el que poder contemplar la comitiva, mejor que desde aquí.

—Gracias, prima, voy a buscarle.

Declan no quiso entonces abandonarme, pero yo le dije que él debía continuar con la tarea. Tenía el corazón dividido, pero creí que antes de acompañarle debía saber dónde se encontraba mi abuelo. Pensé que el *güelu* andaría con Enrique, su amigo concejal de Suances, por lo que era posible que se encontraran a salvo en algún sitio desconocido para mí.

Atravesamos una calle por la que era casi imposible transitar, caminando a empujones para conseguir avanzar un paso. La altura y fortaleza de Declan nos ayudaban en un empeño cada vez más complicado. El irlandés me llevaba sujeta por la mano y tiraba de mí con ímpetu para que no me quedara atrás, pero las fuerzas me abandonaban poco a poco.

De pronto, no sé por qué, se me ocurrió mirar hacia arriba, en vez de seguir cruzándome a media altura con rostros desconocidos en los que era imposible descubrir una horrible verruga. La suerte quiso venir en mi ayuda, y me pareció distinguir a lo lejos a dos personas conocidas, instaladas en el balcón de una casa señorial que se encontraba a mitad del trayecto que seguirían los reyes. Se lo señalé a Declan y él paró un momento para escucharme:

—No lo veo bien desde aquí, pero parece mi abuelo, ¿no?

—Sí, puede que tengas razón. Tampoco lo distingo bien desde aquí. Venga, te llevo hasta allí y te quedas con ellos.

Yo asentí, deseosa de no haberme equivocado. Si de verdad se trataba de mi abuelo, que había encontrado un balcón privilegiado al lado de su amigo para disfrutar del desfile, yo me quedaría mucho más tranquila.

Tardamos un largo rato en recorrer ese tramo de calle, porque la muchedumbre se agolpaba cada vez más. Comenzamos entonces a escuchar a lo lejos timbales y trompetas: la comitiva real ya se encontraba cerca.

Entonces todo se precipitó. Los guardias comenzaron a despejar la zona. Intentaban que la gente se colocara detrás de unas improvisadas vallas, dispuestas allí para facilitar el tránsito de la carroza real. Pero la avalancha fue incontrolable, y los golpes de los agentes provocaron murmullos y pequeños altercados entre los visitantes. Aquello podía convertirse en un desastre, Declan tenía razón.

Al alcanzar las cercanías del edificio atisbado en lontananza pude comprobar que, efectivamente, se trataba de mi abuelo. El anciano parecía eufórico, allí subido en el balcón junto a su buen amigo. Los dos señalaban en dirección hacia levante, justo de donde tendrían que llegar los Borbones con toda su comitiva.

—¡Viva don Alfonso! ¡Viva el rey! —gritaba la muchedumbre.

—¡Larga vida al rey de España! —contestaban otros.

—¡Ya llegan, ahí están!

Yo grité con todas mis fuerzas para llamar la atención de mi abuelo. Declan me imitó, y ambos comenzamos a gesticular, moviendo los brazos para que nos viera. Pero allá abajo, en medio de tanta gente, era muy difícil que nos divisara.

La penumbra comenzó a apoderarse del ambiente, mientras el sol se escondía poco a poco. De pronto se escuchó un sonido extraño, una especie de chasquido que recorrió toda la calle, y los murmullos de la gente aumentaron de intensidad.

Al instante, con una simultaneidad que jamás hubiera imaginado, comenzaron a encenderse de forma automática las farolas de esa calle. Fue algo mágico, irreal, un suceso extraordinario. Nadie había tocado aquellas farolas, pero todas se encendieron a la vez con una incandescencia peculiar, muy diferente a la llama alimentada con gas a la que estábamos acostumbrados.

El asombro corrió como la pólvora por las calles de Comillas. El marqués nos mostraba la sorpresa que había preparado para la visita real, aunque en ese momento no supe discernir de qué se trataba aquel milagro. Más tarde me enteraría de la verdad: don Antonio López había mandado instalar en su ciudad natal treinta farolas alimentadas con luz eléctrica, uno de los mayores adelantos de nuestros tiempos. Y Comillas tendría el honor de convertirse, a partir de ese momento, en la primera ciudad española con alumbrado eléctrico en sus calles.

Los gritos de admiración de la gente allí congregada, con muchísimas personas de baja extracción social que no habían escuchado hablar de la electricidad en su vida, se mezclaban también con voces contrarias a aquel «milagro», que lo tachaban de obra del diablo. El sonido envolvente de miles de personas que opinaban a la vez subía y bajaba de intensidad, en una sinfonía peculiar que brotaba de las gargantas de los allí reunidos.

Yo aproveché un momento en el que el sonido se amortiguó un poco y busqué de nuevo la complicidad de Declan para conseguir que mi abuelo nos mirase. Por fin logré mi objetivo, y el *güelu* me saludó con la mano, aparentemente feliz por habernos encontrado.

Me alarmé al ver el miedo reflejado en el rostro del anciano un instante después. Sus facciones se contrajeron, y un grito se atascó antes de salir de su garganta. Comenzó entonces a señalar hacia delante y a hacer aspavientos con los brazos, mientras murmuraba algo que yo no conseguía escuchar.

—¿Qué dice tu abuelo? —me preguntó Declan al oído—. No entiendo nada, la verdad. No será que...

—No lo sé, parece que señala algo. Pero en la dirección que indica solo veo una de las farolas que se acaban de encender. Por cierto, menuda sorpresa, no me esperaba nada de esto.

—Ni tú ni nadie, al parecer. Anda, vamos a intentar acercarnos al edificio donde está tu abuelo. Quizás podamos subir al balcón con él, es un mirador inmejorable.

Por fin lo comprendí. Si el balcón era un mirador inmejorable, tal vez mi abuelo hubiera visto algo o a alguien que merecía la pena ser señalado. Debíamos averiguarlo enseguida.

La sorpresa por el alumbrado dejó paso a otro murmullo diferente, producido por el avance de la comitiva real, que intentaba abrirse paso entre la multitud. Todavía se encontraban lejos de nosotros, pero en unos minutos alcanzarían nuestra posición. El movimiento de la gente me impedía distinguir con claridad lo que sucedía a mi alrededor, por lo que esperaba que Declan divisara algo más desde su gran altura. En ese instante algo se encendió en mi cerebro, como las lámparas incandescentes que acabábamos de presenciar.

—Declan, súbeme a tus hombros.

—¿Qué? No, es peligroso. Con esta cantidad de gente es posible que te caigas si nos empujan, y acabarías pisoteada por la turba. Ni hablar, no te sueltes de mi mano y vamos hacia allá. Los guardias están despejando la calle y no va a haber sitio para tanta gente.

—No, Declan, no debemos ir hacia este lado de la calle, sino hacia el otro. Venga, súbeme un momento, quiero comprobar algo.

Me puse terca y conseguí que el irlandés me tomara en serio durante un instante. Me subí a sus fuertes hombros y le dije que se girara en dirección hacia donde apuntaba el dedo de mi abuelo, que parecía volverse loco allá arriba, en el balcón.

Entre la gente y los destellos de las farolas, no podía distinguir con claridad. El crepúsculo se cernía sobre nosotros, y las nuevas farolas proyectaban luces poco homogéneas, creando también zonas de claroscuros donde era imposible distinguir ningún detalle. Y justo en ese momento algo me cegó, por lo que dirigí mi mirada hacia el lugar donde me pareció ver el destello fugaz.

Encontré a un hombre subido a un árbol cercano a la farola de enfrente, agachado entre dos frondosas ramas. Las hojas le tapaban casi por completo, en un aparente escondite perfecto, pero la luz le traicionó. En ese momento giró su cabeza para otear el horizonte, y pude ver la inconfundible marca de su cara, iluminada por un leve destello de luz que le alcanzó solo un instante.

—¡Es él, Declan!

—¿Qué dices, Amaya?

Nada más bajar le indiqué al irlandés dónde se encontraba aquel individuo, el tipo que llevábamos todo el día buscando. Era el esbirro de Arístides, sin duda alguna. Había visto su verruga gracias a la luz; su escondite no le sirvió de nada. No me creía que estuviera entre las ramas del árbol únicamente para ver el paso de la comitiva. Esa posición de emboscado no auguraba nada bueno.

—Ponte a salvo a ese lado, o intenta llegar al balcón. Yo voy a cruzar la calle, tengo que pararle antes de que sea demasiado tarde.

—Creo que llevaba algo en la mano, Declan, ten mucho cuidado —dije asustada—. Preferiría seguirte para avisar a los guardias en cuanto lo desenmascares.

—No, es muy peligroso. ¡Corre, ve a buscar a un agente, pero no te acerques a su posición! Yo voy por él. Los reyes están llegando ya.

Declan me dejó allí y se dirigió hacia el criminal. Intentaba abrirse paso entre la aglomeración de gente, pero no conseguía apenas avanzar. La muchedumbre ralentizaba su paso, y supe enseguida que no lograría su objetivo. Solo se me ocurrió gritar:

—¡Allí, allí! Ya llegan los reyes —vociferé señalando en la dirección correcta.

Muchas de las personas que nos rodeaban se dirigieron hacia esa zona, y se creó un pequeño claro que Declan aprovechó para escabullirse. Yo intenté seguirle, pero me fue imposible. La turba me rodeó de nuevo por completo, y perdí el contacto con el irlandés. La suerte estaba echada, y la angustia se apoderó de nuevo de mi alma, dispuesta a arrancarme lo que más quería.

Vi cómo Declan se ayudaba de sus fuertes brazos para avanzar contra corriente, hasta que pudo zafarse de la multitud, a escasos metros de atisbar su meta. Por fin llegó hasta el otro lado de la calzada, a muy poca distancia del asaltante y desde una posición retrasada en la que el esbirro no podría verle. Este se encontraba encarado en la otra dirección, esperando la llegada del Borbón.

Yo quise también acercarme. Pero, cuando me quise dar cuenta, otra columna de gente enfervorecida me arrastró de nuevo en dirección contraria. Había vislumbrado a un guardia que custodiaba la entrada al edificio en el que se encontraba mi abuelo, por lo que pensaba matar dos pájaros de un tiro: avisar a las autoridades de la presencia de los criminales y, de paso, encontrarme de nuevo con el *güelu*. Pero mis planes se vieron truncados de nuevo, por lo que tuve que improvisar.

Poco después conseguí desembarazarme de la muchedumbre, que se movía como un gusano gigante compuesto de personas sin rostro, y alcancé el otro lado de la calzada, a escasa distancia del lugar donde había visto al asaltante un rato antes. Miré de nuevo hacia el árbol de marras, pero el criminal debía de haberse bajado porque no hallé ni rastro de él. Así que decidí acercarme con cuidado, temerosa de lo que me pudiera encontrar.

Al fin salvé como pude aquel tramo de calle que seguía repleto de gente, una muchedumbre extasiada ante el inminente paso de la comitiva real. Crucé con mucha dificultad el cordón humano, cuyos integrantes me miraban extrañados al comprobar que yo iba en dirección contraria, dispuesta a alejarme de esa zona infernal. Atravesé con mucho esfuerzo ese muro sudoroso de cuerpos entregados a la causa, y por fin alcancé mi objetivo.

Me encontré entonces en una especie de sotobosque, un claro verde repleto de pequeños arbustos, rodeado por los árboles más altos que poblaban esa parte de Comillas. Después de haberme deslumbrado con la luz artificial de las nuevas farolas —farolas en las que casi nadie había reparado antes de su encendido oficial—, tardé en acostumbrar los ojos a la tenue penumbra que se respiraba en ese nuevo entorno, al abrigo de las copas de los árboles.

Un instante después fijé mi vista en un tumulto que se había formado un poco más allá, en un lugar en el que se arremolinaba más gente, dispuesta a disfrutar de un espectáculo diferente.

—Dale duro, amigo —escuché decir a un hombre.

—Yo apuesto por el de la camisa blanca —contestó otro.

—Ni soñarlo, el otro tipo le ganará la partida —replicó un tercero.

Asustada ante unas frases que solo podían significar una cosa, corrí con todas mis fuerzas hacia el lugar del disturbio. Nada más llegar me encontré de sopetón con dos hombres que peleaban en el suelo a cara de perro, luchando por hacerse con el control de algo que a todas luces parecía una pistola.

Vi entonces cómo Declan golpeaba con fuerza en el costado del sicario, pero su rival se rehizo y pataleó desde el suelo para librarse de él. Ambos siguieron forcejeando para apoderarse del arma. El asaltante la tenía todavía en su poder, pero Declan le apretó la muñeca y le obligó a soltar la pistola de nuevo. Los dos contrincantes se revolvían en el suelo y se golpeaban con todo lo que podían: puños, patadas, mordiscos y cualquier otro medio que les sirviera para ganar la disputa.

Estuve tentada de intervenir en la pelea, pero podía ser contraproducente para nosotros. Los parroquianos del lugar seguían jaleando a los contendientes, sin intención de parar aquella salvajada. Yo temía por la vida de Declan, pero también sufría por no haber cumplido mi parte del trato: avisar a las autoridades.

Miré a mi alrededor, pero parecía que ningún guardia se había percatado de la trifulca hasta ese momento; bastante tendrían con contener a las miles de personas que querían ver de cerca a los reyes. Me pareció distinguir que el hombre de Arístides se hacía con el control de la situación, y supuse que Declan podría tener más problemas. Si el criminal se apoderaba definitivamente del arma, la contienda terminaría muy mal para nuestros intereses, por mucho que hubiéramos impedido el atentado contra Sus Majestades.

En ese momento vi cómo otro individuo sospechoso bajaba de uno de los árboles del entorno, se quedaba mirando la escena con ojos asustados y salía al momento corriendo de allí, como un conejo en busca de su madriguera. No me fijé demasiado en él, ni creo que él en mí. Ambos teníamos otros asuntos de los que preocuparnos.

La gente comenzó a arremolinarse a nuestro alrededor, en aquel pequeño claro entre los árboles que se encontraba resguardado, fuera del alcance de la calle principal.

Declan se apoderó por fin del arma y se levantó del suelo. Me pareció verle dudar un instante y ese fue su error. En ese momento su rival le atacó con ferocidad y le atropelló como un animal herido. El hombre de la verruga seguía luchando con uñas y dientes para intentar arrebatarle la pistola de nuevo, pero yo sabía que Declan no se lo permitiría tan fácilmente.

El irlandés sujetaba la pistola con todas sus fuerzas mientras las garras de su rival le apretaban sin piedad para que soltara su presa. Entonces los dos hombres volvieron a caer al suelo en una sucesión de brazos y piernas sin orden ni sentido alguno.

En esos momentos creí escuchar a mi espalda los gritos de la gente al paso de la comitiva borbónica, pero el acontecimiento histórico no me importaba lo más mínimo. Parecía que Declan había evitado el atentado, pero todavía no había conseguido dominar la situación.

La vida de Declan estaba en peligro y eso era lo único en lo que yo podía pensar. Por eso grité con desesperación, utilizando mi garganta como válvula de escape para salir del atolladero. Mi voz angustiada pareció retumbar en el pequeño espacio:

—¡Declan, nooo!

Declan siguió forcejeando, a mi modo de ver había redoblado sus esfuerzos tras escuchar mi voz. Unos segundos después sonó un estampido que atronó a los allí presentes y supe que la pistola se había disparado. Mi mente se nubló por unos instantes al imaginar una enorme mancha de sangre que arruinaba la inmaculada camisa blanca de Declan y la teñía de rojo muerte. Pero no, el disparo se había efectuado al aire, y al parecer nadie resultó herido.

Cuando vi ponerse en pie a Declan, con el arma en la mano, supe que el combate había finalizado. Pero no era el final; no al menos del modo que había supuesto. El esbirro de Arístides se puso a gritar con todas sus fuerzas, reclamando la atención sobre lo que allí acontecía.

—¡A mí, guardias! ¡Este hombre tiene un arma, quiere atentar contra el rey!

Declan no pudo articular palabra, parecía haberse quedado estupefacto ante la salida de su contrincante. En un instante la gente alrededor se puso a vociferar, llamando a gritos a los agentes. Vi cómo más de un espontáneo se acercaba a él en actitud bastante hostil, por lo que el irlandés tuvo que amenazarles con el arma. La situación se complicaba por momentos y Declan miraba en derredor, tal vez para buscar una solución ante el inesperado giro de los acontecimientos.

Entonces Declan tiró el arma a un lado y salió de allí a toda velocidad. El irlandés se perdió entre la arboleda, buscando una salida. Creí que había logrado una pequeña ventaja al pillar desprevenida a la muchedumbre que le rodeaba, pero no se encontraba a salvo.

Los guardias llegaron hasta nuestra posición y comenzaron a hablar con el tipo de la verruga. Vi entonces cómo Declan giraba un momento la cabeza, tal vez fijándose en los agentes, mientras intentaba dilucidar qué hacer a continuación. El esbirro de Arístides le señaló a él con la mano y Declan no lo dudó más. Corrió como alma que lleva el diablo, llevándose por delante a más de un transeúnte y tropezando con multitud de personas. La pesadilla continuaba y en ese momento supe que no saldríamos indemnes de la maldita situación.

Pensé por un momento en parar a alguno de los guardias y contarle la verdad. Pero Declan tenía razón y decidí contenerme. Yo no tenía ninguna prueba en contra del hombre que desaparecía del lugar del crimen disimuladamente, después de azuzar a los perros contra el irlandés, por lo que incluso yo podría salir malparada. Había un montón de testigos que presenciaron otra escena muy diferente, la que sus ojos habían querido ver al ser manipulados por el sicario, por lo que mi idea no prosperaría. Tendría que buscar otra estrategia.

La angustia comenzó entonces a apoderarse de mi cuerpo. En los minutos siguientes escuché rumores de todo tipo en torno a lo sucedido, y ya no supe a qué atenerme. Tenía que salir de dudas.

Me acerqué entonces a un grupo de personas que se alejaban de la pareja de guardias reales al otro lado de la arboleda:

—¿Qué ha sucedido, buena mujer? —le pregunté como una curiosa más a una señora.

—Un hombre ha intentado atentar contra nuestro rey, pero al parecer los guardias ya le han detenido. ¡Lo pagará caro!

—Sí, yo he visto cómo le apresaban. Dicen que estaba al servicio de los franceses —replicó otra parroquiana.

—¿Era francés? —preguntó la primera mujer—. No creo, la verdad. Era todo un hombretón, o eso me ha parecido al verle.

—No te lo discuto, yo también he oído que era un hombre muy guapo. Pero eso no quita para que sea un criminal. ¡Tendrá que pagar por sus actos!

El alma se me cayó a los pies al escuchar a aquellas mujeres. ¡No podía ser! Al parecer habían apresado a Declan, pero yo no sabía si los rumores de las comadres eran ciertos. La desesperación hizo presa en mí y no debía permitirlo. No en esos momentos.

Quise disipar la angustia que envolvía mi cuerpo, aunque mis miembros no me respondían. Estaba convencida de que habían detenido a Declan, pero el instinto de supervivencia me hizo reaccionar.

Me acordé entonces de lo pactado con Declan sobre nuestro lugar de encuentro en caso de que surgiera algún problema. Allí se encontraría atado su caballo, en el que podría haber montado para escapar de Comillas si las circunstancias hubieran sido otras. Yo debía llegar hasta el animal y esconderlo, o tal vez rescatar cualquier cosa que Declan llevara en sus alforjas.

Pensé en la gente que rodeaba la escena de la pelea, la misma que podría haber escuchado mi grito llamando a Declan. Desde esa posición, sumida en las sombras del crepúsculo, era complicado distinguir mis rasgos. Así que me alejé también del lugar; no quería que nadie reparara en mi presencia y me relacionara con un supuesto delincuente.

Me mezclé con la multitud y atajé por callejuelas repletas de personas en busca del centro histórico de la ciudad. La muchedumbre seguía impidiéndome avanzar más deprisa, y me sumí en un estado cercano a la desesperación. No quería llamar demasiado la atención al correr en sentido contrario al de la mayoría de los ciudadanos, pero no me quedaba otra opción. En un día de locos como aquel nadie tenía por qué fijarse en mí.

¿Y después qué? No quería pensar más allá, solo llegar a la plazoleta, mientras mi mente desvariaba y el corazón se desbocaba en mi alocada carrera.

Con los últimos gramos de aire en mis pulmones conseguí alcanzar por fin el barrio pesquero, temerosa de lo que pudiera encontrarme. Y una nube negra se apoderó entonces de mis pensamientos, al ver vacío el lugar donde se suponía que estaría atado el noble bayo de Declan.

Caí de rodillas sobre los adoquines, desolada. La carrera a través de Comillas me había dejado sin fuerzas, pero las lágrimas consiguieron salir de su escondrijo. La desesperación hizo de nuevo su aparición, y mi estómago se atenazó ante el repentino golpe.

¿Se había ido Declan sin mí? No se veía el caballo por ningún lado y eso solo podía significar una cosa: el irlandés había conseguido escapar de sus perseguidores y, tras montar en el animal, había abandonado Comillas para siempre.

No sentí alegría por saber que no habían apresado al irlandés; no en esos instantes. Lo único en lo que pensaba, egoísta de mí, era en que nunca volvería a ver a Declan. Él sería un fugitivo, el delincuente más buscado de toda España tras intentar atentar contra Alfonso XII y, como siempre, había pensado en mí antes que en sí mismo.

Sí, al huir de allí me salvaba, ya que nadie me podría relacionar con él. Pero también me hundía en la miseria, porque yo no quería continuar con mi vida si no era a su lado. No me hubiera importado convertirme en una fugitiva durante el resto de mis días, cualquier cosa antes que quedarme allí sola para siempre.

En medio de la desesperación me pareció distinguir un sonido que se acercaba cada vez más. Entonces distinguí perfectamente el relincho de un caballo y levanté la cabeza. No podía ser...

¡Declan había vuelto por mí! El irlandés iba montado en su caballo y tiró de las riendas con fuerza al verme de rodillas en el suelo.

—¡Gracias a Dios, Declan! —grité nada más verle.

—¡Amaya! —exclamó él antes de desmontar de un salto.

Nos fundimos en un abrazo instantes antes de que Declan me besara con fuerza. Se separó un momento de mí y me miró como si yo fuera una aparición, antes de decirme:

—No sabía si podrías llegar hasta aquí, Amaya, tuve que huir a la carrera. ¿Qué ha pasado allá arriba?

—Declan, yo creí que te habían apresado.

Enjugué como pude mis lágrimas y le conté a Declan lo sucedido tras perderle la pista. Al parecer los rumores escuchados en la arboleda no tenían nada que ver con la realidad.

—¡Madre mía! Tus paisanos son muy dados a fantasear. Menos mal que pude escapar.

El irlandés me explicó lo ocurrido desde que se había separado de mí. Tras sortear la avalancha humana y cruzar la calzada, se acercó sigilosamente a su rival, aunque no se percató de que el otro esbirro de Arístides permanecía también escondido en las ramas de un árbol cercano. Ese individuo gritó entonces algo a su compinche, y el tipo de la verruga se giró hacia Declan.

—El tipo me obsequió con una sonrisa irónica de triunfo, y supe que me habían descubierto. Tenía que jugármela.

Al parecer, el criminal también dudó un instante y Declan lo aprovechó. Tal vez el esbirro pensó que si disparaba al irlandés atraería la atención sobre ellos y eso le impediría atentar contra los reyes. Así que Declan se encaramó de un salto al árbol y atrapó la pierna del criminal.

—Di un tirón seco, el tipejo trastabilló y perdió pie. Antes de resbalar del árbol decidió saltar hacia el interior de la arboleda para alejarse de mí, pero yo le seguí.

Según Declan, el sicario había soltado el arma al caer del árbol, por lo que ambos se lanzaron en pos de la pistola. Fue entonces cuando se enzarzaron en la pelea que yo había presenciado.

—Me pareció verte en una esquina antes de escuchar tu grito. Y después el muy canalla me sorprendió al acusarme delante de todos de pretender matar al rey. Me vi allí de pie, con el arma en la mano, y temí por mi integridad. No sabía qué era peor: ser detenido por las fuerzas del orden o linchado por aquellos energúmenos que se abalanzaban sobre mí.

Declan me explicó entonces cómo consiguió escabullirse de la zona tras mimetizarse con la marea humana que recorría las callejuelas del casco viejo. Él confiaba en que los esbirros de Arístides no se hubieran fijado en mí, para que yo pudiera escapar.

—Intenté pensar en una salida, pero la situación me sobrepasaba. Me había metido en un tremendo embrollo sin pretenderlo y no veía ninguna solución. Y entonces recordé nuestros planes, aunque dudé si dirigirme o no al puerto.

Habíamos acordado encontrarnos en la plazoleta. Pero, según me contó Declan, él pensó que tal vez yo había ido en busca de mi abuelo. Era algo razonable: debía de estar asustada después de lo ocurrido.

De todas maneras él siguió alejándose del lugar de los hechos. En aquellos primeros momentos, según me confesó, se sentía como un fugitivo de la justicia. Sabía que era el sospechoso principal del atentado fallido contra el Borbón y que su vida no valdría nada si le apresaban. Entonces decidió camuflarse mejor entre la gente.

—El suelo estaba lleno de basura y desperdicios, pero también encontré prendas de ropa, sombrillas y otros objetos que la multitud había abandonado o perdido por el camino. Así que escogí este chaleco y la boina para camuflarme mejor.

Yo ni siquiera había caído en ese detalle. Declan había tapado su camisa blanca y también su cabeza, por lo que sería más difícil relacionarle directamente con los sucesos ocurridos en la arboleda. Los guardias no podían haber distinguido con detalle sus facciones desde la distancia, y menos en una zona de sombras como era el lugar donde se habían peleado.

Los únicos que le habían visto bien la cara, me aseguró, eran los espontáneos que le intentaron cerrar el paso al verle con el arma —aparte de los hombres de Arístides, por supuesto—. Pero tendrían que enfrentarle cara a cara con alguna de esas personas, y no lo veía demasiado probable.

—Pude pasar desapercibido por la zona pesquera, todavía había gente en torno a los tenderetes, y por fin llegué hasta el caballo. Yo no quería que te preocuparas pero...

Declan sabía que era muy peligroso permanecer allí, a pesar de que ignoraba lo que había sucedido. Supuso que Arístides estaría al tanto de la nueva situación tras ser informado por sus esbirros, por lo que todo se había ido al traste. Debía huir lo antes posible.

Me dijo que entonces sopesó sus posibilidades y vio que no tenía demasiadas opciones. Había escapado, de momento, pero los largos tentáculos de Arístides podrían llegar hasta él. Declan conocía al hombre de la verruga, pero también él conocía a Declan. De hecho, me aseguró, le pareció distinguir un brillo especial en los ojos de aquel tipo; seguramente le había reconocido de sus tiempos en La Hacienduca. Y con esos datos Arístides podría utilizar sus influencias con el marqués para hacerle caer en desgracia.

—Compréndelo, Amaya. Mi vida ya no vale nada, me he convertido en el hombre más buscado del reino.

Según me contó, prefería perderme para siempre a cambio de no involucrarme en aquel asunto. Incluso aunque únicamente él saliera malparado por la situación, no podría soportar verme sufrir. Y ya había asumido que si le capturaban sería ajusticiado sin remedio, por lo que prefirió ahorrarme el disgusto de presenciar su ejecución.

—Sí, cariño, me fui. Llegué a picar espuelas para alejarme de Comillas. Pero no pude marcharme sin más.

En el último instante decidió regresar para asegurarse de que yo estuviera bien. Y, por supuesto, quería despedirse de mí como yo me merecía.

—Debías haberte ido con tu abuelo, Amaya, aquí no estás a salvo. ¿Tuviste tiempo de dirigirte a algún guardia?

—No, al final no. Llegué a la arboleda justo cuando estabais luchando y me quedé allí parada, sin saber qué hacer. No he podido avisar a mi abuelo y no sé si se habrá enterado de lo ocurrido. Al parecer la comitiva real ha seguido su camino y nadie se ha percatado del altercado, al menos en la calle principal.

—Bien, por lo menos hemos salvado a los reyes. Me tengo que marchar, Amaya, es muy peligroso que siga aquí por mucho que me haya camuflado con estas ropas.

—Vale, me voy contigo. Ayúdame a subir al caballo, tenemos que salir de aquí cuanto antes.

—Ni soñarlo, tú te quedas en Comillas. No pienso llevarte conmigo y convertirte en una fugitiva como yo. Si te quedas aquí, nadie tiene por qué relacionarte con el sospechoso de atentar contra el rey. Sí, puede que la gente de Suances pudiera relacionarnos, pero he tenido cuidado en Santillana, y Arístides no sabe nada de mi vida en España.

—Ya lo hemos hablado, no me hagas suplicarte. Quiero marcharme contigo, empezar una nueva vida junto a ti. Estoy harta de vivir aquí.

—No, Amaya, por favor, no me lo pongas más difícil. Estamos perdiendo un tiempo precioso, al final me cogerán. Además, no puedes abandonar a tu familia de ese modo.

Decidí arriesgarme y tomé la iniciativa. Sin ayuda de Declan me subí al caballo y le hice un gesto para que me acompañara. Él refunfuñó de nuevo, pero me hizo caso y se colocó delante de mí, sobre los lomos del equino. Se dio la vuelta un instante y me advirtió:

—Voy en dirección hacia Santillana y después te dejaré en Suances con tu familia. Me marcho a Santander: es el sitio más cercano donde puedo encontrar un barco que me saque de España. Y nada ni nadie me lo va a impedir.

—Seguro, Declan. Venga, salgamos de aquí de una vez.

Declan espoleó al caballo y enfilamos el camino principal de Comillas en dirección hacia levante. Atravesamos minutos después el arco de bienvenida preparado para agasajar a Sus Majestades y tomamos el atajo que conocía Declan para llegar antes a Santillana, evitando el recorrido habitual de la mayoría de los viajeros que recorrían la comarca.

El crepúsculo se iba apagando poco a poco, mientras una noche de luna llena caía sobre nosotros. La oscuridad venía bien para nuestros planes, pero la falta de luz nos impediría avanzar a la máxima velocidad por miedo a caernos y rompernos la crisma.

Pero Declan no se amilanó, y yo tampoco podía demostrar miedo después de obligarle a llevarme con él. El caballo parecía conocerse el camino mejor que nosotros, por lo que confié en su intuición para dejarnos sanos y salvos en nuestro destino final.

Me sorprendió comprobar que Declan se adentraba en Santillana, aunque atemperó el ritmo del caballo para no despertar sospechas. Yo pensé que rodearía la villa para seguir el camino de la costa, siempre teniendo en mente la meta final de Santander. Pero al parecer el irlandés tenía otros planes.

Declan dirigió el caballo hasta su casa. Bajó del animal y me ayudó a mí a llegar también al suelo. Ató el animal para que no se escapara y entró a la carrera en su vivienda, conmigo detrás.

—¿Qué haces? —pregunté angustiada—. No puedes esconderte aquí.

—No vengo a esconderme; solo quiero recoger unas cosas.

El irlandés se movía a toda velocidad por las estancias de la casa. Recogió una cartera con documentos y una bolsa con algunas pertenencias. Miró un momento en derredor para asegurarse de que no se le olvidara nada y salió de nuevo sin reparar en mi presencia.

—¿Se puede saber qué haces, irlandés?

—Sin mi documentación y el poco dinero ahorrado que tengo no podría llegar a ninguna parte. También he aprovechado para coger algo de ropa. Y ahora, a Suances. No hay tiempo que perder.

—No hace falta, Declan, yo no puedo pasar por casa. Llevo mi cédula de identidad encima y algo de dinero, pero muy poco. Si me acerco a Casa Abascal por ropa o cualquier otra cosa, mi madre no me dejará salir de allí. Ella no sabe nada y no puedo contarle ahora toda la aventura, porque no se creería ni una palabra.

—Mira que eres terca, Amaya. No tienes que recoger tus pertenencias, no hace falta. Te quedas en tu casa y esperas a que llegue tu abuelo.

Declan tenía razón, había dejado a mi abuelo solo en Comillas. No es que tuviera ningún problema, podría pasar unos días con Angustias o regresar después con su amigo el concejal, pero de todos modos me sentí culpable por no haberme preocupado de él. Las circunstancias mandaban y en esos momentos yo únicamente quería partir hacia Santander con Declan; era la única salida posible.

—Monta de una maldita vez, irlandés. Suances está de camino, la ruta más corta para llegar a Santander es por los caminos paralelos a la costa. Cuanto más tiempo perdamos, menos posibilidades tendremos de llegar con éxito a la capital.

—Eres imposible, Amaya. No quiero discutir contigo. No es el momento ni el lugar. Está bien, vámonos de aquí.

La escasa luz que nos ayudaba a distinguir el camino desapareció al abandonar la villa, y tuvimos que guiarnos solo por la presencia de la luna al encontrarnos ya bajo el influjo de la noche más oscura. Salimos de Santillana por el camino principal, pero enseguida le indiqué a Declan otro atajo menos transitado para pasar cerca de Suances. Él obedeció y no se percató del engaño. El sendero bordeaba mi pueblo sin entrar en él y era más corto para enfilar los terrenos situados hacia levante, buscando el camino que desembocaba en la mismísima bahía de Santander.

Cuando llegamos a la bifurcación del camino, Declan se dio cuenta de mi argucia. Suances quedaba a un lado, pero habría que dar un amplio rodeo para entrar en el pueblo. Sin embargo, si seguíamos recto por el mismo camino en el que nos encontrábamos, llegaríamos a Santander en poco tiempo; solo nos separaban unas pocas leguas del mayor puerto de la zona, nuestro objetivo final.

Declan detuvo un momento el caballo. El animal respiraba con dificultad debido al esfuerzo al que le estábamos sometiendo. Giró sobre las patas traseras del bayo, mirando en una y otra dirección, y blasfemó en voz alta.

—¡Me la has jugado!

—Sí, y me lo tienes que agradecer. Si te hubieras entretenido en entrar en Suances, quizás no lo habríamos contado. No hay tiempo que perder, tenemos que galopar hasta Santander. Mira lo cerca que estamos de la bahía.

Señalé con mi mano hacia la hermosa ensenada que protegía el puerto de Santander, el mismo lugar en el que años atrás mi padre falleció por un trágico accidente que había marcado la ciudad para siempre. Declan me observó sin disimulo, y creí ver un destello de satisfacción en su rostro. Tal vez estaba orgulloso de mi determinación, del coraje que intentaba ponerle a la situación para no caer abrumada por las circunstancias.

—De acuerdo, maldita sea. Hacia Santander entonces, aunque no sé cómo vamos a conseguir salir los dos de aquí.

Yo le di un rápido beso en sus labios, algo agrietados debido a la tensión de esas terribles horas. Declan se colocó de nuevo en posición, espoleó con premura al caballo y le sacó las últimas reservas de fuerzas que le quedaban. El pobre animal iba a reventar del esfuerzo, pero en esos momentos no podíamos pararnos en la última etapa de nuestra accidentada huida.

CORK (IRLANDA), NOVIEMBRE DE 1886

EPÍLOGO

La pequeña Tara ha pasado la noche muy inquieta y sus llantos intermitentes no me han permitido descansar. No sé cuántas veces me habré levantado para amamantarla o para intentar que se calmara, pero ha sido imposible. Al final el bebé me ha contagiado los nervios hasta la madrugada.

He terminado por levantarme y he decidido arreglar un poco la casa antes de que Declan regrese. Apenas hace dos semanas que nació Tara, la segunda después del varón. El parto fue tan complicado que durante los primeros días estuve muy débil y las labores del hogar no fueron mi prioridad. Ahora voy volviendo poco a poco a la normalidad.

Mi marido salió esta mañana de casa muy temprano, camino del puerto de Cork, para arreglar unos asuntos con su patrón. Lleva ya un tiempo faenando con la cofradía de pescadores más importante del condado y se ha acostumbrado al duro trabajo del mar, como tantas personas en Irlanda y en mi tierra natal.

Hace cinco años que llegamos a Irlanda y nos instalamos en Cork. Declan prefirió vivir en la capital del condado y no en Queenstown, su pueblo natal, porque el lugar le traía demasiados recuerdos. De todas formas vivimos relativamente cerca y podemos acercarnos siempre que queremos, pero ambos decidimos que era mejor no remover el pasado.

Al año de nuestra llegada, casados ya como mandan los cánones, nació nuestro primer hijo. Le bautizamos con el nombre de Manuel, aunque todos lo llaman Nelu, como su tío. Así que la llegada de una niña nos ha colmado de felicidad y la hemos llamado Tara en memoria de la hermana de Declan.

Esta mañana muy temprano, después de limpiar y recoger nuestro humilde hogar, me he sentado en mi mecedora, el lugar en que Tara parece sentirse más a gusto cuando la tengo en brazos.

He colocado mi asiento al abrigo de la chimenea, cuyas llamas crepitaban con fuerza tan temprano para calentar nuestro frío saloncito. La humedad irlandesa me recuerda mucho a la de mi terruño, y la lumbre es la única manera de entrar en calor en un otoño desapacible que seguramente pronto dará paso a un duro invierno.

Mientras amamantaba a Tara he contemplado el paisaje a través de la ventana. Las ramas de los árboles se agitaban a merced del viento. El cielo sobre el mar aparecía ennegrecido a esas horas y he supuesto que el día se tornaría cada vez más desapacible. He caído en un ligero sopor mientras Tara tomaba su leche, pero el tronar lejano de la sirena de un barco me ha sacado de mi ensimismamiento.

Ese sonido ha provocado un curioso efecto en mí, al retrotraerme a un pasado lejano. Hoy se cumplen trece años de la muerte de mi padre y, aunque no quería pensar en eso, no he podido controlar mi mente mientras me llevaba por derroteros que no deseaba volver a transitar.

De repente una rápida sucesión de imágenes se ha superpuesto en mi cabeza. He recordado aquella mañana de primavera, cinco años y medio atrás en la que, tras escuchar otra sirena de barco y pensar también en el desgraciado accidente que acabó con la vida de mi padre, nuestra existencia dio un giro radical tras la irrupción de Declan en la familia Abascal.

La nostalgia se ha apoderado entonces de mí y he añorado todo aquello que dejé atrás: Suances, con sus playas y mis gentes; mi querida ría de San Marín, el barrio de la Cuba y tantos y tantos recuerdos que han terminado por aflorar a la vez.

Y, sobre todo, he echado de menos Casa Abascal y a mi familia. Sin saber por qué, me han entrado muchas ganas de cobijarme entre los brazos del *güelu*, un sitio cálido donde poder olvidarme de los sinsabores. He deseado ver de nuevo a Nelu, que ya estará hecho un hombretón, y arreglar las cosas con mi hermana, sangre de mi sangre, y dejar atrás nuestras diferencias. Y, especialmente, aunque ni ella ni yo hayamos querido reconocerlo nunca, he echado en falta la cercanía de mi madre, esa mujer fuerte y decidida que sacó a su familia adelante en circunstancias muy adversas.

Reconozco que en estos días estoy muy sensible después del parto, y las hormonas no me ayudan precisamente a mejorar la situación. He enjugado mis lágrimas y he pensado en las increíbles aventuras que viví desde el día en que conocí la verdadera horma de mi zapato: Declan Maclister.

Una sonrisa se ha dibujado en ese instante en mis labios al recordar ciertos momentos de nuestro pasado común. Y entonces la voz grave de mi esposo ha retumbado en toda la estancia con ímpetu. Declan ha llegado a casa contento porque su patrón le ha pagado los atrasos que le debía. Se ha guardado para el final la sorpresa mayor.

—Tienes carta de tu familia —me ha dicho sin dejar de mirarme para comprobar mi reacción.

He cogido la carta con temor. Una ligera angustia se ha apoderado en ese momento de mi estómago. He pensado que era un mal augurio: mis entrañas no suelen equivocarse.

Me he sorprendido mucho al leer el nombre de la remitente: María Abascal. He pensado enseguida que mi hermana se dignaba por fin a escribirme después de tantas desavenencias entre nosotras. Durante estos cinco últimos años me he estado carteando con el abuelo, pero

Mariuca no ha dado señales de vida: no parecía haberme perdonado que huyera de Suances con el irlandés. Nunca me ha escrito ni ha respondido a mis cartas por mucho que yo le insistiera al *güelu* para que le hiciera entrar en razón. En estos cinco años he llegado a pensar que la distancia entre mi hermana y yo era ya insalvable.

Mis dedos temblorosos han tardado más de lo deseado en abrir el sobre, quizás por el miedo a lo que pudiera decirme Mariuca. Hace tiempo tengo olvidadas las broncas de mi hermana, pero era imposible saber qué pensaba ella o qué iba a contarme. He desdoblado la cuartilla y he comenzado a leer su carta, escrita con esa letra redonda que recuerdo perfectamente.

> «Querida Amaya:
>
> Te habrás sorprendido al recibir carta de mi parte. No creas que no me ha costado decidirme, pero las circunstancias han cambiado en los últimos tiempos y necesitaba hablar contigo de varias cosas. Dicen que el tiempo y la distancia lo curan todo, pero mi corazón sigue roto tras vuestra marcha. Y más por haberte perdido a ti que por no haber cumplido ese sueño infantil de casarme con Declan. Sé que fui una tonta y pequé de arrogante cuando no era más que una cría, por lo que me gustaría pedirte perdón. Espero que no sea tarde y puedas aceptar mis disculpas...»

He leído ensimismada la carta de Mariuca mientras algunas de las frases hirientes que nos regalamos en otro tiempo en nuestras discusiones resonaban en mi cabeza. Yo tampoco me porté bien con mi hermana, y al no saber reconducir el asunto hemos llegado a esta absurda situación de los últimos años.

A través de las primeras cartas de mi abuelo tras nuestra llegada a Cork, supimos que nadie había preguntado por Declan o por mí en relación a un supuesto atentado o conspiración contra el rey, por lo que nos quedamos más tranquilos tras conocer la noticia.

Pero no las tuve todas conmigo. Arístides seguía por la zona, según averiguó el *güelu* a través de su amigo el concejal, y nadie podía saber lo que aquella mente siniestra podía estar planeando. El hombre de la verruga y su cómplice desaparecieron del mapa, pero era muy probable que el cubano quisiera vengarse después de que Declan arruinara sus planes.

> «...—Madre no lo quiere admitir, ya la conoces, pero también te echa mucho de menos. Y, además, quiere conocer a sus dos nietos, te lo puedes imaginar. Igual que Nelu y yo, no te vayas a creer...»

He sonreído ante la ocurrencia de Mariuca, pero la silueta de algo sombrío ha empezado enseguida a dibujarse ante mí. En la carta faltaba algo, como si María le diera vueltas al asunto para no contarme lo importante de verdad. He seguido leyendo.

> «...—Además, ahora podéis regresar con más calma, aunque imagino que organizar un viaje tan largo con los dos pequeños será complicado y costoso. Pero no os preocupéis, el cubano se ha largado de La Montaña. Al parecer ha perdido todo su dinero en unos negocios ruinosos, y después de vender sus propiedades se ha ido de Santillana con el rabo entre las piernas...»

Casi he pegado un salto de alegría al conocer la fantástica noticia. Mi estómago estaba equivocado al anunciarme malos augurios. Me faltaba contárselo a Declan.

Yo estoy todavía débil para viajar a España, pero creo que ya va siendo hora de regresar a Suances, aunque no sea más que de visita.

> «...—El poder veros de nuevo nos alegrará el alma a todos en unos momentos tan difíciles para la familia. No quise angustiarte en su momento pensando que al final saldría adelante, pero me equivoqué.

El pobre *güelu* no pudo recuperarse de su larga enfermedad y murió en nuestra casa hace apenas unos días».

En ese momento he levantado la cabeza y creo que Declan ha leído el dolor en mi rostro. No he tenido que decirle nada para que adivinara lo que ha ocurrido. Se ha puesto de rodillas a mi lado y me ha abrazado. Hemos permanecido así un rato, en silencio, hasta que mi respiración se ha calmado.

Declan me ha dado un beso para darme ánimos. Luego ha acariciado la cabecita de nuestra hija. Entonces ha cogido la carta y me ha pedido permiso para leerla.

Al terminar, ha dejado la carta sobre la mesita. Se ha acercado al ventanal y se ha quedado mucho tiempo mirando el mar a lo lejos.

—Creo que es el momento de volver a Suances —me ha dicho muy serio, con la voz afectada.

Yo he asentido sin decir nada. Creo que el *güelu* merece eso y mucho más. Siento que debo despedirme de él como se merece.

Me he levantado de la mecedora y he dejado a Tara en su cuna. Después, Declan y yo nos hemos abrazado; eso era precisamente lo que más necesitaba.

Mientras me apretaba con más fuerza a Declan, el viento arreciaba en el exterior. La tormenta se ha ido acercando muy deprisa a Cork y enseguida las gotas de lluvia han comenzado a golpear el cristal de la ventana.

Siento como si el abuelo hubiera vuelto a hacerlo. En Suances fue el artífice de que nuestro amor floreciera y ahora, aunque ya esté muerto, va a conseguir que toda la familia se reúna de nuevo al abrigo del llar en Casa Abascal. Esa era su gran virtud y todos le estamos agradecidos por tantas cosas como nos dio sin esperar nada a cambio.

Me he separado de Declan y he mirado un momento a través de la ventana. Un relámpago fugaz ha atravesado el cielo cada vez más oscuro y entonces he sentido una imponente presencia que me reconfortaba. He sonreído para mis adentros y he divisado el guiño cómplice del *güelu* a través de las nubes, contento después de ver desde su atalaya cómo todos recuperamos, por fin, nuestro lugar en el mundo.

EL ORIGEN DE ESTA HISTORIA

Me gustaría contarle al lector algunos detalles sobre el origen de *La posada del viajero*. Yo quería escribir una novela ambientada en el siglo XIX en el norte de España, región con un gran valor artístico, histórico y cultural. Me decidí concretamente por la costa cántabra central, ya que pretendía además que el paisaje y las preciosas poblaciones de la comarca fueran primordiales a la hora de tejer la trama, y que llegaran casi a convertirse en un personaje más de la novela.

Comencé entonces el proceso previo a la escritura en sí y, antes de lanzarme a buscar información en libros o Internet, preferí afrontar este proceso de otro modo. Así que elegí Suances como destino de vacaciones. Un destino turístico en el que además pretendía documentarme de un modo diferente al de mis anteriores trabajos; quería conocer *in situ* los lugares por los que después transitarían mis personajes, y y hablar con personas que pudieran ayudarme en esa labor.

A finales de agosto de 2013 reservé una habitación doble en una casa rural de Suances, situada en el barrio de la Cuba, a tiro de piedra del centro histórico de la villa y algo más alejada de las playas principales. Un lugar perfecto para descansar, pero también para recrear uno de los escenarios más importantes de la historia, Casa Abascal, ya que el edificio original data de 1863.

La casa rural en cuestión se llama Posada Campo y es regentada por la familia Campo desde hace generaciones. Un lugar en el que tratan al viajero como un miembro más de su propia familia, se disfruta de magníficos desayunos caseros en su terraza acristalada y, sobre todo, puedes dejarte aconsejar por el patriarca de los Campo, don Ángel, a la hora de conocer pueblos, playas, monumentos, restaurantes o cualquier otro lugar de la comarca digno de ser visitado.

Después de varios días alojados allí, no me había atrevido todavía a contarles a nuestros amables anfitriones uno de los motivos elegidos para alojarme en su casa. Hasta que mi mujer, Arantza, sacó el tema en un desayuno, delante de don Ángel, y tuve que vencer mi natural timidez en este tipo de situaciones antes de contarle al señor Campo la idea que tenía en mente.

La conversación me hizo replantearme lo que quería contar en mi novela y don Ángel me ayudó de un modo que siempre le agradeceré. Me recomendó hablar con el párroco de Suances, don Baldomero Maza, para que me instruyera sobre los usos y costumbres de los habitantes de la zona a finales del siglo XIX. Concertamos entonces una cita con el eclesiástico gracias a su intermediación, y hacia allí me dirigí, cargado con una libreta y algo de vergüenza a la hora de afrontar una entrevista diferente a todas las que había realizado en mi vida.

Don Baldomero fue muy amable y, aun teniendo muchas obligaciones que atender, reservó una tarde para charlar con nosotros. La conversación fue muy interesante y hubiéramos pasado muchas más horas hablando con él, pero conseguí unos inestimables datos que me ayudaron a la hora de afrontar el reto de mi primera obra en un contexto histórico alejado del actual. Incluso me regaló un libro: *Estudio histórico artístico del municipio de Suances (siglos XVII-XX)*, de Javier Gómez Martínez. Un exhaustivo trabajo de investigación que me sirvió para documentar una parte muy importante de la futura obra.

Por todo ello quiero agradecer a la familia Campo en general y a don Ángel en particular su inestimable ayuda a la hora de centrar la idea de esta novela. Y, por supuesto, a don Baldomero por los aportes históricos y costumbristas que me sirvieron como inestimable documentación y dieron algo de luz a ese camino difícil que todavía no había comenzado a transitar.

Yo ya conocía la zona y siempre me ha gustado mucho esa parte de Cantabria. Pero, durante esa semana de vacaciones, en un final de verano más soleado de lo que es costumbre allí, recorrí la comarca con otros ojos, pensando cómo sería la vida en esos lugares a finales del siglo XIX, e intentando ponerme en la piel de los personajes que después formarían parte de mi historia.

Recorrimos Suances a conciencia, pero también gran parte de la comarca: Comillas, una ciudad en la que callejeamos por su casco histórico antes de perdernos por las inmediaciones del puerto y degustar un sabroso guiso en uno de los restaurantes de la zona, o visitar el palacio de Sobrellano, otro de los escenarios de la novela; sin olvidarnos de Santillana del Mar, uno de los pueblos más pintorescos de España que recomiendo visitar por lo menos una vez en la vida. Y por supuesto otros enclaves interesantes, como la playa de Santa Justa en Ubiarco, con su característica ermita enclavada en la roca.

Después tuvo lugar un arduo proceso de investigación que duró varios meses antes de comenzar a escribir. Leí gran cantidad de libros (novelas, biografías y ensayos históricos) sobre la vida en la región cántabra en el siglo XIX, y en España en general; me documenté sobre la restauración borbónica y los reyes de España durante ese convulso período de nuestra historia. Y también busqué artículos, ensayos y crónicas para recrear un ingenio azucarero cubano o para ambientar acontecimientos históricos como la explosión del *Cabo Machichaco*.

A finales del 2014 tuve preparado el primer borrador del manuscrito, algo alejado todavía de esta novela que hoy tienes en tus manos. Y para ello he contado con la ayuda de muchas otras personas, a las que también quiero hacer un pequeño reconocimiento y agradecerles su inestimable colaboración.

A mis lectores cero, por sus comentarios sobre ese primer borrador antes de afrontar su revisión.

A mis colegas de profesión, los escritores Jorge Magano y Víctor F. Correas, por esos apuntes certeros sobre trama y personajes que me ayudaron a mejorar mi obra. Y, por supuesto, por sus palabras de ánimo ante el reto que me había planteado.

A mi amigo Juan Carlos Rodríguez, por el exhaustivo estudio que hizo de la novela. Sus anotaciones me sirvieron como punto de apoyo para acometer la importante segunda revisión.

A mi agente literaria, Alicia G. Sterling, por confiar en mi trabajo y conseguir que esta obra vea la luz de una forma diferente.

A Amazon Publishing, por apostar por mí y por este manuscrito para el lanzamiento de su nuevo sello editorial en español.

A Rex, Paola, Luis y todo el magnífico equipo técnico y editorial que me ha acompañado durante este proceso. Un proceso largo y extenuante que ha merecido la pena sin duda alguna. He aprendido mucho durante este viaje en su compañía y quiero agradecerles de nuevo el estupendo trabajo realizado para que este libro llegue a los lectores.

Y, por supuesto, quiero expresar de nuevo en público mi agradecimiento a Arantza, mi alma gemela, por involucrarse desde el principio en este apasionante reto. Desde su entusiasmo a la hora de recorrer la comarca, elegir escenarios naturales o buscar documentación, hasta el momento de leer y releer las sucesivas versiones del manuscrito mientras buscaba ese detalle que a mí se me había escapado. Una laboriosa tarea que nunca podré agradecerle como es debido, ya que sin su apoyo y determinación en los buenos y en los malos momentos nada de esto hubiera sido posible. Mil gracias de nuevo, por todo.

Y gracias también a ti, querido lector, ya que sin tu apoyo nada de esto tendría sentido.

ÍNDICE

Printed in Great Britain
by Amazon

65262398R00222

Vintage

Poppy Rigby

Presentation by *BookLeaf Publishing*

Web: www.bookleafpub.com

E-mail: info@bookleafpub.com

ISBN : 9789357699723

First edition 2022

DEDICATION

This book is dedicated to the ones who thought they could break me, but didn't realise how strong I am.